TUO
JI

拓迹

陶锡忠 著

浙江人民出版社

图书在版编目（CIP）数据

拓迹 / 陶锡忠著. — 杭州 ：浙江人民出版社，2024.1

ISBN 978-7-213-11332-1

Ⅰ. ①拓… Ⅱ. ①陶… Ⅲ. ①纪实文学-中国-当代 Ⅳ. ①I25

中国国家版本馆CIP数据核字(2023)第256578号

拓　迹

陶锡忠　著

出版发行	浙江人民出版社（杭州市体育场路347号　邮编　310006） 市场部电话:(0571)85061682　85176516
责任编辑	卓挺亚　张世琼
责任校对	戴文英
责任印务	幸天骄
封面设计	张　展　王欣文　厉　琳
电脑制版	浙江新华图文制作有限公司
印　　刷	杭州富春印务有限公司
开　　本	710毫米×1000毫米　1/16
印　　张	28.5
字　　数	420千字
插　　页	2
版　　次	2024年1月第1版
印　　次	2024年1月第1次印刷
书　　号	ISBN 978-7-213-11332-1
定　　价	118.00元

序一

文 周国辉

中国人民政治协商会议浙江省委员会原副主席

前几天我收到曾任武义县委书记、现为嘉兴市委书记陈伟同志的一个微信。他说:“我在武义任职时的县科技局局长陶锡忠写了一本名为《拓迹》的书，是自述工作的，内容挺感人。希望您这位当年推选他为‘最美浙江人之最美科技人’的浙江省科技厅老厅长为他作个序。”

一个县委书记调离武义多年，特意提议我为武义的老科技局局长写的书作序，应当是有原委的。

陶锡忠是我在浙江省科学技术厅工作时颇为欣赏的一个县科技局局长，这可能是陈伟推荐我作序的理由吧。我答应先让陶锡忠把书稿寄给我做个通览。好家伙，洋洋洒洒 30 多万字，共有十一章。除第一章写的是一个农村少年奋发进取、曲折求学的经历外，其余十章均是以笔记体的形式记述他在 10 个基层领导岗位上的履职经历。书中的内容，既是朴实的工作记叙，更有感人的细节描述，读来饶有趣味。此后，我约陶锡忠当面交流了一次。虽然多年未见面，从精气神看，仍是干净利落、干劲十足、朴实无华。

陶锡忠已于 2021 年退休。这两年他整理自己上百本工作笔记，很是感慨，萌发了出本书的想法。一个人几十年如一日，坚持写日记，这种精神就很不容易。如此才能完整清晰地还原当年好多的工作情景。包括我与他的几次接触，老实说，我的记忆已模模糊糊，读着才浮现当年的场景，写得很真切。这是个很用心的人。

从陶锡忠的自述中我读到，作为任职多个岗位的局长，他这一辈子干了许多事情，几乎件件都有不错的结果，而且多半在当地产生过不小的影响，有的在全省乃至全国都有先行和示范效应。2003 年，在时任浙江省委书记的习近平同志到武义实地考察指导时，他有幸向习书记做过专题汇报并得到悉心指点。因此，他在组织实施武义的温泉生态旅游开发过程中，较好地践行了“绿水青山就是金山银山”重要理念。

陶锡忠最后任职的是县科技局局长，我最关注的当然也是科技工作。武义当年是浙中地区的欠发达县，但武义的科技工作在他任职期间却有不俗的表现，有些工作甚至超越了不少经济发达县市。武义县曾获得过两个国家科学技术进步奖二等奖，武义县的每万人发明专利授权量曾经冲到过全省前十位的水平，武义县的科技特派员工作连续四次获得省委、省政府表彰。武义县还在全省农业科技工作大会上作为唯一的县市代表做了典型发言。当然，这是县委、县政府和全县科技战线多年努力的结果，但其中确有陶锡忠贡献的智慧和汗水。我一贯认为，一个领域或一个单位、一个区域乃至一个国家的工作和发展，有没有起色，决定因素是人，尤其是主要领导。

陶锡忠抓科技合作、科技特派员和科技城建设工作特别令我印象深刻。比如他抓科技合作的韧劲，我不但在武义县领导、武义的企业家那里听说了，在浙江大学、浙江省农业科学院调研时，主要领导向我介绍他们服务地方经济、开展校企院企科技合作时，都会举与武义的科技合作为成功案例。甚至有一年我去湖南的国防科技大学谈科技合作，在长沙城通往机场的磁悬浮列车上巧遇袁隆平，交谈中袁老第一个报出的浙江科技合作县竟是武义县。他说，武义县科技部门的同志对科技合作的态度令他印象深刻。我还在科技部、教育部还有上海市有关部门的同志那里听说：

你们浙江省的科技干部真不简单，就连武义这样一个山区小县竟然也把上海的 17 所理工类高校拉到那里去建立了“上海高校武义技术转移中心”，还把全国的许多知名高校、科研院所的技术转移机构整合起来，建立了“国家大院名校武义联合技术转移中心”，而且科技合作成果丰硕。

陶锡忠在抓科技特派员工作中，首创科技特派员工作站、特派员科技大讲坛、特派员值周制度以及特派员创新创业平台建设，让入驻武义的科技特派员，在科技扶贫和依靠科技创新推动地方特色产业高质量发展等方面，得到了中央调研组的充分肯定。他曾在科技部举办的全国科技促进新农村建设研究班和全国科技人员服务基层创新创业与科技创新体系建设研讨班上，做了经验交流。读到书中陶锡忠与科技特派员在工作中结下深厚友谊的感人故事，我不禁潸然泪下。

在书里，我看到他抓科技新城建设，以及在之前的岗位上抓武义温泉度假区、旅游区、历史文化保护区、经济开发区建设和“青年科技星火带头人”活动，还有婺剧团的改制等，一个个创业故事，一个个拓荒场景，一头拓荒牛的形象跃然纸上。

看完《拓迹》这本书，你会明白陶锡忠为什么会被科技部门的同志和众多的专家推选为首届“最美浙江人之最美科技人”，而且以高票当选。

我之所以乐意为陶锡忠这本书写点体会，是因为他的履职笔记真真切切地记录了一个基层领导干部服从组织安排，领悟组织意图，满怀为民情怀，立足本职岗位，为党和人民的事业履职尽责，抓铁有痕，踏石留印，攻坚克难，创新创造，出色地完成了各个岗位的工作任务。他用平实、简约的笔触勾勒了一个浙江干部的成长轨迹和奋斗历程，充分体现了浙派干部的情操、眼光、胆识和勇于担当、务实踏实的作风。他的履职笔记甚至可以成为观察研究和认识浙派基层领导干部的一个可借鉴的范例样本。

读着读着，我自己就情不自禁地沉浸其中，深深地被打动和感染。这是此书很为成功的地方。

写上这些粗略的感言，是为序。

2022 年 12 月于杭州

序 二

文 汤 勇
浙江省第十三届人民代表大会常务委员会委员
农业农村委员会副主任

半年没联系的老友陶锡忠打来电话，说好久不见甚是想念。我们是同龄人，在工作学习中有过多次交集，没问缘由就请他来杭州一聚。

一见面，他递给我一叠厚厚的书稿。说他在写一本书，记录了一些我们共同奋斗的足迹，想让我为他作个序。

接过书稿，我就饶有兴趣地翻看了起来。往事历历，叙述着我们这一代人学习成长、创业创新、建设家乡的共同故事。

陶锡忠参加工作时，我们就认识了。他在乡团委，我在团县委。之后在近 40 年的工作学习中，我们先后在多个岗位上共过事，同过学，可谓至交。书中记录的武义经济社会发展中的许多成果，原本我只知道是他在那个岗位上干成的，殊不知为了打通武义温泉隧道，他经历了与老母亲的生离死别；为了把武义温泉开发出来，他冒着生命危险闯过废矿井；为了保障温泉取水工程的安全用电，他还背着妻子，用自己家的房产做抵押去为公家贷款，差点闹得妻离子散。

书中记录的陶锡忠在各个岗位上的工作历程与改革开放的全过程契合。读他的书，犹如武义改革发展的全景图在我们面前徐徐展开。

陶锡忠曾在多个部门担任“一把手”，他以履职笔记的形式记录了与他的工作岗位相关的武义改革开放历程：改革开放初期，他在共青团组织带领农村青年传播科技星火，发展商品经济，助推了当地食用菌、猕猴桃等产业的发展；在改革实践从农村转向城市阶段，他在开发区负责招商引资，是开发区经济腾飞的重要推手；在改革深入到加快第三产业发展阶段，他到旅游局组织温泉旅游开发，将武义建成了一个新兴旅游城市；在我国进入科技创新驱动发展阶段，他在科技局通过建立“国家大院名校武义联合技术转移中心”，与浙江大学、浙江省农业科学院等高校、科研院所开展科技合作，建设科技新城，引进科研机构和创业、创新人才，推动武义经济转型发展；进入中国特色社会主义新时代，他仍然在为武义的战略性新兴产业发展和康养名城建设而奔波。

《拓迹》不仅记录了陶锡忠个人的工作经历，更从一个侧面生动立体地反映了武义改革开放的发展印迹，记录了他与领导、同事和创业者们为家乡的发展与振兴而不懈奋斗的生动故事，以及由此而实现的沧桑巨变。

经济技术开发区、温泉旅游度假区、生态旅游区、中国历史文化名村、浙东学术历史文化保护区、农业科技园区、科技新城在这里一个个建成，让我的家乡从浙江省的 8 个贫困县之一，跃居全省山区 26 县的最前列。武义成为中国第一个有机茶之乡；武义十里荷花出产的莲子，价格可以卖到普通莲子的五到六倍；武义的香菇亩产量可以高达 100 吨，亩产值可以高达 100 万元；2020 年全国县域旅游综合实力百强县中武义位居第 35 位。我看到了家乡的绿水青山真正变成了金山银山，看到了家乡的经济社会开始走向高质量发展。家乡的这些巨变中，都留下了陶锡忠奋斗的足迹。

我俩是为家乡的发展与振兴一路携手同行的挚友，他把我们的奋斗足迹写成了一本书，让我作个序。我欣然提笔抒感。

我相信，陶锡忠几十年如一日，在各个岗位上以老黄牛、孺子牛、拓荒牛的精神状态，无怨无悔、卓有成效地勤奋工作，书写成的这些创业故事，一定能引发读者对人生意义的思考。

其实一个基层公务员并非一定要步步高升，能在自己的岗位上尽职尽责，像陶锡忠这样做些推动地方经济社会发展、造福父老乡亲的实事，在工作过的地方留下不可磨灭的印迹，这样的人生是值得我们褒扬的。

谨此荐读！

2022 年 12 月于杭州

目录

Contents

1961

/

1984

第一章

从放牛娃到招聘干部

履职笔记本该从入职开写。

可我觉得，自己在工作岗位上的所作所为与成年之前的经历息息相关。因而辑录几个成长故事作为《拓迹》的开篇。

一 初生

1961 年 6 月 26 日，我出生在浙江省武义县桃溪镇上江村。我爹陶岳林是个干农活的好把式，我娘潘飞珠是个勤俭持家、教子有方的贤妻良母。娘在生了我的两个哥哥之后连续生了三个姐姐。生下我时，爹和娘有一种老来得子的喜悦，对我宠爱有加，给我起了个乳名叫“小宝”。

哥哥姐姐都大我好几岁，照看我的任务就由哥哥姐姐们负责了。我刚学会走路，上小学的小哥便把我带到课堂里，上课时我就在小哥的书桌底下玩。

小哥上初中去了，又由小姐姐带我，老师上课时她哄我说老师讲故事了，我就会傻傻地听。小姐姐是个学霸，不但自己学习成绩好，还会教我数数认字。

我六岁那年，上江小学来了一名新老师，叫刘瑞文。他爹和我爹是朋友，来学校报到时，就到我家看我爹了，见到我就叫我弟弟。

学校让他教一年级，他想让我提早一年上学，这样就能在他的班里。于是他出了几个题目要考考我。据说我当时对答如流，这让刘老师很惊讶。那时我已跟着哥哥姐姐在课堂里混了四五年，无意之中接受了学前教育，认识了不少字，也懂得了一些课堂里的规矩。

爹娘为我拍的第一张照片（涂志刚摄）

在刘老师的要求下，学校同意让我提早一年上学，爹娘更是求之不得，我就和比我大一岁的小伙伴们一起上了一年级。

那时，我们村里还没有幼儿园，同学们都没有接受过学前教育，相比之下，我算是会很多东西了。于是，刘老师就让我当了班长，成了孩子王。

1991 年春节全家福，后排右二为作者（涂志刚摄）

二 学雷锋

我 10 岁那年的 3 月 5 日学雷锋纪念日，我们上江小学举行了一个“学雷锋小组”的组长交接仪式。五年级的班长要把学雷锋小组长交给我这个四年级的班长。

我上台接过上面印着“上江小学学雷锋小组”字样的旗帜，在全校师生合唱“接过雷锋的枪，雷锋是我们的好榜样……”的嘹亮歌声中，成了学校学雷锋小组的组长。带着小组的成员到处找好事做，经常给村里的几个“五保户”抬水、扫地。

干了没几天，在五年级读书的堂哥陶锡文就开始笑话我了，说我带的学雷锋小组干的好事都是小事，他们学雷锋干的好事才是大事。我就缠着他，让他告诉我他们干的是什么大事。可我越着急他越卖关子不告诉我。直到我把大哥帮我做的一个弹弓送给他后，他才跟我说，他们做的好事是到白岭头帮推独轮车的叔叔拉车。

他说的白岭头，是指桃溪区公所到我们云华乡政府的乡村公路，要翻越一座马鞍山，有一段很长的陡坡。推独轮车的人经过这一段时特别吃力，有人帮他们拉一把，他们会非常感激。

听堂哥这么一说，我觉得他们做的好事确实比我们强，就召集学雷锋小组的小伙伴商量，也学堂哥那样去白岭头，边放牛边帮推独轮车的人拉车。小伙伴们感到很新鲜，也都愿意去。

第一次是堂哥带我们去的。我们赶着牛来到白岭头不一会，果然有四五个叔叔汗流浃背地推着沉重的独轮车上坡。领头的是一个身材高大的叔叔，只见他双手紧握着车把，双脚一步一步使劲地蹬着石子路面，石子被踩得沙沙响。突然间，他的脚一打滑，车子倒退了回来，叔叔急忙将车子后座按到地面上，防止车子继续往后溜。后面的叔叔也接二连三地停了下来，直起腰，大口大口地喘着粗气。在这陡峭的上坡，将车按停下来后，再想把它推动起来那就更难了。

看到我堂哥带着我们跑过去，叔叔们个个都朝着我们喊："小朋友，快来帮

学雷锋帮人拉车（朱志强绘）

我们拉车。”

堂哥和这几个叔叔都很熟悉，告诉他们说：“我们学雷锋小组的同学都要毕业了，现在由新的学雷锋小组来帮你们拉车。”并指着我告诉叔叔们：“这是小组长，叫陶锡忠，是我堂弟，以后就由他们帮你们拉车了。”

领头的叔叔走到我跟前，摸着我的头，告诉我说：“我叫潘日新，是供销社里负责拉店货的车队长。谢谢你们来这里学雷锋做好事！”

我点点头，然后招呼小伙伴们两人拉一个车，嘿哟嘿哟地帮叔叔们把车拉上这段又陡又长的上坡。拉到坡顶，我们个个都气喘吁吁。叔叔们说，有我们拉一把他们轻松多了，都使劲地夸我们是活雷锋。

看着叔叔们推着车轻松地下了坡，几个小伙伴都很开心，大家都很感谢我堂哥告诉了我们这样一个有意义的学雷锋活动。

在之后的几个星期里，我们每天放学后都会不约而同地赶着牛羊到白岭头，等着几个拉店货的叔叔。天天坚持，乐此不疲。

到了 6 月下旬的一天，我们和往常一样来到白岭头放牛，等着拉店货的叔叔们的到来。可这天，左等右等只等到潘日新和另外一个叔叔两个人的车。我们十来个人一哄而上都要帮着拉，叔叔们便在每辆车上都系上两条绳子，让我们五六个人拉一辆车。人多力量大，这样拉起来哪怕是在陡坡上，大家都拉得很轻松。

快要到坡顶的时候，潘日新叔叔喊了一声：“加油，加油！”大家一使劲就跑起来了，速度比往常两个人拉一辆车时快了很多，一下子车子就冲过了坡顶。

跑得正欢时，一个小伙伴踩到了我的鞋子，我被绊倒了。只听大家一声尖叫，我感到一个沉重的轮子从我的右肩、右颈、右脸、右耳碾过，车子也倒了，我被压在车下。痛得哇哇直叫。

叔叔掀开车，把我拖了出来。我的脸上鲜血直流。小伙伴们“锡忠，锡忠”地惊叫着，不知所措。潘日新叔叔连忙用汗布将我的头部都裹了起来，只露出鼻子和嘴。

眼睛被裹上看不见了，我哭得更伤心。潘日新叔叔抱着我，使劲地劝我：“不要哭，不要哭，你越哭血流得越多，会死的。”

我被吓住了。可疼痛实在难忍，我还是不停地抽泣。

叔叔带着我堂哥和小伙伴们，把车上的店货全卸下来，然后把我抱到独轮车的右边，用车上固定店货的绳子把我绑在车上，叫我堂哥坐在左边，拉着我的左手，送我到乡卫生院抢救。还安排了一位小伙伴骑上牛背跑回村，叫我爹赶到卫生院来。

当医生解开头上裹着的汗布时，我的右脸已经肿得连眼睛都睁不开了，叔叔告诉医生伤口在右耳朵后面。医生掀开右耳检查，又涌出好多血来。

看看耳朵还能缝回去，医生就让潘日新叔叔按住我的头，另一个叔叔按住我的脚，我的堂哥一直紧紧地抓住我的左手，我全身动弹不得，也没力气动弹。好像也没打麻药就缝了。

只听到手术钳、剪刀之类的叮当响，然后感到有针线从耳根的皮肤穿过耳朵的皮肤，拉扯起来钻心的痛，可我已经哭不出声。

正在这时，我听到“小宝！小宝！”的呼唤声由远及近传来。我睁开泪眼，只见爹冲了进来。他冲到手术台前，掰开潘日新叔叔的手，抱着头大声叫“小宝！小宝！……”

“爹！”我叫了一声，又“呜……呜……”哭了起来。

医生对着我爹大声喊道：“你们不要动，不要动！还有几针就缝好了。”

我爹看我还能说话，抱我的手开始放松下来，对着我轻声地说：“小宝，爹来了，你不要怕噢！你不要怕，缝好了就没事了！”

医生缝好伤口，我爹抱起我，突然发现我的右手一直没动，又急切地问：“小宝，小宝，你的手怎么啦？是不是断了？你动一动，你把手举一举。”

我堂哥拉着我爹的手，小声地说：“二伯，我看到车轮是从锡忠的肩上碾过去的。”

听到这话，我爹倒退了两步。他把我放回手术台，抚摸着我的右肩，问我：“疼不疼？”

我点点头。

他让我抬一下手，我试图抬手，可抬不了。

我爹解开我的上衣，和医生一起检查我的右肩，发现没有伤口，肿得也不严重，就和医生分析是不是脱臼了。医生说很可能是脱臼了。

我爹让医生帮我处理。

医生说他不会，卫生院里会处理脱臼的医生今天不在。

我爹就让医生帮个忙，由他自己帮我处理试试。

他让医生按住我的肩，把我的手理成自然下垂的姿势，他用左手按住肩头，右手将我的手往下拉。

只听得“咯”的一声响，我爹说：“可能凑回去了。”

他让我抬抬手。我使劲抬手，抬了一点点，又痛得不行。

医生说：“看来除了脱臼，骨头也伤到了。卫生院里没有设备拍不了片，建议你们去县医院检查一下。”

我爹点点头。又看看外面天都快黑了，就跟我说：“小宝，现在耳朵包好了，血也不流了，爹带你先回家吧。”

我点点头。

潘日新叔叔如释重负，和医生说医药费他来出，并且用独轮车送我回家。我爹让潘日新叔叔找来几把稻草，垫在车架上，还是让我坐在右边，让我堂哥坐在左边拉着我的左手。

这时的我口渴难耐。爹向医生要来一杯水让我喝下，我就蜷缩在稻草上，不哭，不说，也不动了。

叔叔要去推车，我爹连忙制止了他，说要自己推我回家，小心点走，怕我睡着了摔下去。这时我才发现，我爹赤着双脚，卷着裤腿。应该是听到小伙伴的报信后，他从田里直接跑来了。

爹小心翼翼地背上推车的背带，扶稳车把，慢慢推动车子。他让潘日新叔叔走在车子的右边照看着我，让我的堂哥尽量拉牢我的左手。然后轻声对我说：“小宝，你流了那么多血，困了，想睡就睡好了。爹小心推你，尽量不让车子振动，你放心。”

车子平稳地推出卫生院，推向了回上江村的路。

爹的脚步很急，但车子一点震动都没有，应该是爹把路上的石子都给避开了。不一会我就昏沉沉地睡过去了。等我醒来时，已经睡在了自己的床上，娘拉着我的手在哭泣。床边围了好多人，有哥哥、姐姐，有一起学雷锋的小伙伴，还有刘瑞文老师。

看我醒来了，娘欣喜地擦了擦眼泪，俯下身子在我耳边说："小宝，小宝，你听得见娘说话吗？"

我点点头。

娘又说："小宝，你的耳朵怎么样啦？你的手怎么样啦？疼不疼啊？"

我说："疼。"然后又哭泣了起来。

娘连忙安慰我说："小宝别哭，小宝别哭。你饿了吗？娘给你去做吃的。"

我点点头，又摇摇头说："但我想喝水。"

娘让我大姐捧来一大碗水，娘接过水先自己尝了一口，对大姐说："太冷了，倒点热水进去。"

大姐倒了一些开水进去，再递给娘，娘又尝了尝，对大姐说："可以了，你来喂弟弟喝水。"

然后又对我说："小宝，让大姐喂你喝水。娘给你烧个菜油煎鸡蛋，吃了你的伤口就不发炎了。"

这是娘的秘方，我每次受了伤，出了血，娘都会用菜油煎两个鸡蛋给我吃。也不知是何道理，反正我的伤口确实都没发过炎。

等娘去烧鸡蛋了，刘老师凑到我身边，抚摸着我的头问："弟弟，你们到白岭头拉车，做了这么长时间的好事，怎么都不跟老师说呀？"

我喃喃地说："这是我们的秘密，五年级的同学也不跟老师说的。"

刘老师又摸摸我的头说："你们做好事不留名值得表扬，可千万要注意安全呀！"

我用力地点了点头。

不一会，娘捧着菜油煎鸡蛋，还有一大碗稀饭过来喂我吃，喂着喂着，娘的眼角又流下了泪珠，我用左手擦去娘的眼泪。娘放下碗紧紧地搂住了我，生怕我又会有什么闪失。

那个晚上，是爹和娘轮换着抱着我睡觉的。

之后的几天，爹每天背着我去乡卫生院换药。耳根的伤口没有发炎，五六天后就不用换药了，反而是肩膀一直都很痛，没见得好多少。向医生咨询，医生说很可能是骨折了。也没做什么处理，只是把我的右手用绷带挂在脖子上，要我尽量不要动到它，说是时间长了，骨头会慢慢长回去的。

那个暑假，我的右手一直挂在脖子上。平时娘做饭我烧火、跟着姐姐拔猪草之类的家务活都干不了了，只是每天早上和下午赶着我家那头大水牛和小伙伴们去放牛。

二 救落水儿童

自从我出了事故以后，学校里规定，学雷锋不许去拉车。我爹还联合几个家长给我们定下规矩，放牛不能再去白岭头了。我们只好改换地点，把牛赶到上江的溪滩上吃草。

所谓上江，是瓯江的一条小支流，平时水量不大，溪滩上野草青青，是放牛的好去处。但一下雨，从四周的大山上冲下来的山洪汇聚到这里，很容易发洪水，大人小孩都被洪水冲走过。村里人很重视训练孩子们的水性，男孩子到了十来岁就要跟爹或者哥哥学游泳。

这条小溪上有好多个水潭，是为了灌溉农田在溪里筑起堰坝后，从堰坝上下来的水流冲成的潭，其中最大的水潭是一个叫五百丘堰的水潭，这里有深水区也有浅水区，适合小孩学游泳。我也是在这个水潭里，由两个哥哥教会游泳的，没想到刚学会游泳就派上了用场。

暑假快结束时的一天，中午下了一场雷阵雨，小溪里水流要比平时大很多。下午我挂着受伤的手，骑在牛背上，和几个小伙伴一起去放牛。快走到我们常去游泳的五百丘堰时，我很想下去游个泳。但手上有伤，爹不许我去游泳，只能远远地向五百丘堰张望。

不看不要紧，一看，发现一个小男孩正在堰坝的上面蹚着没过膝盖的急流，往对岸摇摇晃晃地走去。

我刚想喊：“危险！”

危险真的发生了。

只见他摇晃了几下，身子失去了平衡，被水冲进了下面的水潭。

与爹一起救落水儿童（王舍安绘）

我大喊：“救命！有人被大水冲走了。救命……”同时，猛拍牛屁股向水潭冲去。赶到水潭边，我看见那小孩在堰坝上冲下来的急流中上下翻滚。

我直接从牛背跃入水中。在落水的一瞬间，一把抓住了小孩的一条腿，拉着他拼命往岸边游。

水流湍急，将我俩急速冲往下游。不远处又是一个更高的堰坝，如果被冲下这个堰坝，后果不堪设想。我用尽全力往岸边靠。幸好抓住了溪坎上的一棵小树，我俩才没被冲走。

“救命！救命！”岸上，一同去放牛的小伙伴，个个都在大呼大叫：“锡忠被大水冲走了，快救命……”附近干活的村民闻讯赶了过来。

跑在最前面的是我爹。

爹一看到我就纵身跳进溪流，顺流而下，游到我身边。

我爹也抓住了小树来拉我。

“爹，我的下面还有一个小孩，先救他。”爹一把将小孩拎出水面，闻讯赶来的村民七手八脚地把小孩救上岸，再把我和我爹拉上岸。

我一看那小孩躺着一动不动。大人们也都围到那个小孩身边，有的给他摸脉搏，有的给他掐人中。有人认出他是王陈成的儿子叫王晓军，有人说他死了。

我爹说：“这么一点时间应该还有救的，要赶紧想办法让他把喝进去的水吐出来。”然后对我说：“小宝，你去把牛牵过来。让他趴在牛背上，他就能把水吐出来了。”小伙伴把牛绳递给了我，爹抱起王晓军，让他趴在牛背上。

我爹牵着牛走了几步，可王晓军没吐出水来。

我爹又把我也抱上牛背，让我一边保护好王晓军，别让他掉下来。一边赶着牛让它跑起来，说是牛跑起来，身体抖动起来，更容易让他把水吐出来。

大水牛往村庄方向跑，后面跟了一大群大人小孩。说来也怪，牛没跑几步，王晓军的嘴里真的开始吐水、吐食物了。

我爹在后面高兴地说：“有救了，有救了！”

我发现王晓军的身体好像在动。

“活了！活了！”我大声喊。

我爹把他抱下去，平放在地上。王晓军又咳嗽了几声。我爹用两个手指在他的鼻子前试了试，说：“有呼吸了，应该没事了！”

这时王晓军的娘不知从哪儿得到的消息，呼天抢地地跑过来，一把抱起儿子，使劲哭喊。我爹劝她：“不要着急，缓过气来就没事了。”

和王晓军的娘一起赶来的几个本家，也来劝她：“你别哭了，别哭了。快谢谢锡忠，没有锡忠相救，你的晓军可能真的就没了。”

王晓军的娘站起来把我拉到身边，激动地说：“小宝，太谢谢你了，你是我们家的救命恩人，谢谢你，谢谢你……”搞得我不知所措。还是我爹过来解了围，要她快带晓军回家。她这才招呼几个本家，一起抱起晓军回家。

这时我爹想起我受过伤的手，一把将我拉过去，摸着我的右肩，心疼地问：“小宝，你的手怎么不挂着了，疼不疼呀？”

我活动了一下右手，说：“不怎么疼了。”

爹还是责怪我说：“伤筋动骨一百天，你才六十多天就去用力了，骨头会长歪掉的，快挂回去。”

可我的绷带早已不知去哪儿了。

我爹让一个小伙伴把我家的牛赶回到溪滩去吃草，带着我回家换衣服。爹用汗布做成一个绷带套到我的脖子上，把我的右手重新固定回去，这才让我回去

2022 年春，作者与当年救起的王晓军合影（陶欣方摄）

放牛。

回到小伙伴当中，小伙伴们个个惊魂未定，议论着刚才发生的事，都说以为我们两个人要被大水冲走了，表达着对我的钦佩。天快黑下来时，我们赶着牛回家。

走到家门口，只见有好多人围着我爹，听他讲下午救人的事。

其中就有王晓军的爹王陈成，他是宣平犁耙厂的工人，下班回家才知道下午发生的一切，特意烧了两碗鸡蛋面条，送到我家来，给我和我爹吃，以感谢救命之恩。

见到我，又使劲地夸我。

我问他："叔叔，晓军没事了吗？"

他告诉我，晓军已经醒来了，已经会吃东西了，让我放心，又千恩万谢地说要让晓军长大后好好报答我。然后他把我拉到饭桌前，要我吃他送来的鸡蛋面条。我在众人注视下，大口大口地吃着面条，那鲜美的味道至今记忆犹新。

在新学期的开学典礼上，校长点名表扬了我。第一堂课上，刘老师详细地向同学们介绍了我的事迹，要大家向我学习，但也强调不能冒险，要注意自己的安全。

自从救了王晓军后，我就成了村里的小英雄。小伙伴们更听我的话了，左邻右舍看到我也都要夸我几句。在大家的赞许声中，我也越发乖巧懂事。

过了 20 多年，王晓军结婚的时候，邀请我参加他的婚礼，还要我坐在长辈们坐的首席主宾位置。那时我已在团县委工作，正好县里有个重要会议，没能去成，是我爹代我去的。等周末回老家，王晓军新婚夫妇给我送来一大碗鸡蛋面条，我吃得津津有味。

四 学大寨

1974 年，我初中毕业回家当了农民。那时的农村喊得最响的口号是“农业学大寨”。开山造田，兴修水利，改善农业生产条件，是当时农村工作的主要抓手。

我们上江村也一样，年年学大寨。

上江村是一个有 1300 多人口的大村，本来就人多田少，加之还有 300 多亩山垄田，一遇到干旱年景就可能颗粒无收。

“农业学大寨”运动中，有一个全国先进典型，是河南省林县。那里的人民通过学大寨，在险峻的山上开凿出了红旗渠，改变了缺水的困境，人民生活水平得到极大改善。

我们村的领导和村民们早就希望像林县那样修一条引水渠道，把远在 10 公里外的东垄水库里的水，引到村里来灌溉十年九旱的山垄田。但由于请不到水利技术人员，已经议了好几年也没能开工建设。

改革开放前夕的 1977 年，我们村已经悄悄搞起了“包产到户”。包到有灌溉条件农田的农户喜获丰收，包到没有灌溉条件农田的农户歉收。有了这样的切身体会，大家更迫切地希望赶快修好这条渠道。

村里的党支部书记陶岳贤是我的小叔，1977 年春，到县里开四级干部大会时，小叔天天缠着水利局领导，实在是催得急了，领导想了一个办法，派他们的技术员带一套水准仪到村里来，让村里选几个有文化的年轻人跟着学几天。如果学得好就借一套水准仪给村里，让村里自己去测量、设计。

小叔回来后，找到我和刚高中毕业的王国平、饶志平三个人，问我们学不学得会？三个懵懂少年异口同声地说：“我们一定要学会。”就这样我们跟着技术员学了五天的测量技术。师傅看我们学得挺认真，也基本掌握了技术要领，就把仪器和一些技术资料借给了我们。

师傅回去后，三个傻小子虽然架起了三脚架，装上了水准仪，竖起了标杆，但怎么调平，怎么瞄点，怎么读数，怎么记录，怎么计算，怎么标号都还不熟悉，忙活了一上午，只测了五六个桩，也不知道是对是错。毕竟三个大男孩对于工程测量都是零基础的，五天的速成培训，只是一知半解地学了点皮毛知识，干起来还是手足无措。

吃中饭时，小叔带我们到大队办公室拨通了师傅的电话，请教上午测量时碰到的问题。电话那头师傅耐心地回答，这头三个大男孩都把耳朵凑近电话筒认真地听着，生怕错过一个字。

请教过后，我们明白了许多，放下话筒就兴冲冲地跑回工地测量起来。之后的测量虽然也还磕磕绊绊，但总算可以操作了。三人分工，由王国平操作水准仪，饶志平竖标杆，我负责记录和计算。还有一位大叔帮助我们在前面砍掉遮挡水准仪视线的树枝、荆棘、杂草，一位大叔帮助我们在竹桩上写上桩号和标高并打好桩。小叔见我们能测量了，高兴极了，困扰他多年想做渠道但没有技术员的问题终于解决了。

小叔再次和我们确认可以把整条渠道都测量、设计出来之后，统一了村干部思想，召开了社员大会，宣布“上江红旗渠”正式开工建设。各生产队都组织了突击队，在我们测量好的渠道线路上逢崖破石，遇谷建槽，掀起了轰轰烈烈的“上江红旗渠”建设热潮。

在“上江红旗渠”工地测量（王舍安绘）

在这支建设大军中，我们三个负责测量、设计的小青年还同时承担起了施工员的职责，负责质量监督和工程验收等工作。我们也就成了焦点人物，有人夸我们年纪轻轻就担起重任，使渠道建设工程终于能够开工建设了。但也有人怀疑我们的能力，特别是几个承包的工段没有按要求施工，而被村干部责成返工的人，总是找我们的茬。

工程进展到中期，有一天，这群人请村里的领导到工地上来，说我们测量测不准，可能搞错了。有一段绕过山垄的渠道，从山垅的里面用肉眼往外看，好像引进来和流出去的两端都比里面高。

经他们这么一讲，村干部和许多村民都来看了。从视觉效果看，好像真有这样的感觉。等中午村民收工后，我们三个人来到山垅里往外看了又看，自己也觉得两边都是里面低外面高。这意味着我们测量设计的从山垅里往外引的这一段渠道可能下游比上游高。如果是这样，全村老老少少几个月辛辛苦苦做起来的渠道就要报废。

趁工地上没人，我们饿着肚子对这段渠道重新测量了一遍，可结果又是对的。但用肉眼看看，却越看越觉得真是下游比上游高。三个傻小子急得团团转，大家百思不得其解。打电话向师傅请教，师傅告诉我们可能是视觉差造成的，但没到现场看过，他也不能确定。

小叔听说这事也急了，到工地上来找我们了解情况。看我们急得都要哭了，安慰我们先别急，他去水库里商量一下，放点水过来试试。可上游的渠道还有几处没完全做好，要全部接通才能放水过来试。怎么办呢？

那天晚上下起了雷阵雨，我自以为想出了好办法，叫上两个小伙伴，摸着黑，冒着雨，来到工地，将山上流下来的雨水引到新修的渠道里。水沿着渠道一路从上游顺利往下游流去，验证了我们的测量结果是正确的。

三个傻小子跟着水头一路奔啊跳啊的庆祝。可这时雨越下越大，山上下来的水汇成了山洪冲进渠道。渠道里的水溢了出去，沿着山坡往下冲，而且越冲越大，哗啦啦一声巨响，一大段渠道塌方了。三个傻小子这下真是傻了眼，刚刚的高兴劲被当头浇了一盆冷水。你看我，我看你，才知道全身都已被大雨淋湿。湿冷加上渠道塌方后的紧张害怕，让我们全身直发抖。这时已经是后半夜了，我们

2022年春，作者与一起测量渠道的饶志平回忆当年的情景（朱红兰摄）

只好先回家。

第二天，我们都睡过了头，出工也迟到了。先到工地上的村民看到新修的渠道被山洪冲塌了，而且发现是因为有人将山洪引到渠道里引起的。

大家首先想到的就是可能被阶级敌人破坏了。等我们来到工地的时候，村干部已经在布置追查，气氛很严肃。

我们三人在边上商量了许久，先是不敢承认，生怕被追究责任，可又觉得，我们只是想引来雨水验证一下，现在事实已经证明我们测量的结果是对的，我就壮着胆子向村干部说明了情况。

这一承认，有人就起哄了，说我们是在破坏农业学大寨，要把我们抓起来送到公社去。我们据理力争，说这样做不是搞破坏是为了验证测量结果。几个村干部听了我们的解释，也认为我们不是有意破坏，但不懂得山洪对渠道有这么大的破坏作用，事实上给集体造成了损失，要我们向大家做检讨，还扣除了我们当天的工分。

这场风波过后，我感觉大家对我们的工作更支持了。只用了三五天时间就把山洪冲垮的那段渠道重新修好了，而且工程进展也更快、更顺利了。

经过全村男女老少近半年的辛勤劳动，一条绕着我村前山山腰，长约10公里的“上江红旗渠”于1977年夏天全线贯通，东垄水库的清泉灌溉到了我村的农田，300多亩十年九旱的山垄田喜获丰收。大家终于能够吃饱饭了。

1978 年春节前夕，公社里要评选表彰“农业学大寨积极分子”。那年 18 岁的我，因为在修建“上江红旗渠”中发挥了积极作用，被评选为“农业学大寨积极分子”。奖品是一张奖状、一把锄头、一块汗布。这张奖状被我视为最珍贵的奖品，一直保存至今。

作者被评为 1977 年度农业学大寨积极分子

五 正劳力读高中

我初中毕业时，高中的升学率很低，要由贫下中农推荐上学。我的小姐姐刚被推荐上了高中，按村里约定俗成的规矩，一家人不能连着被推荐，这项政策让我失去了读高中的机会。

1977 年恢复高考，当时的我正一头扑在修建“上江红旗渠”上。

等有人真的考上大学、中专，已在我的母校云华初中当民办教师的小姐姐才回来跟我说：“弟弟，你读书那么好，不去参加考试太可惜了。还是复习复习明年去考考中专看吧。”我一直很听小姐姐的话，加之在村里搞测量等工作中碰到的实际困难，也意识到自己书读得太少了，准备认真复习，参加第二年的中专考试。

在小姐姐的指导下，我在家里边干农活边复习功课，农闲时还跑到小姐姐教书的班上听了几次课。1978 年 7 月我参加了中专招生考试，但没有考上。全乡 100 多人参考，只有我小姐姐和另外一名民办教师考上了。考试成绩出来后，是我小姐姐到区教办取回全乡考生成绩的，她发现我的成绩在全乡考生中还名列前茅，超过了许多高中毕业参加中专考试的考生。可这次考试之后，我已经超出了中专报考的年龄，但小姐姐总觉得我是块读书的料。

1980 年，小姐姐师范毕业，回到家乡的桃溪中学教高中了。她去找校长徐升，要带我去插班读书。可我已辍学五年，也没有参加入学考试，徐校长很为难。在小姐姐的苦苦请求下，徐校长说："要有破格录取的理由才行。"小姐姐兴奋地告诉校长："我弟弟评到过'农业学大寨积极分子'，1978 年参加过中考，当时的考试成绩超过了许多桃溪中学高中毕业的考生。这算不算破格录取的理由？"徐校长看了我的奖状和中专考试成绩后，认为可以破格录取。于是，虚岁已经 20 岁，在生产队里已是 10 分底分的正劳力的我，重新走上了求学之路。

我们生产队里的田边有一块巨大的岩石，叫作"坛头娘"，千百年来卧在那里岿然不动。大家干农活休息时都坐在"坛头娘"上歇脚。决定去读高中的那天，我照常去生产队干活。大家坐在"坛头娘"上休息时，我的一个邻居曝出我要去读高中。大家议论纷纷，都觉得我这么一个正劳力，突然要丢下锄头去读书，是异想天开。一位大叔调侃说："锡忠想读书有什么大惊小怪的，这块'坛头娘'还想翻个身呢。"引得大家哄堂大笑。

乡亲们的取笑并非毫无道理。当我坐进高中的教室，才知道恢复高考后这几年，中学教学质量大幅提高，五年前我所学的那点知识根本不够用了。

课堂上除了语文课没问题，其他科目都很费力，但对知识的渴求，对改变命运的向往，真能使人奋发图强。小姐姐帮我借来从小学到初中的所有课本，利用所有课余时间补课。到第二个学期，我的学习成绩就从全班倒数第一，变成名列前茅，还当上了学习委员。经过两年的埋头苦学，我最终考了桃溪中学当年的"高考状元"，但我的分数比录取分数线还少了 7 分。也就是说那年我们学校一个也没考上。

但磨刀不误砍柴工，通过两年如饥似渴地学习，做好村里安排的工作，文化知识水平已经不是什么障碍了。从此，我深刻认识到了知识的重要性，并在往后的工作中养成了做任何工作都得先学习好相关知识的习惯。

六 读中央农业广播电视学校

高中毕业回到村里，我发现随着改革开放的深入，农村形势也发生了很大变化。人们已经不再满足于种好粮食填饱肚子，而是搞起了多种经营，开始发展商品经济了。这时正需要有知识、有文化的年轻人带领大家学习多种经营的生产技术。村里又让我干起了种蘑菇、当植保员、养珍珠蚌和杂交稻制种等技术活。

那时，全国都在宣传“科学技术是第一生产力”，采取了许多措施推广普及农业生产技术。其中最受农村青年欢迎的，是由当时的农业部、教育部和广电总局等十多个部委联合举办的中央农业广播电视学校。我通过乡农技站站长、我家隔壁邻居王土木叔叔的推荐，成为中央农业广播电视学校的学员。

这个学校于 1980 年 12 月开办，主要面向农村青年，教授种植业、养殖业、农产品加工与贮藏、农机作业等方面的农业实用技术，是为农村改革开放、发展农村经济培养农业技术人才的重要平台。它的教学模式其实就是现在所说的远程教学，通过中央人民广播电台以专题节目形式向全国播出。

这个学校对学员管理很严格，每门课程授课结束后都要举行全国统一考试。我们的考点设在县城，考场纪律的严格程度不亚于高考。记得有一门课的全国统考好像是县长都到考场视察过。

那三年我系统学习了植物学、土壤肥料学、植物栽培学、植物保护学等农业生产基础知识，成为我县首批获得中央农业广播电视学校绿色证书的毕业生。这期间，我每天早晚听课，白天在农田接触各种农作物的播种移植、施肥浇水、中耕除草、防病治虫、收获贮藏等农活，觉得每一节课都是在教我如何种好庄稼，每一点知识都能活学活用到农业生产上。

那时候已经分田到户，我爹本来就是种田的好把式，加上应用了我学的农业技术，我家种的粮食、蔬菜长势都比人家好，左邻右舍都来请教。我大哥是村杂交稻制种队的队长，田间操作很有经验，但有难度的技术问题，还是要根据我的理论推算来实施控制。有了我们兄弟俩理论与实践的完美结合，我们村制种队的杂交稻种子亩产是全乡最高的。

那时杂交稻种子是农业生产最稀缺的资源，多几斤种子就意味着能多种几亩杂交稻。由于我们村制种队的杂交稻种子产量高，全村农民家家户户都种上了杂交稻，取得了粮食大丰收。我第一次切身感受到科学技术确实是第一生产力，感受到农业技术进步给农民带来的获得感。对自己学到的一点农业技术，在推动农村经济发展中发挥了作用也很有成就感。

七 当代课教师

在我活学活用农业技术干得正欢时，和我同一个生产队，在我们云华初中当教导处主任的郑谓民老师，邀请我到云华初中去当代课老师。

我爹觉得当代课老师没什么意思，但我又有点想去。就让小姐姐回来一起商量，小姐姐当然非常支持我去。我就跟着郑老师到云华初中报到去了。

在去学校的路上，郑老师告诉我，以前没有开设生物课，这个学期根据上面的要求，要开生物课了，新开的课程还没有配上老师，请我去是让我当这个生物课的老师。

这下我可傻了眼了。我就是云华初中毕业的，我们在这里读书时根本没有生物课，去读高中时也没有生物课，高考时也不考生物。一个一堂生物课都没有上过的人，怎么去当生物老师呢？半路上我就打起了退堂鼓，想不去了。

郑老师说："初中生物是今年新开的课程，你没学过，你前前后后的学生也都没学过。在我们农村要去找一个学过生物课的人来教生物根本就不可能，所以你不用那么紧张。"

接着他问我："听说你在上中央农业广播电视学校？"

我说："是的。"

郑老师又问："是不是有《植物学》《植物栽培学》这些课程？"

我说："《植物学》《植物栽培学》是我们上学期的课程，刚考完试。"

"考得怎么样？"

"《植物学》我考了 100 分，《植物栽培学》我考了 92 分。"

郑老师高兴得跳了起来。"那你还怕什么呀？凭你这点生物学基础，教教初中生物绰绰有余了。"

我将信将疑，来到阔别多年的母校，走进办公室，多半老师都还是我在这里读书时的老师，大家都热情地和我打招呼，而且叫我陶老师了。

跟大家打过招呼，郑老师把我领到校长办公室。校长是新来的，叫章文伟，才 30 岁出头的样子，一进门就热情地迎上来和我握手，给我让座。郑老师把我介绍了一番，着重介绍了我在中央农业广播电视学校的《植物学》课程考试考了 100 分。

章校长高兴地说："太好了，我们校的生物课就看你了。"随即将一本《初中生物》课本和一本备课笔记本交给了我，说："你好好准备一下，明天下午初一（1）班和初一（2）班都有生物课，就要你去上了，我如果有时间也会来听一下课。"

我谢过章校长，走出办公室，心中很忐忑，不知怎么着手备课，央求郑老师教教我。郑老师让我到他的办公室坐下，拿出他的备课本，翻到第一页让我看。郑老师的备课笔记写得很工整，字迹也很漂亮。我认真地翻看了他的初一数学第一节课的备课笔记。内容主要是"什么是几何？为什么要学习几何？怎么学好几何？"三个问题。在各个问题下都列了几个结合实际的例子。

记得当年我们刚上初中时，老师给我们上数学第一课时确实就是这样上的，而且听完他的第一堂课，我就喜欢上几何了。

我大致理解了郑老师让我看他的备课笔记的意图，但我还是疑惑地说："郑老师，看了你的备课笔记对我很有帮助，可我要上的是生物课呀？"

郑老师耐心地跟我说："对，我的备课笔记只能给你一个参考。生物课我也没有教过，但是万变不离其宗。第一课你只要讲好什么是生物，为什么要学习生物，怎么学好生物就差不多了。"

我似懂非懂地点点头说：“谢谢郑老师，那我赶紧备课去。”

临走时郑老师交代我：“你自己先抓紧把课本从头到尾看一遍。”

回到寝室，拿出课本，仔细一看，才知道《初中生物》第一册其实都是《植物学》里最基础的部分，这下心里就踏实多了。但我还是认认真真地通读了一遍教材。

第二天上午，我学着郑老师的备课笔记，依样画葫芦，列出什么是植物学，为什么要学植物学，怎么学好植物学三个问题。这三个问题也是我们中央农业广播电视学校《植物学》序言部分布置的作业。我把自己的《植物学》课本和作业本都带来了，而且当时的作业做得很认真，这对我备好课帮助极大。

我就在作业的基础上，把自己在村里参加杂交稻制种时运用植物学知识提高了制种产量，在生产队当植保员时根据农作物的生长状况判断发生了什么病虫害，从而采取什么防治措施，保护了农作物健康生长，在蘑菇养殖场刚学到的菌类植物从菌丝到子实体的生长过程等知识结合了进去。用了一个上午时间，写了满满 5 页备课笔记，信心满满准备走上初中课堂的讲台。

下午第一节课是初一（1）班的生物课，上课铃声响起，我整理了一下头发，神气十足地走进教室。教室里还没有安静下来，几个淘气的学生刚跑进来。看到我，有个和我同村的男生和同桌说：“咦，我们村的陶锡忠怎么来当我们老师了？”

这一问搞得全班同学哄堂大笑，弄得我也面红耳赤。我扶着讲台镇定了一下，盯着那个捣蛋鬼，高声说：“上课了。”

班长叫了立正，我请同学们坐下，教室里才安静下来。但那个捣蛋鬼还在朝我做鬼脸，几个同学看他在做鬼脸，又在偷偷地发笑。

我准备好的开场白也一时说不上来了。翻开备课笔记看了一眼，才开始介绍起自己：“同学们好，我叫陶锡忠，是上江村的一个农民，做过植保员，杂交稻制种队员，还种过蘑菇。学过一些生物知识，你们新开了生物课，学校里让我来当你们的生物老师。从今天开始，我就和你们一起来学习生物这门课。”

本想用这样的开场白拉近与同学们的距离，却不想引起课堂上的骚动。“是个种田的。”“是个植保员。”“是和我们一起来学习的。”同学们一阵交头接耳嬉皮笑脸。

我停下来，咳了两声，用眼睛盯着几个说话的同学，学生们这才勉强静下来听我讲课。

由于一时没有控制好课堂气氛，又是第一次在讲台上正式上课，我一直都很紧张，时不时地要去看备课笔记才能讲出备好的内容。自己觉得没有讲好，从同学们的神情看，也不怎么认可我的课。

好不容易下课了，庆幸校长没来听课。

下午的第三节是初一（2）班的生物课，利用还有一节课的时间，我总结第一堂课的教训，从自己的仪态、语气、开场白等方面进行了一番调整准备，还自己在寝室里进行了模拟。

上课铃声响过之后，我在教室门口站了一下，等同学们基本坐好再从容地走进教室。班长叫了立正之后，我很和气地请同学们坐下。这时章校长拿了一个凳子，在教室的最后一排坐下。可能有些同学也发现校长来听课了，大家都坐得非常端正。校长的到来，让我虽然有些紧张，但也很兴奋。

整理了一下情绪之后，开始了我的开场白："同学们好，我很为你们高兴，一上初中就能学习生物这门课程。我们读初中、高中时都没有这门课，直到上了中央农业广播电视学校才开始学到这门课程。"

说到这里时，好多同学都瞪大了眼睛，有同学还发出"哇！"的惊叹声，显然是被中央农业广播电视学校这个校名给唬住了，眼神里透露出钦佩，更加神情专注地听我讲课。

我也精神振奋、满怀激情地向同学们介绍了什么是植物学，为什么要学植物学，怎么学好植物学，并向同学们介绍了自己在村里参加杂交稻制种时运用植物学知识，对水稻的叶龄测算，控制杂交稻的父本和母本花期相遇，取得高产的事例。我还告诉同学们，学好《生物》在我们的生产、生活中大有用处，可以帮助父母更好地发展商品生产，发家致富。你们是第一批学到《生物》的农村孩子，以后你们还可能成为生物学专家。

同学们听得一愣一愣的。章校长也听得很认真，有些植物学概念可能他也是第一次接触，听课时他不时地点头。不知不觉中，下课铃声响起，我讲结束语时，章校长和同学们都还意犹未尽。下课后，章校长走到讲台上，拍拍我肩膀，肯定地说：“课上得不错。”但他指着黑板上没有章法的板书指出了我的不足，要我好好向郑老师学习，多请教请教。

这堂课后，初一（2）班的同学学生物的兴趣高涨，每堂课我都上得神采飞扬，同学也是听得兴趣盎然。课外碰到我也会围着我问这问那。我还带他们去杂交稻制种田、蘑菇养殖场现场上过课。班里有个叫李宣兰的同学，每次考试都考满分。可到初一（1）班去上课我怎么也找不到状态，同学们的反应与初一（2）班也截然不同，期末的平均成绩比初一（2）班低了十多分。

1983 年 5 月，武义县教育局为了引起各学校对生物课的重视，举行了全县中学生生物竞赛。云华初中在我的建议下，选送了李宣兰同学去参加，她竟然拿了个全县第二名的好成绩，让县城中学的生物老师们大跌眼镜。这也是桃溪区参加全县各科目竞赛选手取得的最好成绩。

为此，桃溪区教办的叶发林主任专程到云华初中，破天荒给我这个代课教师发了 25 元奖金。别小看这 25 元，那时可称得上是巨额奖金了，因为代课教师的月工资只有 28 元。

八 考招聘干部

叶发林主任在给我颁奖之后，还向我透露，下学期他可能要到县里新办的武义县农业技术学校工作，鼓励我去报考。这再次点燃了我求学的欲望。1983 年 9 月，我以优异成绩被录取到武义县农业技术学校（后改名武义县职业技术学校）农技班。

这是一所县里为了培养农村技术人才和农村后备干部办的学校，校长由分管农业的副县长担任。叶发林主任调来当了校党委书记，他对我很认可，所以一入学就推荐我当班长、校学生会主席。

在这之前，我已经是中央农业广播电视学校的学员。学业上轻车熟路，我就把更多精力用在了配合老师在试验田里做各种实验上。我们的专业老师都是县农业部门的农技专家，或者是恢复高考后考进高校刚毕业的高才生。由他们手把手地教，之前一些知其然不知其所以然的幼苗嫁接、高位嫁接之类的实际操作问题，有老师在现场指导都能更好地掌握了。

作者在武义县农业技术学校做小麦黄锈病防治实验（王健摄）

1984 年初，根据农村工作的需要，要招一批年轻干部到乡镇政府工作。参加招聘干部考试的名额是分配到区里，由各区推荐的。武义县农业技术学校本来是培养农村后备干部的基地，可惜我们首届学生才读了一个学期。眼看要错过这个输送学生到乡镇政府工作的机会，校领导跑到县里去争取，县领导也觉得应当给县农技校的学生一个机会，就同意由学校推荐 10 名优秀学生去参加招聘干部考试，我也是其中的一位。

考试成绩出来后，我们学校推荐的考生考试成绩普遍比区里推荐的好。这下组织部门为难了，如果就按成绩录用，区领导会很有意见，但农技校推荐的考生也不能一个都不录取。为此，县委组织部领导与桃溪区委书记吴金宣商量，希望桃溪区能拿出一个名额，录用由县农技校推荐参加考试，考了全县最高分的我。吴书记爱才如命，虽然他与我素未谋面，也没有乡里、村里为我推荐，就冲着我在考试中考出的好成绩，他就统一了领导班子思想，同意从全区仅有的五个录用指标中，拿出一个录取我到云华乡政府工作，我幸运地成为县农技校推荐的考生中唯一一个被录用的农村招聘干部。

当已是花甲老人的我回望自己的童年、少年时代时，才懂了“三岁看大，七岁看老”的含义。是潘日新叔叔、王晓军妈妈还有左邻右舍的赞许，在我心灵深处根植下了助人为乐的种子，送人玫瑰手有余香；是学测量、读高中、读中央农业广播电视学校、读职校、考招聘干部，让我坚信学习是解决问题的钥匙，知识可以改变命运；是运用植物学知识提高了杂交稻制种产量，让我坚信科学技术是第一生产力，农民也要科学种田；是“上江红旗渠”带来的粮食丰收，全村男女老少才能吃饱饭，让我领悟，努力工作可以改变家乡面貌，幸福是奋斗出来的！

少年时经历的这些事深深影响着我的人生轨迹。

1984

1990

第二章

请到青年突击队里来

——乡镇团委工作笔记

1984 年 6 月，我正式到云华乡政府报到上班，这一时期，正是农村计划经济向商品经济发展的转型期，农村工作面临新的挑战，对乡镇干部队伍提出了革命化、年轻化、知识化、专业化的要求。

我们这批招聘干部，是乡镇干部队伍“四化”的受益者，一入伍就得到组织和领导的重点培养。上班的第一个月，我就被选举为乡团委书记，三个月后又兼任了乡文书，相当于现在的乡党政办主任。

刚走上工作岗位的我，意气风发，斗志昂扬。什么都很新鲜，什么工作都想干得最好。

为了活跃全乡共青团工作，创办了《青年知音》专题广播节目。组织过青年突击队，帮助过青年农民发展商品经济。短短半年时间，云华乡的共青团工作就在全县初露锋芒。

团县委汤勇书记了解到这些情况后，专程到云华乡做了两天的调研，把我们乡的共青团工作作为全县先进典型进行了总结。在 1985 年初召开的全县共青团工作会议上，我被评为优秀团干部，并作了典型发言。1985 年 3 月，我加入了中国共产党，9 月考入省委党校脱产学习了两年。毕业后分配到桃溪镇工作，担任团委书记、党委委员，还兼任过公安员、人武部长等职。

这个时期，农村改革春潮涌动，农民群众发展商品经济的激情被点燃。特别是农村青年争做专业户、万元户的热情高涨。作为乡镇团委书记，承担着引导农村青年勤劳致富、健康成长的重任。我发挥所学专业的一技之长，配合农村改革大局做了几件深受农村青年欢迎的事，在自己的成长历程中留下了 6 个时代印记。

一 自带口粮上省委党校

1985 年初，浙江省委党校的共青团干部大专班要招收学员，由各县市团委和组织部门在基层团干部中择优推荐参加入学考试。

武义团县委和县委组织部，从全县农村、厂矿、学校三条战线各推荐一人参加考试，我也是其中的一位。为了帮助大家准备好考试，县委组织部将参考人员集中到武义一中进行辅导。到了武义一中，我才知道，考试的课程不是我高考时准备的理科，而是文科。我几乎是要从零基础开始学习文科要考的地理和历史。命运又一次把机会和挑战同时摆在了我的面前。

面对这样的挑战，我向小姐姐借来整套的中学地理、历史课本，为自己制订了一个以恶补地理、历史为重点的学习计划。白天在复习班上课，课堂上和下课时间迅速完成作业。晚上回到宿舍，闭门看地理、历史课本。

翻开初中地理第一册，带着想了解我们的家乡、我们的祖国、我们的世界所处地理环境的急切心情，一口气看完一本地理课本，一点也不觉得累，反而兴奋得睡不着觉。我躺在床上后悔自己当年没有选择读文科，觉得自己对地理特别有感觉，就这么匆匆看一遍，就可以在脑子里勾勒出地球的轮廓，建立起大江、大河、大山、大海、大平原、大盆地的分布模型。看历史课本时也很兴奋。我曾在文学作品中，了解了许多精彩的历史片断，在课本里将它们串珠成链了。

在学习地理历史时，是一种极大的兴趣驱使着我去一遍一遍地认真看课本，连看了三遍也不厌倦，好像不是为了准备考试，也没有去做太多的练习。两个月过后自己感觉胸有成竹，在模拟考试中我的地理、历史考出了高分。补上了地理、历史的短板，我对入学考试充满信心。不出所料，一个月后接到了浙江省委党校的入学通知书。

1985 年 8 月 31 日，我满怀憧憬，肩挑手扛大包小袋的行李和 50 斤大米，一大早从老家上江步行到桃溪，坐汽车到武义，从武义转车到金华，再坐火车到杭州，到杭州站时已经是晚上 10 点多了。

这是我第一次来杭州，一个农村孩子对陌生城市的胆怯油然而生。

一出火车站，见到举着“浙江省委党校欢迎您”接站牌的学长们，我兴冲冲地跑了过去。他们争先恐后地把我的行李搬上了 10 路公交车。报到时，首先见到的是我的同桌，来自宁波宁海的王能选。两人一见如故，兴奋地交谈起来。我们都是第一次来杭州，都说急切地想要看到向往已久的西湖。可不一会就要熄灯了，我和王能迭约定，明天一大早去游西湖。

第二天，天刚蒙蒙亮。我起床一看，王能迭已经站在窗外等我了。匆匆洗了把脸，就牵着王能迭的手往外跑。我们向行人打听了去西湖的路，步行来到西湖边。

晨光中的西湖，薄雾轻起，水光潋滟。我身临其境地感受到苏轼笔下的“欲把西湖比西子，淡妆浓抹总相宜”。

我们在断桥上、白堤间流连忘返，不知不觉时间已过了 8 点。

不好，可能开学典礼都要迟到了。我俩也搞不清公交车怎么坐，就一路跑步回到学校，幸好还赶上了开学典礼。

开学典礼后的班会活动上，各位同学都作了自我介绍。全班 40 位同学中有地区团委的副书记，有团县委书记和副书记、区团委书记、乡镇团委书记、机关部门团委书记、国有企事业单位团委书记等，全省各个地区、各条战线、各个层次的团干部都有。这些同学中只有我和来自绍兴县的金百富和来自龙游县的李雪富 3 位同学是农村户口的乡镇招聘干部，其他都是居民户。

我们这个班的培养目标，是提高同学们的文化知识水平、政治理论水平和组织青年工作的能力。在课程安排上有大学语文、马克思主义哲学、政治经济学、中共党史、领导艺术、干部修养、计算机技术等主干课程，还要选修音乐、舞蹈、文学艺术、体育健美等才艺课程。同学们都从工作岗位上回到学校来进修，带着问题来读书，学习氛围特别好。课堂内大家你追我赶，课外时间文体活动丰富多彩。

到省委党校读书，没有给我们转户口发粮票。到杭州上学前东借西凑的几十斤粮票和上学时带的 50 斤大米，三个月就吃完了。没有粮票，吃饭就成了大问题。我向班主任反映，班主任带着我们三个招聘干部身份的学员找了校领导，领导一时也没有办法解决。为了能吃上饭，不得已找到粮票贩子以黑市价买粮票。但这并没有影响我的学习，相反更加珍惜这来之不易的学习机会。

两年的党校学习，我还从同学身上学到了许多做好共青团工作的经验。在这个会聚了全省优秀团干部的班级里，同学们在主题班会上，经常交流各自做共青团工作的经验。相对来说，来自农村的同学解决农村青年实际问题的经验多一些，来自企事业单位的同学，会有更多的个人才艺。

在交流学习中，我懂得了要让共青团组织在青年中有吸引力、向心力，团干部个人的魅力非常关键，最好还要有和青年唱到一起去、跳到一起去、玩到一起去的能力。

说实话，去省委党校读书之前，唱歌跳舞、琴棋书画这些才艺我都没有。为了让自己更受年轻人欢迎，一有机会我就跟着同学学才艺。好在我的室友李雪富是个学啥都学得特别好的奇才，我跟着他学会了看简谱、五线谱，学会了拉小提琴，学会了跳交谊舞，学会了下围棋、打桥牌，学会了打太极拳。在毕业晚会上，我还被推荐上台表演了一个舞蹈节目。

可以说，两年的省委党校脱产学习，让我这个从农田里刚爬上来的普通农民，有了政治理论的武装，有了文学艺术的修养，开阔了视野，增长了才干，为做好共青团工作和之后各个岗位上的工作打下了较好基础。

二 办广播节目《青年知音》

改革开放初期的农村，最大的社会变革就是从有组织的集体生产，变成了各家各户单独生产。

当时乡镇共青团工作面临的最大问题，就是团员青年像是一盘散沙组织不起来。不要说对他们进行思想教育，就连见个面都难。

刚当上乡团委书记时，我曾尝试过一家一户走访，也曾尝试过到田头地角和团员青年一起边劳动边交流。但一个乡团委总得能面向全乡的团员青年开展工作才行呀。什么办法能让分散在千家万户的团员青年知道乡团委的存在和动向，从而来响应乡团委的活动呢？

我想到了中央农业广播电视学校，因为它，散落在全国各地的几万名学员成了共同学习一门专业知识的团体。我可不可以利用乡广播站办一档节目，把全乡团员青年吸引到一起来呢？

那时的农村，广播几乎还是传递信息的唯一媒体，乡广播站播出的消息一下子就会家喻户晓。我向乡党委书记邹官文汇报了这个想法，邹书记表示你可以试试。我就和乡广播站的同志策划起了面向团员青年的一档专题节目，命名为《青年知音》。当时匆忙上阵，没有办节目的经验。第一期的内容我记得是这样的：开头是我自己写的一个开播致辞，中间播了几条青年致富信息，最后播了一首当年的流行歌曲《甜蜜的事业》。第一期《青年知音》节目就这样播出去了。

没想到，第二天乡里的年轻干部，还有几个村里的团干部都来向我提意见了，村里的年轻人也在议论《青年知音》。虽然节目办得还不够好，但引起了年轻人的关注，说明这种形式是可以影响他们的。我下决心边办节目边学习，向广播站的同志请教，在团干部中约稿，连续编播了十多期节目。在节目风生水起办起来的时候，我被推荐到省委党校团干班脱产学习去了。

从省委党校毕业后，我到了桃溪镇团委工作。在新岗位上我重操旧业，桃溪镇的广播里又传出了我们办的《青年知音》。这次办的节目水平比两年前高多了。团干班的同学有的也办过类似的专题广播节目，在交流中我学到了办好青年专题节目的一些窍门，使《青年知音》更受团员青年欢迎。

桃溪镇的《青年知音》节目，设有《共青团工作半月谈》《祝你致富》《青年生活指导》等专栏。每周五晚上播出，周六的早上和中午各重播一次。这个节目花了我很大的精力，刚开始播出时各个专栏的稿件都是自己编写，镇广播站只有一个女播音员，男播音由我担任。但要真正办好专题节目，靠自己一个人单打独斗肯定是不行的，还是要发动团员青年来参加节目的制作。

在一次桃溪区团委召开的会议上，我汇报了我们创办《青年知音》节目的情况，引起了区团委副书记严陶伟的极大兴趣。他是区里的报道员，对利用广播开展宣传教育很有经验。我就邀请他来当我们节目的编审。在他的帮助下，我们在桃溪中学等区属部门单位的团员青年中，发展了一批通讯员。这些年轻人本来就引领着小镇的时尚，大家献计献策，《青年知音》专题节目办得可谓生动活泼。

镇所在地有几个青年，是《青年知音》节目的“铁粉”，每期播出后都会到镇里来找我，对节目评论一番，愿意同我说说自己的心里话，反映自己在生产生活中碰到的问题和烦恼。

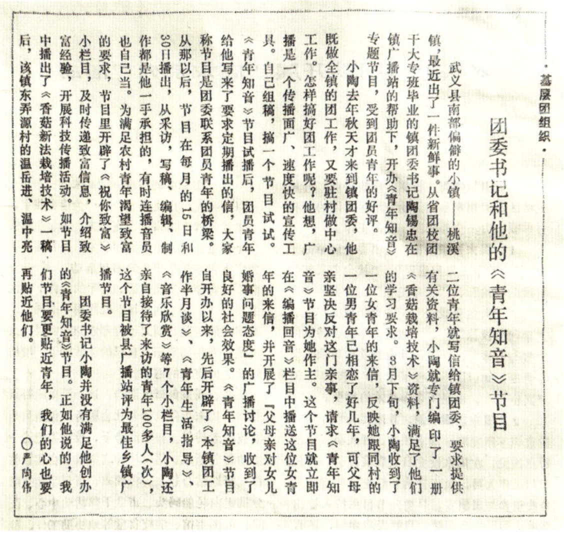

·基层团组织·

团委书记和他的《青年知音》节目

武义县南部偏僻的小镇——桃溪镇，最近出了一件新鲜事。从省团校团干大专班毕业的镇团委书记陶锡忠在镇广播站的帮助下，开办《青年知音》专题节目，受到团员青年的好评。

小陶去年秋天才来到镇团委，他既做全镇的团工作，又要驻村做中心工作。怎样搞好团工作呢？他想，广播是一个传播面广、速度快的宣传工具。自己组稿，搞一个节目试试。《青年知音》节目试播后，团员青年给他写来了要求定期播出的信，大家称节目是团委联系团员青年的桥梁。从那以后，节目在每月的15日和30日播出，从采访，写稿、编辑、制作都是他一手承担的，有时连播音员也自己当。为满足农村青年渴望致富的要求，节目里开辟了《祝你致富》小栏目，及时传递致富信息，介绍致富经验，开展科技传播活动。如节目中播出了《香菇新法栽培技术》一稿后，该镇东弄源村的温岳进、温中亮二位青年就写信给镇团委，要求提供有关资料，小陶就专门编印了一册《香菇栽培技术》资料，满足了他们的学习要求。3月下旬，小陶收到了一位女青年的来信，反映她跟同村的一位男青年已相恋了好几年，可父母亲坚决反对这门亲事，请求《青年知音》节目为她作主。这个节目就立即在《编播回音》栏目中播送这位女青年的来信，并开展了『父母亲对女儿婚事问题态度』的广播讨论，收到了良好的社会效果。《青年知音》节目自开办以来，先后开辟了《本镇团工作半月谈》、《青年生活指导》、《音乐欣赏》等7个小栏目，小陶还亲自接待了来访的青年100多人（次），这个节目被县广播站评为最佳乡镇广播节目。

团委书记小陶并没有满足他创办的《青年知音》节目。正如他说的，我们节目要更贴近青年，我们的心也要再贴近他们。

〇严陶伟

严陶伟发表在1988年第二期《当代团干》杂志上的报道

有一次，我们收到一位女青年的来信，反映她跟同村的一位男青年已相恋了好几年，可父母坚决反对这门亲事，请求《青年知音》为她做主评理。我们在“编播回音”专栏播出了这封来信，并针对当时农村还存在父母包办婚姻这一实际问题，与镇妇联一起，在《青年知音》节目里开展了一场关于“父母应怎样正确对待儿女婚事”问题的广播讨论。

通过正确的舆论引导，镇团委、妇联又上门做了工作，帮助这位女青年与家长进行了有效沟通，消除了误解，节目促成一对男女青年走进了婚姻殿堂，建立了幸福家庭。通过这样的形式，节目还解决了好几个青年反映的社会热点问题。

随着《青年知音》在全镇影响的扩大，镇党委、政府也经常利用这个节目宣传中心工作。镇里要开展某项重要工作，书记、镇长都会利用《青年知音》做广播动员讲话。

在粮食收购季节，我们配合粮食收购工作，在节目里通报各村团员家庭的粮食收购进度排名。东垄村团员家庭交公粮的进度落后了，村团支部书记就开着自己的拖拉机，免费为他们把应交的公粮运送到粮管所，大大加快了全村交公粮的进度。

我在桃溪镇工作的三年多时间里，《青年知音》一直坚持播出，而且越办越红火，真正发挥了联系、组织、教育团员青年的作用。

我到团县委工作后，又与县广播电台联合举办了武义县《青年知音》专题广播节目。县级层面有更多的资源、更多的人才，节目也更加丰富多彩，成为团县委做好全县青年工作的重要平台。

浙江团省委主办的《当代团干》1988 年第二期，刊发了通讯《团委书记和他的青年知音》，报道了我们利用《青年知音》广播节目推动共青团工作的好做法。

二 造青年林

我在云华乡团委和桃溪镇团委工作期间都组织过青年突击队，这是当年共青团工作的重要抓手，也是共青团组织发挥作用的主要形式。党委、政府要开展某项重要工作，需要有人带头响应时，就会要求团委组织一支青年突击队来带这个头。

在云华乡组织的青年突击队，是组织团员青年参加植树节活动。

1988 年冬，作者（右一）与青年突击队员一起植树造林（严陶伟摄）

我国早在1979年2月23日召开的第五届全国人大常委会第六次会议上，就通过决定，将每年3月12日定为植树节，但这项工作在我们农村还很少有人响应。1985年春节前夕，县里在一次乡镇领导会议上，对抓好植树节活动做了专题部署，并介绍了外地通过组织青年突击队参加植树节活动，带动全民参与的典型经验。

乡党委邹官文书记回来传达了会议精神，并把组织青年突击队参加植树节活动的任务交给了我。邹书记只是要我去做这项工作，没有交代到哪里去植树，植什么树，也没有提供苗木，更没有安排活动所需要的经费。那时村里已经包干到户，各家各户自己干活。村里的年轻人已经很少有集体活动了，对于怎么去做这项工作，我还真感到无从着手。

思来想去，我想到了初中同学。我们的初中同学都是同乡的，有的还当上了村团支部书记。如果能取得这帮同学的支持，可能活动开展起来会顺利些。

于是，春节期间我就准备了一些小点心，骑着自行车到几个要好的同学家拜年，顺便和他们说了乡里要组织青年突击队参加植树节活动的事。没想到同学们个个很兴奋，都说这些年只知道在家里干农活，大家聚在一起的机会都没有，如果你组织这样的活动，许多年轻人都会来参加。

这下拜年就变成了植树节的动员发动，我每到一个村就把几个初中同学叫到一起商量植树节的事，大家你一言我一语，为我出谋划策。

植树地点，我建议到云华乡最有名的台山寺风景名胜区。年轻人愿意去那里玩，在那里搞植树节活动会更有吸引力。

人员怎么组织？有同学说我们同班同学都要带头参加，有的同学说可以动员自己的堂兄妹、表兄妹都来参加。

没有苗木，大家便分头去找。大樟树下樟树籽掉下来自然长出的樟树苗，桂花树下侧生出来的小桂花树，都成了同学们找苗木的目标。

中午饭怎么解决？大家说自己带饭来。

有了初中同学一班铁哥们的支持，组织好青年突击队的信心大大增强了。

春节过后，回乡里上班的第一件事，就是向邹书记汇报了春节期间发动组织青年突击队的情况。邹书记对我的做法大为赞赏，要我利用乡广播站，继续动员更多的团员青年来参加植树节活动。

我把那一期的《青年知音》节目编为青年突击队专题，播发乡团委组建青年突击队的通知。在广播站里翻箱倒柜找到一首关牧村的《假如你要认识我》的唱片，作为这期节目的主题音乐，播一遍通知，放一遍《假如你要认识我》。

“珍贵的灵芝森林里栽，美丽的翡翠深山里埋，假如你要认识我，请到青年突击队里来……”当这首红遍大江南北、年轻人耳熟能详的流行歌曲一遍又一遍地响起时，我自己都按捺不住青春激荡。乡里许多同龄人的激情也被这首歌唤醒，踊跃报名要求参加青年突击队。

乡团委组建青年突击队的通知里，说是让团员青年到各村的团支部报名，但皮子源村当时团支部不健全，村里七八个年轻人想来参加突击队，就一起跑了十几里山路来到乡政府，直接找我报了名。

经过这样的动员发动，到植树节前一天，根据各村上报的名单统计，要求参加青年突击队的人数超过了 100 人。

为了支持青年突击队的植树活动，乡领导还让乡工办拿出一点钱来，采购了一批水杉树苗；要求乡里的干部、工办里的工作人员和乡镇企业职工，植树节那天也都去参加。

1985 年 3 月 12 日一大早，我就扛着团旗，带着乡所在地云溪村的 20 多名青年突击队员来到台山寺。

这时，离台山近一些的几个村的青年突击队员，比我们更早就到了，各村的年轻人有些本来就熟悉，有的还是同学，只是那几年没有年轻人的集体活动，大家都没机会见面。这次大家聚到一起奔啊跳啊抱啊，那个高兴劲，现在回想起来都还一阵一阵地激动。

等各村的青年突击队员都到齐后，我整理了队伍，作了个动员讲话，感谢大家的积极参与，要求大家听从乡领导和乡林业技术员的指挥，把树种好。

接着大家就根据乡领导的安排，在通往台山寺的登山步道两侧，把各自带来的树苗种了下去。之后又与乡干部、工办工作人员和乡镇企业职工一起把乡工办采购来的水杉树苗也种了下去。植树任务其实不到中午就完成了，但饭都带来了，我就让大家拿到台山寺去热一热，一起吃中饭。吃完饭，再以团支部为单位开展了一个团日活动。

有两个团组织不健全的村，这次活动也来了几个团员，他们看到其他村都在开展有组织的团日活动，非常羡慕。我马上来到他们中间，与他们交谈，让他们推荐出一名负责人，把团支部建立起来。

1985 年云华乡青年突击队种下的青年林现已长成参天大树（陶锡忠摄）

这次植树造林活动，是云华乡包干到户后的第一次青年集体活动，年轻人聚在一起就是开心快乐。直到太阳西下时，才依依不舍地各自回家。通过这次活动唤起了包干到户后的农村青年参与团组织活动的热情，各村的团支部也都整顿健全了起来，共青团工作焕发了生机和活力，也为台山风景区营造了一片风景林，现在通往台山寺游步道两侧的参天大树，就是当年的青年突击队种下的。

我在桃溪镇当团委书记时，组建过两个青年突击队，第一个还是配合镇里植树造林的青年突击队。

1988 年，桃溪镇在全县率先实施农业综合开发项目，利用荒山荒坡，通过土地整理，道路修建，成规模地种植经济作物、经济林木。经国家有关部门立项，镇里规划了上千亩山地，计划种植速生丰产林和板栗。启动这项工程之前，需要先试验性地开发几十亩地，以便测算单位面积的开发成本，作为大面积开发时承包给施工单位的计价依据。

镇党委在讨论由谁来实施这先期开发的几十亩速生丰产林时，我主动提出由镇团委组织一支青年突击队来实施。镇党委章明政书记非常支持，并且同意将这部分面积的农业综合开发项目经费，用于青年突击队活动。有了在云华乡组织青年突击队的经验，很快，一支50多人的青年突击队就组建了起来。我自己带队上山开山整地，在县林业专家的现场指导下，用两天时间就种下了近50亩速生丰产林，命名为“桃溪青年林”。这片青年林不但为后面的大面积开发提供了承包定额依据，也提供了质量标准，起到了示范引领效果，推动了全镇农业综合开发项目的顺利实施。

1989年初，县委、县政府在桃溪速生丰产林农业综合开发项目基地召开了现场会，而后在全县掀起了一波农业综合开发热潮。现在我县的有机茶、板栗、猕猴桃等农业拳头产品，很多都是农业综合开发项目的成果。

四 修青年路

我在桃溪镇组建的第二个青年突击队，是“青年路建设突击队”。1989年前后，桃溪镇经济有了较快发展，群众中“要致富，先修路”的呼声非常强烈。镇党委政府计划首先修通从区公所到镇政府以及东溪边连接区派出所、财税所、工商所、区医院的水泥路。

2020年春桃溪镇桃花林景观（陶锡忠摄）

修路工程是比较挣钱的，镇里的几个包工头都到镇领导那里争着要做这个工程。但章明政书记组织镇领导班子集体讨论时，却提出让我组织一支青年突击队来做。作为镇党委、政府对共青团工作的支持，工程所得利润作为团委的创收，用于共青团工作。我愉快地接受了这个任务，找来十几个青年泥工师傅，组成青年突击队，干起了陶村青年路建设工程。为了加快工程进度，我带着青年突击队员们日夜两班倒地施工，只用了 30 天时间，就完成了两条水泥路的修建任务。

2023 年春青年路边盛开的桃花（陶锡忠摄）

水泥路修好了，一决算，团委挣了 3000 多元钱。这笔钱是个大数目，那时我的月工资才 114 元，镇团委一下子成了全县最有钱的团组织。有了这些钱，镇团委拿出将近一半，对青年路进行绿化美化。在选择绿化树种时，我们根据陶村是陶渊明后裔聚居地、古代桃溪两岸长满桃树的文化背景，在沿溪的青年路边种上了几百棵观赏桃树，重现了桃树夹岸的桃花源景观。

我们种下的桃树，如今依然绽放着春天的美丽，传说着青春的故事。桃溪镇也因为有了桃树夹岸的桃花源景观，而赢得桃源美镇的殊荣，成为吸引游客的金字招牌。

五 推广香菇袋料栽培

1987 年，我到桃溪镇团委工作时，镇党委书记章明政是当时全县组织农民发展多种经营的一面旗帜。他希望我能发挥专业特长，组织团员青年更好地学习农业技术，培养青年专业户，引进能帮助全镇农民增收致富的好项目。

当时共青团的口号是“党有号召，团有行动”，我当然就把推广实用技术作为共青团工作的重中之重来抓。

我在省委党校团干班读书时，团县委的汤勇书记也被推荐到省委党校党政干部班读书，我们成了同届不同班的同学。回来后他回到团县委继续当书记，我们之间就有了更多的联系和交流。我刚到桃溪，汤勇书记就来检查工作了。我向他汇报：要把在团员青年中推广实用技术作为重点工作来抓。他非常赞赏和支持，还向我推荐了县里一些团员青年正在发展的致富项目。

其中有一位叫李明焱的农村青年，他研究成功的“香菇袋料野外栽培技术”，被列为国家“星火计划”项目，李明焱也已被县科委聘任，负责食药用菌栽培技术的研究与推广工作。我在生产队里种过蘑菇，对食用菌项目特别感兴趣，非常想去了解学习，汤勇书记当场表示他来安排我们见面交流。

在汤书记的安排下，我到团县委认识了李明焱。他向我详细介绍了香菇袋料栽培技术的研究过程和发展状况，还带我到他在泉溪镇车苏村的香菇基地去实地考察。

那时香菇袋料栽培技术已经在泉溪等乡镇推广，但我所在的桃溪镇以及整个武义南部山区，都很少有人知道香菇还可以用袋料栽培。而野生香菇和用原木栽培的香菇，原本都生长在山区。我就和李明焱讨论，香菇喜阴凉，应该更适合在山区推广。李明焱从他的实践经验看，也认为山区更适合推广。两人一拍即合，决定在我们桃溪镇重点推广香菇袋料栽培技术。汤勇书记也非常支持。

从团县委回来，我向章明政书记汇报后，他要我抓紧组织好团员青年，把李明焱请到桃溪来向他们传授技术。

我骑着自行车，到全镇各村找团支部书记和有文化、有商品经济思想的青年农民，介绍香菇袋料栽培项目。

一个新事物总会有人支持有人反对。一些年纪大一点的农民，觉得山上的香菇世世代代都在长，从没听说过有人种香菇发过财，对这个项目表示怀疑。

而平时跟我联系较多的村团支部书记，个个跃跃欲试。我选择了陶村、东垄村、泉丰村、西塘村等几个团支部书记能力较强的村作为重点，让他们组织青年报名参加技术培训。

到了秋天香菇栽培季节，我先是把东垄村团支部书记陶金友带到李明焱的香菇栽培基地里，让李明焱手把手地教他们操作技术，并指导他们准备好栽培香菇所需要的场地、原材料、菌种、工具等。

1994 年 9 月，作者（右二）向时任团省委书记王辉忠（右一）汇报桃溪镇科技星火项目——袋料香菇栽培技术推广情况（严陶伟摄）

陶金友回来后，整理好场地，建起了灭菌灶，采购好木屑、麸皮、菌种等原材料。我一边和李明焱一起编写好培训资料，一边把其他准备种香菇的 30 多位青年组织起来，到镇里参加桃溪镇有史以来第一个香菇袋料栽培技术培训班。我把李明焱请到镇里给学员上了一课。还把大家带到东垄村陶金友家的香菇栽培基地，让李明焱亲自给大家做操作示范。经过这么一次理论与实践相结合的技术培训，多数学员基本掌握了技术要领，回家种起了香菇。李明焱也成了桃溪镇青年学种香菇的师傅，经常来帮助解决菇农们在生产中碰到的各种技术问题。

就这样，一项农民致富新技术引进了桃溪。到了 1988 年，桃溪镇栽培香菇的专业户已经发展到 50 多户，通过种香菇挣到第一桶金，成为万元户的就有十来户。

有了这些典型，镇党委、政府和农技推广部门总结经验，召开现场会在全镇推广。其他乡镇也纷纷组织乡村干部到我们镇学习取经。短短两年时间，香菇袋料栽培项目迅速在桃溪和整个武义南部山区发展了起来，成为当地农村发展商品经济的主导产业。

产业规模上来了，菇农需要配套服务。我和李明焱又支持带头种香菇的东垄村团支部书记陶金友，在东垄水库脚建起了菌种场。为当地农民大规模发展香菇生产提供菌种，以及栽培香菇所需生产物资的供应等配套服务，建立起香菇产业发展的社会化服务体系。

我们在做香菇产业发展的实用技术培训，培养青年专业户和为菇农服务等工作中，一直得到镇党委政府和团县委、县科委等部门的关注和大力支持。团县委汤勇书记多次到我镇指导工作，看到我们取得成绩的时候及时总结了我们的经验，并向团省委做了汇报。

时任团省委副书记王辉忠得知这一情况后，专程到桃溪镇视察，并在东垄村召开了青年专业户代表座谈会。会上，他对我们通过组织农村青年学习农业实用技术，助推农村经济发展的经验给予了充分肯定。

他说，桃溪镇团委的工作抓到了点子上了，我们这么干才真正体现了“党有号召，团有行动”，真正发挥了团组织的助手和生力军作用。

在当年召开的全省共青团工作大会上，我们桃溪镇团委被评为浙江省共青团工作先进集体，我也被评为全省优秀团干部。李明焱同志还被团省委推荐参加了团中央和国家科委组织的、选送农村青年到日本北海道国际农业技术交流中心进修学习。

六 娶妻

桃溪食品站的团支部书记叫朱红兰。1988年元旦，镇团委举办元旦文艺晚会，邀请驻地在陶村的区属各机关部门的团员青年一起参加，朱红兰也来了。

晚会结束时，我和大家一一道别，朱红兰留了下来，和我们镇团委的几个文艺骨干一起打扫会场，还给我提了几点办好文艺晚会的意见。她提出：“你们这样的文艺晚会，最好和我们区属机关部门的团组织联合举办，而不是只邀请我们来看你们的节目。要知道我们区属机关部门里的文艺骨干比你们从各村团支部选上来的强多了，联合举办的晚会肯定比现在精彩。”我很赞同她的意见。

交谈中，我想起了区团委副书记严陶伟给我推荐的《青年知音》节目通讯员中，就有朱红兰的名字。但她从来没投过稿，我问她原因，她解释说：“我们食品站的工作好像和青年工作没什么关系，感觉没东西好写。”

我抓住机会做起了约稿工作，我说：“现在农村青年都在发展商品生产，你们食品站负责收购农民养的猪、牛、羊、鸡蛋、鸭蛋。这些都是商品经济生产项目，这方面的信息你们最灵，如果能通过《青年知音》节目，及时让青年朋友了解到这些信息，一定会很受欢迎。”她说：“这些信息倒是有的，那我写写看。”

第二天中午，她就给我送来了一条信息，说他们食品收购部门要扩大食品收购范围，除了以前收购的生猪和鸡蛋、鸭蛋以外，活鸡、活鸭、活鹅也可以收购了。

信息很简单，像是一则通知。为了鼓励她，我还是大加赞赏，说她提供的信息最有含金量，这条信息也许能够造就好多青年养鸡、养鸭、养鹅专业户。我和她商量，这一期的《青年知音》节目，就编成一期动员农村青年发展养殖业的专题。在她提供的信息基础上，我帮她改成了指导青年农民进行鸡、鸭、鹅商品化养殖的技术辅导材料。

节目播出后，还真有好几个青年来找我和朱红兰，咨询如何发展鸡、鸭、鹅商品化养殖。

为了让这些青年农民学好养殖技术，我让朱红兰了解全县养殖业发展得好的典型。她从报表中了解到泉溪镇的灰鹅收购量大幅增长，我们分析那里的灰鹅养殖业一定发展得很好。我通过团县委联系到泉溪镇团委书记得到证实，他们泉溪镇的好几个村的农民都在发展灰鹅养殖，而且取得很好的经济效益。于是我们镇团委策划了一个组织团员青年骑长途自行车，到泉溪镇学习灰鹅养殖技术的活动。

我们在《青年知音》节目里作了简单的动员，本想带 10 个人去的，结果有 30 多个人报名要去。这可是一个庞大的自行车队，为了确保安全，我让一同去的 5 个村团支部书记，每人带四五个人，编成 5 组从镇政府统一出发。朱红兰也兴致勃勃地加入到了这个自行车队，浩浩荡荡地骑车到约 35 公里之外的泉溪镇现场参观学习。

在泉溪镇团委书记的帮助下，我们请来最大的灰鹅养殖专业户作了养殖技术指导，还请来泉溪镇兽医站的站长为我们介绍灰鹅的病害防治要领。

听了他们的介绍，大家都跃跃欲试。为稳妥起见，我让准备发展灰鹅养殖的青年先买几只鹅苗回去试养，养成功了再扩大规模。

我自己也带头买了四只鹅苗回来。几个想试养又没带钱的青年，还是朱红兰给付了鹅苗钱。一半多人的自行车上都带上了装有鹅苗的纸板箱。

回来之后，我的鹅就养在宿舍里。小鹅很可爱，朱红兰每天都会来看我的鹅，我出差的时候就由她负责帮我喂鹅。小鹅一天天长大，吃得多拉得也多了，宿舍里臭的不行，只好把鹅送给一个陶村青年养了。

凭借灰鹅养殖项目，当年就有十来个青年挣了一些钱，但由于市场变化等原因，并没有成为桃溪镇的重点商品生产项目。

在引进灰鹅养殖项目的过程中，朱红兰跟着我跑前跑后，镇里的干部们就开始议论我们是在谈恋爱了。

但我并没敢往这方面想，因为朱红兰是个居民户，我是个农村户口的招聘干部。要知道当时居民户和农业户存在着天壤之别。工办主任徐李俊甚至说我是癞蛤蟆想吃天鹅肉。为了避嫌，我开始处处有意疏远她，可朱红兰并不避这个嫌，有事没事总往我这里跑，这事传来传去传到了朱红兰爸妈那里。一个周末，朱红兰回家被爸妈逼问了，知道我是个农业户口的招聘干部，她爸妈不乐意了，说着说着就吵翻了，她连夜骑着自行车回到桃溪找我哭诉来了。

那时我并不觉得自己已是她的恋人，还像一个团委书记做青年思想工作一样冷静地和她分析：“你也别为这事伤心了，你一个居民户想嫁一个农业户，父母反对是情理之中的事，要不然，我去你家做做你父母的思想工作？”

红兰破涕为笑，说：“好呀，我父母也说要看看你到底是个什么货色，值得我一个居民户喜欢。”

我安慰过后，她不哭了，我就送她回了食品站。又开始忙新一周的工作，随口说的要去红兰家的事早已忘在了脑后。

星期六中午快下班时，朱红兰骑着自行车来约我，我这才记起。什么也没准备，就牵来自行车和她一前一后，说说笑笑来到了她家。

据说，红兰被逼问说出喜欢我后，她爸妈就对我展开了调查，可能是调查对象为我说了不少好话，我去她家时并没有看出她父母非常反对我们在一起，还杀了鸡，买了酒，要我在她家吃饭。

饭桌上，她爸频频向我敬酒，显然是喜欢我的意思。她妈没怎么说话，不停地打量着我，还时不时地轻轻叹口气。我猜测，她可能在想，我要是居民户该多好。快吃好饭时，红兰妈忍不住问我了："锡忠，你们招聘干部什么时候能转为居民户口呢？"

我实话实说地告诉她："我们本身就是农村招聘干部，没说要给转户口的。"

我这个回答让红兰妈大失所望，她站起来一边丁零当啷收拾碗筷，一边没好气地说："那我们家红兰是不嫁给农民的。"

红兰在一边又要急了。我按住红兰，站起来一边帮着收拾碗筷，一边耐心地向红兰爸妈解释："农村招聘干部，是国家干部制度改革的一种探索，国家非常重视对农村招聘干部的培养和使用的。我都被送到省委党校带工资读过两年书了。好多农村招聘干部都已被选拔当了副乡长、乡长甚至乡党委书记。你们放心，只要我好好干，我也可能会得到重用的。"

红兰他爸在帮我打着圆场，说："我相信，我相信。"

红兰她妈冲着她爸大声嚷嚷："你相信，你相信，等你女儿跟人家去种田了你相信谁？"

老两口吵起来了，我站在一边手足无措，只好告辞回家。我和红兰爸妈打过招呼，推着自行车回来，红兰爸送到门口，我让他不要送了。红兰跟着我，一直送到北门头，一路上没说什么话，眼睛红红的，低着头，也没有哭。

我叫她回去之后不要和父母争吵，要尊重长辈的意见，毕竟农业户与居民户有着难以逾越的鸿沟。她也没有点头，只是不情愿地跟我招了招手，转身回去了。我在回家的路上，车骑得很慢，心情很复杂，既懊恼，又担心红兰回去之后又跟父母闹别扭。

星期一回去上班，中午吃过饭我就去食品站看红兰了，问她是不是又跟父母吵架了。她摇摇头，说："我爸妈对你这个人是很认可的，只可惜不是居民户口。还说我们如果要谈恋爱，除非镇党委书记章明政给我们做媒人。"听到这话我扑哧一声笑了，红兰不解地问："你笑什么呀？"

我告诉她，章书记非常关心我的婚事，听说我们可能在谈恋爱了，他已经几次和我说需不需要他帮忙。我约红兰当天晚上就去找章书记。晚饭后我和红兰一起到章书记的宿舍，他家坐了好几个镇干部，看我们进去都来开我们的玩笑。我也就乘机向章书记汇报了我去过红兰家，把红兰父母想让他当我们媒人的想法也告诉了他。

章书记听后呵呵呵地笑了，说："这是大好事呀，我一定成全你们。"

然后对着红兰说："红兰和爸妈约一下，哪天方便的话就给你们做媒去。"

从章书记家出来，我们就连夜回到红兰家，和她父母报告了章书记同意来做媒人的消息。

红兰问她妈："那叫章书记什么时候来？"

红兰爸接口就说："那就这个星期天吧，章书记要是有空的话。"

"看你急的，生怕女儿嫁不出去了吗？"其实红兰妈说这话的时候并没有生气的意思，气氛比第一次来时融洽多了。

在章书记的张罗下，我们于 1990 年初登记结婚了。在只有全体镇政府工作人员参加的婚礼上，章书记还给我们当了证婚人。当年说我是癞蛤蟆想吃天鹅肉的工办主任徐李俊来向我敬酒时，他自己倒了一杯酒先喝下，然后说："我这张口是金口，人家说癞蛤蟆想吃天鹅肉肯定是吃不到的，我开金口了，你就吃到了。"

我和红兰都倒满酒回敬了他，希望他金口常开。

他已经喝得很高兴了，信誓旦旦地说："你们，你们今年就能抱上一个儿子。"

跟红兰碰一下杯说："祝你早生贵子！"

跟我碰一下杯说："祝你步步高升！"

然后一仰脖子又干了。

11 月，我们的儿子陶醉降生了，我也调到了团县委工作，徐李俊碰到我就说："你说我的口是不是金口？"

其实不然，世上哪有什么"金口"，幸福都是奋斗出来的。

1990
/
1995

第三章

传递星火播种希望

——团县委工作笔记

1994年9月，团省委、团市委领导一行到武义县桃溪镇东垄村调研后合影（古宗耀摄）

1987年召开的党的十三大，进一步确立了全面改革干部人事制度的指导思想，掀起了干部人事制度改革热潮。武义县率先在共青团组织开展了公开竞选团县委副书记的尝试。

一 当选团县委书记

在1990年10月召开的第九次团代会上，我以招聘干部身份，参加了武义有史以来第一个副科级领导的公开竞选，并顺利当选。团县委书记夏秀萍，非常支持我的工作，一路培养提携我。刚换届不久，她就被选送到省委党校培训，之后又去乡镇锻炼，其间由我主持团县委工作，这给了我很好的学习锻炼和施展才华的机会。

到了 1993 年 10 月，团县委再次换届时，我被推荐为团县委书记候选人。

在筹备换届选举工作时，县委组织部部长到团县委开展了一次调研工作。他让我谈谈对团县委班子建设的想法，我就根据自己在团县委工作中掌握的情况，从农村、企业、学校、机关事业单位四条线上表现突出的团干部中各推荐了两到三名人选，供领导和组织部门考虑团县委常委班子人选时参考。

对于团县委机关工作人员的配备，由于我来自农村，当时已 32 岁，作为团县委书记已超龄，我希望选调到团县委机关工作的干部，年龄尽可能小一些。从干部结构考虑，我希望从企业里选一名副书记人选、从学校里选一名副书记人选、从农口行业主管部门选一名办公室主任人选。经过组织部门的考察，提出的团县委常委候选人和团县委机关工作人员人选，与我的建议人选基本吻合。

经过认真筹备，第十届团县委换届工作顺利完成。还是农民身份的我当选了团县委书记，武义棉纺厂的团委书记陶叶萍、壶山小学少先队辅导员胡伟中当选为副书记，已从县林业局团总支书记岗位上调入团县委工作的古宗耀任办公室主任。

新一届团县委产生后，我有了得力的助手，信心百倍地谋划着全县的共青团工作。这时，有位好心的老领导提示我，应该花更多精力去思考和规划自己的仕途。可我觉得组织信任我，团员青年支持我，都是因为我在之前的岗位上能干出点事。现在有了更好的平台，应该是利用这个平台做更多的事，努力为团员青年服务，做好团员青年成长成材的铺路石。

也许是那个时代特别有利于青年人的发展，也许是我身边的青年人都特别优秀，与我共事过的团干部中好几个成长为厅局级、县处级领导。那个阶段，由武义团县委培养的“青年星火带头人”，也在事业上大展宏图，做出非凡业绩，其中有全国劳动模范、全国人大代表，还有全国三八红旗手。

在这里，我想记录这个时期自己带领全县团员青年投身改革开放大潮留下的八个印迹。

二 培养“青年星火带头人”

培养农村“青年科技星火带头人”活动，是20世纪80年代，由团中央、国家科委联合组织的一项农村青年工作。

活动的对象，主要是青年专业户、科技示范户和青年企业家。活动的主要内容是，学习先进实用的科学技术和管理知识，承担传递扩散“星火”技术，发现并扶持青年人才。每年由团中央和国家科委表彰1000名全国“青年星火带头人”、100名全国“青年星火带头人”标兵。

我当乡镇团委书记时，就开始抓“青年星火带头人”培养工作，而且抓得也很有起色。刚到团县委工作时，夏秀萍书记让我主抓农村共青团工作，也是发挥我的特长，重点做好培养农村“青年科技星火带头人”工作。

我在调查研究的基础上，根据武义农村实际，确定在当时县委、县政府重点支持发展的食用菌、茶叶、养殖业三大产业中重点培养“青年星火带头人”。

食用菌产业是我最熟悉的，在桃溪镇时我就组织了较为系统的实用技术培训和产业推广，与许多栽培食用菌的团员青年成了好朋友，全县培养“青年星火带头人”的工作，自然也就先从食用菌产业展开。

我当团县委副书记不久，被团中央和国家科委选送去日本北海道国际农业技术交流中心进修食用菌栽培技术的李明焱学成回国。

在团县委和县科委的支持下，李明焱借鉴日本的先进技术，成功培育出了耐高温香菇新品种“武香1号”及配套栽培管理与加工技术，迫不及待地想将这项先进技术传授给全县的菇农。

夏秀萍书记让我和李明焱策划了一个以香菇主产乡镇为重点的青年香菇专业户技术培训活动。在县科委和相关乡镇领导的支持下，由各乡镇团委把本乡镇青年香菇专业户和有意愿栽培香菇的青年组织起来。我陪着李明焱一个一个乡镇去上培训课，手把手地教大家实际操作，先后在桃溪、柳城、新宅、陶宅、竹客、新塘、西联等十多个山区乡镇举办了培训班。一些乡镇领导知道团县委、县科委把到日本留过学的香菇专家派到乡里来搞技术培训，都很重视，不但把团员青年组织起来了，而且把村干部和乡镇里农业这条线上的干部也都组织起来参加培训。

李明焱就在这样的培训班上，把当时国际上最先进的高温香菇栽培技术传授给了武义大山深处的农村青年。这些经过培训的团员青年，就是农村“青年星火带头人”。他们又把李明焱传授的技术传授给左邻右舍、亲戚朋友，有的人甚至带领全村农民都种起了高温香菇，真正让科技星火形成燎原之势。

由于高温香菇属于香菇的反季节栽培，所以武义的高温香菇上市时，其他地方的香菇都还没有上市。物以稀为贵，那几年，武义菇农种的香菇价格卖得特别好，许多菇农通过栽培高温香菇脱了贫。一时间，高温香菇成了武义山区农民最主要的经济来源。据统计，1995 年，全县香菇栽培规模达 3000 多万袋，农民增收 5000 多万元。

全国劳动模范李明焱

由于培养了李明焱这样的农村“青年星火带头人”，武义县青年星火带头人工作备受金华团市委、市科委，浙江团省委、省科委领导的重视，团省委两任书记先后专程到武义视察指导，总结农村青年星火带头人工作经验。在浙江团省委、省科委的重点推荐下，武义县被团中央、国家科委命名为全国十个“农村青年星火带头人工作示范县”之一，李明焱被命名为“全国十大杰出青年星火带头人”。

全国人大代表俞学文

武义县的农村“青年星火带头人”除了食用菌产业的李明焱外，还培养了

全国三八红旗手程雅锦

中国茶叶流通协会边销茶专业委员会副秘书长祝雅松

茶叶产业的俞学文、祝雅松和养殖产业的程雅锦等一大批全国和省、市、县级农村“青年星火带头人”。他们分别成为食用菌、茶业、养殖业的领军人物，办起了行业龙头企业，带领本行业农民走上了致富路。

到如今，李明焱已是武义首家 A 股上市公司浙江寿仙谷医药股份有限公司董事长，全国劳动模范；程雅锦已是新三板上市公司浙江田歌实业股份有限公司董事长，全国三八红旗手；俞学文已是浙江更香有机茶业开发有限公司董事长，全国人大代表，全国十佳农民；祝雅松已是浙江骆驼九龙砖茶有限公司董事长，中国茶叶流通协会边销茶专业委员会副秘书长。

二 建设希望小学

希望工程是团中央、中国青少年发展基金会于 1989 年发起的，以救助贫困地区失学少年儿童为目的的一项公益事业。其宗旨是：建设希望小学，资助贫困地区失学儿童重返校园，改善农村办学条件。我到团县委工作时，希望工程成了我们团县委的重点工作，社会各界也都热情参与到了希望工程建设中来。

我作为团县委负责人，承担起了帮助武义县最贫困地区建设希望小学、帮助失学儿童重返校园的历史使命，向团省委争取把武义列为浙江省首批希望工程实施县。

1993年10月，我当选为团县委书记后，第一次去团省委向王辉忠书记汇报工作时，王书记就交给了我一项争取筹建希望小学的任务，并向我推荐了一个有意向捐建希望小学的单位——浙江改革月报社。

《改革月报》是由浙江省人民政府经济体制改革办公室主办的刊物，主编由时任浙江省体改委主任章荣高兼任。

在王辉忠书记的安排下，很快我就见到了章荣高主任。章主任了解了武义县建设希望小学的设想后，表示可以考虑给我们捐建一所希望小学。

但他认为我们准备还不充分，让我回去向县主要领导作一次专题汇报，希望县委、县政府也要高度重视希望小学建设工作，尽快做好希望小学建设所要解决的土地征用、规划设计、工程招标等前期准备工作。他叫来《改革月报》的一位副主编和团省委下属的省青少年发展基金会秘书长，一起商量了捐建希望小学的相关事项。由章荣高主任提议，捐建的学校命名为“改革月报希望小学”，捐赠金额暂定30万元，确定由省青少年发展基金会对接武义团县委抓好具体工作落实。

争取到希望小学捐建单位后，我兴冲冲地回到武义，找到县长蒋岩金进行了专题汇报。蒋县长当天晚上就召集有关领导开了常委会，研究成立“武义改革月报希望小学筹建工作领导小组”，自己担任组长，由分管教育工作的副县长担任副组长，团县委、县教育、财政、土地管理、建设规划等部门主要领导为成员，全力支持团县委做好武义改革月报希望小学筹建工作。

我和刚从壶山小学选调来的副书记胡伟中，到全县最贫困的几个山区乡镇进行了一轮调研。那时的乡村小学教学条件都很差，符合希望小学捐建条件的比比皆是。经过反复比较，最后选定校舍条件最差，而且学生人数又多的宣武乡少妃小学作为希望小学捐建对象。在县领导的重视、各相关部门的支持配合下，用了一个多月的时间就完成了土地征用等前期准备工作。团省委、省体改委、改革月报社的领导对我们的筹备工作非常满意，按期拨付了捐赠资金。

2022 年夏，作者重访改革月报希望小学（俞世平摄）

武义改革月报希望小学，于 1994 年 9 月 1 日正式开工建设。改革月报章荣高总编、团省委王辉忠书记、金华团市委金中梁书记、武义县县长蒋岩金等领导都来参加了开工典礼。经过一年的紧张施工，浙江省第一所希望小学——武义的改革月报希望小学，于 1995 年 9 月 1 日建成并投入使用，200 多名宣武乡中心小学的师生告别了危房，搬进了水泥框架结构的四层教学大楼。

四 救助失学少年

在希望工程建设中，还有一个资助结对单位，是宁波港务局北仑轮驳公司。在一次团省委的会议上，我认识了北仑轮驳公司的团委副书记朱少武，他也是武义人。交流中得知，北仑轮驳公司是一个实力很强的大企业，而且，他们团委也正在组织开展希望工程捐赠活动。我很希望朱少武能够为家乡的希望工程建设出点力，就热情邀请他把公司领导带到武义来考察指导我们的希望工程建设工作。

他回去后不久，就组织了一个由公司办公室主任、团委书记等 10 人组成的考察团到武义实地考察。

那时我们正在宣武乡建设武义改革月报希望小学，我就把他们带到宣武乡进行了重点考察。他们看到几个村里的小学校舍都很破旧，失学少年也不少，当场决定与武义县结成希望工程建设对子，组织开展结对助学活动。

为了发动公司干部员工与武义贫困学生结对，我还应邀出席了北仑轮驳公司希望工程建设动员大会，并在会上作了演讲。会上公司党委书记等领导带头捐款，带动公司里的党员、团员100多人向武义希望工程捐了款，还有30多人与武义宣武乡的失学儿童和贫困学生结对助学。

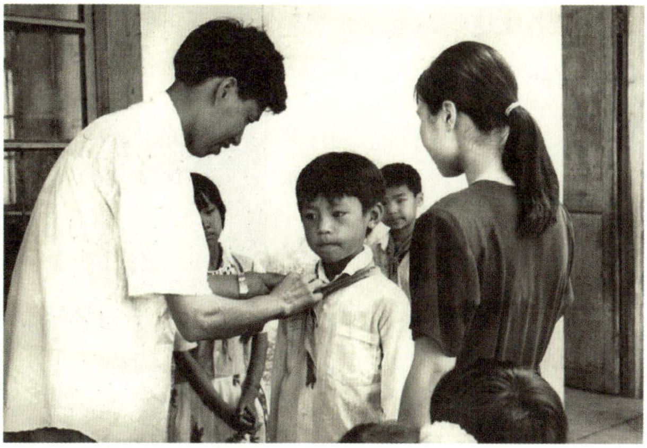

作者（左一）为受希望工程救助重返校园的失学儿童戴上红领巾（《武义日报》记者摄）

北仑轮驳公司团委，每年组织一次捐赠人到受助学生家里家访，看望学生。碰到有特殊困难的学生家庭，公司还从资金、物资以及安排就业等多方面帮助解决困难，千方百计帮助受助学生完成学业，有的捐赠人甚至一直捐赠到学生完成大学学业。1994年暑假期间，公司团委还邀请了宣武乡的10名受助学生到北仑港开展了夏令营活动。公司党委、团委领导多次带队来武义，向希望小学和贫困学生家庭捐款捐物，捐赠总额达20多万元，受资助学生100多人次，成为全省大集团公司团委与贫困县团委结对建设希望工程的典范。

希望工程的初衷是让失学少年能完成小学学业，但由于希望工程社会影响力的扩大，一些初中、高中学生因家境贫困或遭遇家庭变故而面临失学时，学校老师或学生本人也会找到我们团县委来寻求帮助。因为我自己有过辍学经历，对他们的境遇格外感同身受，很想通过希望工程对他们施以援手。

1994年初，有一位武义一中高三（2）班的学生罗福兴，家住履坦镇叶长埠村，家境本来就很贫寒，父亲因病去世后更是雪上加霜，一家人的生活没了着落。为了减轻母亲负担，全班成绩最好的他向老师提出退学。他的班主任和校团委书记找到我，向我反映了罗福兴的家庭困难和学习表现，大家都为他面临失学而痛惜，希望团县委对罗福兴给予救助。可这并不符合希望工程救助失学少年完成小学学业这一规定。

为此，我专程去团省委请示了王辉忠书记，王书记听完我的汇报就与省希望工程基金会负责人进行了专题研究，答复我在本县的小学失学儿童基本得到救助的前提下，可以尝试对部分确因家庭困难，而且学习成绩又好的初中、高中阶段的失学少年实施希望工程救助。

作者（主席台左二）主持希望工程捐赠仪式（《武义日报》记者摄）

我和班子成员集体讨论后，决定将罗福兴作为第一个希望工程救助的高中生加以帮助。但希望工程只能解决学杂费，罗福兴在希望工程和父亲单位的救助下虽然没有退学，但家庭困难并没有得到解决，高中毕业上大学又交不起学费。我多么希望能找到一个希望工程捐赠人与他结对助学，一直帮助他完成大学学业啊。

而这时我已调离团县委，到开发区工作，可罗福兴的事还一直挂在心里。到开发区后，时任县委常委、开发区管委会主任郭敏，也是联系团县委的县领导，要我处理好团县委的善后工作。我就向他反映了罗福兴的事，引起了郭主任的重视。为了表示对共青团工作的支持，郭主任让我牵头在开发区干部员工中组织一次希望工程捐赠活动，所捐款项专项用于资助罗福兴上大学，并把罗福兴列为开发区的希望工程结对资助对象。

这事已经过去了20多年，到2020年底，我在走访科技局与浙江大学的科技合作项目中，再次遇到了罗福兴。这时，他已浙江大学机械系研究生毕业，在我的好朋友浙江大学教授项占琴创办的浙大精益机械公司工作。罗福兴当时已是这个公司的副总经理。

20多年后再次相见，罗福兴激动不已，长时间握住我的手，讲起当年的事还是热泪盈眶。他对希望工程，对开发区，对我千恩万谢。

我对他说：“你现在学业有成，事业有成，又有了为家乡的科技进步和经济发展做贡献的机会，当年的希望工程就是想播下你这样的希望。”

罗福兴紧紧拥抱着我，伏在我肩上诚恳而坚定地说：“请陶书记放心，我一定不辜负您的希望，尽我所能为家乡的科技进步和经济发展服务。”

在项占琴教授和罗福兴副总经理的支持下，浙大精益机械公司在武义建立了产业化基地，公司设计开发的主打产品钢材自动化包装设备都由武义企业合作生产。

我欣慰地感受到这就是希望工程结下的希望之果。

组织实施希望工程，是我在团县委工作期间，社会参与度最广泛、影响最深远的共青团工作。通过救助因家庭贫困而失学的少年儿童继续上学，建设希望小学等措施，提高了贫困地区儿童的入学率、巩固率、升学率，降低了辍学率，改善了办学条件，提高了农村青少年的受教育水平，为农村经济社会的健康发展播种了希望。

五 手拉手书包交朋友

“手拉手”互助活动，是一项旨在倡导城市和农村、富裕地区和贫困地区、健康的和有残疾的，以及不同民族少年儿童之间相互通信往来，互帮互助，相互教益的青少年教育实践活动。

为了响应团中央的号召，我找到县里一个生产书包的集体企业——武义皮件厂和厂长程荣生、厂团委书记王俊新共同策划了一项以武义皮件厂生产的“三保书包”为活动载体的公益活动，我们把它命名为“手拉手书包交朋友青少年互助活动”。

具体内容是：由团县委少工委发动城市里有条件的少先队员，按市场价购买一只自己用的“三保书包”，武义皮件厂同时向这位购买书包的少先队员赠送一只同款的书包。希望这位少先队员把获赠的书包，通过学校少先队赠送给一位贫困地区的少先队员使用，并随赠送的书包寄去一张“手拉手互助卡”。而收到书包的获赠少先队员要填写好“手拉手互助卡”，通过自己的学校少先队寄回给赠送书包的那位少先队员。这样一对城乡少先队员就建立起了一对一的手拉手互助关系。

这项工作先在武义壶山小学试点。我就发挥胡伟中副书记熟悉少先队工作的专长，由他主管“手拉手书包交朋友”活动。他在壶山小学任教多年，在学生中开展这样的活动可以说是得心应手。经过动员发动，“手拉手书包交朋友”很快得到校领导、老师、学生和家长的欢迎。

活动开展了两个星期，响应参加的少先队员就达到500多人。这边有了热情的捐赠者，另一边我们团县委又通过山区乡镇的团委和少先队组织，摸排推荐急需书包的山区小学生名单，给壶山小学捐赠书包的学生选择结对。把首批500多只书包分别捐赠给了竹客、新塘、三港、大溪口、西联等山区乡镇的学生。收到书包的学生，在随书包寄去的已填有捐赠学生信息的“手拉手互助卡”上，填上自己的姓名、性别、年龄、家庭情况等信息，由受赠学校的少先队统一寄回到壶山小学，壶山小学少先队再把“手拉手互助卡”交回给捐赠学生。一对城市与农村的小朋友就拉起了小手，交上了朋友。随后配合学校语文教学中的书信写作教学内容，让结上对子的学生经常写信交流，并在捐赠方与受赠方学校领导的支持下，组织结对学生的互访。

“手拉手书包交朋友”活动有地方特色，有实际成效，引起了上级共青团、少先队组织和新闻媒体的高度关注。金华团市委、市少工委、浙江团省委、省少工委领导先后到武义考察总结，并在全市、全省推广“手拉手书包交朋友”互助活动。

中央人民广播电台著名少儿节目《知心姐姐》的主持人卢勤，专程来到武义壶山小学现场采访，并在节目里播出。

中国青少年发展基金会徐永光会长来武义考察后，认为我们组织开展的“手拉手书包交朋友”活动是希望工程的延伸和探索。

在浙江团省委的推荐和卢勤、徐永光的帮助下，武义的“手拉手书包交朋友”互助活动还在全国层面进行了推广。

1995年六一国际儿童节前夕，在北京天安门广场，举行了全国“手拉手书包交朋友”互助活动启动仪式，中宣部、团中央、教育部等部委领导出席。团中央学校部部长致辞，并在北京小学生向来自大别山区小学生赠送书包的仪式上，为山区学生背上武义产的“三保书包”。

作者（左）向中国青少年发展基金会秘书长徐永光（右）汇报武义希望工程建设情况（王俊新摄）

六 “我要飞翔”青少年社会实践

1992年召开的党的十四大，明确了我国经济体制改革的目标是建立社会主义市场经济体制。如何适应和促进社会主义市场经济的发展，是共青团工作面临的一个新课题。中央要求各级共青团组织，都要紧紧围绕经济建设这个中心开展工作。

为了更好地引导全县青少年为社会主义现代化建设服务，我和团县委的同志们根据上级团委的指示精神和县委要求，在全县团组织、少先队组织中设计开展了“我要飞翔”青少年社会实践系列活动，带领团员青年在经济建设主战场建功立业。

20世纪90年代初，武义县的开发农业盛极一时，是县委、县政府农村经济工作的主要抓手。那时，山区许多开发农业项目都选择了种植猕猴桃。可武义并

作者（右三）主持武义青年学习农业实用技术大奖赛决赛（《武义日报》记者摄）

没有猕猴桃苗木基地，只有县林业技术推广站有几亩试验苗圃，原来是由县林业局团总支书记古宗耀负责的。组织“青年星火带头人”活动，需要专业技术人员，我们把古宗耀调到了团县委。猕猴桃苗木基地没人负责了，农民更买不到猕猴桃苗木了。

我和古宗耀到县林业局、农业局了解了情况，县里非常需要一个猕猴桃苗木基地。全县唯一的一个猕猴桃专业技术人员调到团县委来了，他们希望由团县委来搞这个基地。我动员古宗耀，发挥专业特长，负责基地的筹建和技术指导工作。

根据古宗耀提出的猕猴桃苗木最适宜的生长环境要求，我和他一起，跑到武义最偏远的山区——明山乡东巨村，租用了十多亩地，建起了猕猴桃苗木基地。

在基地建设初期，我和古宗耀连续两个星期都吃住在乡里，处理土地流转政策，指导当地农民整地插苗。

第二年，基地为全县农民提供了1000多亩猕猴桃果园的苗木。古宗耀和猕猴桃苗木基地里几个团员青年，被聘请到各地作技术指导，为县委、县政府重点抓的开发农业这项中心工作，排了忧、解了难，还为团县委创收了一笔活动经费。

1993年初冬，县委、县政府为了制造声势，发动全县掀起冬季农田水利基本建设高潮。组织了溪里乡抱弄口水库千人大会战。我主动请缨，组建一个农田水利基本建设青年突击队参战。

在团县委研究突击队组建方案时，大家认为抱弄口水库就在县城附近，要动员全县各地的农村团员青年来参加活动成本太高，应该以县城的国有、集体企业团员青年为主来组建这支青年突击队。

我就发挥陶叶萍副书记熟悉企业的优势来主抓这项工作。

为了组织好青年突击队，我们召开了县城几个大企业、几个中学和城关区团干部参加的动员会。会后，我和陶叶萍跑到这几个企业、学校，上门和单位团干部一起做工作，取得各单位领导支持，动员团员青年积极参加青年突击队。

各单位团员青年报名踊跃，一统计居然有500多人要求参加。

我向县领导汇报了青年突击队组建情况，县领导从活动场地容量和安全角度考虑，要我们把青年突击队人数控制在300人以内。

这下我又为难了，好不容易动员了起来，又不能让大家都去，那让谁不去呢？经过团县委一班人讨论，让200名来自武义一中、武义职业技术学校

作者（中）带领青年突击队为兴修水利工地清表（《武义日报》记者摄）

的学生团员另行安排一次青年突击队活动。

就这样，一支来自20多个团组织，近300名队员的青年突击队组织了起来。

在溪里乡抱弄口水库大会战那天的早上，20支青年突击分队举着队旗，浩浩荡荡地来到水库建设现场，成为千人大会战队伍中引人注目的一道风景。《武义日报》记者拍摄的一张团旗招展，有我和几个团干部挥锄挖土的照片。全国30多家报纸杂志报道了武义团县委组织青年突击队参加抱弄口水库大会战的新闻。

七 “雏鹰争章”行动

“中国少年雏鹰行动”是1994年初由共青团中央、全国少工委发起的面向全体少年儿童的一项素质训练活动。

1994年初，我在省委党校团干班学习时同届不同班的同学，时任团省委青农部副部长赵一德，来武义县视察工作。对武义的青年星火带头人在食用菌、茶叶、养殖业等行业做出的成绩，给予了充分肯定。同时建议我们，结合共青团中央正在开展的“中国少年雏鹰行动”，进一步开阔视野、拓展发展空间，让更多的青少年来传播科技星火。

他向我介绍了上虞县发展的魁栗，以及安吉、临安一带刚发展起来的食用小竹笋项目，经济效益很好，可以去考察学习。我想武义与上虞、安吉、临安的地理环境类似，魁栗和食用小竹笋项目在武义应该也可以发展。

在赵一德副部长的安排下，我去上虞和安吉进行了专题考察。考察中发现，他们种的魁栗和小竹笋与自己老家房前屋后生长的板栗和小毛竹的品种、栽培技术都不一样。上虞的魁栗个头特别大，比武义土板栗要大三四倍。安吉的小竹笋通过精心管理可以在春节前后长出春笋，市场价格很高，经济效益很好。我想把这两个项目引到武义去试试，就向上虞、安吉的专业户订了苗。

回武义时，武义一中团委书记邹贤文和少先队辅导员董晓晨，因为抱弄口水库千人大会战中，没能让他们组织的学生团员参加而耿耿于怀，到我办公室，要我兑现当时说好的另行安排一次青年突击队活动。我就跟他们商量，是不是和他们学校系统正在抓的“中国少年雏鹰行动”结合起来，建一个魁栗和食用小竹笋试种项目的青少年社会实践基地，并商定由胡伟中、邹贤文和董晓晨负责组织人员，我和古宗耀负责落实基地。

古宗耀从县林业局了解到，县城附近的石龙头村，有一块50多亩刚刚开发的基地还没规划好种什么品种。我和古宗耀跑到石龙头村和村领导商量，村领导非常欢迎我们去搞一个“共青农场”。我们就让书记找来几个村民，发挥古宗耀的林业技术专长，指导村民挖好定植孔，买来食用小竹笋的竹苗和魁栗树苗。

胡伟中、邹贤文和董晓晨在武义一中和县职业技术学校的学生团员、少先队员中，组建了一个“我要飞翔雏鹰争章突击队”。利用周末时间，我们带着突击队和村里的党员干部一起，用了半天时间，就把50亩食用小竹笋和魁栗都种了下去。在后期的管理中，也是由两个学校的“雏鹰争章小组”到基地里配合村民锄草施肥。

在基地基本建成时，时任团中央青农部副部长白平胜考察了武义石龙头青少

作者（右一）向时任团中央青农部副部长白平胜（右二）汇报青少年社会实践基地建设情况（《武义日报》记者摄）

年社会实践基地，和团员青年们一起为树苗、竹苗浇水施肥。白平胜副部长勉励我们：“抓青少年社会实践，就是要像你们这样从教会青少年种活一棵小树做起。”

第二年，基地里就长出了许多小竹笋，几年后，这块基地就成了武义发展魁栗和食用小竹笋的种苗繁育基地。武义市场上见到的魁栗和早春小竹笋，多数是从这块基地上繁育出来的。

“我要飞翔”青少年社会实践系列活动，让武义县的一代团员青年以朝气蓬勃的姿态，在实际工作中发挥了党的助手和生力军作用，赢得了县领导和全县团员青年的广泛赞誉，得到了上级团组织和社会舆论的好评。

白平胜副部长在武义调研时，总结了武义团县委探索把农村团组织开展的青年星火带头人活动与青工线团组织开展的青年社会实践活动以及学校团队组织开展的“雏鹰争章”行动有机结合起来，既为青少年参加社会实践活动建立了活动基地，又引进推广了科技星火项目，还为党委、政府的中心工作出了力的做法，并整理成一篇调研报告，在全国共青团组织中宣传推广。

在那年的“中国少年雏鹰行动”先进单位评选中，武义团县委获得了团中央颁发的“全国一级雏鹰奖章”。

八 举办征文大赛　结缘温泉开发

20 世纪 90 年代，浙江各地逐步形成“一村一品，一县一业”的块状经济发展特色，武义也在苦苦寻求独具武义特色的块状经济发展模式。县领导在调查研究中发现，武义拥有丰富的温泉资源，希望通过开发利用温泉资源，来发展具有武义地方特色的温泉旅游产业。

1992 年，县政府就支持县商业局，引进一位温州企业家共同投资兴建了武义温泉山庄，于 1995 年建成开业。

在武义温泉山庄建成开业之际，为了扩大武义温泉的影响，准备举办“首届中国武义温泉节”，要求全县各部门积极响应县委、县政府号召，组织开展丰富

1995 年武义县举办首届中国温泉节（武义县档案馆提供）

多彩的温泉节系列活动。

为了配合好县里的重大节庆活动，我召集团县委班子讨论研究，提出了组织一次“知温泉、爱家乡、兴武义”全县青少年征文演讲大赛的活动方案，希望通过开展征文活动，让全县青少年了解武义温泉、认识温泉价值，激发青少年热爱家乡、建设家乡的热情。

为了提高活动的号召力，我找到在桃溪镇工作时的老领导，时任县委常委、宣传部部长章明政，向他汇报了我们团县委的活动方案，并向他提出，希望县委宣传部也能作为大赛主办单位，与团县委共同主办这次活动。

章部长对我的工作一直都非常关心支持，加之宣传部也非常需要“知温泉、爱家乡、兴武义”征文演讲大赛来丰富温泉节的活动，立即召开部务会议，研究同意县委宣传部也作为大赛主办单位，并且要求武义日报社、县广播电台、电视台积极配合做好活动的动员发动和宣传报道工作。

为了解决大赛所需经费问题，我们在活动方案中，提出由一家企业来冠名并提供赞助。我找到温泉山庄的投资商，达成了冠名意向，在章部长的协调下，赞助经费得到落实。

“知温泉、爱家乡、兴武义”全县青少年征文演讲大赛，设青年组和少年组两个组别。征文文体分为诗歌、演讲稿、书信三种文体。比赛分动员发动、科普培训、文稿征集、现场决赛、作品刊发五个阶段进行。

为了发动尽可能多的青少年广泛参与，团县委召开了由全县各乡镇、机关、企事业单位团组织负责人和全县少先队组织负责人参加的动员大会。会上我作了动员报告，要求各级团组织和少先队组织要把组织好“知温泉、爱家乡、兴武义”征文演讲大赛作为对青少年开展县情教育的重要抓手，认真抓好。

由于这次大赛紧紧围绕当时县委、县政府的中心工作展开，又切中了当时武义青少年希望家乡加快发展，早日改变贫困落后面貌的情结，得到了全县青少年的热烈响应和有关单位的大力支持。

大家参赛热情很高，但由于当时的武义温泉刚刚开始开发，青少年对温泉知之甚少，写文章都无从着手，希望团县委组织他们参加一些温泉相关知识的科普讲座和参观学习活动。

为此，我到县文化局、县旅游办、县矿业公司等单位寻求专家支持。县旅游办主任对这次大赛特别重视，亲自为我们撰写了几篇武义文化旅游方面的科普文章，供大家学习。

县矿业公司陈南山经理是地质工程师、中国地质学会会员，对武义温泉有较为深入的研究。他认为自己有义务向全县人民普及温泉知识，义不容辞接受了我的邀请，以《温泉佳节说温泉》为题连续撰写了三篇介绍武义温泉知识的文章。收到他的文章后，我自己也如获至宝。说实话，在没看到陈南山写的这些文章之前，我对温泉也是知之甚少，作为温泉之城的年轻人，我觉得多数人都会像我一样，希望多了解一些关于家乡温泉的知识。

我们抓住时机，利用广播、报纸等媒体，向全县人民介绍武义温泉知识。

据统计，全县共有 30000 多名青少年参加了大赛各项活动。由各基层团组织、少先队组织选送参加县级比赛的作品有 500 多件，评出获奖作品 30 篇。这次大赛，极大地提高了全县青少年对温泉节的认知度与参与度，丰富了节庆活动内容，更重要的是，在一代武义青少年中播下了建设温泉名城的种子，为我日后去旅游局、温泉度假区工作埋下了伏笔，让我与武义温泉结下了不解之缘。

1994 年 9 月，作者（右二）在全省共青团农村基层工作座谈会上发言（《武义日报》记者摄）

这个时期，武义的共青团工作不但影响着我的成长，影响着武义全县青少年的成长，甚至也影响着浙江省一代年轻人的成长。时任共青团浙江省委书记王辉忠对武义共青团工作做了多次调研后，在全省全面总结推广武义经验，并于 1994 年 9 月 12—13 日，在武义县亲自主持召开了由全省各设区市团委书记和县市区团委书记代表参加的“全省共青团农村基层工作座谈会”。会上，我代表武义团县委介绍了工作经验，与会的团省委书记王辉忠、副书记马以，青农部部长李任之、副部长赵一德还和参会人员一起参观了武义县的青年星火带头人示范基地，青少年社会实践基地和《改革月报》希望小学。会后，省内外的多个县市区团委书记带队前来武义参观学习。武义的“青年星火带头人”活动、希望工程建设工作、青少年社会实践活动蜚声省内外。一些县市团委还请李明焱等武义“青年星火带头人”前去开展实用技术培训，传播科技星火。这些活动，迅速将“武香一号”香菇新品种等星火技术传遍全省乃至全国，据李明焱介绍，那几年“武香一号”香菇新品种在全国推广种植达 30 多亿袋。

这段与热血青年并肩奋斗的历程，既给了我服务全县青少年的机会，也让我结识了一大批优秀青年人才，在帮助他们创业成长的过程中，也在他们身上学到了为理想而拼搏奋斗的执着品格和坚韧毅力，一直激励着我满怀激情干工作，立足岗位作奉献。

1994 年 9 月，全省共青团农村基层工作座谈会留念（《武义日报》记者摄）

1995

2000

第四章

敲门招商

——开发区工作笔记

乘着改革开放的东风，武义周边的义乌、永康、东阳等县市分别搞起了小商品、小五金和建筑业，地方经济快速发展，老百姓都开始富裕起来，这深深地影响着、刺激着还在靠种地过紧日子的武义人，大家都非常急切地希望找到一个加快武义经济发展的突破口。

1992 年 10 月召开的中共十四大指出，对外开放的地域要扩大，要形成多层次、多渠道、全方位开放的格局；要继续办好经济特区、沿海开放城市和沿海经济开放区。武义县紧紧抓住这个机会，办起了浙江省武义经济技术开发区，并且于 1993 年 11 月经省政府批准，正式成为首批省级开发区。

省级开发区的成立，给当时的武义人注入了一针兴奋剂，大家对开发区寄予了极高的期望，指望着它能成为武义经济发展的一个新引擎，带动全县经济加快发展。

可当时的武义，还是浙江省的八个贫困县之一，是个传统的农业县。工业经济基础薄弱，而且既没有铁路，也没有高速公路，交通不便，搞开发区困难重重。

县领导希望建设一支更加年轻、更加敢闯敢干、更具改革创新精神的干部队伍来推动开发区健康快速发展。刚从金华团市委书记岗位上调任武义县委副书记的金中梁兼任了开发区党委书记，最年轻的县委常委郭敏担任了开发区主任。郭敏主任到任后，对开发区领导班子做了进一步调整。

1995 年 12 月，县委将我从团县委书记任上调进了开发区，担任主管经济发展和招商引资的副主任兼浙江武义经济开发总公司董事长，把我推向了武义改革开放的风口浪尖。

开发区工作期间，在县领导的重视和同事们的支持配合下，我创造性地摸索出一条实践证明是适合武义开发区招商引资、经济发展的新路，在自己主管领域做了以下五项助推武义改革开放和经济发展的工作。

一 学做经济工作

从做思想政治工作的团县委书记，到主抓招商引资、经济发展的开发区管委会副主任，是跨度最大的角色转换。

从知道调动信息的第一刻起，我就夜以继日地查阅各级各地关于开发区建设管理的政策资料、领导讲话，掌握开发区工作的基本信息。

上任后，我更是抓住一切机会虚心向开发区的同事学、向兄弟开发区学、向书本学。

我报名参加了中央党校函授学院经济管理本科班的学习。这个班的课程设置，几乎是为我这个新上任的开发区管委会副主任量身定制的。

其中的当代中国经济学、区域经济学、项目管理等课程，是开发区规划设计应当遵循的基本理论。

西方经济学、国际贸易、商务谈判、经济合同法等课程中，有招商引资与外商谈判必须具备的基本知识。

经济法学、财务管理、国有资产管理等课程，则是经济开发总公司经营管理的基本准则。

这些课的教材我都放在办公桌上，既是教科书，又当工具书。可以说是活学活用，也可以说是临时抱佛脚。外出招商引资时，《商务谈判》《经济合同法》两本教科书一直在我的行李箱里。

那时，武义还没有中央党校函授学院教学点，每个周末都要到金华市委党校上课。哪怕是出差在外，我也尽量赶回来上课，生怕错过每一次授课机会，每个学科考试都考出优秀成绩，最后也以优秀学员身份毕业。

为了在经济管理方面更具专业性，我还报名参加了经济师资格考试。由于是工作需要，带着问题学，学习的成效也特别显著，第一次参加考试就以优异成绩顺利通过，在全县局级领导中第一个取得了经济师资格。

到开发区工作的头两年，真是摸着石头过河，边学边干，努力让自己尽快适应新的工作岗位。

二 筹建同乡会

刚到开发区时，我根据报刊上学来的招商经验，带着开发区经济发展局的徐向阳局长、邹志刚副局长跑北京、上海、广州、深圳、海南，找外商、找国企、找大学、找科研院所。几个月跑下来，招商成效并不理想，但接触了不少人，长了不少见识。

特别是在深圳，见到了时任深圳华强集团总工程师的周波、深圳市土地管理局地政处处长王孝思和深圳汽车运输公司办公室主任王景三位武义老乡。他们对家乡的开发区建设关怀备至，主动热情地向我们介绍深圳开发、开放、招商经验，还找来几个深圳市招商局的同志和我们做了交流。在这里我第一次听到了依靠人脉，依靠亲情招商，以商引商等有效招商的真经。

反思自己几个月来的招商经历，跑到哪个大城市都是举目无亲，瞎跑瞎撞地到处敲门递名片，送开发区宣传册，碰到一个老板就王婆卖瓜似的推销，哪能招得到真正的投资者呢？

送走深圳市招商局的同志后，我和徐向阳、邹志刚把周波、王孝思、王景三位老乡请到我的房间，坐下来认真研究怎么解决招商人脉不足的问题。

王孝思向我介绍，一些地方为了扩大招商人脉，在深圳组织同乡会的做法给了我很大的启发。我提议，我们何不也在深圳筹建一个武义同乡会，让更多的武义老乡帮助我们做一些招商工作呢。

这一提议得到了大家的赞同，周波他们了解到在深圳还有好多武义老乡发展得还不错，筹建一个同乡会应该是有条件的。

于是我们就策划起了在深圳筹备武义同乡会的方案，讨论中大家明确了筹备这个同乡会的目的是：联络同乡感情，发挥老乡作用，扩大家乡知名度，为家乡的招商引资和经济发展做一些力所能及的工作。

讨论中大家还认识到，武义开发区的招商不仅要面向深圳，还要面向整个南部沿海开放城市。因此同乡会也可以突破深圳的区域界线，扩大到各个南部沿海开放城市。六个人讨论得兴致勃勃，还安排好了下一步的行动方案，由我牵头回武义争取县领导的认可和支持。

这次深圳之行，让我们切实感受到了改革开放前沿的蓬勃生机和活力，听到、学到了不少通过招商引资促进经济发展的经验，更觉得找到了做好招商引资工作的方向。踌躇满志地回到武义，向郭敏主任专题汇报了深圳之行的感受，特别是与深圳老乡策划筹建沿海开放城市武义同乡会的想法。

郭主任高度肯定了我们在深圳筹建沿海开放城市武义同乡会的方案，并和县主要领导商定，1997 年的春天到深圳召开“沿海开放城市武义同乡会成立大会”，指示我们认真做好筹备工作，尽可能把那里的武义老乡都请来参加。

于是，我们更加紧锣密鼓地做起了各项准备工作。那时候，县里还没有一个部门有齐全的在外武义人信息，加之通信也不方便，要联络这么多的老乡，第一次召开跨几个大城市的同乡会难度还是挺大的。好在周波、王孝思、王景三位老乡在同乡中有很高威望与知名度，所处的工作岗位也有利于联系同乡。他们分工协作，工作得法，几个月时间就联系上了 100 多位武义老乡。

开发区这边，徐向阳和邹志刚以建立招商联络人信息库的名义，向各部门、各乡镇征集在外地的武义人信息，得到一大批在南部沿海开放城市的老乡联系线索。

到 1997 年春节，我们又利用老乡回家过年的机会，于大年初二就邀请了回武义过年的周波、王景等老乡代表，到开发区召开了沿海开放城市武义同乡会成立大会筹备会，进一步研究落实了筹备工作细节，并定于 5 月初，请县领导前去深圳正式召开同乡会成立大会。

1997 年 5 月的深圳，在迎接香港回归的发展机遇中，又掀起了一波建设高潮，一派大干快上、欣欣向荣的景象，改革开放的气息扑面而来。在那激情燃烧的岁月里，激情燃烧的热土上，人们个个激情满怀。

5 月 5 日，我和徐向阳、邹志刚就来到深圳，与这里的老乡一起做筹备工作。

我们首先在深圳、广州、珠海、海南、汕头、厦门六个城市已联络到的老乡中，选择一名工作热情而且有号召力的老乡作为这个城市的联络人，先来深圳召开了一个联络人会议。

去深圳招商（沈志权摄）

会上，确定了召开同乡会成立大会的具体时间、地点和接待方案，然后由各位联络人通知到所在城市的老乡。

由于是第一次有家乡领导来召集大家开会，背井离乡的武义人个个都很激动。不管是公务繁忙的重要岗位领导、日夜奔波的创业者，还是劳动纪律严明的外资企业打工者，都克服困难安排出时间，要求参加会议。

正式开会的头一天，县长郑可风，县委副书记金中梁，县委常委、开发区管委会主任郭敏等县领导飞抵广州。王孝思等老乡到广州白云机场将县领导接到深圳，安排参观了深南大道、地王大厦、赛格广场、世界之窗、锦绣中华、麒麟山庄等当时深圳著名的建设项目。领导们都为深圳的改革开放成果和建设成就深深震撼，深切感受到了开发开放对地方经济发展的重要意义。

5 月 10 日上午，六个城市的老乡陆续到达深圳，大家握手拥抱，嘘寒问暖，情绪激动，交流热烈。我在报到处，主要是负责登记好各位老乡的详细通信地址、工作单位和所从事的具体工作，尽力捕捉参会老乡可能给我们带来的招商信息。

作者在经济特区武义同乡会上做招商项目推荐（沈志权摄）

下午“沿海开放城市武义同乡会成立大会”顺利召开，会议由县委副书记金中梁主持，县长郑可风致欢迎词，县委常委、开发区管委会主任郭敏介绍了武义县和开发区的发展情况。周波、王孝思以及六个城市的联络人发了言，我做了开发区的招商推荐。四个有意向来武义投资的项目签了约。会上成立了“深圳及沿海开放城市武义同乡会”，选举产生了理事会，并一致推选深圳华强集团总工程师周波担任首任会长。

这个同乡会成立后，武义县与沿海开放城市的联系有了桥梁和纽带。来自改革开放最前沿的各种信息、观念深深地影响着武义的改革开放进程。

县领导通过深圳之行，也进一步认识到了利用在外武义老乡这一人脉资源，支持家乡发展的重要性，要求我们开发区牵头，把我县在全国各重要城市的老乡都组织动员起来，为家乡的改革开放、招商引资做贡献。

随后，我又带领开发区经济发展局一班人到北京、上海、杭州以及温州筹建了当地的武义同乡会。

通过“深圳及沿海开放城市武义同乡会”以及北京、上海、杭州、温州武义同乡会的筹建，我做好开发区招商工作的信心倍增，依托在这些城市打拼的武义老乡我们也确实有了更多的招商资源。

我和开发区经济发展局的同志们趁热打铁，马不停蹄地在这些城市间拜访老乡，请老乡牵线搭桥，找到一个又一个的投资商去洽谈。以“千里迢迢，千山万水、千家万户、千言万语、千方百计”的“五千”招商精神说动了一批又一批投资商来武义开发区考察。

先后有国内外几十批客商，前来考察洽谈投资项目。武义县企业家与德国客商合作的福多纳项目、与日本客商合作的金安可降解快餐盒项目、与泰国客商合作的赛庐农业项目、与马来西亚客商合作的星原蚊香项目等十多个外商投资项目，在一年间正式签约落地。这些项目的开工建设，使武义开发区开始有了外向型经济的雏形。

但由于当时的武义没有机场、没有铁路、没有高速公路，交通物流条件限制了外商投资项目的健康发展，这些项目的外方投资者并没有在武义做成大企业，但武义的合作者在与外商的合作中，学到了先进技术、管理经验和市场开发经验，一些项目做成了我们今天引以为豪的龙头企业。

比如武义县企业家与德国客商合作的福多纳项目，针对我国汽车市场的迅猛发展，转型做了汽车部件，迅速成为武义县汽车配件行业的龙头企业，引领着整个机械行业向自动化智能化方向发展。武义县企业家与马来西亚客商合作的蚊香自动化生产项目发展成全县的龙头企业正点实业。

二 招引本地创业英才

当年国家对省级以上经济技术开发区，有一个“三为主一致力”的发展定位，即“以引进外资为主，兴办工业项目为主，加工出口产品为主，致力于发展高新技术产业”。武义经济开发区也是根据这样的发展定位去实施的。但在几年的招商实践中，我逐步认识到，单靠引进外资很难在短期内实现快速发展。

我们通过筹建同乡会，依靠亲情招商，招徕了大批外商来洽谈，也有一批外商投资项目落地开发区。但在洽谈中，多数外商认为武义的基础设施条件很难让他们下决心投大项目。

一些外商，由于我们的执着追求、周到服务和武义当时相对便宜的地价、人力成本以及环境优势，与武义企业家合作创办了企业。但运营过程中，由于交通、物流、产业配套等诸多的不便，多数都没有信心长期合作下去。在这样的情况下，如果死守着引进外资为主，开发区的发展就会陷入僵局。

而当时，武义的经济发展与周边的义乌、永康相比已经严重滞后，老百姓对加快经济发展的呼声极高，对开发区有着急切的期待。县领导也给我们提出了加大招商力度，加快集聚产业规模的要求。

各方压力传导到我这个主管招商的领导身上，我着急上火，坐立不安，开始反思开发区的招商策略问题。从理论上讲，开发区应当以引进外资为主，但实际上，像武义这样的开发区，是没办法照抄照搬沿海开放城市开发区的做法去招商的。面对这样的矛盾，我们开展了新一轮的调查研究，向兄弟开发区学，向企业家学。

我有一位省委党校的同学杜新明，是长兴县开发区的办公室主任。因此，我首先跑到长兴开发区去学习取经。长兴开发区在招商实践中，也同样碰到外商难招问题，但他们已经开始转变观念，注重把当地的企业聚集到开发区去，从而出现了转机。

长兴回来，我向郭敏主任汇报了长兴开发区的经验，郭主任也认为这是我们可以学习借鉴的好做法。于是，召开了一个开发区中层以上干部会议，专题讨论招引县内优秀创业人才入驻开发区创业的具体办法。

会上，我介绍了长兴开发区开展全员招商，发动管委会干部推荐各自熟悉的当地企业家来开发区创业的做法。郭主任要求每位干部也要至少推荐一两个当地企业家作为招商对象，然后由经济发展局跟进洽谈招商。

会后，全体管委会干部踊跃推荐，一个星期内，经开发区领导和干部员工推荐，有意向来开发区创业的就有 30 多人。锁定了这些有意向的投资者后，我又和经济发展局的徐向阳、邹志刚，一个一个地上门招商洽谈。对有明确投资意向，而且规模较大的投资项目，作为重点招商项目，由开发区管委会党委书记金中梁、主任郭敏亲自推进。

当时正是民营企业起步创业的时候，他们需要土地、需要政府的服务，开发区正好有这些资源，而且是由县领导亲自出面协调。很快就有钓鱼扑克、恒友机电、隆达实业、福多纳汽车部件、正点蚊香等一批县内企业入驻开发区大规模扩建厂房，引进新的投资项目扩大生产。他们的企业在开发区这个大平台上迅速发展壮大了起来，成为开发区建设发展的顶梁柱。

四 永康招商破冰

可以把当地企业招到开发区来的思路一打开，招商的路子就活了。我们武义的企业不多，但紧邻武义的永康就很多，于是我们把招商的目光瞄准到了永康企业。

抱着试试看的态度，我和徐向阳、邹志刚到永康去走访了几家企业，从中了解到，永康企业发展势头正猛，到处都需要土地、需要厂房。而永康由于受到土地资源等因素的制约，许多企业一时拿不到建设用地，如果能提供土地，他们是可以考虑来武义投资的。带着这样的信息回来向领导汇报后，领导表示可以考虑调整招商思路。

在我负责起草的 1997 年开发区的工作报告中，系统总结了开发区前几年的招商工作经验教训，以“不管白猫黑猫，抓住老鼠就是好猫”“发展才是硬道理”作为理论依据，提出要从武义开发区实际出发，突破“以引进外资为主”的招商定位，提出“立足周边，放眼世界”的招商思路，在开发区领导班子中达成共识。

1997 年新年刚过，我就和邹志刚带着一个招商小分队，深入到永康的各个工业区，挨家挨户地敲开永康企业的大门，递送招商手册，拉着风风火火赶生意的永康老板讲解招商政策。

那时的永康老板，对武义都很陌生，我们唐突的敲门进去，有的人还很反感，为此吃了不少闭门羹。但我们没有气馁，没有退缩，还是天天在永康的工业园里找老板。

直到有一天，我们来到浙江恒丰电器集团。这是当时永康最大的企业之一，有比较规范的来客接待制度，门卫了解了我们的来意后，把我们带到办公室，办公室主任接待了我们。

交谈中了解到，他们集团公司急着上一个为电动工具企业配套的电线电缆厂项目，现有厂房不够用，如果武义开发区有现有厂房的话，可以考虑去看看。

那时，我们开发区学着深圳特区筑巢引凤的做法，建了几幢标准厂房，正愁租不出去呢。于是我热情详细地介绍了厂房结构、租赁优惠政策等，他们听后觉得基本符合他们的要求。

有了厂房资源的对接，洽谈过程开始轻松愉快起来，公司董事长应国兴也与我们见面交流。我们抓住机会热情邀请应国兴董事长安排时间，来武义实地考察，应董也表示要尽早到武义看看。

有了这点收获，我们兴冲冲赶回武义，向郭敏主任作了汇报，引起了他的高度重视。我们商量，事不宜迟，要尽快促成应国兴董事长来考察。那怎么能顺利促成呢？我们还是用了亲情招商这一招。当时武义的县委书记蒋岩金是永康人，与应国兴也熟悉，由蒋书记出面邀请一定行。于是我们又向蒋书记作了汇报，蒋书记高度重视这一招商项目，当场就和应国兴通了电话，电话那头也非常高兴，答应第二天就来考察。

武义县委、县政府和开发区以最高的礼遇接待了应国兴。我们的厂房条件和服务态度他都认可，但交通物流、产业配套等条件又都不如永康好。在蒋书记的极力动员和我们大家的积极争取下，应董抱着试试看的态度租下了一幢标准厂房，投资办起了武义恒丰电线电缆厂。

这是开发区引进的第一个来自永康投资者的项目，也是“立足周边招商”思路实施以来的第一个招商成果。为此，我们对这个项目的服务认真周到，从厂房改造、供水、供电、通信设备安装到工商登记、税务登记、银行开户、员工招聘等兴办企业所需的一切手续，均由我们经济发展局的同志代为办理。

只用了一个星期所有手续办齐，企业就开始进场安装设备，两个月后就正式投产了。在投产仪式上，应国兴高度赞扬武义县领导和武义开发区周到高效的服务，并在永康到处宣传。

在引进浙江恒丰电器集团投资项目的过程中，我们接触到了许多恒丰公司的中层管理人员，在与他们的交往中发现，恒丰电器集团生产的主导产品是电动工具，这些管理人员许多都在自己家里办有为恒丰集团配套的配件厂，有的甚至也生产整机，他们都是初创企业，手头有业务，但苦于买不到土地造不起厂房。

而且在落实恒丰在武义的投资项目时，他们亲眼看到我们跑前跑后，高效率地帮助办理好各项开办手续，相互有了信任感。为此，我们锁定电动工具这个产业作为重点招商目标，到永康挨家挨户上门了解他们的需求，和他们探讨怎么在武义打造一个有利于电动工具产业快速集聚发展的产业发展环境。在县领导和郭敏主任的支持下，大家进一步统一思想认识，把引进电动工具行业作为开发区发展的主导产业来抓。

一个月时间里就有浙江意达电器有限公司、浙江远东工具有限公司、浙江永晖工具有限公司等五家永康电动工具企业先后来开发区考察洽谈，并都以先租赁厂房办厂的形式入驻到了开发区，把前几年建起来的厂房挤得满满当当。这些永康企业，加上浙江恒友机电有限公司等几个本县企业入驻后，电动工具产业开始在开发区集聚了起来。

我对这些企业的发展倍加关心，精心谋划着要把武义开发区打造成电动工具产业集聚区。为了提高电动工具产业发展的配套能力，在之后的招商中，我们优先安排与电动工具配套相关的企业入驻。不到一年时间，武义开发区就集聚了包括电动工具整机、电机、电线、电缆、齿轮、机壳注塑以及包装材料在内的几乎所有电动工具生产所需配件的加工企业。

为了加快电动工具产业的集聚发展，2000 年开发区管委会支持区内电动工具企业成立了武义电动工具行业协会，努力为电动工具产业的健康发展创造良好的区域发展环境。

我在之后的各个工作岗位上，也一直关注支持着电动工具产业的健康发展。直到退出领导岗位，我还被县委组织部安排到电动工具行业党建联盟担任指导员。

五 赶建安置厂房

在面向永康企业的招商中，我们还抓住了永康民丰工业园搬迁的机会，成批引进了十多家永康企业。

永康民丰工业园，是永康最早发展起来的工业园，紧挨着永康城区。在城市建设规划中，民丰工业园这片土地，被规划用于建设永康第一中学，需要把企业都搬迁出去。

得到这个信息之后，我又和邹志刚、徐曙跑到民丰工业园，开展有针对性的招商。

民丰工业园区内的厂房设计很简单，都是一幢单层厂房加围墙围成一个院子，大门一关就是一个工厂了。这个工业园区里的企业，我们都不熟悉，只得挨家挨户去敲门。接连敲了好几家，要么说老板不在，要么说老板正忙，都没有接待我们。

当我们敲到永康中润工具有限公司时，敲了好久都没人来开门。我就试着去推了推，发现门没锁。我探头进去看了看，里面机器轰鸣，人声嘈杂，估计是没人注意到敲门声。我走进去想找老板，刚一脚迈进大门，门后一条大狼狗狂吠着朝我们扑来。我看到狗是被绳子拴住的，就故作镇定地一边吼住狗，一边让邹志刚、徐曙他们往里走。

主人连忙跑过来紧牵住狂吠不止的狼狗，疑惑地问：“你们干什么呢？”

我一边连说“没有，没有”，一边伸出手想和主人握手。

“我们是武义开发区来招商的。刚才我们敲门你可能没听到，打扰你了。”我向他解释道。

“武义开发区来招商的？”主人喃喃自语。

他拴好狼狗，把我们让到从车间里隔出来的办公室，和我们交换了名片。他叫吕启忠，是公司的董事长，年纪三十出头，个子不高，脸蛋黝黑，看着很精干。

我俩握过手，邹志刚就机智地递上了我们开发区的招商宣传册，宣传起了招商政策。吕启忠认真听了介绍后告诉我们说：“这个民丰工业区的拆迁已进入了倒计时，但我们租在这里的好多企业并没有拿到安置用地，正为找厂房急得团团转。”。

我敏锐地意识到，这是我们开发区成批量引进永康企业的好机会。就把邹志刚找到一边商量，一定要想办法把这里的企业引一些到开发区去。可那时我们的厂房都已被前期招商进来的永康企业租赁去了，手头并没有可出租的厂房了。怎么办？

邹志刚急中生智，和我统一了一下口径，就说只要你们肯去武义，厂房我们有办法解决。

听说我们可以为他们提供厂房，吕启忠高兴极了，带着我们走访了这个工业区里还没有找到安置厂房的十多家企业。几位老板还一起请我们吃了午饭。饭桌上，大家商量抱团去武义开发区发展。

可他们越积极，我心里越发虚。饭后我让邹志刚和徐曙留在永康，和这些老板说我们一定可以给他们安排厂房。

我一个人迅速赶回开发区向郭敏主任汇报，郭主任立即召开开发区中层以上干部会议，商量要千方百计尽快造出一批厂房来，用于安排这批面临拆迁的永康企业。

大家集思广益，马上提出了几个方案。其中最可行的方案，是把开发区白洋渡工业区里一块 2.5 万平方米的废弃国营煤场进行改建。这块大煤场全部是水泥地面，如果要建一层的临时厂房，在水泥地面上用钢筋水泥打起地梁就可以往上建了。

郭主任果断决定，说干就干。要求开发区规划建设局组织施工单位赶时间抢速度，突击开展百日攻坚，建成临时厂房。

我立即返回永康民丰工业区，再一家企业一家企业地去说明我们突击建造临时厂房，专门用于安置他们这些拆迁企业的方案。

这些永康老板个个都为我们设身处地为他们着想，在一天之内就拿出了建造

武义开发区为引进永康拆迁企业赶建临时厂房（陶锡忠摄）

临时厂房安置他们的可行方案而感动，但对我们承诺的100天能建成临时厂房，还是将信将疑。第二天，由吕启忠带队，十几个永康企业家就组团来考察了。

一到现场，他们看到施工队已经在煤场的地面上开始测量打桩放样了。这就是武义开发区的速度。他们相信了我们的诺言。

吕启忠带头与我们签订了租赁协议，经过洽谈，当天就有8家企业签订了租赁协议，并预付了3年的租金。100天后，这些企业就浩浩荡荡地搬进了我们在废弃的煤场里建起的临时厂房。

这几批永康企业家的引进，和他们在武义开发区创办的企业健康快速发展的事实，影响了大批永康老板。他们纷纷来武义考察洽谈投资项目，形成了一股永康老板涌向武义的投资热潮。

开发区大量引进永康企业，实现了工业经济跨越式发展，利用洼地效应，吸引周边发达地区企业投资，是欠发达地区加快经济发展的有效途径。

县委、县政府领导及时总结开发区面向永康招商的成功做法，要求县领导都带头去永康招商。时任县长金中梁还总结出了“白天搞三讲，晚上跑永康，干部全员去招商”的武义加快经济发展经验。

县委、县政府领导亲自跑永康招商，大大提高了招商效率。很快，开发区的土地都被永康企业抢购一空。县委、县政府又号召城区的白洋街道、熟溪街道、壶山街道，以及临近永康的桐琴、泉溪、茭道等乡镇也都开发土地，建立各自的工业区，吸引永康企业前来投资。很快，这些乡镇街道的工业区，也在永康企业的投资建设中雨后春笋般快速发展起来。这些永康企业的引进，助推武义开发区乃至整个武义县工业经济实现了跨越式发展。

我在开发区工作的五年间，亲历了建立沿海开放城市武义同乡会、搭建招商桥梁引进外商投资、吸引武义优秀创业人才入驻开发区集聚创业、大量引进永康企业，再到利用经济开发总公司这一经济发展平台，发掘武义特色资源，开发萤石深加工产业、食药用菌深加工产业和有机茶产业的发展历程，促成了开发区外来投资从无到有，工业经济从弱到强的转变。我参与了“隆达实业”“恒友机电”“恒丰电缆”“意达工具”“远东工具”“永晖工具”“海王电器”“寿仙谷药业”“神龙浮选”“三美化工”“更香茶叶”“采云间茶叶”“田歌实业”“正点蚊香”“福多纳汽车部件”等一大批项目的招商引资、前期策划、项目建设和品牌培育工作。

这些项目的引进和成功开发，不但为开发区工业经济的发展奠定了基础，也为武义龙头企业的培育、武义特色支柱产业的形成和武义民营经济的崛起奠定了基础。经过 20 多年的发展，很多都已成为武义家喻户晓的知名企业，为武义经济发展做出了重大贡献。

我抓的招商引资只是促进武义经济开发区发展的一个方面，更重要的是县领导和郭敏主任对开发区发展的掌舵引航，以及开发区其他领导分管的土地开发、基础设施建设、社会事务管理，为招商引资和经济发展创造了良好条件。我对每位在开发区并肩战斗过的同事都心存感激。

建成后的开发大道（陶锡忠、卢峰摄）

1995

2000

第五章

孵化特色产业

——经济开发总公司工作笔记

当一波又一波的永康企业涌进武义的时候，我作为开发区招商引资、经济发展工作的主管领导，感到由衷的欣慰。实践证明，当初提出立足周边招商的思路是正确有效的。然而，身兼浙江省武义经济开发总公司董事长的我，觉得武义本土企业的培育更加迫在眉睫，必须抓紧利用这一平台，孵化培育真正具有武义特色的地方特色产业，增强武义经济发展的内生动力。

在招商工作取得突破之后，我就开始把一部分精力切换到经济开发总公司的发展上来。

经济开发总公司，是一个政府的投资平台，开发区对外招商时，作为武义方与外来投资者合作的投资主体身份存在。在开发区发展的初始阶段，公司也引进过几个项目，但都是些贸易企业、建筑企业和房地产企业，没有一个工业项目。我出任公司董事长后，从武义当地实际出发，铸山煮海挖掘开发特色资源，利用经济开发总公司这一创业平台，着力孵化培育萤石深加工、食药用菌深加工、有机茶、温泉等武义特色产业。

一 启动萤石资源深度开发

要挖掘武义的资源优势，在享有“中国萤石之乡”美誉的武义，首先想到的当然是萤石资源。恰巧当年武义最大的萤石加工企业，武义武申联营浮选有限公司董事长王时晸是我老家上江村的邻居。我们两家是世交，他妈是我大哥的奶妈。我家兄弟姐妹都随大哥称王时晸为哥哥，他也一直把我当弟弟。

我找到时晸哥哥了解萤石加工情况，他把多年来在这个行业积累的经验和掌握的行业发展方向，都毫无保留地向我作了介绍。他觉得在武义发展萤石深加工项目有独特的优势，确实有希望把这个行业做大做强。

但苦于体制等因素，他们公司实施不了，希望我能借助开发区相对开放灵活的优势，组织实施他多年来的萤石深加工梦想，并且极力推荐由他们公司的业务骨干项超美来经济开发总公司，具体抓这个项目的实施。

有了时晟哥哥这样一个坚强后盾，我对经济开发总公司投资萤石深加工项目信心倍增。在他的指导下，我和项超美很快提出了一个从萤石浮选，到氟化氢提取，再到精细氟化工生产的《武义萤石全产业链开发方案》，并得到县领导和开发区领导的充分肯定和大力支持。县里同意经济开发总公司出资 80%，项超美出资 20%，注册成立武义神龙浮选有限公司实施这一项目。

为了启动这个项目，我们根据萤石浮选所需的水源和排污条件，在时任桃溪滩乡党委书记扬霄雁的支持下，在三角店村征用了十多亩地，办起了一个浮选厂。又紧锣密鼓地到省内外几个氟化工企业作了氢氟酸项目调研，并在王时晟和永康鹰鹏化工有限公司总工程师的指导下，编制了《武义萤石深加工项目可行性研究报告》。

然而，萤石深加工项目进入筹建阶段时，根据上级加快推进国有企业改革和国有资产产权制度改革的精神，国有企业原则上不再投资兴建新的经营性项目。在这一精神指导下，经济开发总公司投资的开发项目也要进行改制，更不能再投资建设新的项目了。1999 年初，公司改制工作启动了，经济开发总公司在武义神龙浮选有限公司持有的 80% 股权，转让给了桃溪滩乡民营企业家周爱马。

正在筹建的深加工项目，因为还没有实质性的投入，所以《武义萤石深加工项目可行性研究报告》等项目技术资料交接给了开发区内的武义三联萤石浮选厂董事长胡荣达。

周爱马接手武义神龙浮选有限公司后，继续在萤石浮选行业做大做强，将公司打造成为萤石浮选行业的龙头企业，为武义萤石资源的开发利用做出了突出贡献。

胡荣达在武义三联萤石浮选厂的基础上，投资创办了浙江三美化工有限公司，成功开发了以萤石为基础原料的氟化工系列产品。凭借武义萤石的特色资源优势和企业家的创业精神，三美化工有限公司到 2010 年前后就发展成为武义最大的企业，并于 2018 年成功上市。

二 创办食用菌深加工企业

开发区经济的快速发展，促进了武义县城的繁荣发展，但农村经济仍然发展迟缓，并经常出现农产品买难卖难的问题。我在团县委时，与县科委通过农村“青年星火带头人”活动，推广的食用菌生产项目，由于栽培技术有突破，一度给菇农带来很好的效益。但由于盲目跟风发展，全县农民到处都栽培香菇，加之当时的供求信息不灵，市场流通不畅，香菇等农产品经常大量滞销，农民损失惨重。县领导要求我们开发区要想办法发展农产品加工项目，帮助解决农产品滞销问题。这个任务又交给了经济开发总公司。

接到任务后，我到有关乡镇做了一番调研，看到不少农民把整箩筐卖不出去的香菇倒掉，真是心痛不已。

怎么办？解铃还得系铃人。

我到开发区不久，李明焱就辞去县科委办的武义县食用菌技术服务公司总经理职务，受我邀请加盟到了经济开发总公司任副总经理，负责筹建农产品深加工项目，致力于解决农产品销路问题，帮助农民提高农产品附加值。

经济开发总公司出资48%，李明焱和企业员工共同出资52%，成立了武义新绿物产有限公司。这家公司的目标很明确，就是以“公司+基地+农户”的模式，开发推广适合武义农村发展的农产品，由公司统一收购、加工销售，发展现代高效农业产业。

1997年春，新绿物产公司开业（《武义日报》记者摄）

为此，公司首先投资建设了一个万吨级冷库，购置了冷藏车，做起了现在看来都还很时尚的冷链物流生意。把当地和周边发展商品经济热潮中种起来的香菇、板栗、猕猴桃、桃形李等农产品收购进来，进行冷藏保鲜，加工包装之后，用冷藏车运销到上海、杭州等大城市，并与外贸公司合作，将产品出口到国际市场。

短短两年时间，武义新绿物产有限公司成了当地最有影响的生鲜农产品冷链物流配送企业，让交通物流尚不发达的山区的农产品与国际市场和国内大城市实现了无缝对接，有效解决了武义集中发展的香菇等农产品的销售难问题，企业也从中获得了较好的经营效益。

在那个民营经济蓬勃发展的时代，一个可以挣钱的项目的示范带动效应是非常大的。新绿物产有限公司这样的经营模式，很快就有好几家民营企业跟风模仿。面对激烈的市场竞争，我和李明焱商量，新绿物产公司应该不断超越自我，要把农产品深加工的文章继续做深做透，不断引领这个行业向前发展。

因此，新绿物产公司又在李明焱的主持下开始了珍稀食用菌、药用菌栽培繁殖及其深加工技术的研究，先后从日本等地引进灵芝、杏鲍菇、秀珍菇、茶树菇等新品种，利用开发区的标准厂房进行工厂化生产试种，摸索出一整套栽培模式，引导武义菇农发展起了珍稀食药用菌的工厂化栽培。

与此同时，新绿物产公司还与上海食用菌研究所、上海食品研究所等单位合作，开展了以珍稀食用菌、药用菌为原料，开发功能食品和保健品生产的技术研究，成功从香菇、灵芝中提取香菇多糖、灵芝多糖，并在这些技术研究成果的基础上，提出产业化方案。

1997 年夏，作者（右一）与李明焱（左一）下乡收购农产品（《武义日报》记者摄）

在这些项目快速推进的时候，由于国有企业改革的需要，经济开发总公司投资的开发项目都要撤出投资。1999 年初，武义新绿物产有限公司以歇业的方式进行了改制，变现了资产，清偿了员工股，清退了职工。

李明焱也辞去了武义经济开发总公司副总经理、武义新绿物产有限公司总经理职务，与爱人一起经营武义金星食用菌公司，继续深化以珍稀食用菌、药用菌为原料，开发功能食品和保健品的技术研究。随着业务的发展，他们又组建了浙江寿仙谷医药股份有限公司，将研究成果成功实施产业化，引领全县食药用菌产业从农户一家一户栽培到基地化、规模化、现代化、工厂化栽培，从销售初级产品到销售深加工产品再到品牌化运营的转型升级。浙江寿仙谷医药股份有限公司于 2017 年成功上市，成为武义县第一家上市公司。

三 送有机茶到德国参展

武义农村最大宗的经济作物是茶叶。在发展农村商品经济的热潮中，武义的茶叶种植面积迅速扩大，几乎村村都种起了茶叶。1995 年，全县栽培面积达到 6 万多亩，但茶叶产品只有县供销社办的武义茶厂等几家集体企业在经营，集体茶厂又都面临改制。茶叶销售成了大难题，农民种茶的经济效益并不高。

如何提高茶叶产业的经济效益，怎么利用好茶叶资源，发展特色产业，又成为经济开发总公司的一项重要任务。

1996 年春茶上市的时候，我到全县几个重点产茶区进行了专题调研。到柳城镇调研时，碰到了一个叫潘金土的年轻人，他从国有企业武义犁耙厂下海，创办了武义金山宣平茶业有限公司，专做茶叶生意。他是我爱人娘家的邻居。潘金土思想开放，在茶产业发展上有自己独到的思路。我直觉，也许这个年轻人能为武义的茶产业发展出点力。

一个星期天，我利用去丈母娘家的机会，找到潘金土承包的茶园，帮他去摘茶叶，借机动员潘金土要开阔视野，把眼光瞄准全县，甚至全省、全国、全世界的茶叶基地和茶叶市场来做茶叶企业，而不仅仅是经营自己这几亩茶园。

年轻的潘金土被我鼓动得心潮澎湃，但自己的企业处在山旮旯里，交通不便，信息闭塞，也没有多少资金，怎能做成这样的大事业呢?

我见他心动了，就进一步趁热打铁，向他伸出招商橄榄枝，建议他把企业搬到开发区来。由我们经济开发总公司来和他共同把他的企业培育孵化成为全县的茶叶龙头企业，带领全县茶农把武义的茶叶产业做强做大。

潘金土也很想来，但又怕自己企业小，到开发区来买不起地、甚至厂房也租不起。为了打消他的顾虑，我向他承诺，回去向领导汇报，为他争取最优惠的条件。

为了扶持能为全县茶农提供服务的茶业龙头企业，经开发区管委会领导集体讨论同意将开发区刚造好的办公大楼的一层楼以“三免两减半”的最优惠条件租赁给潘金土，帮助他创办了武义金山翠剑茶叶有限公司。

武义金山翠剑茶叶有限公司开业后，潘金土借助开发区外商来往频繁、外贸企业较多的优势，结识了不少外商，公司的外贸业务迅速扩大。有一次，我和潘金土一起接待一位来自德国的客商时，了解到欧洲茶叶市场对有机茶叶的需求旺盛，而且他们认为武义的自然环境很适合生产有机茶叶。我和潘金土都觉得这是一个很好的商机。

于是，我们就开始认真研究起了有机茶。为了更好地了解有机茶和有机食品的概念，我们拜访了设在南京的国家环保总局有机食品发展中心和设在杭州的中国农业科学院茶叶研究所的有关专家。在他们那里进一步了解到，其实有机食品也叫生态食品或生物食品，是国际上对无污染天然食品比较统一的提法。有机食品在生产过程中不使用农药、化肥、生长调节剂、抗生素、转基因技术。当时欧美发达国家对有机食品消费的追求已经成为一种时尚，但在中国还处于初始发展阶段。国际市场上有机食品的价格要比非有机食品高出好几倍。然而有机食品对环境的要求很高，要远离空气、水、土壤的污染源。

专家的介绍让我很是心动。因为我的家乡武义南部山区山清水秀，没有工业污染，具有得天独厚的环境优势，特别适合发展有机食品生产。如果能把武义县大面积发展的茶叶，改造成为符合有机食品生产标准的基地，那这些茶叶的效益提升就有了很大空间。我希望利用开发区这个平台，把有机食品生产理念引进武义。但一个新的农业生产业态的提出和推广，光靠口头去动员农民是很难实现的，何况开发区又不是农业主管部门，也没有行政手段，必须有带头人示范，才可能引领广大农民朝有机农业方向发展。

谁来做这个带头人呢？一起去拜访的潘金土早已跃跃欲试。我们商量，由经济开发总公司支持潘金土的金山翠剑公司领头开发有机茶产业。

回来后，我们分别向县长金中梁、县委副书记钟明祥和县委常委、开发区管委会主任郭敏作了专题汇报。领导们对引进有机农业项目，提高农业经济效益的思路给予了充分肯定，并指定由我牵头，提出开发有机茶产业的具体方案。

说干就干！我在方案中提出三个需要领导支持的措施：一、邀请国家环保总局有机食品发展中心和中国茶叶研究所的有关专家来武义，进一步考察论证武义是否适合发展有机农业；二、由经济开发总公司为武义金山翠剑公司开发有机茶产品提供人才、技术和市场营销上的支持；三、组织相关人员参加国际有机农业发展专题考察。方案中提出的这些建议，都得到领导认可，并分别付诸行动。

由于我在前期已经做了大量有关有机农业发展的调查研究，组织要求由我参加赴欧洲国际有机农业发展专题考察。在 1996 年前后，县里出国考察的机会还很少，我得到这个任务之后，一方面是非常激动，可以出国了；另一方面又很担忧，怕自己外语水平差，又是第一次出国，完成不好这一任务。

然而，开弓没有回头箭，自己起了个要开发有机茶的头，这任务哪怕再难也要去完成。在有机食品发展中心领导的帮助下，我报名参加了由中国国际贸易促进会和中国有机食品发展中心共同组织的第二届国际有机食品博览会参展团。

可报名时才了解到，这个团不配备翻译，多数团员都是有相当高外语水平的国际贸易专家，只有我和另外一位来自内蒙古的团员是行政领导，且没出过国。这下真的吓倒我了，语言不通、没有翻译，出去怎么交流？怎么完成考察任务？

我提出自己外语不好可能去不了，中国国际贸易促进会的同志把我叫去简单测试了一下，虽然成绩不好，但他们认为离正式出国还有半年时间，可以帮助我通过短期训练提高英语水平，完成考察任务。

在国际贸易促进会专业老师的指导下，我开始利用业余时间，临时抱佛脚恶补英语，同时做好各种出国准备工作。

要想争取国际有机食品组织官员认可武义这个地方适合发展有机食品产业，首先要有建好的示范基地。这项任务由潘金土负责，将大溪口乡潘山头村的300余亩茶园改造成有机茶试验基地。要向外国专家介绍清楚武义发展有机食品产业的优势，需要编制一个有针对性的宣传折页，那时候，武义除了潘金土之外没有人了解有机食品，只有我自己去编写宣传折页。

很快半年时间过去了，到了去北京签证的时候，我联系了在团县委工作时培养的“青年星火带头人”俞学文。那时他已经把家乡的茶叶打进了北京市场，生意做得风生水起，而且他在北京也了解了一些有机茶的信息。听说我要去欧洲参加有机食品博览会，送家乡的茶叶在国际有机食品博览会上展览，俞学文非常激动，专程赶到北京机场来接我，带我考察了北京马连道茶叶市场和他的公司——北京赣香茶庄。

一路上，我们畅想着家乡的茶叶能顺利通过国际有机食品认证，这样他将全力去开发北京的有机茶消费市场。到了我们出国的日子，俞学文又专程来机场送我，一边给我加油鼓劲，一边也是表达他对武义县茶叶能够顺利通过有机食品国际认证的殷切期待。

1997年3月3日，我们开始了为期14天的德国、奥地利、荷兰、比利时、卢森堡5国有机食品产业发展考察之行。

我们乘坐的航班，准时从北京国际机场出发，飞往德国法兰克福机场。在对即将见到陌生的西方世界的期待中，10多小时的航程很快过去了。一到法兰克福机场地面，我就急切地四处寻找导示牌，可机场里的导示牌上写的并不是我费了很大劲补学的英语，而是德语。这下我彻底傻了，真正意识到什么是异国他乡，什么叫举目无亲，像个生怕走失的孩子一样紧跟着领队过了海关。

走出机场，映入眼帘的哥特式教堂、巴洛克式风格的街景，整洁的道路，向我们展示了这个城市的古老、典雅、富庶、文明。和改革开放初期的武义小县城相比，真可谓天壤之别。我觉得他们的城市规划、建设、管理、运营处处都值得我们开发区学习借鉴。

作者（右一）在第二届国际有机食品博览会中国展厅留影（王伟摄）

来到德国的第二天，正是第二届纽伦堡国际有机食品博览会开幕的日子。一大早，我们就兴冲冲地来到了展馆，来自世界各地的参展商，把几万平方米的国际大展馆挤得满满当当。可来自中国的有机食品，只有一个标准展位，是中国国际贸易促进会统一租的，里面展示的有机食品，基本上是我们这个参展团团员单位的产品。虽然产品不多，但也引来了不少采购商前来参观洽谈。

我整天守在展位上，生怕错过一个客商。不管人家听不听得懂，都用生硬的英语卖力地介绍着来自中国武义的有机茶叶，递送着自己编印的中英文对照的宣传折页。

展会的第二天，我跟着领队到各个展区参观。看到了各式有机食品，采购商参观洽谈也很热烈，但有机茶叶却很少，这让我坚信，有机茶叶的开发将会有巨大的市场潜力，整个有机食品产业更是有巨大的商机。

两天的展会之后，我们安排了参观德国的有机农场、有机牧场，其中参观有机牧场的点是根据我的要求安排的。因为我在团县委工作期间，还和县科委推荐选派了另一名“青年星火带头人”吕俊伟，到德国交流研修畜牧养殖技术。吕俊伟是我农技校的同学，我来德国之前去拜访了刚刚回国的他。他认为德国的牧场也有许多值得我们学习的地方，让我借这次机会也去访问一下他的德国老板。考察团的其他团员都认为这个点值得一去，所以大家一起去了。

作者（左一）在德国巴伐利亚州考察有机牧场（王宝森摄）

因为有吕俊伟的事先安排，牧场主对我们的到来非常重视，把全家十几口人都召回到牧场，以德国巴伐利亚州最隆重的民族习俗接待了我们。学了一点中文的牧场主儿子，向我们介绍了有机牧场的经营经验，交流起来亲切多了。我们从有机食品的经营者角度，了解到了一些在官方商务交流中得不到的信息，了解到了有机食品产业发展中要面对的一些问题和矛盾。大家都觉得是一个意外收获。

考察中，还有重要一站是去奥地利考察世界上最早的有机农业合作组织。奥地利号称是有机农业和食品安全的国家典范，早在1927年就已经开始了有机农业的生产。1997年，奥地利有机农业生产农户已达2万多家，有近10%的农产品都通过了有机认证，这在整个欧洲国家中所占比率都是最高的。

作者（左三）向欧盟有机茶组织官员介绍武义有机茶（王宝森摄）

考察中我们了解到，奥地利发展有机农业，收获了环境和食品安全两大成果，已经成为全球空气质量和水体质量最好的国家。奥地利有机食品也是全球最受欢迎的高档消费品牌。对照奥地利的人文自然条件，武义有许多相似之处，所以他们的经验非常值得我们学习借鉴。

行程中，我们还到荷兰、比利时、卢森堡等国考察了他们的有机食品加工企业、有机食品超市、有机食品餐馆等，了解了有机食品全产业链在欧洲的发展状况。

四 发轫中国有机茶之乡

有机(天然)食品证书
ORGANIC FOOD CERTIFICATE

经国家环境保护局有机食品颁证委员会审定，　　　　符合我国有机(天然)食品生产和加工技术规范，允许该产品使用有机(天然)食品商标标志，特颁此证。

This is to certify that　　　　satisfies the Technical Guidelines of Organic Food Production and Processing promulgated by National Environmental Protection Agency of China and, therefore, is granted to use Organic Food Label by Organic Food Certification Committee of National Environmental Protection Agency.

颁证证书号：97-3002-0030　　使用期限：　　颁证总量：
Certifying No:　　Valid From　　Total Wt

国家环境保护局有机食品发展中心
Authorized by Organic Food Development Center
National Environmental Protection Agency
一九九七年 四月 一日

武义获得的第一张有机食品证书

14天的考察活动转眼就结束了。在回程途中，我认真地写了一份考察报告，详细记录了欧洲见闻，整理提出值得我们学习借鉴的欧洲经验。

特别是在有机茶产业开发方面，我建议借鉴奥地利国家、政府、企业、农户协同发展的做法，希望政府出台政策，支持农业龙头企业牵头创办有机茶加工厂，带动茶农建立有机茶基地，创建有机茶产业发展示范区的整体方案。

回到武义后，我向金中梁县长、钟明祥副书记和郭敏主任作了欧洲考察情况的专题汇报。领导们希望开发区进一步支持金山翠剑公司等茶叶龙头企业，加大有机茶产业开发力度，把有机农业建设成为武义一大特色产业。同时要求县农业等相关部门，要研究出台支持有机农业发展的政策，大力支持有机茶开发和有机农业发展。

欧洲考察获得的信息和领导的支持，给了我更大的信心和勇气。我立即到金山翠剑公司传达了领导指示，向潘金土详细介绍了欧洲考察的所见所闻。他更是激情高涨，摩拳擦掌准备大干一番。我们商量把在北京的俞学文也请回来，一起

根据欧盟标准在武义县柳城畲族镇建立的有机茶基地（潘金土供图）

共商有机茶发展大计。

得知我去欧洲考察已经回来，俞学文从北京飞回武义，与我和潘金土共同商讨有机茶开发落实措施。大家商定，由武义金山翠剑茶叶公司到最适合生产有机茶的武义南部山区，建立一个符合有机茶生产条件的有机茶加工厂，发动周边农户对现有茶园进行改造转换，建立大规模的连片有机茶示范基地，将有机茶产业尽快做大做强。

市场开发上，一方面由我将在欧洲考察和纽伦堡国际有机食品展会上联系上的欧洲采购商信息对接给潘金土，并寻求一同前去欧洲考察的国家环保局有机食品发展中心和中国国际贸易促进中心的支持，建立武义有机茶销往国际有机食品市场的通道；另一方面，由俞学文重点开发以北京为主的国内有机茶销售渠道，将武义有机茶打进北京市场。

潘金土和俞学文两位年轻的企业家联手行动。用了两年多时间，潘金土在柳城畲族镇的静妙寺建起了一个符合欧洲有机茶生产标准的茶厂，还在当地乡镇茶农的支持下，把周边的 2000 多亩茶园改造转化成了有机茶园，武义县的有机茶产业开始初具规模。

在国家环保总局有机食品发展中心和中国国际贸易促进中心支持下，我们邀请了欧洲多国的有机食品进口商来武义考察。金山翠剑公司的茶叶基地和标准有

更香有机茶园（浙江更香有机茶业开发有限公司提供）

机茶厂，得到欧洲有机食品进口商的广泛认可。

1997 年 4 月，武义金山翠剑茶叶公司送检的有机茶样品通过检测，各项指标全部符合有机食品标准，国家环保总局有机食品发展中心向武义金山翠剑茶叶公司颁发了 OFDC（环境部有机食品发展中心）认证证书，允许该公司生产的“牛头山”牌绿茶使用 OFDC 标志，从而成为浙江省首家（国内第二家）拥有 OFDC 标志的茶叶公司。1999 年该公司有机茶产量达到 50 吨，其中出口到日本、德国等国外市场的就有 30 余吨。

俞学文在北京的茶叶市场上，也借助武义有机茶的独特优势而异军突起，武义的有机茶作为一种时尚消费品，成为北京高端消费群体的新宠，企业实现了快速发展，成立了北京更香茶叶有限责任公司，在马连道茶叶市场建起了北京最大的茶楼，成为全国茶商中的翘楚，俞学文也当选为全国人大代表。

在县领导的重视，开发区的引导、农业部门的支持下，在潘金土、俞学文等企业家的努力下，武义的有机茶产业欣欣向荣地发展了起来。到 2001 年，全县共有 12 家企业获得有机茶生产、加工和销售的有机认证，获得认证的有机茶园面积达 9000 多亩，颁证茶园面积居全国首位。

武义有机茶产业成为全国有机农业发展的典范。2000 年 9 月，武义县委、县政府启动了中国有机茶之乡的申报工作。中国特产之乡推荐暨宣传活动组委会、中国农业科学院茶叶研究所有机茶研究与发展中心的专家专程到武义县，对申报“中国有机茶之乡”工作进行了认真调查和考察。2001 年 5 月，武义县被正式命名为“中国有机茶之乡”。

五 考察比利时温泉小镇

在对欧洲有机食品产业发展趋势考察的行程中，有一站是考察比利时的有机食品商场。在去比利时的路上，听一路给我们开车的德国司机师傅介绍，比利时有一个最有名的温泉旅游地——斯帕（Spa）。因为当时武义也在大张旗鼓地开发温泉，斯帕小镇的温泉引起了我极大的兴趣，我提出希望能去看一看。司机师傅热情地帮我叫来了一辆出租车，并向出租车师傅交代了我去斯帕小镇是为了考察那里的温泉开发情况。

一路上因为都是集体活动，语言沟通有困难的时候都有领队帮助解决，这次单独行动，只有靠刚学的旅行英语加字典加手势来沟通。好在这位师傅经常拉外宾，基本都能领会我要干什么。他拉着我参观了小镇上的几个温泉 SPA（水疗）、温泉宾馆、温泉露天浴场，并卖力地向我介绍斯帕小镇的历史人文，特别是这里闻名于世的温泉疗休养产业发展情况。虽然听得不是很明白，但从他引以为傲的表情中我感觉到斯帕温泉确实是比利时人的骄傲。

在这里我了解到：斯帕温泉历史悠久，早在两千多年前的古罗马时期，斯帕的人民就开始通过泡温泉来治疗疾病与缓解疼痛，由此开启了温泉 SPA 的先河。斯帕温泉早在 18 世纪就已名声大振，不仅吸引了欧洲各国的权贵前来洗浴，还让 SPA 正式成为了英语等语言中温泉站和温泉水的代名词。

当地的人们把温泉作为吸引人们来旅游的重要资源，进行了规划开发，建起了各种温泉旅游项目。在这里不但可以享受传统的水疗SPA，还有各种特色的服务项目，如木桶浴、湿蒸、干蒸、“一日浴”、“母子浴”、“夫妻浴”、“瘦身浴”等，类型多样，能满足不同游客的需求。

在这里我还了解到，欧洲很多国家的医疗保险中，会涵盖SPA的治疗费用，温泉资源也作为一种医疗资源由医疗卫生部门管理。

小镇上没有工厂，路上的人都是悠闲的游客，但从这里的建筑和市政设施可以看出，它是一个较为富庶的小镇。随着旅游业的发展，斯帕已经成为一个世界著名的集休闲娱乐与温泉健身为一体的国际温泉旅游度假区。

我被斯帕小镇的温泉产业深深吸引了。比利时的斯帕小镇依托温泉资源成功开发温泉旅游产业，带动了一方经济的发展，富庶了一方百姓。

从斯帕小镇回到布鲁塞尔的车上，我迷迷糊糊地睡着了，我梦见家乡高楼林立，壶山祥云缭绕，熟溪热气蒸腾，温泉山庄车水马龙，我和妻儿与许许多多的陌生人一起在熟溪桥下玩水戏闹，而那水温暖如春。这可能就是所谓的日有所思梦有所见，我梦见了武义温泉旅游的盛况。这个“附带一下”的考察项目，对我以后组织温泉开发有很大的启示。

在任武义经济开发总公司董事长期间，我只是为武义特色资源的开发点了一把火，是投身武义地方特色资源开发经营的企业家们，以铸山煮海的气概，将武义的萤石、食用菌、有机茶、温泉等特色资源，开发成了名扬全国的地方特色产业。

2000

/

2005

第六章

奠基旅游富县

——旅游局工作笔记

到2000年底，我已经在开发区工作了整整五年，在这个武义经济发展的主战场上，通过县领导的有效组织和管委会一班人的共同努力，我作为招商引资和经济发展工作的分管领导，带领职能部门的同事们想方设法引进外资，吸引本地创业者，引进永康企业，以及运用经济开发总公司这一平台，孵化依托地方优质资源开发的特色产业，外引内培了一批工业龙头企业。开发区的工业经济发展已初见成效，构建了武义工业经济发展的基本框架。

我就像一个工程兵，在这个主战场上的工事建起来之后，组织上又要我转战新的经济建设主战场，担任县旅游局局长，组织温泉旅游开发。

一 旅游开发举步维艰

记得县领导在动议让我去旅游局时，县委书记金中梁几次在非正式场合和我提起温泉开发碰到的难点和问题，让我说说对温泉旅游开发的看法。当时我并没有意识到我会去当旅游局局长，凭自己在温泉节期间组织过征文演讲大赛，去欧洲考察过斯帕温泉小镇，在领导面前大谈了一番对武义温泉旅游开发的认识。

没过多久，组织决定让我去旅游局任局长。

走马上任之前，我在桃溪镇时的老领导章明政调任开发区管委会主任。老领导和我深刻分析了武义旅游工作面临的形势：

从1971年发现温泉到2000年底我到旅游局工作，武义的温泉旅游开发已经历了30年的酝酿、调研和开发建设，还组织了专门的开发管理机构，做了大量的探索性和基础性工作，打下了一定的基础。但温泉旅游开发的实际成效与老百姓的期望、领导的要求，还存在较大的距离。

有人甚至开始担忧武义的温泉旅游开发是否可以成功，怀疑武义的温泉是不是真能给武义的经济发展起到推动作用，对县旅游局的工作也颇有微词。

县领导们也非常着急，频繁地更换旅游局局长。从1996年正式成立县旅游局到我上任的四年间，先后更换了五位局长。武义温泉旅游的现状扑朔迷离，前景茫然，到旅游局工作可能会面临复杂的困难和挑战。

我非常感谢老领导的关心和指点，但组织已经决定了，不管面对多少困难，我都要迎难而上，接受挑战。

当时武义旅游工作面临的复杂程度，还有一个现在讲起来可能让人难以置信的状况是，在我任旅游局局长的前两年，县里调整了几次领导分工，都没有明确由哪位县领导来分管旅游工作。在我任职的后面两年多时间里，又连续换了三位分管旅游工作的县领导。到底是什么原因，我至今也没弄明白。

在后面的记叙中，我工作上碰到问题时，许多时候都是直接向书记、县长汇报，这不是我不讲组织原则，而是因为没有分管领导，或分管领导处于调整之中时，不得已而为之。

上任后，我通过近一个月的调查研究，对武义温泉旅游开发的经验教训进行了初步总结。根据县委金中梁书记的专著《寻找新沸点——武义温泉旅游业发展展望》中提出的武义温泉旅游开发构想和要求，对自己如何当好这个旅游局局长、组织好温泉旅游开发，制定了一个系统的工作规划：

“学习旅游专业知识——组织旅游资源调查——外出学习考察旅游区开发经验——编制全县温泉旅游产业发展规划体系——制定旅游产业发展政策——设计包装旅游项目并引进投资者——有序组织全县温泉旅游产业开发——开展区域旅游形象整体营销——组织温泉旅游开发的理论研究和技术创新，最终要确立武义温泉旅游在全县工作中的重要战略定位。”

根据当时的体制，我在旅游局局长这个岗位上任职时，还兼任武义温泉旅游度假区管委会主任、武义温泉旅游开发公司董事长、县文化局长，并分别以不同的岗位角色具体组织全县的旅游行业管理、温泉度假区建设、温泉旅游经营项目开发和文化旅游开发。其中作为旅游局局长我主要做了以下十几件事。

二 从门外汉到研究生

到旅游局上任的第一天，我就找局里的每一位班子成员和中层干部谈了话。谈话中我感觉他们说的一些术语，如“旅游环境容量”“旅游六要素”等，我都听不太明白。

自己虽然已经当了多年的部门领导，学习过行政管理、经济管理，在开发区也主管过经济发展工作，但一接触旅游工作还像是个门外汉，果然是隔行如隔山。

我说要拜他们为师，好好学习旅游专业知识，尽快适应新的工作时，有位同事不经意地说：“旅游经济有它自己的发展规律，一时半会儿我们也讲不清楚，你也不要太认真了，我们旅游局成立才四年，已经换了五位局长了。你们当局长的像走马灯一样，今天来了不知过多少天又走了。”言外之意好像对我也不抱什么希望。

一句不经意的话，却深深刺激了我，也让我意识到要想把旅游工作搞好，确实不能操之过急，要有长期作战的打算。应该安下心来，从学习旅游行业的基本知识入手，先把自己的头脑武装起来，决不能做“外行领导内行”的局长。

在谈话中我还了解到，武义风景名胜区规划，是一位武义籍的旅游学专家做的，他是浙江大学教授、旅游系主任、旅游研究所所长，是中国第一位旅游学博士，全国旅游界的权威专家，叫陈纲。这一信息引起了我的重视，暗下决心，要拜他为师，学懂弄通旅游经济管理知识。

到旅游局上班的第二个星期，我就联系上了陈纲教授，跑到浙江大学拜访了他。

陈教授知道家乡的旅游局局长来看他，非常热情地安排出时间接待我，还请我吃了饭。他认真地听取近几年武义的温泉旅游开发情况和我自己到旅游局如何开展工作的设想。对我从学习旅游管理知识入手，系统性地开展旅游资源普查，编制旅游规划，有步骤地开发旅游资源等设想基本肯定，也提出了一些指导意见，交谈非常投机。在他谈得最兴奋时，我向他提出要拜他为师，他也愉快地接收了我这个学生。

陈教授还告诉我，他在与一些地方旅游局和旅游企业的接触中，这些旅游部门和旅游企业的领导，也经常向他提出要拜师学习的要求。为此，他已向省旅游局提过建议，让省旅游局和浙江大学联合办一个旅游相关专业的在职研究生班。如果这个班能办起来，他叫我一定去报名参加，这样就能成为他名副其实的学生了。

这次交流之后，我和陈纲教授建立了紧密的联系，工作中碰到什么问题，可以随时打电话请教；每隔一两个月，我都会跑到浙江大学旅游系，去找他请教一些问题。陈教授还找了几本旅游基础理论的教科书送给我学习，并指定一位他的学生，浙江大学旅游研究所的周玲强副所长，具体指导武义的温泉旅游开发工作。有了浙江大学旅游研究所的技术依托和指导，武义温泉旅游开发工作开始走向科学有序的轨道。

2001 年下学期，浙江省旅游局和浙江大学联合举办的首届浙江大学文化与旅游方向研究生班开班，我兴致勃勃地报名参加了这个班的学习，真的成了陈纲教授的弟子。

当时正值浙江省的旅游业如火如荼发展的兴旺时期，又是首次招生，要求参加学习的人很多，名额有限，最后是由省旅游局和各地市旅游局推荐的重要旅游区领导、旅游企业领导和旅游院校领导才有机会参加。因而我们这个班的同学中聚集了许多高人，有浙江旅游学院的院长王昆欣、灵隐寺住持释光泉等。师资力量也很强大，浙江大学旅游研究所所长陈纲教授、哲学系主任李明友教授、中国思想文化研究所所长董平教授等多位知名教授为我们授课。

开设的课程有中国哲学、中国传统文化、旅游规划、旅游管理、审美科学，等等。学习时间 3 年，每周的星期五晚上到星期天的下午上课。教学管理也很严格，每个课时都要签到，执行严格的学分制和课程考试。学员们都是旅游工作重要岗位的领导，都是带着工作中的问题来学的，求知欲很强，学习氛围非常好。

我更是十分珍惜这个学习机会，坚持每周的星期五下午忙完手头工作，赶到浙江大学上晚上的课，星期天下午上完最后一堂课再赶回武义。三年中，除了碰到县里在周末有重要会议，或者有重要接待任务请过几次假之外，没有因个人事项请过一次假。

通过三年的研究生班学习，我从哲学和文化层面理解了旅游业的发展规律，掌握了旅游开发建设管理运营的基本理论，结识了全省旅游界的精英。在与老师和同学们的互动交流中，学到了不少有关度假区、风景旅游区、旅游饭店、旅行社、旅游交通运输等旅游项目的规划建设与管理运营经验。

在学习期间，我还邀请我们班的全体同学和老师，到武义开展了为期两天的武义温泉旅游开发案例的实地考察调研，请老师同学们做现场指导。许多老师对武义温泉旅游开发的案例做了专题研究，并把我们在工作中碰到的问题带到课堂上，引导全班同学参与研究讨论，提出意见建议。

我在老师和同学们的专业指导下，边学习，边实施着武义的温泉旅游项目的规划、建设、管理。在学习实践再学习再实践中，科学有序地推进全县的旅游事业发展。这个班的几个老师和同学也成了我们武义的特聘专家，参与到武义的温泉旅游事业发展中来。

其中任课老师陈纲和周玲强教授，帮助武义编制了旅游产业发展规划和温泉度假区规划，促成武义县与浙江大学联合举办了中国温泉养生论坛。

在任课老师哲学系的李明友教授、董平教授的支持和指导下，武义县启动了“明招山浙东学术历史文化保护区建设工程”。王昆欣同学带领他的团队，为武义编制了《武义南部旅游区规划》。释光泉应我之邀首次到武义延福寺。他说与延福寺有缘。2014 年延福寺修缮扩建后，延福寺成为灵隐寺的下院进行管理。

其他还有好多老师同学，都在武义的旅游产品开发、旅游行业管理、旅游市场开发等方面，给予了大力的支持与帮助。

三年的浙江大学文化与旅游方向研究生班学习，不但使我从一个旅游行业的门外汉入了旅游学的法门，还扩大了武义旅游在全省旅游界的知名度，更为武义的旅游开发引进了大量的人才资源，为武义温泉旅游产业的健康发展提供了智力支持。

二 掀开牛头山面纱

在与陈纲教授、周玲强教授等参与过武义风景名胜区规划编制的专家交流中，他们都谈到了当时编制《武义龙潭—大莱口风景名胜区规划》主要目的是用于申报省级风景名胜区，并不是武义旅游开发建设总体规划。要想科学有序地组织好武义的旅游开发，必须脚踏实地地做好全县旅游资源普查，并在对各类旅游资源进行分类评价、综合排序的基础上，重新编制全县旅游产业发展总体规划。

牛头山国家森林公园（武义县文化旅游局提供）

为此，我到旅游局后，没有去烧新官上任三把火，更没有去做形象工程，而是为自己制订了一个要走遍武义村村寨寨、爬遍武义山山水水的旅游资源调查计划。我首先把武义的旅游资源，粗略分为前期已进入旅游部门视野的资源和尚未进入旅游部门视野的资源两个层面。

调查工作从已进入旅游部门视野的资源做起。我请办公室主任涂祎红找出《武义龙潭—大莱口风景名胜区规划》以及过去存下来的旅游工作相关档案，进行了一番认真仔细的研究，列出全县已经有人在开发的旅游项目10多个，包括龙潭背、寿仙谷、清风寨、刘秀垄、大红岩、石鹅湖、小黄山、郭洞、俞源、塔山温泉、溪里温泉、鱼形角温泉等。

这些地方之前我都熟悉，也都去过，但我还是要从旅游局局长的视角，重新去认真调查、审视这些旅游点。在景区管理处主任朱连法的陪同下，我到各个旅游点进行了深入细致的调查研究。

每到一个点，都要重走一遍游步道，带着笔记本逐个记下景物名称、传说故事，以及为了吸引游客新编的景物介绍。一些在这个旅游点附近，可能有参观价值，但还没有串到游线上的景物，也要请来向导，在没有路的山林里披荆斩棘、攀岩越沟去一一勘查。

调查中，除了查清各旅游点的景物外，更重要的是要了解各旅游点的开发体制、业主背景、业主的开发理念、业主和政府及当地群众的关系、经营状况、存在的问题等。

调查发现，这些旅游点中，有一个在白姆乡龙潭村叫龙潭背的旅游点和一个在王宅镇石井里村叫寿仙谷的旅游点，是由旅游局主导开发的。其他旅游点，都是由所在村与开发商签订了一纸协议，圈了一些有奇峰怪石的景观资源，做了一条可让人走进去看的小路，再在路口用竹竿一拦，就算是一个旅游景区，开始卖票经营了。

而这些旅游点，多数是原先编制的《武义龙潭—大莱口风景名胜区规划》所设计的整体旅游区中，几个景观资源相对较好的景点，现在被人为分割成了一个一个相互独立的小旅游点了，这些小旅游点的业主，并没有按照规划实施开发。

旅游部门花了十来年时间，投入旅游开发经费，建了游客接待中心、游步道，还盖了旅游宾馆的龙潭背旅游点并没有引来游客。寿仙谷景区也是经营惨淡。

调查中还发现，我寄予极大希望的温泉资源，开发状况也不容乐观。武义最早发现的溪里温泉，开发权承包给了几个农民。在县城的塔山温泉，建了武义温泉山庄，由于投资人资金链断裂，涉嫌金融诈骗被追究刑事责任，经营陷入困境。

旅游局和温泉度假区管委会，不得已只有另辟蹊径，去开发鱼形角温泉，花了九牛二虎之力，建成了鱼形角温泉取水工程，但取上来的温泉，水温水质都达不到商业开发的要求。

基于上述旅游资源的开发状况，如果光局限于已经进入旅游部门视野的资源去组织全县的旅游开发，已经很难建设起真正意义上的大旅游区了。因此，尚未进入旅游部门视野的旅游资源，成了我调查的重点。

生在武义长在武义的我，冥冥之中总觉得，武义的旅游资源不只是这些位于武义中北部、已经让人们争相占有了的几个小景点。在我老家武义南部山区，原宣平县区域内，山峻水美，在老家的大山大水中应该会有更多引人入胜的景观资源。

可惜以前的几任旅游局局长，没有一个是老宣平县区域的，他们不太了解宣平，也没有对这里的旅游资源做过认真调查。所以到我上任旅游局局长时，武义南部山区的旅游资源，基本都还没有进入县旅游部门的视野。这也为我留下了一片处女地，也许更可有所作为。这些思想促使我更加急切地要去挖掘南部山区的旅游资源宝藏。

我对南部山区旅游资源调查的第一个目标，是武义的最高峰牛头山。可这个点根本不在原有的旅游规划范围内。我自己之前去过几次牛头山，是去砍柴伐树，干苦力活，没心思去欣赏这里的风光，更没有从旅游开发的角度去考察它。可总觉得有几个山头很特别，应该对旅游者是有吸引力的，但是不是值得开发心里也没有底。那就不当作正式的旅游资源调查，自己先回去看看。

那时外地倒有“驴友”会去爬牛头山，我的朋友中也有人爬过牛头山。我就利用星期天让他们带着我，根据“驴友”们经常走的路，先坐车到牛头山南麓的遂昌县境内登上牛头山顶峰，再从武义的西联乡方向下山。可这一路爬下来，除了登上顶峰时有点震撼外，驴友们爬出的路，沿途却风光平平，看上去真没什么开发价值。

但我还是不甘心，不肯罢休，总是想方设法利用各种途径，要去探索挖掘牛头山的开发价值。

我爱人的老家就在牛头山区的西联乡，2001年春节回去拜年的时候，我就向岳父和亲戚朋友们仔细了解牛头山里到底有哪些值得一看的景观。

知道我当了旅游局局长，还想帮助他们开发旅游，亲戚们争先恐后地要带我去看。我跟着他们爬了两个山沟，果然不出所料，我看到了牛头山蜡烛峰高耸入云，云雾缥缈的震撼景观，而且沿途的山沟里溪流潺潺，清澈见底，峰峦叠秀，一步一景，美不胜收。

这不就是天下旅游者探险觅奇，梦寐以求的绝美风景吗？当时我就激动不已，坚信武义大旅游的希望就在这里。

调查完牛头山后，我又马不停蹄地调查挖掘了武义南部山区的延福寺、台山寺、叶法善、十里荷花、陶村桃源古镇、皮子源峡谷景观群、小黄山畲族村寨、山下鲍古村落、上黄古村落等旅游资源，更加坚定了我要启动南部旅游区开发的信心。

正当我们对全县各地的旅游资源进行全面调查时，国家旅游局委托复旦大学城市生态规划与设计研究中心等单位，编制了《旅游资源分类、调查与评价》标准。这一国家标准的制定，需要做几个地方的旅游资源野外实地调查勘察以及分类评价的案例。得知这一信息后，我觉得如果能让他们把武义作为一个案例，对武义的旅游资源再进行一次全面、科学、规范的调查，并帮助我们进行科学分类评价，那我们的资源调查成果就会更具有指导意义了。

通过积极争取，复旦大学城市生态规划与设计研究中心同意派人来武义，帮助我们对全县的旅游资源进行全面的野外实地调查勘察。

调查队来到武义后，我把自己一年多时间里所作的旅游资源调查情况与他们进行了交流，他们认为我们的调查工作做得很扎实，为他们的调查打下了很好的基础。

根据我们提供的资源线索，按照国家标准，再一次进行野外实地调查勘察。调查队在武义工作的两个多月时间里，我都尽量抽出时间陪同他们，特别是对几个主要资源点的调查，我都和他们一起到现场勘察、拍照、访谈、记录。

通过两个多月的野外实地调查勘察，调查队走遍了全县每个乡镇街道，勘察了 192 个旅游资源单体，形成了《武义县旅游资源普查报告》，对武义县的旅游资源作出了如下总体评价："武义县旅游资源数量较为丰富，拥有温泉等一系列高品质资源，结构合理，具有很高的开发价值。"

通过自己身体力行的调查和调查队的专业调查，我们对全县的旅游资源做了一次全面梳理、分类，并对所调查的 192 个旅游资源单体逐个进行了评级评价。全县评出五级旅游资源 3 个，四级旅游资源 5 个；三级旅游资源 35 个，二级旅游资源 56 个，一级旅游资源 91 个。调查队的报告中把牛头山和武义温泉、武义丹霞列为武义最有开发价值的旅游资源。由此正式揭开了牛头山的面纱。

这次系统的旅游资源调查，真正摸清了武义旅游资源的家底，为武义县科学编制好旅游规划，有序组织好温泉旅游开发，打下了坚实基础。

四 学习旅游开发经验

在与同行交流时，大家认为要开发好旅游区更需要学习借鉴他人的成功经验。但怎样才能学到真经呢，我作为一个刚上任的旅游局局长，真的心中没谱。

我到省旅游局寻求帮助。办公室主任傅建祥把我领到纪根立局长办公室。一进门，纪局长的第一句话就是："武义又换局长了？"口气听上去有点打趣，但态度和蔼可亲，招呼我坐下，先是问我有没有长期打算，然后要我说说对做好武义旅游工作的设想。

我向他汇报了自己想从学习旅游专业知识开始，循序渐进地组织武义温泉旅游开发的初步设想，请纪局长批评指正。纪局长耐心地听完我的汇报，拍拍我的肩膀说："看来你小子是真的想沉下心来做好武义的旅游工作了。省旅游局一直希望武义温泉旅游能成为全省旅游开发的一个亮点。现在我们省内各个县市旅游开发的热情都很高，也有一些值得你们学习的成功经验，我可以推荐给你。"

接着他如数家珍地介绍了千岛湖、乌镇、神仙居、龙游石窟等几个当时最热门旅游区的开发情况，让我抓紧去这几个地方看看，并交代在座的傅建祥主任，帮我向这几个地方的旅游局局长打个招呼，让他们与武义的局长多交流。

纪局长还给我提出了更高的要求，他说："你们武义有温泉这样的独特资源，要后来居上，眼光要更远一些，目标定位要更高一些，除了学习省内的先进典型之外，还要到省外各大著名旅游区去学习学习，要学习他们开发大型旅游区的气魄，要有大格局大手笔的规划。"

他还建议我们武义一定要抓住温泉这个特色，要对温泉的开发利用做一个专题考察。鉴于当时国内的温泉开发还没有形成气候，他建议我要向日本学习，争取去日本看看他们的温泉是怎么开发经营的。

在纪根立局长的悉心指导下，我制订了一个考察学习计划，先看省内的先进景区，再去国内的热门景区，然后积极争取去日本考察学习温泉开发。

当我向县领导提出要去外地考察学习时，县委金中梁书记非常支持，并表示他自己和其他县领导也会安排时间去考察学习。在领导的支持下，作为旅游局局长的我，以拜师学艺的心态，带着局里的几个骨干，到各个旅游开发先进地区上门讨教去了。

省内考察学习的第一站来到了淳安千岛湖。淳安县旅游局的方敬华局长，早就接到省局傅建祥主任说我要去学习的电话，精心安排接待了我们。

对照淳安经验，之前武义旅游产业发展定位就不够明确，实施过程中也只是旅游部门在抓旅游，推进困难。要想改变这种局面，就要像淳安县那样去争取领导重视、各方支持，整合资源，更要让旅游产业在推动地方经济发展中有所作为，提高旅游产业的战略定位。

淳安考察后，我们又选择了乌镇和神仙居等多个景区做了认真考察。他们立足当地特色资源，进行全面规划和有序开发建设，并取得显著成效的开发经验，对有类似资源的武义更具有借鉴意义。

省旅游局在与省外旅游部门的交流活动中也经常给武义安排一个名额，帮我创造到省外各大旅游景区考察学习的机会。通过参加国家旅游局组织的各种旅游交易会和省际旅游部门的交流活动，我先后到了黄山、泰山、武夷山、张家界、黄龙九寨沟等著名旅游区考察学习。在这些大旅游区考察时，我常常觉得自惭形秽，认为武义的这些小景点与这些名山大川相比，都难以成为抓人眼球的旅游吸引物。唯一有希望出类拔萃的只有武义温泉。

我逐渐地把考察学习的重点聚焦到了温泉旅游项目上。我查询了国内最著名的各家温泉，先后考察了广东的珠海御温泉，西藏日多温泉，陕西华清池温泉，辽宁汤岗子温泉等等近百个温泉地。

但这些名扬全国的温泉地，在 2001 年前后都还没有成为热门旅游区，多数还是政府部门的疗养院或者职工休养所。只有珠海的御温泉已经建成了大型露天温泉浴场，开发成了集温泉沐浴、健康调养、食宿会务、休闲娱乐等服务项目为一体的温泉旅游目的地，开始大规模接待游客，度假村内游人如织，门庭若市。在那里，我似乎感觉到了梦想中的武义温泉旅游应该有的样子。

温泉旅游项目一轮考察下来之后，我向县领导作了一次专题汇报，提出了向珠海御温泉学习开发露天温泉旅游度假村的设想。这个设想马上遭到许多人的质疑，他们认为珠海气候温暖，可以开

2002 年 10 月，作者考察西藏日多温泉出水口（李国成摄）

发露天温泉，但武义冬天这么冷的地方是不可能开发露天温泉的。

好在县委金中梁书记去日本体验过露天温泉，他建议组织一个考察团，到日本作一次温泉旅游开发的专题考察。2003 年 7 月，县政府组织了一个由县委副书记、常务副县长带队的考察团，赴日本、韩国开展温泉旅游开发专题考察。

准备去日本之前，我做了大量功课，查阅了有关日本温泉的资料。了解到和歌山白滨温泉是日本有名的海滨度假胜地，有完整的旅游度假产业链和完善的旅游度假配套设施，对我们武义这样一个正在规划建设温泉度假区的地方来说，非常具有借鉴意义。因此，和歌山白滨温泉就成了我们考察的主要目标。

我们的考察活动，得到了中国驻日本大阪领事馆的大力支持，一位叫王章才的领事是金华人，与武义的几个县领导都很熟悉。为了让我们能更全面地了解日本温泉，他抽出两天时间，专程陪我们到和歌山白滨温泉度假区深入考察，安排我们入住了度假区内最早的一家温泉酒店——“白良庄温泉”。这家温泉酒店与日本常见的民宿式温泉不同，是由三井观光株式会社经营的大型海滨温泉度假旅游接待场所。

刚入住，王章才领事就请来酒店营业科鹤贝仁科长。科长热情地向我们介绍了白滨温泉度假区和他们白良庄温泉的规划建设、经营管理情况，并带我们参观了客房、温泉、餐饮、购物、娱乐休闲配套设施，以及周边可供参观游览的自然风光和人文景观。

针对我最关心的和歌山温泉度假区的规划建设方面的问题，鹤贝仁先生向我介绍：其实这里的温泉度假产业的兴起不是谁规划的，千百年前的先民就在这里利用自然流淌的温泉，之后随着经济的发展，人们生活水平提高，大家认识到沐浴温泉有助于身体健康，并推崇海滨温泉度假生活，所以不断地有人在这里投资建设各种温泉旅游项目，逐步形成了一个闻名世界的海滨温泉度假胜地。而我心心念念来和歌山温泉度假区考察学习的目的，是希望能在这里找到温泉度假区规划建设的模板，甚至希望能索要一本他们的规划文本，以便回去仿照。

鹤贝仁先生的介绍初听起来令我感到失落，但仔细一想，这样发展起来的度假胜地更值得我去一探究竟。不出所料，这里的旅游六要素配套非常完整。吃，当然是日本料理；住，这里沿海岸沙滩建设了大大小小几十家旅游酒店；行，从京都、大阪及神户等地一日游来访白滨温泉都很方便；游，这里有温泉，有沙滩，还有千叠敷、三段壁、圆月岛以及温泉博物馆、神社等；购，这里的大型温泉酒店内部就配有购物区，还有大超市，各种日本特产和日用品琳琅满目；娱，在这里除了可以泡各式温泉、参与沙滩娱乐，还有烟火大会。从这里，我似乎感觉到了我们武义温泉度假区应该怎样去开发建设。

我们入住的客房就是白良庄温泉主推的“一泊二餐”标准房，房间不算很大，但享有壮阔的太平洋海景，是那种带榻榻米区的日式客房。房间里提供日式浴衣和木屐，入住之后换上日式浴衣和木屐，就有了在日本度假的感觉。

鹤贝仁先生首先把我们领到温泉沐浴区，向我们介绍了里面的设施设备，交代了泡温泉的程序和要注意的事项。我们根据他的介绍，认真体验起了这里的温泉。

这里的温泉男汤和女汤分开，都是裸泡的，而且男女汤隔天会对调，以便让客人体验两边不同的汤池风格。在这里泡温泉有严格的规矩。每位汤客都要先在淋浴区冲洗干净，再进入室内的温泉池预热，然后再到户外泡天体温泉。在池中不得搓洗身体，毛巾要放到头顶上。泡完户外温泉可进入桑拿房汗蒸，蒸完桑拿后回到淋浴区冲洗汗水，用毛巾将自己擦拭干净。回到更衣室，可以在洗漱盆前吹干头发、整理形象。更衣室里提供吹风机、棉签、纸巾、剃须刀等物品。浴场内设有饮水区，汤客可随时饮水补充体内水分。

这些泡温泉的规矩、程序，温泉区内的布局，各种设施的规格和配置，我都一一认真体验，并尽量一一记下来，以供日后我们武义设计温泉浴场时参考。

我们去泡温泉的时候，里面有几位日本汤客也在泡，看着他们从容地更衣、沐浴、泡汤、桑拿、冲凉、梳妆，好像是在为我们做示范。我们学着他们的泡法，真正感受到了温泉带来的放松、舒适和享受。

白良庄温泉酒店的露天温泉是一大特色，它的泡池从半室内一直延伸到海水中，泡在露天温泉里，放眼望去是太平洋的波涛，还有沙滩上熙熙攘攘的人群，感觉自己是一位赤子回到了大自然的怀抱，融入了温泉，融入了大海，享受到了关怀备至的呵护。

体验完这里的温泉之后，王章才领事为我们安排了日本温泉中的经典美食——怀石料理。

晚餐之后，走出酒店就来到了海滨的白色沙滩，在月光之下欣赏大海的波涛，情不自禁走进海浪抚摸着的沙滩，任由海水打湿和服，同行的几个人相互泼水嬉戏，无比轻松愉快。回到房间，已经凌晨一点多了，但生怕过后会忘记考察中学到的某些细节，不顾一天的奔波疲惫，还是把上面这些所见所闻记录了下来。

第二天，我们主要考察了白滨民俗温泉资料馆和崎之汤温泉。崎之汤是日本最古老的温泉之一。据说已经有 1300 多年的历史。

白滨民俗温泉资料馆，相当于我们所说的温泉博物馆，里面用声、光、电手法展示了白滨温泉的形成原理，向参观者展示了由地表水渗透循环作用形成温泉的全过程。

展示馆中建有一个模拟白滨海岸的山体模型，在模型的断面上用不同颜色的光源，模拟出地表的雨水向下渗透，深入到地壳深处的含水层形成地下水。地下

2003 年 7 月，作者考察日本古老的崎之汤温泉（徐曙摄）

水受下方的地热加热成为热水。当温度进一步升高，热水、蒸汽遇到不透水的岩层阻挡去路，逐渐处于高压状态，然后沿裂缝窜涌而上，直至涌出地表，热水源源不绝，形成温泉。这个模型做得非常形象，大家参观之后对温泉的形成原理就有了直观的认识。

展馆中还展示了白滨温泉的远古传说、历史故事、开发利用过程、温泉开采技术、温泉疗养风俗、温泉科研成果，等等。

一些实物展示，向人们生动地讲述着白滨温泉深厚的人文历史积淀。令我至今难忘的是几根更换下来的温泉水管，是切开后展示给我们看的。它的管壁上已经沉积了几厘米厚的水垢，就是用这样的事实让参观者去领悟这里厚重的温泉历史文化。参观白滨民俗温泉资料馆后，我们到汤崎温泉街参观了几个沿街的温泉旅馆。这些温泉旅馆都由家族世代经营，规模不大，各具特色，常年温馨亲切地招待着经常来这里休养的老顾客。这些大大小小的温泉酒店、温泉旅馆、温泉民宿和沿街开设的为游客提供各类餐饮、娱乐、购物服务的店铺，构成了一个充满生机和活力的温泉小镇。

结束日本温泉考察后，我们从日本飞到了韩国，在汉城考察了几个温泉开发项目。韩国的温泉项目除了沐浴之外，还重点提供水疗、香熏等健康理疗和美容美颜服务。显然，韩国温泉不像日本温泉那样崇尚自然，而是有更多的商业设计，对于一个想把温泉旅游作为一种产业开发的我来说，韩国温泉的经营理念也是值得学习借鉴的。

我们到韩国考察，更重要的是去学习韩国红极一时的济州岛旅游度假区的规划设计和开发运营模式。济州岛的规划与开发，是由韩国建设交通部出资建立的特殊法人“济州国际自由城市开发中心”和济州道政府、韩国观光公社和民间企业“四位一体、分工协作”的联合开发模式。通过对济州岛的考察，我基本了解了一个成功的旅游度假区建设运营的基本模板。

走过了众多的名山大川，泡过了国内外的知名温泉，在许多人看来这个旅游局局长当得太舒服了，可我是越走越看就越着急。看看人家坐拥闻名世界的独特景观资源，想想武义名不见经传的几个小景点，怎么才能尽快做成像他们那样欣

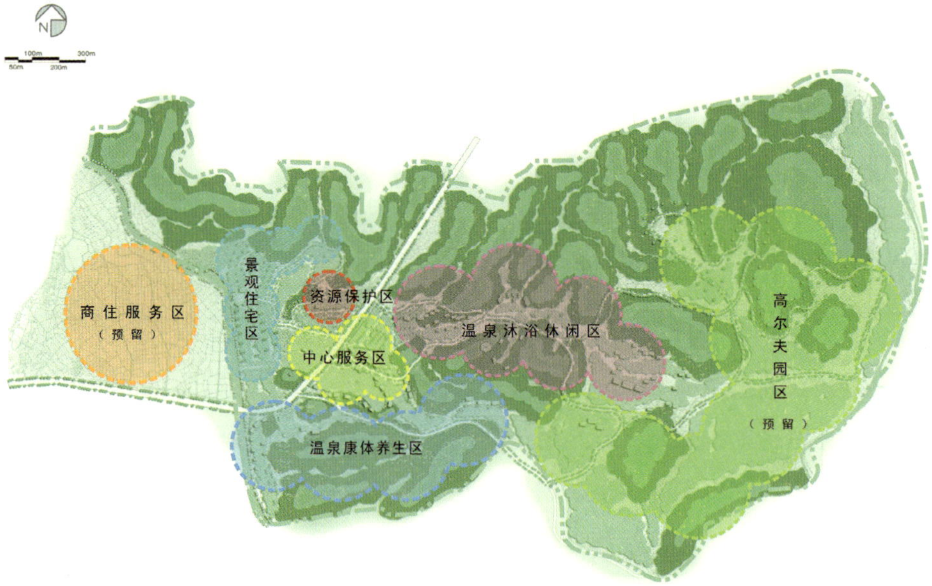

借鉴日本和歌山温泉规划的2003年版武义温泉度假区功能分区图

欣向荣的旅游区？

但在真正深入地考察学习之后，我逐渐认识到，一个旅游区的成功开发，旅游资源禀赋固然重要，但对旅游资源价值的挖掘，区域内各类旅游资源的有效整合和相互配套相得益彰，让游客对这个旅游区留下美好印象，更为重要。

武义虽然单个旅游资源没有这些著名旅游区好，但其资源的复合性极好。温泉、自然风光、人文景观、民族风情、天文气象、地方物产等多种旅游资源集聚一地，如果能对这些旅游资源进行全面梳理、系统整合、科学规划，定能向游客呈现出一个诗与远方交相融合的全域旅游区。

五 编制旅游发展规划

求学深造，资源调查，考察学习，都是为系统编制全县温泉旅游开发规划所做的功课。有了这些基础之后，2002年下半年，我们按计划分步骤启动了武义温泉旅游规划体系的编制工作。

要编制一个好的旅游规划，委托方自己要清楚掌握本地可供开发的旅游资源这个家底，要有指导当地旅游产业发展的专业思想，要有成功旅游区作为对标参照之外，更重要的还是要选择好一个适合承担这个旅游规划的专家团队。

武义要编制旅游总体规划的信息发布出去之后，国内外许多规划编制单位，通过各种途径找上门来要承揽编制任务。

通过反复比较，我们还是选中了浙江大学旅游研究所。这是武义籍的旅游学专家陈纲博士一手筹办的旅游规划研究机构。武义的第一个旅游相关规划《武义龙潭—大莱口风景名胜区规划》就是他们编制的，而且他们刚完成了《浙江淳安千岛湖旅游区总体规划》《海南省旅游产业发展总体规划》等几个当时全国最热门旅游区的总体规划。这些旅游区对武义来说，都有很好的借鉴意义。

规划课题组入驻武义后，安排了两个星期的调查研究，利用旅游资源普查获得的全县旅游资源分布图，对全县旅游资源进行了全面梳理，并根据旅游产业发展的基本规律、武义旅游资源的特性和武义旅游发展的现实基础，形成了《武义县“十五”时期至2020年旅游业发展规划战略研究报告》，制定了规划纲要和规划体系编制计划。

为了争取领导和社会各方对旅游规划编制工作的重视和支持，我同规划专家组长周玲强分别向县委、县政府主要领导作了专题汇报，听取领导对全县旅游产业发展规划编制工作的指示。

我们邀请县人大、县政协对全县旅游工作进行视察考察，在县十二届人大常委会第三十八次会议上，我受县政府委托作了《关于我县风景旅游开发建设情况的报告》。县人大常委会在审议意见中明确提出：“风景旅游开发建设要统一规划，突出重点。”

根据县委、县政府领导的指示精神和县人大常委会的上述意见，我亲自负责、集中精力、集中财力、集中时间，狠抓了武义县旅游规划的编制工作。

我组织全局力量，配合规划编制团队对全县80多个主要旅游资源点，按照国家旅游资源实体调查标准进行了再次核查。我亲自带队走访了多位县旅游局老领导，主持召开了旅游产业发展相关部门和主要旅游资源点所在乡镇街道领导座谈会，与县计划、土管、城建等部门进行了规划衔接，听取了全县各旅游企业和主要客源地旅行社的意见建议，拜访了省市旅游局规划主管领导。

我白天与规划编制团队的专家一起听取各方意见建议，晚上与他们一起讨论规划思路。经过两个星期的调查和讨论，规划编制提纲完成了。规划编制团队随后将提纲带回杭州，据此编写规划文本初稿。初稿形成过程中，我多次去浙江大学和规划编制团队交流意见。其实在我有目的地去攻读文化与旅游方向的研究生，组织旅游资源调查，到国内外考察学习，以及为编制规划所做的各种走访和调查研究过程中，武义的旅游规划该怎么编制，我心中也已形成了一个基本轮廓。与专家的沟通，就有了很好的基础。

好在以周玲强为组长的专家组，经过多轮磨合后，许多观点都趋于一致，沟通交流自然也很顺畅。到 2002 年底，规划文本的初稿基本形成。为了使这个初稿更成熟，我们还请省旅游局规划处长和陈纲教授作了审阅和指导。根据他们的意见又进行了一轮修改，形成送审稿交付县政府组织评审。

2002 年 12 月 31 日，县政府邀请县人大、政协领导，组织县旅游、计划等部门领导和重点旅游资源所在乡镇街道领导，对《武义县旅游产业发展规划》《浙江省武义温泉旅游度假区总体规划》两个规划的送审稿进行了初步评审。课题组根据初审中各部门提出的意见，再次对送审稿进行了认真修改，形成了送审稿第二稿。

根据旅游规划审批程序，2003 年 1 月 19 至 21 日，省政府办公厅召集省旅游局、省建设厅、省国土资源厅、省林业厅、省环保局的领导和省内外旅游界的权威专家学者，对《武义县旅游产业发展规划》《浙江省武义温泉旅游度假区总体规划》进行了评审，原则上同意通过这两个规划，并从要正确确立武义旅游在全省旅游产业发展中的定位，注重武义旅游与周边县市旅游线路的对接等省级层面的视野提出了进一步的修改意见。

2003 年 6 月 13 日，时任浙江省委书记的习近平同志来武义调研下山脱贫等贫困山区扶贫工作。了解到地处武义山区的郭洞村已经开发成了生态旅游区且旅游收益良好，我们正以生态旅游规划全县旅游产业时，习近平同志嘱咐我们组织好温泉资源、文化资源和旅游资源的挖掘，开发建设好武义生态旅游区，为山区人民脱贫致富多做贡献。

肩负嘱托，我立即到杭州向省旅游局领导作了专题汇报。纪根立局长要求我一定要悟透习近平同志的指示精神，将生态旅游的理念在武义县的旅游产业发展规划中贯彻落实到位，并亲自打电话给时任浙江大学旅游研究所所长、武义旅游规划课题组组长周玲强教授，要求他亲自抓好武义旅游规划的修改完善。

课题组再次进行了认真修改，形成了《武义县旅游产业发展规划（2003—2020 年）》《浙江省武义温泉旅游度假区总体规划（2003—2020 年）》正式文本，于 2003 年 7 月提交县人大常委会审议。县人大常委会审议通过后，武义县人民政府报金华市人民政府，再由金华市人民政府上报省人民政府批准。至此，武义县才有了规范的《武义县旅游产业发展规划》和《浙江省武义温泉旅游度假区总体规划》。

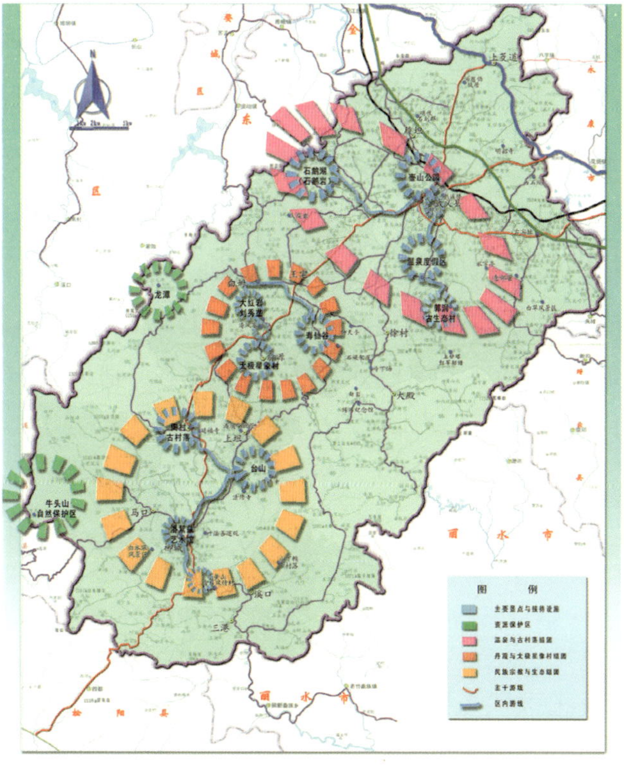

2003 年版武义县旅游产业发展规划区域布局图

《武义县旅游产业发展规划（2003—2020）》是指导全县旅游产业发展的总纲。规划明确了全县旅游产业发展的指导思想、形象定位、产业定位、市场定位、产品定位、目标定位。

建议近期目标为：到 2005 年全县年接待游客 60 万人次、旅游收入 1.22 亿元。中期目标为：到

2010年全县年接待游客120万人次，旅游收入5.8亿元。远期目标为：到2020年，全县年接待游客250万人次，旅游收入26亿元。

明确了武义旅游产业发展的区域布局：根据资源区域分布状况，归纳出北部温泉组团、中部丹霞组团和南部生态组团三大板块协同发展梯度推进的区域布局规划理念。

制定了武义旅游产业发展的规划体系：本轮规划的第一个层次是编制完成《武义县旅游产业发展规划》；第二个层次是编制完成《浙江省武义温泉旅游度假区总体规划》《武义中部丹霞风景旅游区总体规划》和《武义南部生态旅游区总体规划》；第三个层次是编制完成《温泉旅游度假区修建性规划》《武义郭洞历史文化保护区规划》《武义俞源历史文化保护区规划》《武义明招山浙东学说历史文化保护区规划》《武义大红岩风景旅游区规划》《武义柳城畲族镇十里荷花旅游区规划》和《武义牛头山国家森林公园规划》。这个规划体系里的各项子规划，到2005年全部编制完成。至此，武义旅游产业的规划体系基本形成。

《武义县旅游产业发展总体规划》经县人大常委会审议通过后，我带领县温泉旅游部门严格执行这个规划，根据这个规划的要求组织各旅游景区、温泉度假区的规划编制和开发建设，先后建成了清水湾温泉度假村、唐风温泉度假村、大红岩旅游区、明招山旅游区；启动了十里荷花旅游区、牛头山旅游区开发建设；成功申报了郭洞、俞源两个中国历史文化名村，编制了保护规划，进行了升级改造；加强了对原来已开发建设的寿仙谷、清风寨、刘秀垄、石鹅湖等小景区的管理与保护。

六 叫停龙潭背开发

在《武义县旅游产业发展总体规划》没有编制之前，武义的多数景区都已进行了试开发，为武义旅游发展做了探索，但也给总体规划的实施带来许多困难。

为了解决好历史形成的旅游开发现状与总体规划的矛盾，我组织局领导班子对全县十几个景区一一进行实地调查，与景区的投资业主进行了沟通。我们对各个景区的资源禀赋，以及它在武义旅游产业发展中应起到的作用，投资业主的思想动态等综合情况，逐个进行认真诊断分析。

此后，我们召开了旅游景区全面整治专题讨论会。讨论中，几个老班子成员介绍，当时由于景区所在地要求发展旅游的呼声很高，领导也希望立竿见影看到旅游发展成果，大家都急于求成，没有对投资人的能力进行评估，也没有做项目可行性论证，匆匆上马，造成了多个景区“开而不发”的局面。现在已经编制了规划，大家都同意对全县旅游景区的无序开发状况进行全面整治。

统一思想之后，我们采取了暂停没有市场前景的景区开发建设，升级改造主要景区，整合全县景区资源，由旅游部门主导整体对外营销，以及收回不符合总体规划的景区开发权等一系列景区综合整治措施。

龙潭背景区是一个地处白姆乡龙潭村的瀑布群。这里山势陡峭，悬崖峭壁怪石嶙峋。原先峡谷中常年有较大的水流形成峡谷飞瀑，山水景观相得益彰，确实是难得的旅游资源。

县旅游部门一直把它作为最重要的旅游资源，从 1990 年开始就投入了大量的人力物力进行开发建设。花了 10 多年的时间和几乎所有旅游开发资金，靠肩挑背扛，建起了旅游宾馆等接待设施，为之付出了极大努力，但前去旅游的客人却寥寥无几。据局里的老员工说，景区一年的接待量从未超过一万人次。

我上任后，首先就对这个景区展开了调查，希望找到能使这个景区兴旺起来的办法。那是 2001 年春节前夕，快过年了，可龙潭背景区旅游宾馆的承包人，连一年 2000 元的承包款也交不出来，下一年也不愿意再承包了。问题反映到我这里，我当即带了局分管领导和办公室主任，前去解决拖欠承包款和终止合同问题。

从县城出发，我们驱车前往白姆乡麻阳村，有一大半路还是泥泞的机耕路，开车花了近一个小时。到了麻阳村后，车就上不去了，要先爬三四里很陡的山路，路上也没有什么可欣赏的景色。快到山顶了，又要从一个 900 多米长的引水用的隧道里蹚水走过去。如果遇到水库放水发电，还要继续往上再花半小时爬到山顶才能翻过去。

当时正值严冬，为了赶时间，我们还是脱掉鞋袜，从隧道里蹚水走过去。水冰冷刺骨，没走几步人就冻得不行了，但我们还是咬着牙，摸着黑，手牵手地走了过去。到了洞口，一个个都冻得嘴唇发紫，全身发抖。

过了这个引水隧道，前面倒确实是一派高山峡谷风光。再往前一直沿水渠走20多分钟，就到龙潭背景区的接待处了。接待处有一座县旅游部门投资建设的有30多个床位的宾馆。这里住宿、餐饮、会议设施都具备，只是常年来客稀少，显得极其荒凉。

整个景区只有承包人夫妇俩在等我们。简单寒暄之后，我让两位女同志留下准备午饭，其他人和我一起去走一遍游步道。游步道上设计了几个观景平台，也建了一点供游客休息的亭台楼阁，景观节点的衔接还不错。

可走到谷底，却令人大失所望。以前看到的峡谷飞瀑景观已荡然无存，河道里的哗哗流水也干涸了，原来深不见底的龙潭堆满了上游冲下来的乱石，仅有的一点水中积满了枯枝败叶和游人丢弃的塑料袋、矿泉水瓶等垃圾，水都有点发黑发臭了。本来龙潭飞瀑是这个景区最吸引人的旅游景观，面对眼前的景象，大家面面相觑。

究其原因，大家七嘴八舌地告诉我：前几年上游修建了一个龙潭背水库，水库大坝和水渠施工时打石放炮，许多岩石从山上滚下来，填埋了龙潭。水库修好截流后，河道里就断水了，瀑布也就不见了。现在只有上游发洪水，水库溢流时才能看到峡谷飞瀑景观。

承包人还告诉我，他们很难接到游客。好不容易来几个客人，翻山越岭来到这里，看龙潭没龙潭，看瀑布没瀑布，个个都不满。

这一切，把我要振兴龙潭背景区的梦想击得粉碎。我们无精打采地从谷底爬回接待处，吃过午饭，让承包人汇报了上一年的经营情况。他们说经营很惨淡，一年下来不但没有什么收入，如果除去夫妻俩的工资还亏了不少，所以要求减免承包款，终止承包合同。局里的人对日常的经营情况也掌握得很少，因为双方达成的是一份所谓的“清水包”合同。发包方只要求承包方一年交2000元承包款，平时都由承包方自主经营。承包人的汇报是否真实也无从核实。

我将信将疑，想了一个办法，让办公室主任去核对了宾馆每月的用电量、用水量。结果发现，水电量好像比一个普通家庭的用量也多不了多少，这就说明确实没有多少游客在这里吃饭住宿。

几个一起去的同事碰了个头，大家都觉得景区的实际经营情况和承包方汇报的应该不会有大的出入。于是，我们又叫来承包人先安慰了一番，然后告诉他，对他提出的要求我们回去开个会，集体研究决定后再派人和他协商解决。

回来的路上，大家都很沉默，几次回头，看看这个经过 10 多年，好几届旅游部门领导呕心沥血开发建设的武义县第一个旅游景区，变成了这样。我该怎么来处置？这里的主体景观已经遭到了毁灭性破坏，如果再坚持开发经营下去，怎么去做？我觉得自己没有这个回天之力。如果放弃这个景区，相关领导会怎么看？老百姓会怎么议论？我又怎么去说服局里的班子成员和干部员工？我心里矛盾重重。

当我们回到那个引水用的隧道，蹚着冰冷的水走回来，又拖着一双冻僵的脚跌跌撞撞地走下山时，有个同事开始骂娘了："这鬼地方，冬天打死我也不来了。"这句牢骚话，让我猛然惊醒。一个"打死我也不来"的"鬼地方"，怎么能吸引游客，怎么能成为一个好的旅游区呢？当时我嘴里没说，心里已经下定决心，不管要承受多大的压力，都要去统一全局思想，暂停这个景区的开发建设。

回来后，我立即着手处理龙潭背景区的遗留问题，同每位班子成员、中层干部都作了交流。大家对龙潭背景区面临的问题，认识还是基本一致的，但对接下去要彻底放弃这个景区，多数人都表示难以接受。一些同志提出，要求上游水库放水恢复水流，重现峡谷飞瀑景观。还有些同志提出争取交通部门支持，修一条上山公路，以提高景区的可进入性等整改措施。但我知道，实现这些目标要投入巨大的资金和精力，在当时可以说比登天还难，即使办到了也是得不偿失。更何况在我看来，武义的旅游绝不能在龙潭背景区这一棵树上吊死，还有许多更重要、更有价值、更具开发潜力的旅游资源亟待我们去统筹规划，抓紧开发建设。

讲实话，不管大家怎么议论，我的心里已经有了一个处置结论，但为了避免矛盾，我采取缓兵之计。召开了中层以上干部参加的专题会议，对同志们提出的几条整改意见，让几名局班子成员和部门负责人分工负责，给大家三天时间，分头到上游水库管理部门、交通部门和所在乡村进行协调。如果协调得好就立即组织整改，如果协调不好就要决定暂停开发建设。

三天下来，不出我所料，个个都垂头丧气汇报说协调不了。既然这样，我就再次召开班子会议，提出了对龙潭背景区“暂不对外宣传促销、暂不投资建设、也暂时不说放弃”的“三不”主张。同时安排分管领导与承包人沟通，同意减免部分承包款，下一年度不再要求他上交承包款，但要落实好景区安全责任。这个处置措施各方都勉强接受了。

暂停龙潭背景区开发，让我甩掉了一个大包袱，在以后的工作中可以集中精力去抓好其他景区的经营管理、升级改造和温泉资源的保护与开发。

七 寿仙谷造九天瀑布

按照旅游产业发展总体规划的定位，对由政府部门、集体组织投资开发的寿仙谷、郭洞、俞源三个主要景区，采取“编制专项规划，实行升级改造”的措施进行整治。

寿仙谷景区位于王宅镇石井里村，早在 1993 年 4 月就开始筹备开发。1994 年，县旅游办与石井里村组建的寿星岩旅游公司着手开发石井里旅游资源。后来取名为寿仙谷。

1994 年 6 月 17 日，第一期工程动工，由于资金不足等原因，景区开发成了“半拉子”工程，遗留债务 21.91 万元，引发多次群众上访，县人大代表多次提案要求解决，县人大常委会组织视察后行文要求县政府及早处理。

1999 年初，县旅游局下属的景区管理处接手处理遗留问题和景区开发。

1999 年 7 月 26 日，寿仙谷景区对外开放。到 2000 年 4 月底，景区接待游客 6227 人次，门票收入 5.2 万元。2000 年 4 月 12 日，景区管理处与金华中国旅行社（以下简称金华中旅）达成合作开发协议，4月底由金华中旅接管景区。

2001年3月，因未能按约完成景区主体建筑建设及欠缴门票收益等，金华中旅违约，寿仙谷景区再次陷入困境。

这个景区由县旅游主管部门自己主导开发建设，折腾了八年之久还不能正常营业，我作为一个新上任的旅游局局长，怎么去处置好这个遗留问题，又是一个棘手问题。

从旅游资源的禀赋看，它是省级风景名胜区“龙潭—大莱口风景名胜区”的主要景区资源。这样的资源必须控制在政府手里。为了收回景区经营权，我与景区管理处主任朱连法同金华中旅和寿仙谷景区所在的王宅镇政府、石井里村等相关主体，进行了多轮艰苦谈判。

2002年4月11日，县旅游局以县景区管理处名义同金华中旅协商，达成终止寿仙谷景区承包协议，收回经营权。6月26日，景区管理处与石井里村协商一致，达成新的《寿仙谷风景旅游资源开发经营协议书》。理顺了管理体制，建立了经营机制之后，寿仙谷景区的发展开始走向正轨。

2005年，我们通过争取王宅镇政府和县交通部门的支持，再次对寿仙谷景区实施精品化建设，完成进区道路、停车场、票房、旅游厕所、游步道、九天瀑布等改造工程。其中最值得一提的是我和朱连法策划实施的“九天瀑布”景观营造工程。

寿仙谷是一座火山爆发形成的大峡谷，景区内，奇峰怪石林立，山体景观很美。美中不足的是，原来的游线设计一路都是爬山看石景，游客体验比较单调。为了优化寿仙谷景区的改造升级方案，我邀请了我浙江大学研究生班的全班老师和同学，分别考察了寿仙谷景区和仙居的神仙居景区。两个景区的山体景观相近，但作为游客的体验感来说，神仙居明显好于寿仙谷，大家在对照讨论时，找出许多原因，其中一致的看法是，神仙居的游线沿山间的溪流而上，景区显得灵动，山水呼应相得益彰。而寿仙谷游线上，没有水景，游客一直爬山爬得很乏味。大家建议我们在改造提升中，要千方百计争取在游线上能呈现一些水景。

为此，我和朱连法再次对寿仙谷景区及其周边的旅游资源进行调查，重点是看看能不能通过游线的拓展让游客看到一些水景。这个目标一提出，老朱和村领导都说在原游线不远处就有一道瀑布景观，只是这道瀑布的水源很短，只有在下大雨时才能看得到，雨一停水就小了。

我们爬到跟前一看，因为是晴天，所谓的瀑布只有嘀哩嗒啦的几滴水，但落差很高，估计有四五十米，如果水流够大确实能呈现壮观的瀑布景观。

怎么能加大水流呢？我们想去更高的山上引水。

盛夏的一天，我和老朱起了个大早，来到寿仙谷，准备爬到比瀑布跌水口更高的山上寻找水源。村支书周建祝说要陪我们一起去，可他的妻子在一边提醒："你今天不是要去县城的吗？"

"哦，对了，今天要带孩子去医院看病。"周书记一边向我们解释，一边回头对妻子说："我们明天再去医院吧。"

我和老朱几乎异口同声地说："没事，没事。带孩子看病要紧，我们都是农村长大的，爬个山没有问题。"

可周书记还是不放心，拿来两把柴刀、两条绳子让我们带上，说这山上村民很少上去，满山荆棘丛生，很难爬的，要我们小心。

我和老朱谢过周书记，将绳子捆在腰间，手持柴刀，俨然两个山里的汉子，信心满满向瀑布跌水口上方的高山爬去。

因为跌水口很高，已经接近山顶，比它更高的山垅，水源都不长，爬来爬去，爬到下午两三点也没有找到水源。但我俩都不甘心，想看看山形地势，再爬到更远的山上去找找。可这片山上长的都是毛竹，在竹林里看不到外面的山势。只有在景区游线上有一个拔地而起的突兀石台，爬上石台视野就开阔了。寿仙谷周边的山形地势一览无余，景区西边有一条山沟伸向更高的大山，应该有很好的水源。

我和老朱都非常兴奋，决定要爬到那条山沟里去看看能不能把那里的水引过来，营造瀑布景观。

这时已经快到下午 1 点了，爬了大半天的山，肚子开始咕咕叫。如果先回去吃饭，下次又要花一天时间。为了提高效率，我与老朱商量，是不是继续往前爬。

老朱想了想，说："那条山沟里有个村，好像叫紫坑村，我们爬到那里去搞点吃的也行。"于是我们就饿着肚子，继续往紫坑村方向爬。

先是穿过一片竹林，走出竹林，接近紫坑村，山势变得陡峭，上面长的是灌木丛，没有一点山路的痕迹，我们只得拿出柴刀，砍去灌木枝条和在灌木间野蛮生长的荆棘藤条，向着紫坑村方向攀爬。

这时，已是下午两点多，在盛夏的骄阳下披荆斩棘，一会儿工夫，汗水就湿透了全身。口渴、饥饿、闷热、乏力同时袭来，一阵头晕目眩，我跌坐在了地上。老朱赶忙把我拉起，问我"是不是中暑了。"我定了定神，感觉不像中暑，好像是低血糖。

但我还是强装没什么事，扶着身边的小树站了会。我说："前面就是紫坑村，到了村里搞点吃的，就没事了。"一种求食的欲望驱使我打起精神往前冲。我和老朱一前一后挥舞着柴刀，砍去挡在面前的荆棘枝条，急速攀爬到山沟中的小溪，扑到水里就是咕嘟咕嘟地一顿猛饮。

喝饱水的我们，缓过气来，沿着进村小路往前走，畅想着，到村里就会有老乡与我们打招呼，我们就可以向他们要点吃的了，哪怕是剩饭剩菜也好。可越往村边走越觉得不对劲，路上长满野草，田地里空无一人，走过村头的风水林，展现在我们面前的是一个破败荒废的空村。

老朱惊讶地说："这村怎么成这样了？人都到哪儿去了？"

我这才想起，前两年县里抓下山脱贫，好像有个叫紫坑村的也搬迁下山了。嘴里不由自主地说："完了，完了，我们今天要饿死在这里了，这个村里的人都搬迁下山了。"

老朱也停下脚步。但我不甘心，推着老朱往前走，指望着村里还有人留守。

我们拖着疲惫的脚步走进村庄，拐过一座破房子，真看到有三四个人。

老朱朝他们高声呼叫："喂——"

几个人不约而同地朝我们看，我看到其中一个人好像很熟悉。对视时他认出了我，惊奇地朝我喊："陶醉爸爸，你怎么到这里来了？"

“沐阳爸爸，你们在干什么呢？”

这人是我儿子陶醉的同学应沐阳的爸爸，我们在家长会上认识，我还知道他是县土管局的一个科长。

我三步并作两步跑到他跟前。

应沐阳爸爸告诉我，这里的宅基地要复垦为农田，他们是来做测量设计的。

看我们的狼狈样，一脸疑惑地追问：“你们这是干什么呢？”

我说：“先别管我们干什么，你们吃饭了没有？还有吃的吗？”

“你们到现在还没吃饭吗？我们早吃过了，是自己带来烧的，高压锅里好像还有点锅巴。”

“在哪里？”我和老朱异口同声地问。

他说：“在那小溪边。”

我顺着他指的方向看去，溪滩上有一个装有碗筷的篮子，篮子边有一个烧得乌漆麻黑的高压锅。

我急不可待地对应沐阳爸爸说：“那点锅巴要么给我们填填肚子？”

应沐阳爸爸急速地点着头说：“你们快去吃吧，看把你们给饿的……”

没听完他后面在说什么，我和老朱快速走向那个高压锅。

老朱利索地打开高压锅，一股诱人的焦香的米饭味扑鼻而来。

老朱拿来碗和饭勺，使劲地在高压锅底上刮了又刮，刮出半碗饭，递给我说：“就这点饭了，局长你先吃。”

我接过饭碗，就往嘴里倒了一大口。可一想不对呀，这饭不应该我一个人吃呀。含着满口的饭，连忙把饭碗递给老朱说：“老朱你也先吃一口。”

此时老朱已经在高压锅底下撬起一大块锅巴往嘴里塞，他一边吃一边含混不清地说：“你吃你吃。我喜欢吃锅巴。”顺手又把饭碗推回给了我。

这时我已经吞下了第一口饭，看着老朱咀嚼着半边已经焦得黑乎乎了的锅巴，吃得津津有味，我也没再推让，接回饭碗，拿来筷子，吃起碗里的饭。这饭的味道怎么就这么香呢？三口两口就吃完了。

老朱一边嚼着锅巴，一边对我说：“锅巴还有，那些给你的，你快拿来吃。”

我看高压锅内的锅巴老朱都撬好了，整整留了一半给我。我心里一阵感激，又一阵心酸，就这点锅巴，老朱都这样仔细地给我留好。

我用手抓起锅巴，再分成两半，一半递给老朱说：“你再吃点，我吃了点饭了。”

老朱客气地说：“我吃饱了，那是你的。”一边说一边将粘在手指上的一粒饭粒放入口中，他分明是没有吃饱。

“你再吃点。”我把一小半锅巴塞到老朱手上。

“局长这么客气。”说着，老朱半推半就地接下了锅巴。

我们相视一笑，慢慢品尝起这由于火太急烧焦了的锅巴，初尝微苦，嚼着嘎嘣脆，吃着满口香，而且越嚼越香甜。那个锅巴到现在还是我记忆最深刻的美味。

吃完锅巴，再喝上一肚山溪水，肚子不饿了，我们又来精神了。我和老朱在溪边，指手画脚地规划着怎么引水到寿仙谷的瀑布口去。谈得正起劲时，应沐阳爸爸他们已经完成了测量任务，来到小溪边，带上餐具准备回家。我和老朱对他们救了饿肚子的急，再次千恩万谢。应沐阳爸爸可能觉得我们来得有点蹊跷，临走前认真地问我：“陶醉爸爸，你们今天到底是来干什么的？”我告诉他们，我们是想从紫坑这条溪流中，引水到寿仙谷景区去营造一道瀑布景观。

一听这事，他严肃地说：“这恐怕不行，这条溪流里的水，是要用来灌溉紫坑村宅基地复垦的农田的。”

这边的老朱急了：“溪里的水么，大家都好用的，我们又不是把它全都引过去。”

“谁说溪里的水谁都好用的？有水资源保护法的，到这里引水不能损害这里的利益的。”应沐阳爸爸说。

看两人要争执起来，我本想站在老朱的立场上说话，可吃了人家的嘴软，只得从中和稀泥，对应沐阳爸爸说：“这事大家都别着急，回去我找你们局领导协调下，大家协商解决好吗？”

应沐阳爸爸他们有些不高兴地走了。

我看看这小溪里的涓涓细流，又看看搬迁后的紫坑村大片的宅基地，心想如果复垦成了农田，灌溉用水真的也够呛。刚才找到水源时的兴奋劲又被一扫而光。

看着太阳已经西斜，我劝老朱先回家，再从长计议。我俩沮丧地走在回家的路上，我的手机铃声响了。一看是石井里村支书周建祝打来的。

连忙接起电话，周书记关切地问我们找到水源没有。我向他说了刚才发生的事，周书记说，他已经从县城回来了，让我们别急，先回来再想想其他办法。

回到寿仙谷，周书记已等在那里。见面后他安慰说："紫谷村那条山沟里的水引不了，我们还可以考虑到寿仙谷东边的那条山沟去看看，那里也有水源，而且有几丘田可以做成蓄水池，可以调节水流。"

于是不顾精疲力竭，在周书记的带领下，我们再往东边的山沟爬。等爬到水源点，天都快黑了，但是我们还是兴奋不已，在现场初步商定了引水方案。

这条山沟与寿仙谷瀑布口处于峡谷的两对面，如果正常做渠道引水，要绕很长的路，投资极大，看似不现实。

但我自己在农村搞过引水渠道建设的测量，有点设计经验。因此，我提出可以采用倒虹吸原理，从水源这边的山上埋一根水管，先拉到峡谷下面，再拉上对面的瀑布跌水口处，就可以将水倒虹吸过去。商量好引水方案，天已经全黑了下来，几个人拄着拐杖，一脚深一脚浅地摸黑回家。

解决了水源问题之后，我们把工程承包给了村里施工，由村干部负责处理土地政策，很快引水工程就完成了。

打开引水管的阀门，原来只有涓涓细流的瀑布立刻飞流直下，形成了一道蔚为壮观的瀑布景观。村民们看到在干旱季节这里突然出现了一道瀑布景观，都好奇地问我们这水是从哪里来的。我卖了个关子，告诉大家这水来自九天云外。正好这几天朱连法主任几次要我为这个瀑布取个名，我灵机一动，对大家说："我们不妨就把它叫作'九天瀑布'好了。"大家一致赞同，这就有了现在寿仙谷的这道"九天瀑布"景观。

"九天瀑布"项目定下来后，我们对游线进行了重新规划调整，将一段游步道沿着"九天瀑布"水流经过的山谷修砌，从谷底往上爬时就能看到跌宕的流

寿仙谷九天瀑布景观（武义县文化和广电旅游体育局提供）

水，听到轰鸣的瀑布声，引人入胜。

此外，我们还根据景区发展的需要，完成了景区征地，启动了宾馆的改造扩建，策划开发了寿仙谷漂流项目。这次改造升级投资了 300 多万元，把寿仙谷景区建成了武义第一个 AAA 级旅游区。

八 郭洞成乡村旅游典范

郭洞景区位于熟溪街道郭下村。在武义温泉旅游口号已叫响，但温泉开发又难以推进的情况下，县政府采取了景区造势策略，组建旅游开发工作组，选择郭洞村进行突击开发。1998 年 6 月 9 日，县长金中梁主持召开了加快郭洞景区建设协调会，县政府投资 5 万元启动郭洞景区开发。经过一个月的突击开发，7 月 3 日，郭洞景区就对外开放了。

1999 年 3 月 10 日，郭下村与县景区管理处签订了《郭下风景旅游资源开发经营协议》，将郭洞景区的 10 年开发经营权出让给县景区管理处。

我上任时，郭洞景区是全县相对游客较多的一个景区。随着游客量的增加，景区服务设施落后，接待能力不足的矛盾凸显。之前确立了景区所有权归村里，10 年的经营权归景区管理处的体制，但没有涉及景区的深度开发和改造提升问题。我在对郭洞景区深入调研之后，组织局领导班子专题研究了郭洞景区的改造提升问题，大家一致认为要把郭洞树立为全县旅游景区建设的榜样，引领其他景区走向“精品化建设，规范化管理”。

为了取得郭下村干部群众的支持，我和朱连法用了一个多星期时间，深入到郭洞村与村两委成员、老年协会领导、村民小组长、党员逐个进行走访交流。分层次召开座谈会，了解村党员干部和村民们对郭洞旅游开发的意见建议，介绍旅游局对郭洞景区进行改造提升的规划设想，引导大家放眼长远谋划景区发展，克服发展中的问题，进一步完善管理体制，抓住时机做大做强郭洞景区。通过耐心细致的思想工作，在得到多数干部群众支持的前提下，采取了以下几项改造提升措施。

一是进一步理顺景区管理处与村里的关系。经双方协商一致，于 2003 年 1 月 10 日，以备忘录形式优化完善了郭洞景区的管理体制，使景区的收益分配更趋合理，为郭洞景区的长远发展建立了制度基础。

二是组织编制《武义郭洞历史文化保护区规划》。2003 年起，建设部联合国家文物局在全国范围启动了“中国历史文化名村”的申报认定工作。我借助身兼旅游局局长和文化局局长的优势，积极争取国家和省市主管风景名胜区的建设部门与文物管理部门的支持，将郭洞列入了全国首批 12 个“中国历史文化名村”之一。为了加强历史文化名村的保护，我们又争取到了省文化厅安排的郭洞历史文化保护区规划编制专项资金，邀请华东林业设计院的专家编制了《武义郭洞历史文化保护区规划》。

三是狠抓景区基础设施建设。根据上述规划，郭洞景区的日接待人次要达到 2000 人，可 2002 年“五一黄金周”期间，郭洞景区日接待游客达到 1000 人时，景区的道路交通、停车场、游步道就已拥挤不堪，动用了几十名交通警察在路上疏导，进村的道路还是一度瘫痪。

怎么办？郭洞景区旅游要发展，基础设施必须要先行。可当时的武义县旅游业刚刚起步，在县财政的资金支出盘子中还没有预算份额。郭洞景区的基础设施建设项目，更没有列入县里的年度投资预算。在这样的情况下，怎么去启动建设项目呢？常规的思路就是等明年再说，但刚刚兴起的郭洞旅游热不容许等呀。

2001 年，作者（右一）陪同原国家旅游局质量规范与管理司司长祝瑞庆（中）考察郭洞（陈和平摄）

我只得去争取县领导和相关部门领导的支持，在年度预算之外，启动郭洞景区的基础设施建设项目。好在郭洞景区游客爆满的事实让领导们看到了武义旅游的希望，县领导也要求有关部门特事特办，支持旅游局加快郭洞景区的基础设施建设。

2003 年 6 月 13 日，趁着县里要把郭洞景区建设成为全县旅游扶贫示范村的东风，我通宵草拟了《郭洞景区基础设施建设项目实施方案》，第二天一早就把实施方案送到县发展改革局、财政局、土管局、交通局以及郭洞村所在的熟溪街道等几个项目建设相关部门，找到局长书记一个一个进行了交流沟通、征求意见，根据相关部门的要求又连夜对《郭洞景区基础设施建设项目实施方案》进行了修改完善。

第三天，在县长主持召开的政府常务会上，临时增加了一个议题，让我汇报了《郭洞景区基础设施建设项目实施方案》。根据这个方案，县长对与会的各相关部门提出明确要求：进村道路的拓宽改造由交通部门负责，停车场和进入停车场的桥梁建设项目由熟溪街道和郭洞村负责，游客服务中心建设由旅游局负责，项目建设用地由土管部门负责解决。各个项目的建设资金由旅游部门筹集为主，县财政给予支持。会上，工作任务及时分配到了相关的职能部门，要求按照时间节点完成各项任务。

由于县领导有明确态度，而且事先有过沟通，讨论时各部门都表态要特事特办，按要求做好郭洞景区基础设施建设相关工作。

会后，各项建设工程都迅速启动，其中按旅游道路标准改造的进村公路，赶在当年“十一黄金周”之前建成，新的停车场和旅客接待中心，在第二年“五一黄金周”之前投入使用，大大提高了接待能力和服务质量。

四是投资开发龙山森林公园。所谓龙山，也就是郭洞村的后山，山势陡峭，与村庄的相对高度达到350多米，村庄紧挨着山脚建设，山上的岩石风化严重，为了防止落石，村民们世世代代植树造林，将龙山上的树林作为护佑村民的风水林，立下族规严格保护。其中有一条族规是这样的：“凡郭洞族人，外出求学为官经商者，回乡必带他乡之名木植于龙山。龙山之树只种不伐。凡郭洞族人，上龙山砍柴者拔其指甲，砍小树者断其手指，砍大树者断其手臂，砍古树者逐出族门。”在这样严苛的族规保护下，龙山上的林木被养育成了遮天蔽日的古森林，而且山上有来自天南海北的多种古树名木：有成片的南方红豆杉，有香港秀丽四照花，有上海玉兰花，有山西榆树，有台湾冬青，有广州红叶石楠，等等。树龄最长的有1000多年，七八百年的古树比比皆是。这道独特的古生态林风光，吸引了游客来郭洞旅游。但之前的郭洞旅游开发，由于受不许上龙山的族规影响，村民们反对游客上龙山。许多游客来到郭洞又都想进入这片古森林探个究竟，还有一些游客挡不住森林的诱惑，偷偷爬上山去游玩，成为森林安全和游客安全的重大隐患。

面对这样的现实，作为全县旅游安全第一责任人，我再次深入郭洞的干部群众之中，对郭洞古森林的保护与开发做深入细致的调研。走访中发现大家对这几年郭洞旅游开发给全村老百姓带来的好处是有目共睹的，对加快郭洞旅游区的改造升级意见也是基本一致的，但在是否将龙山古森林这一宝贵的旅游资源开发成一个森林公园供游客参观上形成了较大的分歧。

郭洞古民居（陶锡忠摄）

一种意见是“堵”，保护好这片古森林，限制游客进入森林。另一种意见是“疏”，把龙山开发成森林公园，根据森林公园旅游的规范严加管理，引导游客安全有序地上山游览。

为了统一全村群众的思想，我请村党支部、村委会召开了由全村党员干部、村民小组长、村民代表和村老年协会负责人参加的征求意见会议。

会上，我用郭洞古生态村建设中所蕴含的“绿水青山就是金山银山”的理念去引导大家，和大家共同想办法，怎么在确保森林安全的前提下，来开发经营管理好龙山森林公园，并且表示无论郭洞怎么发展，保护好这片古森林和郭洞的古建筑风貌都是毫不动摇的前提。

在是不是同意开发龙山森林公园问题上，我们采取了民主投票表决的办法，结果多数与会代表同意在确保安全的前提下组织开发龙山森林公园。

在统一了思想之后，大家七嘴八舌地为开发好森林公园献计献策，我对每个人的发言都认真聆听并作了记录，经过归纳整理形成了这么几条基本意见：第一，进入龙山要设立两个卡口，游客只能从两个卡口出入；第二，在山上修一条生态游步道，进入森林公园的游客只能在游步道上行走；第三，在森林公园开发过程中，一棵成林的树木都不允许砍伐；第四，修建游步道时决不允许打石放炮；第五，在山上不允许大兴土木建设旅游接待设施；第六，在游步道上要设置防火水源；第七，游步道两侧的古树名木要严加保护；第八，进入森林公园的每位游客都要接受严格的安全检查，决不允许火种上山。这些意见，后来成为村里与景区管理处签订的龙山森林公园开发协议上的主要约束条款。

在村民们的大力支持下，龙山森林公园建设项目顺利启动。为了规划游步道的走向，我和朱连法、村党支部书记何广珍，在山上爬了十多趟，最后，以让游步道的建设对山体影响最小、对树木的生长影响最小，又能让游客在游步道上尽可能多地看到各种古树名木为原则，定下了游步道走向。

考虑到一些年老体弱的游客，我们还在半山腰设置了一条相对平缓的老年游步道，让老人们在山上走半程也能基本领略到龙山森林公园的风光。

森林公园的主入口，就设在村口古树最集中的小溪边，这里有一棵 600 多年的苦槠树，要 10 个人手拉手才能合围，还有几十棵高大的红豆杉、红叶石楠、枫香树、香樟树等古树名木，形成第一道引人入胜的古森林风光。

我们从山脚下的溪滩上找来几块溪滩石，垒成一个石塔，标上“龙山森林公园”几个大字，这就是引导游客进入森林公园的卡口了。

入口的一段游步道，我们采用了手工打磨的条石砌成台阶，再往上的游步道都是就地取材，用山体上的浮石铺设。遇到陡峭石壁，我们就从山上搬来已经倒下了的枯木搭起栈道通过。遇到树木挡在路上，我们就先把树干保护起来，再在树的两侧搭起栈道通过。就这样，修成了一条蜿蜒曲折、穿插于古树名木之间的盘山游步道。

在著名的古树边，我们还设置了观景台，安装了介绍这个物种的科普宣传牌，供游人停下来细细品赏。在接近游线的最高点，我们选择了一块只长着几棵小木荷，而且较为平整的土地上，建了一个亭子，供登山的游客休息。

为了少破坏植被，我们采用了吊脚楼的营建方式，在山坡下部打几根长柱基，与山坡上部的短柱基拉平，使整个亭子的地面在不开挖山体的情况下拉成一个平面，然后再在上面建起一个与山坡的坡面弧度一致的有两个转角的木亭子，

中国历史文化名村郭洞（朱晶明摄）

命名为“闲闲亭”。因为亭子地面下的山坡上用吊脚楼的形式架空了，所以依然能够长出茂密的植被。四周的树木在施工时严加保护，亭子建好后依然生长旺盛。几年后，亭子就掩映在了树林之中，远处看不出有建筑，走近之后感觉这亭台楼阁与古树名木相映成趣。亭子不大，但也能同时容纳二三十人在此挡风避雨，成为上山游客歇脚的好去处。

为了落实游线上的防火水源问题，我们又在山上四处寻找水源。功夫不负有心人，爬遍半座龙山之后，终于在离“闲闲亭”不远处找到一眼泉水。我们在泉眼边建起一个水井，把涓涓细流汇集起来，既能供游客洗手擦脸，又为游线上的防火设施提供了水源。

经过几位当地有名的石匠、泥水匠、木匠师傅三个月的精心打造，龙山森林公园建成开放了。

龙山森林公园的建成，丰富了郭洞旅游的内容。来到郭洞除了欣赏保存完好的明清古建筑之外，还可以在龙山森林公园近距离了解一棵棵古树名木的种属、特性、生态价值、经济价值和历史人文价值，真正体现了生态旅游景区的内涵。

对郭洞景区升级改造后，游线拉长了，游客在景区里的逗留时间也长了，在村里吃饭的人更多了，许多村民办起了农家乐，卖起了土特产，生意做得红红火火。一时间郭洞旅游成为乡村旅游的典范而远近闻名，游客量大幅增长，日接待游客量曾因超出 2000 人的规划环境容量，而不得不采取限流措施。

2004 年 12 月，浙江省旅游局批准郭洞为 AAA 级旅游景区。

九 大红岩景区再招商

大红岩景区是《武义县旅游产业发展总体规划（2003—2020 年）》中确定的核心旅游资源，必须在总体规划指导下编制专项规划，实施科学有序开发。对这个景区，在总体规划编制之前被人圈走的部分景区资源，必须采取措施坚决予以收回。

大红岩景区于 1998 年 12 月，由金焕君等投资业主与白姆乡政府签订了开发合同。1999 年 3 月 30 日，县长金中梁、副县长郭敏召集旅游局等相关部门和白姆乡政府负责人，召开现场办公会，对开发大红岩景区有关问题进行协调，督促投资业主和相关部门抓紧组织开发。现场办公会后，金焕君等投资业主投资修了一段游步道，但由于资金不落实等原因，项目未能顺利实施。

我上任时，大红岩景区已经废弃一年多了。根据旅游资源的调查和评价，大红岩刘秀垄一带的丹霞景观是武义最有旅游开发价值的自然景观，一定要想方设法收回开发权，重新规划，招选有实力的开发商来开发。

可之前引进的开发业主，也是看好这里的资源价值才来投资开发的，要从他们手里重新要回开发权，确实是件很棘手的事。但我明知山有虎，偏向虎山行，把说服原来的投资者终止投资开发合同，将这片核心景区重新整合起来，规划建设一个成规模上档次的景区，作为自己当好旅游局局长必须啃下的硬骨头。

首先，是要找出与原投资者终止投资开发合同的法律依据。

其次，是找项目投资方的各个股东一个一个地交流，听取他们的意见，了解他们对旅游局要收回开发权的看法。

第三，是做好白姆乡领导和横山村领导的思想工作，让他们能全力配合我们旅游局的工作。为了打消乡村领导的顾虑，我向他们承诺，收回开发权后，我们旅游局会尽快编制规划对外招商，前期的开发成本可以由新的开发商消化。但他们对我们是否真能招来开发商表示有疑虑，我就进一步承诺，如果一时找不到新的开发商，前期的开发成本也会由我们旅游局先兜底垫付。

为了让白姆乡领导、横山村领导与原投资人都相信旅游局可以兜底垫付，我们商定，由旅游局将横山村实际已用作景区停车场，但没有办理征地报批手续的10亩土地，以市场价重新征用，并由旅游局负责办理好报批手续，使土地利用合法化。但白姆乡和横山村由此获得的土地征用费，要先用于支付原投资人交回景区开发权的补偿款。

在领导的支持和原投资人的理解配合下，2001年9月19日，白姆乡政府与金焕君等投资业主订立了终止合作协议，一次性补偿业主前期开发经费15万元。

2001年11月13日，旅游局与横山村协商达成土地预征协议：由旅游局征用现有停车场和已修建的简易房、自来水房，总占地面积6800平方米，征用补偿款20.77万元。这笔经费由旅游局支付给横山村，由横山村清偿原投资人交回景区开发权的补偿款15万元，剩余资金用于进入旅游区的道路建设。旅游局既收回了景区开发权，又征用了景区建设所需建设用地，还落实了进区道路的建设资金，取得了一举三得的效果。

在收回大红岩景区开发经营权后，我们根据旅游总体规划确定的大红岩一带为武义中部旅游区的核心景区，并根据景观类型命名为“武义丹霞旅游区”，起草了《武义丹霞旅游区开发项目可行性研究报告》。

在2002年县委、县政府组织的上海武义同乡会年会上，一个附有可行性研究报告的“武义丹霞旅游区开发项目”，向在上海发展的武义籍企业家作了重点推荐。有几个企业家对这个项目产生了浓厚兴趣，与县委书记金中梁、县长郭敏等参加年会的县领导和有关部门领导进行了项目洽谈，并达成投资意向。金书记和郭县长热情邀请他们先回老家来做一次专程的项目考察。根据领导要求，我作为招商责任人紧盯不放，几乎每个月都往上海跑上一两趟。

终于，在2002年盛夏的一个周末，几个武义籍的上海企业家在程荣生先生的牵头下，回来考察“武义丹霞旅游区开发项目”。县委书记金中梁、县长郭敏热情接待了他们，让我好好陪他们认真考察景区资源和景区环境，争取投资项目尽快落地。

我兴奋地带领他们先来到大红岩景区，请来景区所在地横山村的党支部书记陈月明和另外两个体格健壮的村民，为我们上山开路。我们先规划了上山考察的路线，要求陈书记和村民们把他们村里人认为好看的奇峰怪石一一讲给我听，我一一记录下来，并在事先准备的地图上一一标上他们所说的20多个景点大致的方位，然后研究出了上山的路线。

从横山村上大红岩本来就特别险峻，可作为景区资源考察就该哪里险峻往哪里走，这就是所谓的“无限风光在险峰”。我要求陈书记不走村民上山砍柴伐木常走的山路，而要开辟一条我们所列出来的20多个景点都能看到的新路。陈书记告诉我，要这样走的话大家会爬得很累。我征求了程荣生的意见，他说要搞清楚这里的资源到底好不好，这些点最好都能看过。

于是，我们带上干粮开始爬山。从横山村出发往大红岩走，不到10分钟就来到了大红岩的绝壁下。原来的游步道也只修到这里就回头了。正前方就是高200多米、宽300多米的红岩绝壁，也是武义丹霞地貌最为壮观的景观。山体上部向外倾斜，与地面构成80度左右的锐角。唯一的出路是右边那条村民们上山砍柴的小路，但这条小路两侧都是茂密的树林，走在小路上根本看不到外面的山体景观。为了能看清山体景观，我要求陈书记带我们从绝壁边缘爬上上部不长树木的悬崖。开路的村民先徒手攀岩爬到悬崖上，再抛下事先准备的绳索，把我们一个个拉上去。

爬上悬崖，前面奇峰凸显，果然别有洞天。丹霞地貌典型的城堡状、宝塔状、针状、柱状、棒状、方山状、峰林状的地形这里应有尽有。在悬崖边再回首红岩绝壁，除了震撼更有惊悚之感。在这一刻，我彻底被大红岩的景色征服了，下决心无论如何也要把这一绝美景色展示给游客。

在悬崖上我们坐下来喝了点水，休息了会，议论起了游步道的走向。穿过悬崖，前面还有丹霞地貌特有的串洞，我觉得应该把游客引向串洞，可要到串洞去就必须通过这片悬崖峭壁。悬崖峭壁上有一些沉积岩上自然形成的凹凸和石钉，有经验的山民可以踩着这些凹凸和石钉爬过去，可我们面对这上不着天下不着地的悬崖峭壁，爬过去时吓得胆战心惊，只得把整个身体匍匐在峭壁上小心翼翼地爬。爬到串洞里倒感觉挺有趣的，一个个洞穴都在同一水平线上，洞穴与洞穴之间基本都相通。

据说，这座山原来是在海里的，在地壳运动中被慢慢抬高。而串洞的这个高度有一段时间正好处于海平面，海浪的不断拍打侵蚀，掏空了一部分不太结实的沉积物，形成了这一个个处于同一水平面的丹霞串洞。在串洞的石壁上，我们还发现了一些贝壳和海螺的化石。这就更证实了大红岩这座高山亿万年前真的沉浸在海底。我想这些地质知识应该也会引起游客的兴趣。

出了串洞，是一个因水流沿岩层垂直节理侵蚀形成的两壁直立的巷谷。巷谷里长满了藤条，我们就拽着两壁挂下来的藤条往上爬，快爬出巷谷的那段非常陡峭，脚在岩壁上没有着力点，只有靠双手拉着藤条引体向上。

村民们一个个都爬上去了，可投资商程荣生是个200多斤的大胖子，使了很大的劲也没爬上去，我让上面的村民拉着他的手，让他的脚踩着我的肩膀才爬了上去。等我爬时，我使尽全力拽着的藤条突然被连根拔起，我摔了下去，沿着巷谷滑到了谷底，裤子刮破了一个大洞，左腿膝盖鲜血直流。

陈书记看我摔下去了，急忙和两个村民爬下来救我。他们用绳子当止血绷带捆住我的腿，用毛巾包扎了我的伤口，血基本止住了。可只要腿一用力，血还是止不住地往外渗。看我举步维艰的样子，大家都劝我先回去算了，但我眼看就要

日落大红岩（武义县文化和广电旅游体育局提供）

翻过山岗，山后面还有好几个景点要考察，所以还是咬咬牙，强忍伤口的疼痛坚持继续往前走，大家前拉后推地把我从谷底推了上去。

从巷谷上来之后，上面是一段缓坡，而且还有山路的痕迹。陈书记帮我砍来一根树枝，做成一根拐杖。我拄着这根拐杖一瘸一拐地在大家的帮助下爬到山岗。

山岗上有两个丹霞串洞，穿过山岗南北贯通，从南边看很像两个牛鼻孔，当地人就叫牛鼻洞。钻过牛鼻洞，又是另一番洞天福地。大红岩南边的一个个小山丘，像含苞欲放的莲花花蕾簇拥在一起，俗名莲花芯。从牛鼻洞再往南走已经有路了。这是之前双岩洞寺庙里的僧人和香客修的路。沿着老路我们来到双岩洞。所谓双岩洞也是丹霞地貌中的串洞，但这两个洞面积很大，加起来有 1000 多平方米。

洞里有许多破损了的石碑、石像和佛像基座。可以看得出来，这里的寺院曾经香火旺盛。武义的文史资料中也有关于这里的双岩永镇庵等庙宇的记载。

我们在双岩洞坐下来，拿出带来的干粮就着水吃过午饭。我问程老板："上午看的景点感觉怎么样，有没有信心开发？"他很高兴地说："这个景区资源确实不错，要比我之前想象的好很多。如果大家支持，我一定把它开发好。"听到这话，我高兴得忘记了脚上的伤，站起来招呼大家继续后面的行程。

下午的行程是考察大红岩的北坡和东坡，北坡的旅游资源主要是一个接一个的丹霞串洞，大小不一，形态各异，山洞之间基本都有山路相连，我们考察起来比上午轻松多了。

东坡与大红岩绝壁之间，也有一个巷谷，这个巷谷直上直下，更加陡峭深邃。而且巷谷里长满了荆棘，要从这里爬下去真的要费很大劲，花很长时间，估计天黑前爬不下去，况且我还拖着一条受了伤的腿。大家商量，今天只能在巷谷的上下两头仔细察看一下，先下山，改天再从下往上爬一次。

我们从东坡的山路上下来，对面有一个柱状丹霞体从山坡上拔地而起，正面看像一个点赞的巨型大拇指，当地人就叫它"拇指岩"，这也是一个挺吸引人的景观。

远处还可以欣赏到一组几乎横着长的山头，这就是这个村叫横山村的由来。

向西回望大红岩，已经是夕阳西下时分，夕阳的余晖照耀在大红岩的绝壁上，整个绝壁一片通红。我们看到了名副其实的“大红岩”景象。

下山后我去医院进行了伤口包扎，晚上还回办公室对一天的景区考察做了记录整理。

考察中程荣生一行亲眼看到了这里的秀美景色，加之我对景区内自然景观的地质成因进行知识讲解，对景区人文景观加以解读，还为他们描绘了景区开发、游线组织、旅游促销方案，他们对大红岩景区资源价值有了较全面的认识，对投资开发这个项目树立了信心。为了促成双方的合作，顾不上劳累和伤痛，我连夜召集旅游局班子成员和程荣生一行洽谈合作开发方案。

经过几轮洽谈，2002 年 11 月 23 日，旅游局向县政府上报

投资商考察横山大红岩（陶锡忠摄）

了与程荣生等投资业主出资成立的浙江武义丹霞休闲旅游开发有限公司，达成合作开发建设大红岩景区的合同文稿。

2002 年 11 月 29 日，县政府原则同意上报的合同文稿。当天，旅游局就与浙江武义丹霞休闲旅游开发有限公司签订了合作开发丹霞休闲旅游项目合同书。合同约定合作期限 40 年，开发业主按约支付前期投资和景区维护管理费后，享有 40 年的门票收益权和建设项目经营收益权。

合同约定，第一期投资约 800 万元，主要建设项目包括停车场、入口广场、游客接待中心、环山游步道、景区内绿化工程等基本旅游设施，在 2003 年底前实施完毕。景区所在地白姆乡、俞源乡的书记、乡长，刘秀垄村、横山村的书记和村委会主任，见证了合同的签署。

丹霞旅游公司自此接管大红岩刘秀垄景区，由我牵头帮助开发业主完成了景区建设项目的立项报批，协调完成景区山林范围涉及的白姆、俞源等乡镇 9 个村 50 多户的相关政策处理。

在各项政策处理基本到位后，由于碰到土地利用规划调整等原因，景区的开工建设时间往后顺延了一年多，于 2005 年初正式开工建设。在大红岩景区的开发建设过程中，我坚持每周到工地上检查一到两次，确保工程按规划施工，确保景观资源、植被不受破坏。每次到工地都要沿着规划中的游步道爬一遍，在一遍又一遍地反复行走游步道的过程中，我把自己设想成不同类型的游客，不断转换角色换位思考，大到景区交通怎么组织，各个景点怎么命名，各个景观节点怎么衔接，沿途的旅游服务设施怎么布局，小到每一段游步道台阶怎么铺设，路面怎么铺设，扶手怎么安装，旅游公厕怎么设置，观景平台怎么打造。在各个景观节点，试想着在观景平台如何把一个个自然景观、人文故事串联在一起；如何组织成导游词，又如何向游客讲解，等等。这些问题，我一遍又一遍地进行揣摩推敲。在施工现场，我与投资业主和施工人员反复沟通交流，尽可能将这里值得供游客参观的一山一石、一洞一崖、一神一佛、一湖一沟、一树一藤、一花一草，都通过游步道的串联和导游的介绍，呈现到游客眼前，尽可能使每位游客都有美好的旅游体验。

可投资业主起初的开发思路与景区规划、景区资源保护的原则大相径庭，如果不加以纠正，将对景区资源造成极大的破坏。为了转变投资业主的观念，每次到工地我都会耐心地同他们沟通交流，用我在研究生班所学的专业理论和多年在旅游局局长岗位上组织景区开发、外出学习考察所经历过、看到过、听到过的旅游开发项目建设经营的成功经验，以及失败教训去引导他们、说服他们。我好几次就在他们的工棚里住下来，同他们彻夜长谈，还带投资业主和项目开发管理人员，到黄山、泰山、武夷山等著名景区有针对性地参观学习。

我的敬业精神和专业素质终于触动了他们，程荣生等几个投资业主从不信任、不服从、不配合景区管理，到后来深信我的意见是专业的，主动严格要求他们的设计施工人员，必须把每一个建设项目的设计方案和施工方案都报到旅游局审查同意后再付诸实施。通过这样的精心管理，我们及时发现和纠正了许多问题。有不少保护与开发的矛盾，我都是亲临现场一个一个地加以解决。

2005 年底，我调离旅游局局长岗位，县领导和开发商都希望我能继续指导大红岩景区的开发建设。在没有工作冲突的情况下，我还是坚持每个周末都去景区建设工地指导项目建设的收尾工作，帮助开发商做好景区的宣传营销和市场开发。

经过近一年的开发建设，景区公路、游步道、停车场、景区入口、票房、公厕、检票处、综合楼、餐厅等项目建设完成了，投资 1200 多万元。2006 年 5 月 1 日，大红岩景区正式对外开放。2006 年十一黄金周期间，高峰时日接待游客达到 5000 多人次。

浙江丹霞休闲旅游开发有限公司对大红岩景区的开发建设，充分发掘和展示了这个景区的旅游资源价值，在武义的旅游产业发展中发挥了阶段性的重要作用。

随着温泉度假区的成功开发、大红岩景区、牛头山国家森林公园等重大旅游项目的开发开放，武义的旅游产业从无到有、从弱到强迅速发展，进一步做大做强旅游产业成为县领导和全县人民的广泛共识。为了加强国有经济对地方旅游产业的引导，县政府投资成立了浙江温泉旅游投资有限公司，需要选择一个旅游投资项目，加大资本投入，加快景区建设。为此，县里要求旅游局与浙江丹霞休闲

大红岩主景观（陶锡忠、卢峰摄）

旅游开发有限公司协商，再次收回开发经营权，通过国有资本的强势投入，进一步改造提升丹霞旅游区，将其打造成能更好引领全县旅游经济发展的龙头景区。

针对县里提出的要求，开发商来和我商量响应策略。我从更加有利于促进全县旅游产业大发展的大局出发，劝导开发商：当时引进你们来投资开发，是为了在县里没有经济实力开发的情况下利用社会资本快速启动项目建设，你们的初心也是想帮助老家开发旅游资源，加快经济发展；现在县里经济发展了，有实力来投资这个项目了，你们也最好能从有利于全县旅游产业加快发展的共同愿望出发，在经济上不吃亏的情况下配合县里做好景区交接，适时退出。

2008 年 8 月，县旅游局与浙江丹霞休闲旅游开发有限公司充分协商，支付 1850 万元补偿款后，再次收回开发经营权，对丹霞旅游区进行改造提升。同时，编制《武义县大红岩国家重点风景名胜区申报书》，通过省政府上报国务院。2012 年 10 月，大红岩风景名胜区被公布为国家级风景名胜区。2015 年 12 月被批准为国家 AAAA 级旅游景区。

十 劝阻牛头山资源分割

在我们启动《武义县旅游产业发展总体规划》编制工作之后，当地的有识之士就对牛头山景区的开发跃跃欲试。我有个家住牛头山景区核心区下田村的同学鲍春银，在县城开了一家律师事务所，有较强的投资意识，也有一定的资金实力，非常看好牛头山景区的开发潜力，早就和几个朋友在自己已经搬迁下山了的下田村，策划了一个相当于民宿的旅游开发项目，也和村里谈好了几个景点和准备建设接待设施用地的租赁协议。

知道我们在编制旅游产业发展总体规划，他就专门找到我，提出他们想开发的这个旅游项目，还同几个合伙人带我去下田村现场进行了考察。

可他们圈定的那些旅游资源，正是我们规划中整个牛头山景区的接待中心建设用地的范围。如果支持他们先建了这个民宿项目，那后期的牛头山大景区的入口就成大问题了。

从大局出发，只能劝阻他们放弃这个开发项目。当我谈了我的想法之后，他的几个合伙人不高兴了，当着我的面对鲍春银说："你这个当旅游局局长的同学真是的，我们本想找他当靠山来支持我们的开发项目的，他反而第一个出来阻止。这样的同学别再理他了。"说完他们就气冲冲地走了。

我和鲍春银有很深的同学情谊，他一直非常支持我的工作，碰到这样的问题两个人都很尴尬。沉默了一会，鲍春银告诉我说："其实我们已经知道了这一片可能是要建设景区入口的，几个合伙人才想拉你也入伙，让你帮忙把我们的项目也纳入规划。如果成功了，我们的民宿在这个大景区的入口处生意一定会很好。"

我首先肯定了他们参与家乡旅游开发的热情，对老同学有发财的机会也想着我也表示感谢，他们的情我领了，但我不能这么干。

为了争取鲍春银的理解，我主动要求到他老家去吃个中饭，坐下来好好谈谈老家旅游开发的宏伟蓝图。到他家后，他爸妈为我们准备午饭，我拿出包里的规划文本，向他详细介绍全县旅游总体规划的总体布局和南部生态旅游区的规划内容。

规划中，我们把整个武义南部地区作为一个全域生态旅游的大景区来考虑，提出通过“一个名人、十里荷花、百里森林、千年古刹、万种风情”这样一个旅游口号，来整合整个区域以道教名人叶法善为代表的人文历史，以贡品宣莲为代表的特色产业，以牛头山林场为代表的森林资源，以国家重点文物保护单位延福寺为代表的宗教场所和以畲族文化为代表的民族风情。

而武义南部地区的这些旅游资源中，只有将牛头山景区开发成一个大景区，形成南部旅游区的龙头来带动发展，整个武义南部生态旅游区的规划目标才能实现。

所以牛头山景区的资源不能分割，一定要作为一个整体，引进一个大开发商，来统一开发。如果在入口处的这些优质资源先被占领了，就很难引进大的开发商了。没有大开发商把牛头山大景区开发出来，形成一个有很大游客流量的热门景区，他们占的这个资源也发挥不了作用。我希望老同学能从振兴家乡旅游事业的共同愿望出发，支持我的工作，劝说合伙人先放弃这个项目。等引进大开发商后，再来考虑怎么参与家乡旅游项目的开发。

听了我的一席话，鲍春银陷入了沉思，我俩相对无语。

过了好一会，他看着我恳切的目光，有点不情愿地说：“还是听你的吧，我策划项目最初的目的，也只是想尽早把老家的旅游资源开发出来。只是自己的资金实力不足，邀请了几个合伙人，他们是纯商人，想通过操作这里的资源发点财。你这么一分析，我也想通了，我们牛头山这个景区确实需要引进一个大开发商，才能做成一个有影响力的景区。”

然后他站起来招呼我吃饭。饭桌上看我还是心事重重，他倒反过来劝我说：“我听明白了，你是真心想把我们老家的旅游资源开发好。我不能成为你的‘拦路虎’，合伙人那边我去做工作，你尽管放心喝酒。”

说着给我倒满了酒，村里的书记、村主任听说旅游局局长来了，也赶来陪我喝酒，酒桌上，大家一起畅想牛头山旅游开发的美好前景。我对老同学能深明大义放弃这个可能会有巨大回报的投资项目，支持我的工作感到无比高兴，一次又一次地起身敬酒表示感谢，一来二去，我第一次为旅游开发醉倒了。

《武义县旅游产业发展总体规划》编制完成后，牛头山旅游区的开发价值被挖掘了出来，而下田村鲍春银他们的项目终止之后，整个牛头山 100 多平方公里的无人区就真正成了待开发的处女地，为下一步的景区招商和开发建设创造了条件。为了加快推动武义南部山区的经济发展，牛头山旅游区的开发建设提上了县委、县政府的重要议事日程。

2004 年 9 月 1 日，县长郭敏召集县文化旅游局、林业局及西联乡等部门、乡镇主要领导，实地考察牛头山，就牛头山区域的保护与开发问题进行协调，会上研究决定牛头山区域的开发业主为县林场。根据这个会议精神和《武义县旅游产业发展总体规划》，县林业局、县文化旅游局紧密配合，邀请华东林业设计院编制了《浙江武义牛头山国家森林公园保护与开发规划》。规划编制完成后，由县林业部门负责，根据国家森林公园的申报程序，申报了国家森林公园建设项目。2005 年 12 月，项目被批准正式命名为“牛头山国家森林公园”。

为了加快牛头山国家森林公园开发建设，县委、县政府提出动员本地民营企业家来投资开发的设想。为此，县委组织了一个旅游产业发展主题考察团，由金中梁书记亲自带队出国考察。考察途中，得知浙江恒友机电有限公司和浙江正点实业有限公司正准备去外地投资一个旅游项目，金书记就苦口婆心地动员他们要致富不忘穷乡亲，为武义贫困山区的旅游资源开发，发展生态旅游，实施产业扶贫做贡献，并承诺县委、县政府将为项目开发配套建设好进区道路等基础设施。精诚所至，金石为开。两家企业与县政府达成了投资开发牛头山国家森林公园的意向。

2006 年 3 月 28 日，经县政府常务会议研究同意，牛头山国家森林公园经营权向社会公开出让，2006 年 9 月，浙江正点实业有限公司经过公开招投标，依法取得经营权，并成立浙江牛头山旅游开发有限公司，实施景区开发建设。

2007 年 10 月 1 日，牛头山国家森林公园建成开放。

2014 年 12 月 31 日，牛头山景区被公布为国家 AAAA 级旅游景区。

十一 “民有国营”闯市场

在对寿仙谷景区、郭洞景区进行升级改造的同时，局党组研究提出对全县景区推行“民有国营”旅游经营体制改革方案，对已开发开放并有一定游客量的郭洞、俞源、寿仙谷、清风寨、刘秀垄、石鹅湖等景区，采取多元化投入、一体化经营的“民有国营”模式，整合全县旅游资源，整体对外营销。

所谓“民有国营”，就是在自愿互利、产权不变的前提下，各景区投资业主将景区的营销管理委托给旅游局景区管理处统一对外营销，统一经营管理，投资业主根据合同约定获得投资回报，以此来整合旅游资源，统一品牌形象，统一服务标准，形成拳头，一致对外，以尽快改变武义县旅游松、小、散的局面。

后来陆续开发建成的小溪里温泉浴吧、清水湾温泉度假村、唐风温泉度假村等也加盟进来，将各个分散的旅游点串点成线，实际上形成了武义旅游的大联合体，由景区管理处牵头，向以上海为主的旅游目标市场整体推广武义旅游产品。组团旅行社只要与景区管理处对接，就可以拿到超低折扣的武义旅游一票制政策：旅行社带一个游客来武义旅游，最高可拿到150元的佣金。

这一政策，极大地提高了组团旅行社带团来武义旅游的积极性。去武义泡温泉一度成为上海市民的出游热点，武义的景区、饭店里到处都是上海来的旅游大巴。最高峰时，全县一天接待的上海等地开来的旅游大巴多达150多辆。

就是这项多元化投入、一体化经营，推行“民有国营”模式，整合旅游资源策略的实施，让原来单个景点没法撬动的上海旅游大市场被撬动了起来。

十二 四县联手推出江南仙境游线

在巧抓旅游市场营销方面，影响最大的是在省旅游局的支持下，我们与龙游旅游局、缙云旅游局、仙居旅游局，共同策划打造了浙江省第一条跨区域合作的

2004 年春，作者（左）向浙江省旅游局局长纪根立（右）汇报江南仙境游线开发方案（陈和平摄）

“江南仙境游”精品线路。

为了打造这条游线，我逐一走访了三个县的旅游局，这三个县也是我刚到旅游部门工作时，省旅游局纪根立局长让我学习的先进典型，他们是我组织武义旅游开发的样板。我之前就与这几个旅游局的局长建立了密切联系，清水湾温泉试营业期间，我还请三个县的旅游局班子成员都到武义试泡了温泉。我以和他们共享温泉的理念，提出联合打造一条“江南仙境游”精品线路的想法，得到了他们的积极响应。大家都认为，温泉旅游是当时旅游市场上的一大热点，与武义温泉连线能对各自的景区发展起到促进作用。

大家商定，“江南仙境游”精品线路，将武义温泉、缙云仙都、仙居神仙居、龙游石窟四大景区串点成线，建立起责、权、利相统一，融管理、经营、发展为一体的四县跨区域旅游营销联合体，统一对外营销。

武义县是联合体首个轮值县，轮值县主持召集年度工作会议，讨论确定年度工作计划和工作经费预算，所需经费由各县市统筹汇入指定账户。由联合体一致对外开展宣传推广、产品合作、客源市场开拓等。

在省旅游局和四县领导的支持下，2004 年 9 月 26 日，我们邀请上海、杭州的各大旅行社，上海市、浙江省的各大媒体，在杭州之江饭店举行了“江南仙境游”启动仪式。省旅游局分管副局长和武义、缙云、仙居、龙游四县县长到会并讲话。我作为轮值县的旅游局局长代表四县旅游局介绍了“江南仙境游”精品线路的产品特点和对游客、对组团旅行社的优惠政策。

“江南仙境游”一面市，就以其区域联动、景色互补、价格优惠的优势得到了上海市民和上海旅行社的追捧，一度成为上海各大旅行社主推的浙江旅游精品游线之一，组织了“千人团”“江南仙境游火车专列”等声势浩大的旅游营销活动。通过这些活动，武义温泉、缙云仙都、仙居神仙居、龙游石窟沿线四大旅游景区在上海旅游市场声名鹊起。

2005 年，我们又在南京全国旅游交易会期间，举行了“江南仙境游”联合体新闻发布会。并组织了“走进江南仙境”大型风光摄影比赛。联合体还与《休闲》杂志社合作，在其网站开展了为期一年的固定版面广告宣传，进一步扩大了“江南仙境游”的影响。

“江南仙境游”成了当时浙江旅游的一张金名片、一种旅游营销新模式，备受赞赏。省旅游局纪根立局长在多次会议上向全省宣传推广武义、缙云、仙居、龙游四县旅游局的做法。

随着“江南仙境游”精品线路影响力的不断扩大，2009 年临海市也加入了联合体。

通过这样“攀龙附凤”，武义旅游以温泉游的鲜明特色优势，从原先的名不见经传，转而进入浙江省重点推荐的精品旅游线，而且成为这条旅游线上的一大亮点。2004 年武义成为长三角地区最具影响力的旅游区之一，为浙江旅游增光添彩。

十二 催生旅游富县战略

武义旅游的这些进步，老百姓看在眼里、记在心上，一些原先看旅游局笑话的人，也改变了对武义旅游的看法；县领导更是认识到了武义旅游只要好好去抓，前景极其美好，县里对旅游部门的建设也更加重视了。在我任职期间，县委、县政府将旅游局从一个事业局升格为行政局，成为县政府组成部门；还将县文化局与旅游局合并，成立文化旅游局；将浙江省武义温泉度假区管委会与县文化旅游局归并在一起，以一套班子、两块牌子的形式合署办公；行政事业编制人数，从不足 10 人，增加到 80 多人。

2005 年，县里启动《永武缙产业集群规划》编制工作时，我主动找到规划编制专家副组长、浙江工商大学 MBA 学院院长郑勇军教授，同他商量要抓住机会，进一步确立旅游经济在全县经济社会发展中的战略地位。我向他建议：基于武义温泉旅游产业的发展态势，希望他们在研究武义的发展战略时，能在原来的“工业强县、开放兴县、生态立县”基础上增加一个“旅游富县”战略。

郑勇军教授是武义老乡，长期从事区域经济发展战略研究，武义是他区域经济发展战略研究的一个案例。我在组织编制旅游产业发展规划时，特邀郑勇军教授作为专家组成员，参加了《武义县旅游产业发展总体规划》编制，因而他对武义旅游的发展尤为关注。

我的提议，引起了郑勇军教授的高度重视。在规划编制工作启动之初，郑教授就带领他们的团队对武义旅游，特别是我任职旅游局局长的 5 年时间里的发展状况，进行了深入细致的调查研究。调研中他们了解到：

在县委、县政府领导的重视支持下，旅游部门开展了全县旅游资源普查，完成了《武义县旅游产业发展总体规划》等 10 多个不同层级的温泉旅游产业发展总体规划和专项规划编制，形成了较为完整的规划体系，为全县温泉旅游业的发展擘画了蓝图。

先后对寿仙谷、郭洞等景区实施了升级改造；新开发开放了温泉度假区、大红岩景区、明招寺景区；启动了牛头山景区开发建设。理顺管理体制，整合旅游资源，将 10 多个已由各个不同主体开发的旅游项目，以民有国营的方式统一对外营销，将一盘散沙串珠成链，包装成武义一日游、二日游、三日游产品，使武义温泉旅游成为上海旅游市场上的一个热门旅游目的地。

突破重重障碍，强势推进温泉资源的有效保护和合理开发，引领了全国温泉旅游产业发展热潮。

巧抓市场营销，书记县长到上海叫卖温泉，树立“江南华清池 · 浙中桃花源”“相约武义 · 沐浴温泉”武义旅游形象。

与兄弟县市联合打造的“江南仙境游”旅游线路，已成为浙江旅游的热门旅游线。

狠抓景区整顿和旅游市场管理，旅游产业发展安全有序，旅游星级饭店、A级旅游景区从无到有，旅游市场从小到大，快速发展。

2004年，武义县被上海市旅游委员会评为“长三角地区出游人气最旺的十个旅游区之一”，被浙江省旅游局评为“浙江省最佳旅游度假胜地”。

他认为武义的温泉旅游这几年确实实现了重大突破，对此他感到很欣慰。从武义旅游的资源禀赋看，应该在武义的经济社会发展中发挥更大的作为，他非常赞同在全县发展战略层面确立旅游产业的定位，同意由他来争取把“旅游富县”定位为全县经济社会发展的重要战略之一。在《永武缙产业集群规划》的讨论稿中，就将“旅游富县”作为四大发展战略写了进去。

讨论中有不少反对意见，有人认为提“旅游富县”是不是太高调，有人认为为时过早。

但县委书记金中梁认为，武义旅游发展到这个阶段，有必要从发展战略层面确立旅游业的发展地位，来引领温泉旅游产业加快发展，最后统一了大家的思想。在《永武缙产业集群规划》中，首次提出“生态立县、开放兴县、工业强县、旅游富县”发展战略。

中共武义县第十二次代表大会上正式确立了“生态立县、开放兴县、工业强县、旅游富县”发展战略。县委、县政府向全县人民吹响了“旅游富县”的号角，武义的温泉旅游产业真正作为全县发展的战略性产业得到重视和加强。

从我调任旅游局局长，到坐下来写这本书时，已经整整过去20年了。在这20年里，武义旅游在全县旅游产业发展规划的引领下，通过历任县领导、旅游管理部门和全县上下的不懈努力，旅游经济实现了健康快速发展。

2020年已经到了此轮规划执行的最后一年，全县旅游真正形成了北部温泉主题旅游组团、中部丹霞景观主题旅游组团和南部生态主题旅游组团，三大板块协同发展、梯度推进的区域布局。

2020年，全县实现旅游总收入186.29亿元，完成规划目标26亿元的7.16

倍；接待游客 1877.92 万人次，完成规划目标 205 万人次的 7.51 倍。折算成当年的统计口径，则分别完成规划目标的 119.42% 和 125.19%，超额完成了 18 年前预期的武义县旅游产业发展规划目标。

2020 年，武义旅游在全国县域旅游综合实力百强县排名中位居第 35 位。

2000

/

2005

第七章

唱响温泉之歌

——温泉度假区工作笔记

早在 1971 年 9 月，浙江东风萤石公司武义溪里矿区 2 号竖井探矿作业的钻头打破了泉脉，在武义大地下沉睡了亿万年的温泉喷涌而出，人们惊喜地发现武义还有温泉这一宝藏。

从那时起，武义人就做起了温泉梦。

但温泉开发一直磕磕碰碰，步履艰难。

2000 年底，县里希望通过体制改革来突破温泉开发僵局，将温泉旅游度假区管委会与旅游局以一套班子、两块牌子的体制合署办公。我作为旅游局局长，就肩负起了之前一直由县领导兼任的浙江省武义温泉旅游度假区管委会主任的职责，小牛拉重车，操持起了温泉旅游度假区开发建设的重任。

一 厘清温泉开发形势

武义地处中国东南沿海火山岩带，区域内主要地质构造为断陷盆地。早在 6600 多万年前的白垩纪挤压作用形成的破碎带，在中期被胶结的萤石脉充填，构成良好的储水空间，而大地内部的热能通过热传导作用，给沿破碎带下渗的水体加温，形成了丰富的温泉资源。

在我接手温泉度假区工作的时候，武义已有溪里温泉（也就是现在的清水湾温泉）、塔山温泉（也就是现在的唐风温泉），鱼形角温泉开始试探性开发。

1971 年 9 月，溪里萤石矿中突然涌水，是温泉与武义人的第一次邂逅。1973 年，又在坑道施工中连续发生坑道突水，出现 42.6℃以上的温热水，4 个涌水口突水量达每日 3000 立方米以上。

为了能继续开采萤石资源，1976 年溪里萤石矿采取了水患处理措施，对 4 个涌水口进行封口，浇灌钢钎、钢轨固定后，浇筑厚达 2 米的速凝水泥钢筋混凝土，并在 4 个温泉涌水口装上了管子和阀门。由于坑道突水水温高，水量大，排水费用大，工人采掘困难，不得已于 1976 年 4 月停止了 330 米大井的萤石开采。到 1978 年，整个溪里萤石矿被废弃。

20世纪90年代，随着国内旅游产业的兴起，溪里萤石矿里的温热水被县委、县政府作为旅游资源，开始组织开发利用。

在浙江省武义温泉旅游度假区管委会成立之前，溪里温泉的开发由县开发区委托给武阳镇政府，武阳镇政府又将修复溪里330米大井工程包给由几个农民出资注册的武义温泉萤石开发有限公司。经过3年多时间的修复，工程告一段落。

1998年6月，武义县成立浙江武义温泉旅游度假区管委会，负责全县温泉资源开发。2000年9月21日，度假区管委会组织由省工程勘察院、宁波工程设计研究院、东风萤石集团公司的专家和县政府及其有关部门负责人参加的工程验收组，对武义温泉萤石开发有限公司施工的取水工程进行预验收。

预验收中发现工程施工技术资料欠缺问题，向施工单位列出了必须补齐的资料清单等整改措施，要求在10月15日前按预验收意见完成整改，以便组织最终验收。

因施工方未按期提供施工技术资料，最终验收延至2001年2月21日进行。验收会议听取施工方对取水工程施工情况的介绍，并到现场查阅设计、施工等技术资料，经过充分讨论认为：该工程因施工技术资料不齐，无法确定工程质量，不具备最终验收条件，本次验收不予通过。

2001年4月20日晚12时许，因施工方长期拖欠电费导致停电，溪里温泉取水工程 -170米中段水仓及排水设备被水淹没。溪里温泉取水工程几近报废。

塔山温泉是1976年浙江省冶金地质大队开展塔山萤石矿详查施工时，孔口涌出热水，从而被发现的。

1979年至1988年间，浙江省水文地质大队等单位对塔山温泉资源进行了详细踏勘和钻探，建立了塔山WR2号地热井。这个地热井就是唐风温泉的取水井，建井初期水温41.2℃，出水量大于每日480立方米，水质达到国家医疗热矿水标准。

1980年县水利局利用塔山温泉水进行罗非鱼鱼种越冬试验，取得成功，继而扩展到养殖热带鱼类，种植反季节蔬菜、瓜果等。

1992年3月，由县商业总公司、工商银行、省商业厅参股筹建温泉山庄。

1994年5月，引进温州商人在武义投资的金华市铜业有限公司投资入股，成立浙江武义温泉山庄有限公司，落实了建设资金，加快了工程建设。

1995年10月，温泉山庄建成试营业，11月18日正式开业。

为庆祝武义温泉山庄建成开业，宣传武义温泉资源，树立武义温泉旅游形象，县委、县政府策划举办了隆重的首届中国·武义温泉节，武义温泉开始走进世人的视野。

但温泉山庄的建设者自己都没有见到过什么温泉旅游项目，山庄在项目设计上就是一个标准旅游饭店。虽然叫作温泉山庄，除了客房里的洗澡水用的是温泉之外，并没有其他温泉体验项目。再加上当时的武义交通不便，经济落后，除了温泉山庄，其他旅游项目都没开发，所以还没有真正意义上的旅游客人，首届中国·武义温泉节过后不久，温泉山庄就生意惨淡，陷入了困境。

到1999年，由于建设资金贷款逾期，银行起诉，温泉山庄走向了破产清算的边缘。

鱼形角温泉是由县开发区、东风萤石公司、省地矿厅共同出资组建的武义县鱼形角地热水有限公司投资开发的，筹集开发资金150万元，由浙江省工程勘察院承担取水工程施工。

1999年3月，省工程勘察院完成了工程施工，并分别于1997年9月18日、1998年10月2日和1999年3月16日进行了3次抽水试验，孔口水温分别为39℃、29℃、26℃，取出的温泉水没有达到设计要求，分析认为，主要是因为矿坑冷水渗入，造成水温下降。

武义县鱼形角地热水有限公司温泉水达不到设计要求，公司无法继续运营，2000年被县工商局依法吊销营业执照。

经县国有资产管理局审核批准，鱼形角地热水有限公司在地热水开发中的钻井工程，以及规划等投入损失近46万元，予以核销。鱼形角地热水开发没有取得成功。

武义温泉，这一寄托了33万武义人民梦想与希望的宝贵资源，从1971年被发现到我接手时，已经历了30年的风风雨雨，一路走来，可谓筚路蓝缕，历尽艰辛。

可以想见，面对这样的温泉开发局面，县里许多人开始反对继续开发，或者不相信温泉能为武义带来什么发展机遇，但更多的干部群众则是为温泉开发走得这么艰难而难过，寄希望于我这个新来的旅游局局长，能踏踏实实地解决好温泉开发中面临的复杂问题，真正让深埋在地底下的宝贵温泉资源能为武义的发展带来希望。

组织上把开发温泉的历史使命交给了我，肩负着领导的重托，群众的期盼，我义无反顾地投身于武义的温泉开发大业。

二 组建温泉开发工作班子

我到旅游局，经过一个多月的调查研究熟悉情况后，发现原来的温泉度假区管委会主任由一名副县长兼任，常务副主任由旅游局局长兼任，还有多位副主任分别由土管局、城建局等政府相关部门的副局长兼任。领导阵容很强大，但实际工作人员一个也没有，具体事务还是由旅游局承担。

温泉资源都在乡村，开发温泉要与农民打交道。原来旅游局的班子中，没有一个有乡镇工作经验的领导，旅游局干部对度假区的工作也没有当成分内事，而处于应付状态。

为了能把温泉度假区的开发建设工作真正启动起来，我找县委书记、县长作了一次有关建立温泉度假区工作班子的专题汇报，并请求调几名乡镇领导到旅游局，具体从事温泉度假区的开发建设工作。

县里经过考察比选，将当时乡村旅游搞得最好的俞源乡党委书记吕子连同志调到旅游局任副局长。

吕子连副局长到任后，我和他就温泉开发问题进行了深入交流，希望他来主抓温泉度假区建设。吕副局长欣然接受了这个艰巨任务。

我们商定，把从邵宅乡党委副书记岗位上调任旅游局建设科科长的何益如同志和从新宅乡调来的年轻干部陈伟同志，也调整到温泉度假区的开发建设中来，明确由这三位同志具体负责温泉度假区的开发建设工作。

由我一个局长，带着一个副局长、一个科长、一个科员，组成了精干的温泉开发实操团队，具体操办起了浙江省武义温泉旅游度假区开发建设工作。

二 工地接访　破解难题

温泉隧道是温泉旅游度假区管委会为开发塔山温泉区块而建设的第一个工程项目，就是要在县城北侧的壶山，打一个通往壶山以北地块的隧道。这个隧道设计长度为 489 米，宽 10.5 米，高 7.67 米，工程造价 725 万元，由温泉旅游度假区管委会成立的温泉隧道工程建设指挥部组织实施，指挥部总指挥由旅游局的一名副局长兼任，副总指挥由建设、土管等多个部门的副局长兼任，但实际工作中，工程的施工管理都由旅游局具体操办。

我到旅游局时，工程刚开工建设不久。

我一报到，担任工程建设指挥部总指挥的副局长就来向我汇报了工程建设情况。他说：工程建设的目的是把温泉山庄区块开发成度假区的一块飞地。工程的建设，开始是由旅游局和一个来自缙云县的老板共同投资的。但这个老板在工程刚开工时就被查出患了癌症，已经退出了投资，而且双方的投资纠纷还没妥善解决，家属经常到工地阻挠施工，造成工程施工困难。由于一方退出了投资，一部分工程建设资金没了着落，拖欠了工程款，严重影响了施工进度，工程面临停工。听了这些，我好像是被当头泼了一盆冷水。听完汇报我们就去了工地。

一到温泉隧道工地，首先看到的是一个女人正在刚打开的隧道口哭闹，一堆施工人员围着她劝说。

看到我们来到工地，施工队长忙向她介绍我是新调来的旅游局局长。她一把扯住了我，声嘶力竭地哭喊起来："你们不要赖账啊，局长换了也没用，换了一百个局长我家的账也不能赖啊！我家为了这个温泉隧道，可是身家性命都搭进去了……"

我只好一个劲地劝说："先不要哭闹，不要哭闹，有什么事好好说，我这就是来解决你的问题的。"

听说我是主动来解决问题的，她的情绪有所缓和。我让她在一边等一下，等我看过工地，就请她到旅游局去和她商量解决办法。

我匆匆和施工队的队长打了个招呼，戴上安全帽，跟着他们走进正在施工的隧道，察看了一遍施工现场，慰问了施工人员。我对施工队的队长说："今天我们先见个面认识一下，工程上的问题，下回我再回来详细了解，现在我得先把那个上访阻挠施工的问题解决好。"

出了隧道，我们把那个哭闹的妇女请上车，带回办公室听她说清楚她的诉求。

她唠唠叨叨说了半天，大概的意思是：她的男人投资温泉隧道的钱是给她买房子的钱，他们还不是正式的夫妻，本想拿这个钱买了房子结婚。结果他把钱投在了温泉隧道上，现在又生病了。旅游局已经把钱退还给了他看病，把钱全花光了，现在她的房子没了着落。

她要求：一是旅游局除了还她本钱之外，还要给她算投资回报；二是旅游局把当时招商时谈的，同意他们在温泉山庄区块办武术学校的那块地抓紧给她；三是温泉隧道项目策划时，有一个方案是由他们家在隧道东入口的洞门上面建一个门楼的，现在她没房子了，要同意她把这个门楼建起来当房子住。

听完这些，我们劝她先回家，等我们研究好解决办法后再与她商量。

好说歹说，把她劝了回去。

她走后，我召集局领导班子成员开了个会。我和大家分析，原来设想在温泉隧道洞门上建个门楼，在温泉山庄区块建个武术学校这两个设想，和度假区规划都不是很协调。我们以给他们一点投资回报为条件，撤回在隧道洞门上建门楼和建武术学校的承诺，从长远看一定是值得的。权衡利弊后讨论形成了三条处理意见，报请县政府研究决定：一是投资回报标准建议以当时的银行贷款利息标准支付；二是支付投资回报时，要对方签字同意放弃在隧道门洞上建门楼和建武术学校的合作意向；三是希望县有关部门同意让他们家享受廉租房政策，安排租赁给他们家一套廉租房。

在县领导的关心支持和几位旅游局领导的一致努力下，这个因投资纠纷引发的上访问题基本得到解决。然而，温泉隧道工程建设更重要的问题还是经费不到位问题，合作方撤出了投资，县财政又排不出资金支持，工程款已经一拖再拖，施工队三天两头都说要停工了。

眼看就要过春节了，工程款付不出，农民工又要来上访，怎么办呢？向领导反映，领导说投资方撤出投资是个预料之外的问题，年关岁末预算之外县财政也拿不出这么多钱，所以要我们旅游局自己千方百计解决。可旅游局的经费预算，连办公经费都不够，车辆保险到期了都拖着办不了。临近春节假期，这可真把我急成了热锅里的蚂蚁。

无奈之下，我回到自己刚调离的开发区管委会。这时的管委会主任已经是我在桃溪镇工作时的镇党委书记章明政。找到他，一个是向老领导叹叹苦，再一个是想和他谈谈我到旅游局经过一段时间的调查研究后形成的温泉开发思路，想请他帮我把把关。

其中最主要的问题是温泉山庄区块的开发。因为温泉山庄区块其实是从整个开发区规划红线中划出来的一小块飞地。原来旅游局对这块飞地和溪里温泉、鱼形角温泉三个温泉地块，同时在组织开发。在我看来，旅游局当时的能力和武义县的经济实力，都不可能支撑三个温泉区块同时开发的。我想调整思路，集中精力把最有商业开发价值的溪里温泉先开发出来，再来着手其他两个温泉区块的开发建设。

章主任非常赞同我的想法，建议我马上向领导汇报调整思路。但我说："目前还调整不了，因为我们旅游局还承担了建设温泉隧道这个县里的重点工程，现在合作投资方撤资，工程款拖欠，工程进展缓慢，我们旅游局已经被拖进了泥潭，抽不了身。只有想办法找到资金，抓紧完成这个温泉隧道工程建设任务，才有可能走下一步棋。"

章主任问我："那你想到哪里找这么多钱呀？"。

我说："想到你们开发区找呀，看你能不能支持。"

“我怎么支持你呀？”章主任不解地说。

我向章主任汇报：“我们旅游局已经在温泉隧道西出口预征了 100 多亩地，这块地与开发区的商住用地是连在一起的，我想把这块地的开发权让给你们开发区，你们开发区帮助我们解决一部分温泉隧道的工程款，也算是为这块地付一部分基础设施配套费。你看可不可以？”

章主任笑了笑，没有立即回答，而是让规划科的同志找出规划图与我一起研究了一番，认为这块地现在没什么价值，但温泉隧道打通之后，是县城往北发展的第一块地，增值空间很大。

于是，章主任对我的这个方案产生了浓厚的兴趣，说：“那我们一起向县领导汇报，看县里是不是支持。”

章主任约了刚从开发区主任位置上提拔担任副县长的郭敏，我们一同向他汇报了开发区给旅游局 300 万元用于温泉隧道建设，换取旅游局这块预征土地的开发权的方案。

温泉隧道是郭副县长联系的重点工程项目，他深知这个工程资金筹措的难处，我们想出这样一个办法，他也觉得很好，表示由他来牵头协调解决相关问题。

在郭副县长的重视支持和协调下，县政府同意了我们提出的建议，这笔交易顺利成交，解了旅游局的燃眉之急。赶在春节前支付了拖欠的工程款，温泉隧道工程得以继续施工。

四 慈母仙逝　戴孝征战

由于前期的磕磕碰碰，加上这个工程名义上是温泉度假区管委会的工程，实际上还是由旅游局负责，而旅游局在这之前并没有大型工程的施工管理经验，也没有专业人才配备，施工组织没有章法，新来的县领导对工程的设计标准、施工进度和施工质量都不太满意。

正在我忙于处置温泉开发遗留问题、温泉隧道工程面临停工等一堆棘手问题的时候，我79岁的老娘身体日渐虚弱，出现了严重的便秘。娘知道我工作忙得不可开交，一直瞒着我。自从我爹去世后，娘就成了我心头沉重的牵挂。让她来县城我家住，但她只在我家过了一个年，说是城里没伴，待不住，非要回老家。

临近中秋了，想娘了，可接连几个周末都在处理温泉取水工程交接、温泉隧道上访等问题，回不了家。已经一个多月没有娘的消息了，一种母子连心的担忧油然而生。

我连夜买了一箱牛奶、一箱苹果，还有一盒月饼，驱车回老家给娘送中秋礼。我老家离县城也就50多公里路，但那段时间县城通往我老家的公路正在全线修筑水泥路，一个来回要在路上颠簸3个多小时。

车子到村里已是乡村寂静的夜晚，我摸黑穿过一条小巷，爬上一段陡坡才到我家。看着房子内外黑魆魆的，一种不祥的预感在周身笼罩，我就大声喊叫："娘！娘！"

我期待着娘的答应声，期待着娘房间的灯赶快亮起。可先听到的是大哥的声音："弟弟回来了？"然后看到大哥房间里的灯亮了，过了一阵子娘房间的灯才亮起。"小宝，深更半夜的你怎么回来了？"

是娘的声音，可又不是每次回来都听到的那种欣喜的声音。

一会儿，门开了，是穿个裤衩的大哥。

"娘怎么啦？"我急切地问大哥。

大哥说："娘这几天不舒服。"

我快步跑过去推开娘的房门。

娘已坐起来穿衣服想下床。

我立即坐到床前，没让娘下床。问娘："是哪儿不舒服呢？"

"别大惊小怪，只是大便不好拉。"娘轻描淡写地说。

大哥在一旁告诉我："都五六天没拉大便了，这两天饭也吃不下了。"

"那你们怎么不告诉我？"我站起来，盯着大哥。

大哥无辜地说："我前两天就说要给你打电话了，娘不让打，说你这段时间很忙，不要打扰你。"

我转回头对娘说：“有病不能拖的，快起来准备一下，我们一起去县医院看看。”

娘拉我坐回床边，说：“小宝，哪有半夜三更去医院的，又不是什么急病。再说现在路这么差，你把娘带到县城去，我怕路上娘就被颠坏了。娘不去，娘在家里睡几天会好起来的。你单位里有那么多正事不去好好管，还半夜三更回来管我的屁事。快回去，这么晚了还在家里，明天怎么上班啊？”

娘边说边下床，看着我带回来的东西，指责我说：“小宝啊，叫你不要乱花钱，你又去买这么多东西。”

娘非得要我赶快回县城，颤巍巍地到厨房里拿了一袋鸡蛋，塞到我手里，不由分说推我出门。

“娘，那你准备一下，明天我再回来接你。”我在娘的推搡下出了大门。

娘站在大门口一边朝我摆手，一边说：“这么老远的天天跑回来，你不要做工作了。明天不要回来了，我真有事会叫小哥给你打电话的。”那时我小哥家装了电话，大哥家还没有装电话。

被娘哄回来，走进乡村的寂静处。似乎觉得前路有什么不测，让人感到一路都那么阴森可怕。

第二天早上刚上班，我的手机响了，显示的是小哥家的电话号码，心里一阵紧张。接通电话，小哥说，是娘让他给我打的，而且告诉我说娘好点了，不用到县医院了，让我放心。

我高兴了一小会，还是将信将疑。

晚上我请了县第一医院的内科医生徐继军，让他跟我回去帮我娘检查一下。经过认真的腹部按压检查，徐医生认为可能不是简单的便秘，怀疑会不会是肠梗阻，或是腹部肿瘤，让我娘要到医院里全面检查。

我娘问徐医生：“如果查出问题了怎么治呢？”

徐医生说：“那很可能要做手术。”

娘听说要做手术，就更加坚定地跟我说：“小宝啊，娘都七老八十了，你还要娘去开膛剖肚吗？还是让徐医生给娘开点药吧。”

我说：“娘，那也得到医院里去住院治疗。”

娘说：“你都把县医院的医生请到家里来，他帮我看过了和去医院看还不是一样的吗？你不要让我折腾来折腾去了，你也不要天天往家里跑。把药寄回来，我吃了药会好起来的。你快带徐医生回去吧。”

这次她只送我到房门口，就朝我摆手说：“回去吧，回去吧。没娘的电话你不要回来了。”

第二天，我把徐医生配的药寄回家，给小哥打电话，让他告诉娘药该怎么吃。再问娘的情况，小哥说：“还好的，没什么变化。”

之后的几天里，我每次给小哥打电话，小哥都说：“还好的，没什么变化。”但我听出了好像言不由衷。

到了星期天，温泉隧道工程又有事要处理，我实在放心不下老娘，到工地里匆匆安排了下，就赶回了老家。老远就“娘！娘！”地叫，但听不到答应声。

我心急如焚地推开娘的房门，娘才在床上坐起来，弱弱地说：“小宝，你又回来了。”

我扶娘坐好，见她比上次回来又虚弱了不少。问她：“娘，你都这样了，怎么我给小哥打电话，小哥还总说还好还好的呀？”

娘说：“是我让他这么说的，不然你天天跑来跑去的，怕耽误你的大事。”

“娘，你什么都不要说了，就这样待在家里肯定是不行的。”我抱起娘就往车上跑。抱着她感觉出奇的轻，是娘太虚弱了？是我太用劲了？应该都是。

到车上时，我想把娘放到后排，但看她这么虚弱的样子，就让驾驶员把副驾驶的座位移到最靠后。我把娘像抱小孩一样抱在怀里，俩人一起坐进了副驾驶室。

坐好了，娘和我说：“小宝，你这样把娘抱着去武义，这么远，路又这么差，娘吃不消，你也吃不消的。你一定要我去医院，那我们也去近一点的第二人民医院吧。”

我依了娘。

路上我给哥哥姐姐们都打了电话，等我办好住院手续，哥哥姐姐们也陆续来医院了。根据医生的检查，说我娘这么虚弱也没办法做手术，只能用中药保守治疗，大家也都同意了。哥哥姐姐要我回去上班，娘他们会料理的。

连夜我又回到县城。接下来的一个星期，每天给医生、给哥哥姐姐打电话，都说中药也没什么效果，喂下去的药不一会就吐出来。

到了星期六的中午，娘让在医院陪她的三姐姐给我打电话，说娘想回家，让我带她回家。

这是我参加工作以后，接到的第一个娘要我回老家的电话。平时，每次我回家娘都很高兴，但嘴里总说：你忙工作，陪老婆孩子是正事，家里有哥哥姐姐，你就别经常想着娘。

这个不寻常的电话，意味着什么我心里明白。可温泉隧道工地上，又因县里对正在施工的用毛石砌起来的护坡的设计标准、施工质量都极不满意，要拆掉重砌。

工程总指挥对此很有意见，认为这个施工方案是设计时通过论证确定下来的，要他返工他极不情愿。我只好请他把设计单位、施工单位的负责人都叫到工地现场，一起研究整改方案，提出了改用条石堆砌的初步方案，但这个方案要增加一大笔投资，钱又成了一大难题。研究到晚上七八点，也没有研究好增加的投资如何解决。

这时三姐姐又打来一个电话，说娘想我快回去。

我安排方副局长先把毛石护坡的施工队停下来，再让设计单位抓紧研究，提出条石护坡方案，资金问题我再想办法解决，随后匆匆赶往第二人民医院。

快到医院门口，远远看见三姐姐在翘首等待。看见我的车，三姐姐跑过来给我开了车门，眼睛红红的，没等我下车三姐姐就哭泣着说：“娘怕是不行了。”

然后就号啕大哭了起来。我拉着三姐姐的手，赶快往病房里跑，嘴里说：“三姐姐，你别哭。”可自己也已泪如雨下。

病床边，大姐姐在为娘擦着嘴边的呕吐物，眼里也噙满了泪花。

见到我，马上让开，让我来到娘身边。我俯下身子，仔细看着娘。娘睁开眼，看着我说：“小宝，带我回家……”

那声音弱得只有我一个人能听到。娘嘴唇颤动着，手也颤动着向我摸来。我把脸凑到她手边，她的手已失去了温暖，但依然传递着母亲的慈爱。她摸到了我哗哗滚落的眼泪，费劲地说："小宝，你别哭。……娘老了，总有这一天的……"

顿时，姐弟仨号啕大哭起来。

"不要哭！"娘不知哪来的力量，喊了起来。

哭声戛然而止。

我们都俯下身子，听娘吩咐："娘还没事。小宝，你给舅舅打电话，让他明天也来看看我。大囡宝，你今天就去上江，帮我的房间整理一下。三囡宝，你孩子还小，赶快回家。今天晚上让小宝陪我，明天准备回家。"

说完喘了几口粗气，朝我大姐姐挥挥手，又朝我三姐姐挥挥手。

我给舅舅打了电话。让大姐姐、三姐姐听娘的吩咐去做。

这时已是午夜时分，整栋住院楼寂静得让人窒息。娘吩咐完这些，累得额头冒出了细微的虚汗。我拿来热毛巾，给娘擦擦脸，擦擦手，让她休息。

我坐在床边看着娘。

娘休息了一会睁开眼，看着我说："小宝，你太累了，也在床上躺一下吧。"看她动了动身子，试图挪出点位置让我好躺下，可她动不了。我忙说："娘，你别动，床边我可以睡。"

我帮娘整理了一下被子，在娘的身边躺下。一只手伸过娘的枕头，护住娘的头。对娘说："娘我躺下了，你安心睡吧。"

娘说："你这样舒服吗？"

我说："睡在娘身边很舒服。"

娘满足地闭着眼睛，脸上露出慈爱的微笑，呼吸平静，不一会就睡着了。

我这么躺着，一种回到母亲怀抱的温暖在周身洋溢，在娘微弱但平和的呼吸声中进入了梦乡。好像梦见娘在我小时候为我洗澡，但洗澡的水是地底下不断往上涌的温泉，又梦见娘为我穿上了过年的新衣裳，似一段欢乐的童年时光在回放。

睡梦中感觉手有点发麻，又感觉有人在为我盖被子。我睁开眼，是娘将她被子的一角努力地往我身上盖。

我坐起来，擦擦眼，对娘说：“娘，我不冷，你自己好好睡吧。”

娘说：“今天是我生病以后睡得最好的一天。娘睡醒了。”

我看看窗口，天已蒙蒙亮。

娘的气色比昨天晚上看上去是好了些。

我起床帮娘洗了脸，我说要帮她擦擦身子，她不让，说姐姐会帮她擦的。

我说：“那我帮你洗洗脚吧。”

我用一块干毛巾垫在她的脚下，用一块湿毛巾为她擦脚，擦腿。一边擦一边和娘畅想：等我把温泉开发出来之后，第一个就带娘去泡温泉；温泉大水池里洗澡要比家里浴盆里洗澡舒服多了。

娘一个劲地说：“好！好！好！小宝，娘真希望你能早日把温泉开发出来。娘听你这么说了，就像洗过了一样。你可得让武义人真能洗上你开发的温泉噢！”

我对着娘使劲地点头，那是在向娘保证！向娘发誓！

脸上强装坚强。

等我去倒洗脚水时，眼泪又止不住地流。

我在洗漱时，大姐姐就赶回来了。我让大姐姐照看着娘，自己拿了个大杯子，到街上找到最有名的宣平馄饨小吃店，买了碗宣平馄饨回来喂给娘吃。

像娘小时候喂我吃一样，先用嘴唇试了一下烫不烫，吹了吹调羹里的馄饨汤，让娘先喝了一小口。再把一个馄饨用调羹切成两半，一小半一小半的喂娘吃了几个馄饨。娘说吃不下了，再喝点馄饨汤就行了。我在喂娘喝汤时，娘一个饱嗝上来，吃下去的馄饨又全吐了出来。

满心希望娘吃点东西能好起来，可娘这一呕吐，让我浑身都瘫软了下来。

大姐姐手忙脚乱地为娘清理，我走出门外独自擦起了眼泪。

这时我舅舅来了，我把他领到娘的床前。娘拉着舅舅的手，要他劝我们，让她今天就回家。

舅舅把我叫出门外，对我说：“锡忠啊，你娘的病到这个时候了在医院也不管用。她想回家，我们就带她回家吧。”

在我们老家，这个时候是应该听舅舅的。我点点头，去为娘办了出院手续。

还同来医院时一样，抱着娘坐在副驾驶座上，带娘回家。

车开进村子里，大哥和小哥等在那里，要抬娘回家。

可我还是要自己背娘回去，大哥小哥把娘扶上我的背，娘起初还用力地趴在我的肩上，可走着走着，娘就泄下气，瘫软了下来，我也感到了一种绝望，迈不开步。几十米的上坡路，恍如走了半个世纪。

回到娘的房间，大哥小哥把娘抱上床，娘虚弱地躺在床上，很久没说话。

大嫂要我先去吃点东西，我这才记起自己一天都没吃东西。这时都下午两三点了，到大哥的厨房里吃了一碗饭。回到娘房里，娘缓了点过来，让我凑到她身边，对我说："小宝，现在回家了，有大哥小哥在，你回去吧。"

我和小哥一起到村卫生所请来医生，为娘挂上医院里配来的营养液，与娘依依惜别。

2001 年 8 月 30 日上午，我照例主持召开了工作例会，对旅游、文化、度假区和公司四大块工作做了详细安排。会上，我跟各班子成员和中层干部说明了我娘病危，这几天我可能要抽点时间照顾我娘，拜托各位分管领导认真抓好各自分管的工作。

下午，我又来到温泉隧道工地，和分管领导商量拆除已经砌好的毛石护坡和下一步要改用条石护坡的施工方案。三时许，小哥给我打来电话，说娘都昏迷过去过了，要我尽快赶回家。

我交代完工程建设中的几个事项，就上车往老家赶。车上，我给局办公室、县委组织部和县政府办打电话请了假。一路催促着驾驶员，颠颠簸簸的，还是用了将近两小时才赶到家。到村口，就有几个本家兄弟等在那里，让我快快回家。到家门口，大姐姐心急如焚地拉着我的手往娘的房间跑。

我一路跑，一路"娘，娘，娘"地叫个不停。

跑到娘床前。房间里站了一屋子人，哥哥、嫂嫂，姐姐、姐夫，还有舅舅，堂兄妹，表兄妹都在。

大家让开让我来到娘跟前，娘的眼睛是睁着的，但已没有神，任我怎么叫也没什么反应。我贴近娘的耳朵问："娘，我回来了，你的小宝回来了，你听到我在叫你吗？”

我看到了她点了点头，大家都说：“她还能听到，她还能听到。”

我再问：“娘，你还看得到我吗？”

娘摇了摇头。

我拿起她的手，让她摸我的脸。我感觉到她的手在使劲，在触及我的脸时，娘的手颤动了一下，然后就滑落了下去。

我惊愕地盯着娘的脸，只见她张开口用力呼气，呼气，呼气……

越呼越急促，越呼越微弱。

我一把抱起娘，在她耳边使劲喊：“娘你用力呀，用力呀！娘你不要停，不要停，不要停……”

可娘还是停了。

我急忙放下娘，爬上床，嘴对着娘的嘴用力地吸气，吸气，我要把娘刚咽下的气吸上来。

可任凭我用尽吸奶的力气，娘的气也上不来。

满屋子的人都在哭喊。

舅舅挤到床边拽着我，哭泣着劝说：“锡忠——娘没力气了，你下来吧，不要让你的眼泪洒到娘身上，你的眼泪洒上去了，娘下辈子会很苦的。”

说着连拽带抱把我拉下了床。

我一头扑到舅舅肩上号啕大哭：“娘啊娘！娘啊娘！你什么都可以给我，我怎么连一口气也给不了你呀……”

哥哥姐姐都围在床前大声呼叫：“娘娘娘娘……”

千呼万唤，我的娘再也没动静。

我长跪到母亲床前，为母亲的深明大义，为自己的忠孝不能两全而痛哭不已。

那夜，我们兄妹都为娘守灵。

我不断地给娘烧着纸钱，祈求娘在另一个世界里，有足够的钱花，不再为了给儿女省钱不去住院治疗，祈求娘在另一个世界里永远不要有病痛。

第二天上午，我们根据农村的习俗，为娘布置灵堂。本家亲戚都来帮忙。我在挂娘的遗像时，我的手机铃声又响个不停。

我大哥掏出我的手机接听后，他告诉我是县政府办公室打来的电话。我强忍悲痛接过电话，电话那头是县府办主任的声音。他在电话里已经知道我母亲去世了，安慰我几句后不好意思地对我讲，下午县委书记、县长要到温泉隧道工地开现场会，问我能不能赶回去参加。

我看着母亲的遗体，不由得又一阵泪如泉涌。生前不能在您的病榻前端茶倒水，死后还不能在您的灵前守灵尽孝，我还是不是您人前人后夸耀的好儿子？

家里的长辈们听说我要回县里开会，一个个都急了，“哪有亲娘刚去世，儿子就要回去开会的？”“不能回去，不能回去！”

我的一个堂哥干脆拿了一条长凳子拦在大门口，坐在那里铁着脸说：“你跟领导讲，就说我们不让你回去好了。”

看看亲人们的情绪，想想前两天娘还拉着我的手真诚地对我说：“领导把温泉开发这么重要的工作交给你，你一定要好好干，争取早日把温泉开发出来。娘老了，总有一天要离开你们的，不要太担心娘，还是早点回去把，明天还要上班哪……”那是母亲对我最后的叮嘱。

书记、县长安排出时间来开现场会，是来帮助我解决问题的，作为一个主管局长怎么能不参加呢？于是，我还是擦了擦眼泪，说服了长辈，拜托了妻子和兄长。在母亲的灵堂前上了一炷香，磕了三个响头，驱车回到了温泉隧道工地。

我刚一下车，书记、县长和20多位相关局办领导乘坐的大车也到了。

县长主持会议，先由工程总指挥汇报了工程进展情况和存在的问题。

没等他说完，县长就对他作了严肃批评，然后要我谈谈对温泉隧道工程有什么想法。

我首先做了自我检查，检讨了自己不够重视，认为温泉隧道工程原来是以度假区管委会的名义建设的，让旅游局派出一名副局长担任了由多个部门组成的工程建设指挥部总指挥，我不是指挥部成员，工程建设中的具体问题没能亲自处理。其次，对工程进度和质量问题，我认为主观上有现场指挥人员缺乏管理经验的原因，但客观上因合作开发这个项目的合伙人因病撤资，资金预算存在很大缺口，因陋就简搞建设确实不符合市政工程的标准。第三，近段时间，我娘病危直至去世，也影响了我的一部分精力。第四，要加快工程进度，提高工程质量，建议理顺关系，解决好资金缺口，索性由我们旅游局全权负责工程建设。

最后，县委书记金中梁代表县委、县政府，就如何加快推进温泉隧道工程建设讲了四点意见。一是温泉隧道建设工程虽牵涉城建、交通、开发区等多个部门，但建设这个工程的初衷是为了更好地开发温泉，所以施工建设责任单位进一步明确是旅游局。二是工程指挥部作为部门间的协调机制，总指挥改由旅游局局长陶锡忠担任。三是工程外观设计上要改变原来用毛石护坡的简陋风格，改用条石护坡，增加的投资由县财政安排解决。四是温泉隧道必须在年底前完工，建成后作为一项市政工程可以考虑移交给建设部门管理。

现场会一结束，在工地上我就打电话通知温泉隧道建设工程指挥部全体成员、旅游局全体干部员工和设计施工监理单位相关人员，到旅游局会议室连夜召开会议，传达现场会精神。

下午县领导在工地现场的态度，以及我左臂戴着的黑纱，使会场气氛异常凝重，大家只听我一个人讲抓好工程建设的新举措。

根据领导指示精神，我把刚组建的温泉度假区工作班子吕子连副局长、何益如科长和陈伟科员，全班人马拉到温泉隧道工地，成立全部由旅游局干部组成的现场工作组，先突击抓好温泉隧道施工任务。

要求设计单位三天内将原来的毛石堆砌挡土墙改为条石堆砌挡土墙方案。撤换在施工中存在质量问题的施工班组，请来有重大工程石料加工铺设经验的徐建平师傅，组成条石堆砌挡土墙施工突击队，倒计时安排好每日的施工计划。现场工作组从资金、人力、运输条件等方面做好服务与保障。

我布置完之后，请吕子连副局长表了态。

有了资金保障，更有新组建的温泉隧道工程现场工作组各成员积极主动、不分昼夜地拼搏工作，温泉隧道掘进、地下市政管道铺设、挡土墙处理、路面浇筑、绿化亮化美化等各项工程有序推进。经过 3 个月日夜奋战，到 2002 年 1 月 8 日，温泉隧道胜利竣工。

县委书记、县长参加了竣工仪式，对现场会之后的工程建设进度和质量都给予了充分肯定，并在隧道口种下两棵玉兰树。金中梁书记还为温泉隧道题了名。

在温泉隧道前留影（朱红兰摄）

温泉隧道建成，不但为唐风温泉康养综合体建设铺平了道路，也打开了城市建设向北拓展的通道。

如今，通过温泉隧道向北拓展的武义北岭新区建设如火如荼，唐风温泉康养综合体，银湖花园、壶山一品等10多个住宅小区陆续建成，县检察院、自然资源与规划局、市场管理局等10多个政府部门办公大楼也已落户这个新区，县政府行政中心也将在这里建设，新建的市民广场已经成为武义市民休闲健身的好去处。

刚刚建成的连接武义与金华的城市快速通道金武快速路，与温泉隧道对接。县委、县政府领导正在谋划将温泉隧道以北的广阔空间，建设成为一座现代化的“金武新城”。

如今，温泉隧道已是武义县城最主要的对外通道，车流量远超当年的设计流量，2023年初开始动工扩建。扩建工程施工单位请我到工地现场作了技术交接。看着即将完成历史使命的温泉隧道，我的心头百感交集……

五 抓大放小 聚焦溪里温泉

在之前的温泉开发中，由于急于求成和一些历史原因，同期启动了塔山温泉、溪里温泉和鱼形角温泉3处温泉开发，县里的财力很难支撑起3个温泉项目。而从温泉出水量看，溪里温泉远大于其他两个温泉，只有溪里温泉开发成功，武义才能真正大手笔组织温泉旅游。

当时溪里温泉由武义温泉萤石开发有限公司控制，温泉度假区管委会对溪里温泉的保护与开发没有主导权。2001年8月，武义温泉萤石开发有限公司因未依法办理法定代表人变更登记等原因被工商局吊销营业执照。为保护温泉资源，县领导要求度假区管委会于9月6日起，暂时接管温泉取水工程。11月2日，在县领导的指导下，度假区管委会与武义温泉萤石开发有限公司清算小组签订《溪里温泉取水工程移交协议》，正式接管取水工程。武义温泉萤石开发有限公司的一名大股东因被判刑入狱，没能参加清算小组，对清算小组签订的协议予以否认，并对度假区管委会提起了法律诉讼。诉度假区管委会、温泉萤石开发有限公司清算组及第三人温泉萤石开发有限公司，在其未到场且未经其同意的情况下，与度假区管委会签订溪里温泉取水工程移交协议，请求法院确认《溪里温泉取水工程移交协议》无效，管委会将非法占有的原属温泉萤石开发有限公司所有的一切财产返还公司。

金华市中级人民法院开庭审理后判决：确认度假区管委会与温泉萤石开发有限公司清算小组成员签订的《溪里温泉取水工程移交协议》无效，驳回温泉萤石开发有限公司大股东的其他诉讼请求。

在法庭辩论和庭内调解中，法官反复强调温泉资源属于国家资源，应该由政府部门主导开发。作出这样的判决是要双方重新签订有效合同，并不主张把温泉资源的开发权返还给温泉萤石开发有限公司，温泉度假区管委会对温泉资源开发的主导地位得到承认。

武义温泉度假区原貌（陶锡忠摄）

确立了温泉度假区管委会对温泉资源开发的主导地位后，我们就在县领导的支持下，调整开发思路，修编温泉度假区规划，带领温泉开发创业团队，集中优势兵力，突破难点，强攻重点，开始正式启动以溪里温泉为核心的度假区开发建设工作，踏上了武义温泉开发的新征程。

启动度假区开发建设的首要任务，是要编制好一个可操作的规划。

1997年温泉旅游度假区管委会成立时，曾经编制了一个《浙江省武义温泉旅游度假区总体规划》。当时编制这个规划的主要目的，其实是为了通过省级度假区的报批，没有去认真考虑可操作性，甚至连规划区的土地资源也没有做过详查，红线范围内土地的五百分之一地形图也没有测绘，区内有大规模开采萤石形成的采空区也没有避开。因此根本无法付诸实施，必须对原有规划进行修编。

规划修编的第一项任务，就是要补上土地资源的详查，包括红线范围内土地五百分之一地形图的测绘以及对开采萤石形成的采空区范围的调查。

这项补课工作交由吕子连副局长负责，请来县土管局的测量队帮助测绘。测量队进场测绘时，我几乎每天都跑到工地上去看他们。一来是自己在村里做过测量工作有情结在，二来是跟着测量人员对地质地貌进行深入、详细的现场调查，掌握第一手资料，以便在组织规划编制时更有发言权。

度假区规划的修编工作与《武义县旅游产业发展规划》同时启动，同时委托浙江大学旅游研究所、浙江大学城市规划院联合组织的专家组编制。

修编后的度假区规划范围作了三方面的调整，一是塔山温泉区块作为一个独立的温泉度假村开发；二是从环境效果考虑，原来往南发展的区块调整为往东发展；三是鱼形角片区调整为待开发的资源控制区。

修编后的度假区规划，总面积为9.05平方公里。规划目标为：到2020年，实现年接待游客200万人次，旅游收入超过10亿元人民币。

修编后的度假区规划设置了温泉沐浴休闲区、温泉康体养生区、温泉高尔夫园区、温泉景观房产区、商住服务区和中心服务区7个功能区。为使修编后的度假区规划更具可操作性，要求规划专家组着重编制了产品开发规划。专家组本着“体现温泉资源特色，发挥生态环境优势，突出休闲养生主题”理念，规划设计了以下三类产品：

度假休闲类产品：在温泉沐浴休闲区建设三到五个温泉度假酒店，形成一个独具温泉特色的度假酒店群；在温泉景观房产区和温泉高尔夫园区，建设一批温泉别墅。

康体养生类产品：在温泉高尔夫园区，建设一个标准高尔夫球场；在温泉康体养生区，建设一个温泉养生研究院，一个温泉水上健身中心，一个游泳馆，一个温泉疗养院和一个夕阳红公寓。

观光类产品：在中心服务区建设一个矿山遗址公园，在度假区周边的郭洞深度开发森林公园。

修编后的《浙江省武义温泉旅游度假区总体规划（2003—2020）》，于2003年1月20日，省政府办公厅组织相关部门和专家进行了评审。根据这个评审意见，我们再次组织规划编制团队进行了修改完善。

7月18日，县人大常委会审议、批准了这个规划。8月，县政府将该项规划上报市政府，由市政府转报省政府审批，12月，市政府同意该项规划，并上报省政府。

在规划编制期间，度假区管委会就把精力、财力、物力都聚焦到了溪里温泉的开发利用上来。

我在任期内，重点组织实施了温泉资源保护与取供水项目、小溪里温泉浴吧项目、唐风温泉度假村项目、清水湾温泉度假村项目的开发建设，分别于2002年9月25日、2002年10月1日、2003年9月9日、2003年10月1日建成开放。这些项目的建成开放标志着武义温泉产业化开发全面启动。

六 化整为零　启动度假区建设

武义温泉度假区的开发一直都指望招一个大的开发商，把温泉资源出让给他，让他自己去实施整体开发。为之付出了多年的努力，接待了来自国内外数以百计的投资商，其中同加拿大投资商、浙江广厦集团、东阳横店集团、浙江新湖集团等多个投资人达成过意向。但在深入的洽谈中，都因投资方要求我们将 9 平方公里的土地一次性征收出让，我们没办法争取到这么多的土地指标，而且这些投资商在温泉度假区开发方面也都没有成功案例，没有专业团队，也没有充裕的建设资金保障而没能最后谈成。

到了 2003 年底，温泉资源开发好了，总体规划也做好了，但由于土地政策进一步收紧等原因，我觉得整体招商的目标越来越渺茫了。我多次找主要领导汇报我的想法，希望面对现实，尽快将整体招商调整为分项目招商。

但温泉度假区要整体招商是县里的既定方针，要调整需要走人大审议程序。在县主要领导的支持下，2004 年初县人大组织了专题视察，听取了我代表县政府作的《关于浙江省武义温泉旅游度假区招商思路调整情况的报告》，通过认真审议和表决，形成了审议意见。意见同意将整体招商调整为分项目招商，并要求尽早编制好度假区详细规划，再根据规划分项目招商。

2003 年版温泉度假区规划总平面图（陶锡忠摄）

拿到这个“尚方宝剑”之后，我再次找浙江大学旅游学院陈纲教授。

这时他已退休，并牵头创办了杭州陈纲旅游规划研究所。陈纲教授作为武义的老乡，多年来一直关心并参与武义温泉度假区的规划、开发、建设工作。他对这个项目最为理解，也最有感情。经过简单洽谈，就以最优惠的收费愉快地接受了我们的委托，组织力量来武义开展专题调查研究，形成了《浙江省武义温泉旅游度假区详规策划方案》。策划方案经县政府组织有关部门评审通过后，陈纲教授的规划团队只用了两个月的时间编制完成了《浙江省武义温泉旅游度假区控制性详规》。

为了让有意向开发温泉的投资商树立温泉旅游项目开发的信心，在县领导的支持下，度假区管委会以政府先直接投资建设一个温泉旅游项目做示范的办法，在温泉沐浴休闲区强势启动了第一个温泉旅游项目——清水湾温泉度假村的开发建设。并且边建设边招商，在主体工程结顶时就转让了出去。

清水湾温泉度假村建成开业后，旅游部门采取“民有国营抱团营销”“江南仙境游精品线路跨区域联合体营销”等温泉营销策略，为清水湾温泉带来源源不断的客源，让当地有投资实力的民营企业主亲眼看到了温泉的投资价值。清水湾沁温泉、璟园温泉、武义温泉萤石博物馆等投资项目陆续签约落地，打破了度假区招商引资的僵局。

七 改造温泉山庄

1992 年 1 月 21 日，县委常委会专题讨论温泉开发，着手建设第一个温泉经营项目——武义温泉山庄。由于投资人经营不善，资金链断裂，银行起诉，1999 年走向了破产清算。

这时身为金华市创欣律师事务所主任的盛喜斌，受银行邀请参与了温泉山庄的不良资产处置业务。因为温泉山庄和投资温泉山庄的金华市铜业有限公司都是经济开发区内的企业，我作为当时的开发区分管领导也参与了温泉山庄不良资产的处置工作，工作中结识了盛喜斌。

基于我在出访欧洲时考察过比利时的温泉小镇斯帕（Spa），盛喜斌也在日本体验过温泉旅游，所以我们都认为温泉山庄是有价值的。为了温泉山庄项目有人接手，我们动员盛喜斌自己拍下这个资产包，来投资经营这个项目。在对温泉山庄资产进行清算论证后，盛喜斌又从金华找来几个老板，共同出资拍下了温泉山庄资产。

时过不久，我调到了旅游局工作，开始主抓温泉开发。刚到旅游局之初，我把工作的重点放在了溪里片区的温泉遗留问题解决和温泉度假区的规划建设上。

盛喜斌看到溪里片区的温泉开发热火朝天地搞起来了，他的温泉山庄一度遭遇了冷落，就到我的办公室兴师问罪来了。一进门就指责我说："你这家伙，把我忽悠到武义来开发温泉，你当了旅游局局长之后就自己埋头开发你的溪里温泉，不管我们温泉山庄了吗？"

听到他的指责，我心里很内疚，确实这一年多时间里，自己把主要精力都放在了溪里温泉的开发上，没有顾及温泉山庄的发展。对于盛喜斌的指责只有连连道歉，并热情招呼他坐下来，好好合计温泉山庄的开发。

交流中盛喜斌反复强调，温泉山庄是武义第一个温泉开发项目，它发展不好对武义招引温泉投资项目不利，只有温泉山庄发展好了，投资人才能看到武义温泉资源的真正价值，你们搞的温泉度假区才会有人敢来投资。

我觉得他说得很有道理，当场表示，接下来我会用很大精力，同他们一起研究温泉山庄和整个塔山温泉的开发问题。我要求他把几个股东都请到武义来开个会，我也去参加，共同讨论研究温泉山庄的发展出路。他在我的办公室就给各个股东打了电话，约好第二天来武义，与我深入交流一下。

第二天下午几个股东如约到会，我首先向他们介绍了武义温泉的整体开发设想，肯定了温泉山庄在武义温泉开发中的重要地位，谈了我对温泉山庄如何改造发展的初步建议，希望他们要真正把温泉的理念树立起来，把温泉的价值发掘出来，开发一些温泉沐浴、温泉养生、温泉休闲等温泉体验项目。

我在讲话时，盛喜斌听得很认真，很投入，连连点头称是，但其他几个股东却听得云里雾里。因为除盛喜斌以外，几个股东都是房地产商，没有什么温泉概念，也没有接触过温泉旅游。

我讲完之后，让各位股东都谈谈对温泉山庄改造的想法，几个房地产老板还是想从土地资源和房地产开发上做文章，只有盛喜斌觉得应该围绕温泉做文章。

为了提高各位股东对温泉资源价值的认识，我提议去我们刚在溪里温泉的出水口建起来的一个温泉体验项目“小溪里温泉浴吧”去泡个温泉体验一下。那时应该是2002年的9月份，溪里的温泉取水工程还在施工中，但我们已在溪里砩矿留下的旧建筑里，改造起了在露天可以泡温泉的“小溪里温泉浴吧”。还没有对外开放，但可以试泡了。一行人在我的带领下，更衣沐浴之后泡到了露天的温泉池里。几个房地产老板都在上海、杭州的大浴场里泡过澡，但从没在露天泡过澡，身体在热气腾腾的温泉里泡着，头上蓝天白云，神清气爽，这同在闷热的室内泡澡，完全是两种不同的感受。首次体验这样泡温泉，大家都觉得舒服极了。

泡好露天温泉后，大家一起吃了个饭，饭桌上我本想趁热打铁，促成他们统一思想加大投入，对温泉山庄实施露天温泉沐浴项目的改造扩建。可谈着谈着，话题转到了冬天在露天泡温泉会不会太冷这个问题上。好几个人都认为，现在是秋天，在露天泡温泉当然好，到了冬天，特别是雨雪天气，让客人到露天去泡澡肯定会被冻着。尽管我和盛喜斌都说在日本、在比利时天气都比我们冷，那里的温泉经营项目也都是在露天泡的，可他们还是将信将疑下不了投资决心。为了打破僵局，我提议争取组织几个股东到那些温泉旅游开发得好的地方去实地考察体验，然后再做决定。

他们回去之后，我就张罗起了出去考察的事情，我们选择的第一个考察目标就是去日本，可那时候出国手续很复杂，请省旅游局帮忙安排也可能要在半年之后才能成行。

时间不等人，我想还是在国内找找可借鉴的温泉旅游项目先去学习。省旅游局的领导通过国家旅游局，查询到国内温泉旅游项目做得最好的是广东珠海的御温泉。目标定下来之后，我通过广东省的旅游部门，联系到了珠海御温泉的总经理朱跃东先生，通过电话沟通，朱跃东先生热情邀请我们前往。第三天，我就带上盛喜斌和几个股东，南下广东专程去珠海御温泉考察了。

来到珠海御温泉，朱跃东总经理带着管理团队，在门口隆重地迎接了我们。接着，他们就以御温泉标准的御式服务，给我们安排了住宿、吃饭、泡温泉。朱总全程陪同，亲自向我们介绍御温泉的资源特点，介绍他们参照唐代华清池皇家御用温泉的设计服务理念，结合广东的气候特点和当地人的沐浴习惯，设计打造露天温泉浴场。我们边走边看，露天浴场里成群结队的游客轻松愉快地沐浴温泉，品尝美食，休闲娱乐，其乐融融，一派欣欣向荣的景象。

夜幕降临，朱总安排他的温泉部经理，陪我们体验了夜泡露天温泉。泡在温泉池里，我们讨论起了回去怎么改造温泉山庄的方案。

御温泉的温泉部经理在我的邀请下，也参与到了我们的讨论中。真诚、全面地向我们传授了露天温泉浴场的开发管理经验。我也是第一次这么系统、全面而又详细地了解到露天温泉浴场建设运营的专业知识。

大家都对回去之后如何在温泉山庄的基础上再投资开发建设露天温泉浴场心里有了一个底。第二天早上，朱跃东总经理陪我们吃了一个早餐，谈了一些他在温泉开发上的认识和理念，给了我们许多开发思路和建议。当我问及我们浙江与广东在气候上有较大差异，如果在我们浙江开发露天温泉会有什么问题时，他也觉得浙江的气候是否适合开发露天温泉项目，还需要通过实践来检验。

告别了朱总，我们又去了广东的中山温泉、从化温泉等几处温泉作了考察。从商业开发意义上看都没有珠海御温泉做得好。我心目中，就锁定了珠海御温泉是我们武义温泉开发学习的榜样。

广东考察回来的路上，盛喜斌激情澎湃、跃跃欲试，可其他几个股东又纠结于浙江比广东冷，广东可以开发露天温泉而浙江不一定行。大家的思想还是没能统一起来，盛喜斌很积极，但他所占的股份份额并不高。

回到武义之后，我多次找盛喜斌讨论温泉山庄改造问题，我们越讨论越觉得露天温泉旅游项目前景越美好，可就是股东思想没有统一。无奈之下，我们不约而同地想到，思想统一不起来，可以通过股权的集中来取得投资的决策权。于是，我鼓动盛喜斌把不看好露天温泉旅游项目股东的股权收购掉。

因为盛喜斌与几个股东都是多年的好朋友，既然盛喜斌这么看好这个项目，其他股东又有这样那样的担心，所以都愿意将股权转让给盛喜斌，让他去主导这个项目的投资开发。股权集中起来了，盛喜斌就立即拍板敲定了温泉山庄改造扩建露天温泉的投资项目。

为了统筹好塔山温泉片区的规划发展，我“得寸进尺”，要求盛喜斌着眼长远发展，把整个塔山温泉资源的开发利用都要考虑起来。为了明确温泉山庄和整个塔山温泉开发的文化定位、形象定位，我和盛喜斌踏上了北上西安临潼华清池的温泉朝圣之旅。

我一直认为，作为温泉度假区开发的组织者，首先必须练就温泉文化研究的基本功。在浙江大学研究生班学习时，我就把温泉文化研究作为自己研究生论文的一个选题，查阅了大量与温泉有关的文献资料，在日常工作中，也特别注重对国内外温泉项目中温泉文化的考察学习。

之前，我就已经去华清池参观学习过。在我到过的近百个国内外著名温泉中，华清池温泉的文化积淀是最厚重、最悠久、最灿烂的。所以，我也一直想在武义温泉开发中，能植入华清池温泉文化的基因。

在与盛喜斌的交流中，他也认为文化是旅游项目的灵魂，温泉山庄的改造扩建一定要有自己的文化定位，我们都把华清池温泉作为心目中的温泉文化圣地。

华清池温泉，位于西安城东、骊山北麓，自古就是沐浴温泉的胜地，是全国第一批重点风景名胜区。1997 年国务院公布华清宫遗址为全国重点文物保护单位。

当年华清池紧依皇城的地理位置，旖旎秀美的骊山风光，自然造化的天然温泉，吸引了在陕西建都的历代君王都在此修建汤池沐浴，使其逐渐成为皇家御用温泉。

华清池温泉水中含有丰富的矿物质，沐浴可消疹荡疾。它的医疗功效，在两千多年前的秦代就被人们发现。汉代科学家张衡的《温泉赋》，北魏元苌的《温泉颂》，唐太宗李世民的《温泉铭》等，都对温泉沐浴能医病疗疾作了记述。

唐玄宗开元、天宝年间，经扩建，定名为华清宫。公元 747—757 年，每年十月至次年暮春，唐玄宗都会带杨贵妃驾临华清宫避寒游乐。“春寒赐浴华清池，温泉水滑洗凝脂。侍儿扶起娇无力，始是新承恩泽时”，便是诗人白居易对杨贵妃在华清宫内赐浴的写照。华清池温泉也因这首诗而闻名天下，为世人所向往。

我们这次到华清池温泉的目的很明确，就是要深入考察学习，挖掘华清池温泉几千年历史积淀下来的温泉资源利用价值、温泉沐浴的形制等温泉休闲场景的文化元素，从而希望能在武义塔山温泉片区承袭打造一个“江南华清池”。

在临潼，华清池温泉度假区管委会领导向我们介绍了华清池的历史文化和目前的保护开发状况。应我的要求，带着我们参观了华清宫里的每幢亭台楼阁，特别详细地向我们讲解了华清池温泉和唐代留下的五大温泉汤池。

华清池的温泉水来自地下的常温层，水温常年保持 43℃，不受四季变化的影响，“不以古今变质，不以凉暑易操”。

华清池内有著名的星辰汤、莲花汤、海棠汤、太子汤、尚食汤五大汤池。

华清池六千多年的温泉水，流淌着长安的盛世繁华，见证着如歌岁月。现在的华清池是在清代基础上，经多次修缮扩建及发掘复原唐遗址后形成的。

考察过程中，我们还找到当地的考古工作者、历史学者、文人墨客，考证了唐代御用温泉的形制礼仪、建筑设计、功能布局，以及温泉供水保温、取暖御寒的方法。

着重考察了当年宫中盛行温泉沐浴，是否与武义的唐代道教御医叶法善道教养生术相关。大家帮我们查证了一些史料，没有查到确切的记载，但多数学者都认为唐玄宗钟情温泉，与御医叶法善的道教养生术一定有密切的关系。

考察结束后，我和盛喜斌彻夜长谈。通过讨论、争论，逐渐明晰了武义温泉山庄改造扩建，以及今后整个塔山片区温泉开发，应当承袭华清池温泉的文化定位、盛唐风格的建筑形象定位、温泉养生的业态定位。我连夜整理了一份纪要，作为既定方针，以供日后在项目策划、规划设计中遵循。

西安回来，整个塔山片区温泉开发的思路基本明确，其主要思想是：塔山片区温泉开发和溪里片区温泉开发一定要错位发展，不能搞成雷同的重复建设。

塔山片区温泉开发，要侧重于中国温泉传统文化的传承，更加注重温泉的医疗养生价值的发掘和运用。溪里片区温泉的开发，可以更加现代，更加动感，更加年轻化，可以侧重于温泉体验、温泉休闲娱乐。在这样的思想指导下，我们开始了塔山片区温泉开发的整体谋划，分期实施。第一期工程就是温泉山庄的扩建改造。

盛喜斌西安回来后更加信心满满，筹集建设资金，利用温泉山庄已征未建的 2000 多平方米土地，迅速启动了露天温泉体验区建设。聘请了珠海御温泉管理团队来武义现场指导，用了不到一年时间，一个日接待能力可达 1000 人次的露天温泉旅游体验项目就建成开放了。

改造后的温泉山庄（陶锡忠摄）

武义温泉山庄改造扩建而成的露天温泉旅游体验项目，是我国广东以北地区第一个由民营企业投资的纯商业运营的露天温泉旅游体验项目。昔日只有王公贵族可以享受的温泉沐浴，寻常百姓也能享受了。

盛喜斌积极配合武义县委、县政府、县温泉度假区管委会在上海的温泉宣传促销工作，让上海市民知道了离上海不到 4 小时车程的武义县，有了可以泡温泉的好去处。一时间，去武义泡温泉成了上海滩的新时尚，各大旅行社纷纷组团，浩浩荡荡开着大巴车来武义温泉山庄泡温泉。一到周末和节假日，温泉山庄露天温泉就人满为患。

2004 年大年初二晚上，快 12 点了，我正在度假区值班巡查，盛喜斌火急火燎地打来电话，说是他们的露天温泉要被挤爆了，要我过去救个急。

我带着两个旅游局值班干部，赶到温泉山庄一看，他的停车场上停了十多辆旅游大巴，有两辆大巴车好像是刚开到，停在大堂门口，大堂内外挤满了人，叽叽喳喳操着上海话吵成一团。

听说我是旅游局领导，一下子就全围到我身边来了。人群中我看到一个手里举着旗子，拿着话筒的小伙子，我一把将他拉到身边，告诉他我是武义县的旅游局局长，他说：“我们正要找你们投诉呢。”

我要求他先把客人劝回到车上去，有什么问题，我们旅游局来召集你们旅行社和温泉山庄协商解决。在我们旅游局干部和导游的劝说下，激动的游客才安静下来。我们把两个导游和温泉山庄的值班经理找到一起，一了解，原来是这样的情况：

这辆车的游客原来是预约了晚上来泡温泉的，但由于路上拥堵来晚了，露天温泉已经开始清场，但这些游客还一定要挤进去泡温泉。温泉山庄的值班经理告诉我，这一天，他们原本只能接待 1000 人左右的露天温泉，已经接待了 5000 多人了，所有服务员、设施设备、布草物料，都严重超负荷运转，到现在毛巾、浴袍都供不上了，温泉的水温也下降了，实在没办法接待了。更何况夜里还要赶紧把温泉池里的水放干，进行清洗消毒，明天可能还有更多的客人要来。

面对这个现实，我只有跟导游协商，或者取消泡温泉项目，或者大家在这里等，到明天上午再安排大家进去泡温泉。

我和导游一同回到车上，向大家说明露天温泉有规定的开放标准，大家来得太迟，已经超过了这里的营业时间，温泉水的供水保温系统已停止运行，水温已达不到接待标准，而且由于来的客人太多，物料也供不上，如果大家一定要泡，可以在这里等到明天上午开放时再进去泡。

这么一说，游客又叽叽喳喳吵了起来。没办法，我们只有让游客举手表决，是走还是在这里等。一举手，表决结果是绝大多数人都愿意等。回过头来，我又同温泉山庄的值班经理商量，要求他们把温泉大堂和酒店大堂里的空调都开足，让游客在大堂里过夜，并且给每位游客提供一份免费早餐。

这就是当时武义温泉旅游的盛况，游客们为了泡到温泉，愿意坐等一个通宵。

温泉山庄露天温泉旅游体验项目的成功开发，进一步增强了盛喜斌对温泉旅游项目的投资信心。2005 年编制了建设规划，在我的提议下，取名为“浙江唐风温泉旅游度假村”。2008 年投资开发了“江南华清池 · 大唐风吕”露天温泉、“玉堂富贵花满楼”唐文化主题客房大楼等扩建项目。2018 年又策划对浙江唐风温泉旅游度假村进行整体升级改造，引进创办了唐风温泉康复医院、唐风温泉疗养院，规划了“浙江唐风温泉健康旅游综合体项目”，该项目被列为县长工程、浙江省重大产业项目、全国健康旅游优选项目。

中央电视台著名节目主持人朱迅对盛喜斌做了专题访谈，访谈在中央电视台《对话新时代》栏目播出后，各地温泉企业纷纷来武义学习取经。唐风温泉再次引领温泉行业转型升级。

八 去上海滩“叫卖”温泉

随着溪里温泉遗留问题的解决，温泉取供水工程的顺利实施和小溪里温泉浴吧、清水湾温泉度假村、唐风温泉度假村三个温泉旅游项目的开发建设，如何扩大武义温泉的知名度、美誉度，招引更多的游客到武义体验温泉，是县委、县政府的当务之急，更是我这个旅游局局长需要去认真研究解决的重要问题。

而在国内外旅游市场上还名不见经传的武义，怎样才能做好温泉旅游形象的策划宣传呢？我们想尽了一切办法，使出了浑身解数，抓住每一个机会，展开全方位的宣传促销。

2001 年 8 月 3 日至 8 日，金华市政府组织全市各县市区在上海举办金华旅游宣传周活动，要求各县市都要在上海展示各具特色的旅游产品。在筹备上海金华旅游宣传周期间，县委书记金中梁认为，这是武义温泉旅游打进上海市场的一个好机会，要求我们旅游局把武义温泉包装成吸引上海游客到金华旅游的一个新亮点，策划一个能在上海引起反响的武义温泉旅游专题促销活动。

我认为这也是争取县主要领导为武义温泉代言的最好机会，就大胆地提出让书记、县长到上海滩去“叫卖”武义温泉。那时，一个地方的县委书记、县长到上海去推广地方旅游的还不多见，应该会是一条抓人眼球的新闻，可能会引起上海媒体的重视，给予宣传报道。

在我们的积极争取和金华市旅游局领导的大力鼓动下，金中梁书记率领县四套班子领导、相关部门和旅游企业负责人近 50 人，参加了上海金华旅游宣传周活动。

为了筹备好县领导去上海叫卖武义温泉活动，我和局班子成员精心策划了到上海推介武义温泉旅游产品的系列活动。我们提前三天就到了上海，在上海游客来武义旅游的主要组团旅行社——上海新乐旅行社的支持配合下，筹备起了在上海南京路人民广场举办武义温泉旅游推介会。

8 月 5 日上午，我们在南京路人民广场搭起露天会场，召开直接面向上海市

清水湾温泉度假村温泉大泡池（陶锡忠摄）

民的武义温泉旅游推介会。邀请上海市旅委、旅游协会的领导，和10多家新闻单位记者、30多家上海旅行社的总经理参加。会上，武义县委书记、县长、县人大主任、政协主席一起登台亮相，宣传武义温泉。

为了吸引上海市民参加我们的推介会，由县领导向进入会场的每个上海市民，派发一份以武义特产萤石颗粒制作的礼品和武义旅游宣传册。

推介会现场以图文并茂的展板，展示武义旅游景区景点。会上，金中梁书记介绍了武义旅游资源和旅游产品，宣布《武义县旅游贡献奖励办法》，对上海新乐旅行社等3家旅行社及先进个人颁了奖。

会后县领导带队，分头走访了上海市旅游业管委会，以及上海中旅集团、上海青旅集团等几家最大旅行社，洽谈旅游合作意向。

邀请来的媒体都刊发了武义温泉旅游推介活动的新闻报道，后续又陆续刊发一系列有关武义温泉旅游的文章。县旅游局和上海新乐旅行社等上海组团社，还配合相关报道连续刊登了武义旅游线路和组团旅游的广告。

通过这次活动，武义温泉旅游开始进入了上海旅游管理服务部门、上海旅行社、上海媒体和上海市民的视野，进一步明确了大上海是武义温泉旅游的主客源地。

为了做好上海市民出游武义的对接服务工作，2002 年 4 月，旅游局设立了武义旅游接待中心，还在上海分设了办事处和武义地接部，负责上海客源市场的宣传营销和游客接待服务。各风景区、旅游饭店和旅行社也设立上海营销部，负责上海客源市场的开发工作。有序邀请上海徐汇区、黄浦区、杨浦区、虹口区的社区代表，上海市 12 个区的旅游咨询服务中心和旅游集散中心负责人，上海相关新闻单位的记者，先后到武义踩线游览武义景区，试泡武义温泉，品尝武义农家乐美食。

2002 年的重阳节，我们把刚开发成功的武义溪里温泉的第一桶温泉水拉到上海。在上海的虹口、徐汇、杨浦和黄浦区各选择一个社区，开展了向上海 60 岁以上老年人派送温泉水、赠送温泉票活动，以表达武义温泉敬老爱老的情意，让上海老人在家里就能切身体验到温泉水滑洗凝脂的美好感觉，还可以凭领到的“小溪里温泉浴吧”的温泉票到武义免费泡温泉。

重阳节给老人送礼物，这在当时的上海也还算是新闻，更何况是远在浙江的武义人跑到上海给老人送礼物，而且送的还是温泉水。这一创意又引来了不少上海媒体的关注，纷纷进行了报道。

老人们领到了温泉水自然很高兴，茶余饭后、左邻右舍议论了好多天。领到温泉票的更不能浪费掉，呼朋唤友到武义泡温泉来了。

这送出去的一桶桶温泉水，成了武义温泉走进千家万户上海市民的敲门砖。

武义县委书记、县长在上海南京路上宣传温泉、送温泉水、送温泉票，媒体的宣传报道，上海旅行社和武义旅游局共同刊发的武义旅游广告，针对上海旅行社的《武义县旅游贡献奖励办法》，上海多家旅行社推出的武义温泉之旅旅游专线、专车、专列，以及县旅游局在上海设立的办事处与上海各组团社的对接与服务，等等，各种宣传促销措施的叠加发酵，一时间去武义泡温泉，体验传说中只有唐明皇、杨贵妃能享受的温泉沐浴，成了上海市民的一个出游热点。

用了一年多时间，武义温泉在上海从默默无闻几乎变得家喻户晓。2004 年春节旅游高峰时，一天就有近万名上海市民来武义泡温泉。这一年，武义县被上海市旅游委员会评为“长三角地区出游人气最旺的十个旅游区”之一。

九 温泉仙子惊艳温泉之城

为了营造好全县上下人人关注、支持温泉旅游产业发展的氛围，我利用自己既履行旅游局局长职责又履行文化局局长职责的体制优势，调动全县文化资源和文艺人才，组织开展了一系列以温泉旅游为主题的温泉文化赛事和文化娱乐活动，营造一个又一个热点，吸引干部群众关注温泉旅游产业发展的目光。

先后开展了评选“武义温泉旅游形象小姐、先生”、评选“武义温泉旅游形象大使”、评选“温泉仙子”等活动。

“武义温泉旅游形象小姐、先生”“武义温泉旅游形象大使”评选活动，于2001年5月在全县旅游企事业单位、旅游行政管理部门和对旅游事业有突出贡献的社会各界人士中开展。

我们评出了2001年度“武义县十佳旅游形象小姐、先生”和“武义温泉旅游形象大使”，在全县旅游工作会议上进行了隆重表彰。这一活动提高了广大旅游行业从业人员的光荣感、使命感，提高了温泉旅游行业对青年就业人员的吸引力，吸引了一大批优秀青年投身到武义的温泉旅游事业中来。这些人经过20多年的磨炼，到现在都已经成了武义温泉旅游企业的老板和高管，是武义温泉旅游产业发展的中坚力量。

评选“温泉仙子”活动于2002年举行。那时“选美”还是一件很时尚的新鲜事，有一些城市通过组织举办“环球小姐”“世界小姐”等赛事提高了知名度，吸引了更多的旅游者，从而成为国际知名旅游城市。为此我们也提出在武义搞“选美”活动，助推武义旅游发展的大胆设想。县领导也很开明，只要有利于温泉旅游发展的事都可以去尝试。只是在活动的名称上，认为用“选美”过于刺激老百姓的神经，再三斟酌定名为武义县首届“温泉仙子”评选活动。活动由县委宣传部、县文化旅游局、县广电局、武义日报社、县妇联、团县委等部门联合举办。活动公告一发出，虽然官方称“温泉仙子”评选，民间还是说武义要“选美”了。一石激起千层浪，一时间“温泉仙子”评选成为全县男女老少饭后茶余谈论的焦点。

通过自愿报名，单位推荐，系统、乡镇、街道层层选拔，确定了20名入围选手。县文化馆对20名入围选手的泳装秀、演讲、才艺展示、行为举止礼仪进行了培训辅导，然后进入决赛环节。武义电视台对“温泉仙子”评选泳装秀环节进行了跟踪采访，节目播出后又一次在全县炸开了锅。

许多观众是在电视台播放的武义“温泉仙子”评选里第一次看到泳装秀。

看这个节目时，大家在指指点点议论纷纷地看美女的同时，也在议论纷纷地看温泉。绝大多数武义的老百姓，也是在这个节目中才第一次看到了武义温泉打造出的“小溪里温泉浴吧”的真容，看到了什么叫“温泉水滑洗凝脂”。

2002年10月7日，武义县首届“温泉仙子”评选活动总决赛在县文化馆举行。20位取得决赛资格的武义首届“温泉仙子”候选人，逐一上台演讲、表演才艺，展示时装秀。评委们根据选手在比基尼泳装秀、演讲、才艺表演、时装秀各环节的表现，以及行为举止、礼仪、文化素养、颜值等综合因素进行打分，评出10名“温泉仙子”和10名“温泉仙子入围奖”。武义县首届“温泉仙子”产生后，成了武义温泉旅游的形象代言人，参加了许多温泉旅游促销活动、文艺活动、公益活动。

2002年10月18日，浙江省欠发达地区跨越式发展论坛文艺晚会在武义温泉山庄举行，首届“温泉仙子”时装秀作为整场晚会的开场节目惊艳了全场，让与会的省领导和全省各地领导对武义温泉刮目相看。

武义县首届“温泉仙子”评选活动，以一种群众喜闻乐见的形式将武义温泉形象推送进了武义老百姓的心坎里，让武义人认识了武义温泉，增强了大家对武义温泉的美感和好感，提高了温泉在武义人心目中的美誉度。

十 传唱温泉之歌

武义县是浙江省乃至全国最早探索“诗与远方”在一起，文化局与旅游局合署办公的地方。我作为文化旅游局局长，把地方文化如何服务地方旅游产业的发展，当成自己在浙江大学“中国传统文化与旅游”研究生班学习时的一个研究课题，开展理论与工作实践相结合的深入研究。

地方文化要服务好地方旅游产业发展，首先是要把地方文化充分挖掘出来。高手在民间，为了让武义本土的文艺人才有一个展示自己文艺天赋的机会，也为了让根植于武义的地方特色文化成为游客能欣赏到的旅游资源，我牵头策划了由县文化旅游局、广电局、武义日报社联合举办的武义县首届“开发杯”声乐大奖赛。

大赛由武义经济开发区管委会出资，冠名“开发杯”，设创作奖、表演奖和组织奖。

大赛从 2003 年 6 月开始在全县发动。由于县主要领导重视，在有关场合多次强调各部门乡镇要高度重视这场大赛，再者奖金也比较丰厚，又是首次举办，群众参与的热情很高。

为了提高参赛作品的质量，我要求县文化馆的专业老师深入基层，指导乡镇街道文化站挖掘创作了一批以歌颂武义县温泉、武义县的现代化建设、自然风光、风土人情为题材的创作歌曲，作为指定曲目由参加决赛的歌手首唱。

各乡镇街道、机关、学校都进行了广泛的选拔。全县有 1000 多名歌手参加了初赛，共选出 20 支代表队，有 84 个作品、120 名歌手参加了复赛。通过复赛选出 10 名少儿组选手和 11 名成人组选手，在紫金五圣商业中心举行了盛大的决赛颁奖活动。

选出反映武义民俗风情的《俞源游》《畲乡有个小黄山》《熟溪花轿》，反映武义城乡巨变的《请到武义走一走》《武义赞歌》《开发区之歌》《下山脱贫歌》，展现武义自然风光的《温泉水滑洗凝脂》《桃花流水》《画中游》《清水湾好地方》

等10个歌舞曲目，为武义县首届“开发杯”声乐大赛获奖作品。

其中的《温泉水滑洗凝脂》是由我作词，以陶村昆曲唱腔谱写的古乐歌舞。

这些带着浓浓乡土气息的武义本土文艺作品，极大地丰富了武义旅游的文化内涵。这些节目，在之后的许多武义旅游推荐活动、联欢活动中展演，让武义的老百姓和来武义的游客，都感受到武义确实是一个“诗与远方在一起”的好地方。

当时在旅游市场上兴起了以张艺谋导演的“印象刘三姐”为代表的旅游景区实景主题表演，成为吸引游客的大热点。我们温泉度假区也想尝试用这种温泉实景文艺表演的形式来吸引更多的游客。一了解行情，发现我们根本没有这个经济实力去请知名导演和策划团队来帮助我们实现这一梦想，我就想依靠本地的文艺人才来做这样的尝试。

于是，我们在举办武义县首届“开发杯”声乐大赛的同时，就开始策划组建武义“温泉之歌”艺术团，把大赛中涌现出来的民间艺人，通过兴趣团体的方式把大家组织起来，开展有组织的文艺活动。

武义“温泉之歌”艺术团成立之后，承办了武义温泉养生文化旅游周等多场温泉旅游专题大型晚会。并在清水湾温泉度假村、唐风温泉度假村以及俞源、郭洞等旅游景区，不定期地组织实景演出。晚会和实景演出都以大型歌舞节目《温泉水滑洗凝脂》压轴。通过文艺形式宣传温泉，传唱温泉之歌。

十一 相约武义　沐浴温泉

为了更好地营造温泉旅游产业的发展氛围，2003年初我就向县主要领导提议，可适时举办第二届中国武义温泉节。

领导们总结借鉴了首届中国武义温泉节活动的经验教训，认为现在武义的温泉开发还处于起步阶段，产品还不够丰富，举办大型节庆活动时机还不够成熟，但可以谋划一个比温泉节更小型、更专业、更务实的温泉旅游宣传活动。

为此，我结合那年金华市举办中国金华·国际黄大仙文化旅游节，各县市也要配合举行一些旅游宣传活动的要求，策划了“武义温泉养生文化旅游周”系列活动。

报经县委、县政府同意后，由武义县人民政府和金华市旅游局联合主办，浙江省武义温泉旅游度假区管委会和武义县文化旅游局承办。

活动宗旨是展示武义的温泉、生态景观和人文景观，塑造温泉养生旅游品牌，推动群众文化和旅游事业发展。主题口号是“相约武义 沐浴温泉”“江南华清池 浙中桃花源”“倡导温泉养生时尚 塑造温泉文化品牌”。

活动时间为 2003 年 10 月 18—24 日。县政府成立以县长为主任的活动组委会，动员全县各有关部门支持协助文化旅游部门组织开展好温泉取水工程竣工典礼、文化旅游周开幕式暨温泉嬉水歌舞晚会、中国温泉养生论坛等 10 项旅游周系列活动。

精心组织的温泉文化赛事和“武义温泉养生文化旅游周”中的群众文化艺术

刚开业的小溪里温泉浴吧人山人海（陶锡忠摄）

活动，突出文化与旅游的有机融合，也就是所谓的文化搭台旅游唱戏。

这是我作为全国最早的文化旅游局局长对诗与远方如何走在一起所做的全景式探索与展示。

系列活动中的文化旅游周开幕式暨温泉嬉水歌舞晚会、“电信杯”文学征文、“开发杯”声乐大赛、中国风景名胜区门票展、县图书馆叶一苇艺术馆开馆、温泉之歌文艺晚会等群众文化活动，不但吸引了全县人民的目光，更为武义温泉旅游产业的发展丰富了文化内涵。

“电信杯”武义温泉生态之旅文学征文活动中，征集到描写赞颂武义温泉、各旅游景区、待开发的旅游资源点的诗词歌赋和游记1000多篇，为日后武义的温泉旅游宣传推广提供了丰富的文化素材。

“开发杯”武义县首届声乐大赛直接催生了武义“温泉之歌”艺术团的诞生，成为服务于武义温泉旅游的艺术社团。

武义温泉养生文化旅游周的举办，更让旅游周期间到武义旅游的游客，进一步感受到了武义温泉旅游的丰富多彩和武义人民的热情好客。

武义温泉养生文化旅游周的核心活动，是举办中国温泉养生论坛。

十二 主办“中国温泉养生论坛”

在我主持浙江省武义温泉旅游度假区管委会工作之初，我就把武义的温泉开发定位在了要走在全国前列。

在溪里温泉成功开发之后，我就开始谋划举办一个关于温泉旅游的全国性学术研究活动。可在武义这么个小县城，怎么筹办好这样的活动，还真有些困难。

我知道，要举办全国性学术研究活动，最好有国家部委、国家级科研院所来牵头组织。可凭那时武义的温泉旅游在全国的地位，让他们来牵这个头并不现实。但我和浙江大学还是很有交情的，而且浙江大学是浙江省委、省政府指派与武义结对扶贫的单位，很希望浙江大学能支持我们来牵头组织这个学术活动。

我就利用在浙江大学读研究生的机会，向班主任潘立勇教授提议：把“举办学术论坛提升武义温泉影响力”这一课题，作为我们班学生解决实际问题的一个调研课题，然后再把它提升到学校层面，来帮助武义做成这个关于温泉旅游的全国学术研究活动。

我与潘立勇教授一交流，他想起了武义的县委书记金中梁正好是他大学时的同班同学。有这样一层人际关系，再加上武义的温泉是省里近几年新开发的最有特色的旅游项目之一，潘教授接受了我的提议。在他的指导下，我又请来了浙江大学旅游学院的陈纲教授、浙江大学旅游研究所的周玲强所长，一同策划在武义举办“中国温泉养生论坛”的初步方案。

方案提出，“中国温泉养生论坛”由浙江大学和武义县人民政府主办，浙江大学旅游研究所和武义县文化旅游局承办。

为了取得校领导的支持，陈纲教授和周玲强所长帮我约了分管与武义结对扶贫工作的校党委副书记陈子辰，一同向陈书记汇报了想以浙江大学的名义在武义举办“中国温泉养生论坛”的设想。

陈书记认真听完我们的汇报后，风趣地说：“我看武义这位旅游局局长不简单，你们两个大专家都成了他的说客了。不过你们的这个设想正中我要发挥浙江大学的学术优势帮扶武义的下怀，我支持你们去做好这个论坛。”有了浙江大学的支持，又有潘立勇教授给他的老同学金中梁书记打过招呼，我从杭州回来向金书记一汇报，金书记觉得这个点子不错，在之后召开的一次常委会上研究决定把举办“中国温泉养生论坛”作为“武义温泉养生文化旅游周”的核心活动，要我认真谋划组织好。

落实了主办单位之后，就要细化方案。讲实话，我那时不要说组织全国性的学术论坛，就是参加全国性的学术论坛也不多，要制订好论坛方案对我来说就是一个很大的挑战。但它已作为浙江大学首届中国传统文化与旅游方向研究生班的学生解决实际问题的第一个调研课题，我就可以借助这个班的老师、同学的集体智慧来制定了。

2003 年下学期的一个周末，我邀请我们班的全体老师、同学 40 多人来到武义做实地调研。金中梁书记参加了欢迎仪式，并作了热情洋溢的致辞。欢迎仪式后，我陪老师、同学们参观考察了武义的主要景区和待开发的旅游资源点，陪大家在清水湾温泉度假村体验了露天温泉。

泡在温泉里大家海阔天空，各抒己见，我沉浸其中，敏锐地捕捉着老师同学们讨论中传递出的各种有助于办好中国温泉养生论坛，有助于武义温泉旅游产业发展的信息。在温泉池中没法做记录，我就先记住哪位老师同学谈到过什么有用信息，盘算着日后再一一请教。这场温泉池里的头脑风暴，真的给我洗了脑，对于如何组织好中国温泉养生论坛，对于如何组织好温泉的深度开发，似乎找到了感觉。

更有价值的是，陈纲教授谈到了杭州市正在筹办杭州世界休闲博览会和世界休闲发展高峰论坛，而且他是这个论坛筹备组的咨询专家，也在制定论坛方案。他觉得我们的中国温泉养生论坛，可以借鉴杭州世界休闲博览会上的世界休闲发展高峰论坛。

大家一致认为，武义的经济开发起步较迟，许多承载了深厚历史文化信息的文物古迹都还保持完好，生态环境也相对保护良好，留下了一方绿水青山，这是武义最大的后发优势，为武义旅游、休闲、养生产业的发展创造了得天独厚的条件，可以通过举办类似"中国温泉养生论坛"这样的全国性学术活动，高起点定位，发展以温泉资源和良好的人文环境、自然环境为依托的生态健康养生产业。

这次活动进一步拉近了我与浙江大学和省内知名旅游企业的距离，为中国温泉养生论坛的成功举办和武义温泉、文化、旅游产业的融合发展，找到了浙江大学这样的强大智库支撑。

专家学者们回去后，一直都关注支持着武义温泉、文化、旅游产业的发展。陈纲教授还为我发来了杭州世界休闲博览会和世界休闲发展高峰论坛的筹备方案，介绍我认识了世界休闲博览会组委会的领导。

更巧的是，我在开发区工作时的同事，开发区党委委员、办公室主任金中伟，通过公开选调，考进了杭州世界休闲博览会组委会工作，这为我们学习借鉴世界休闲博览会和世界休闲发展高峰论坛，创造了更好的条件。

在陈纲教授和金中伟的帮助下，我们筹备举办的中国温泉养生论坛还成为杭州世界休闲发展高峰论坛的一个分论坛，得到了世界休闲博览会组委会的直接指导，很快制定出了《首届中国温泉养生论坛策划书》，确定了以下论坛活动方案：

论坛宗旨。通过加强温泉养生理论与实践的交流和研究，指导温泉养生度假旅游产品开发，提升武义温泉在国内外的知名度与市场号召力，为把武义建设成中国著名的温泉养生胜地奠定理论基础。

论坛组委会主任由浙江大学副校长胡建淼、武义县委书记金中梁共同担任，副主任由浙江大学旅游研究所所长周玲强、武义县县长助理蓝跃军共同担任，秘书长由陶锡忠担任。

2003 年 10 月 19 日上午，首届中国温泉养生论坛在浙江省武义温泉旅游度假区隆重举行。

原省文化厅厅长沈才土、省旅游局政策法规处处长阮裕仁、浙江大学副校长胡建淼、杭州国际休闲博览会办公室副主任郭初民、武义县委书记金中梁等领导出席。浙江大学陈纲教授等 10 多名旅游学、地质学、医学、经济学等与温泉养

作者（主席台右一）主持第一届中国温泉养生论坛（陈和平摄）

生相关的专家，广东珠海御温泉等30多名国内外知名温泉地的地方领导、开发商，以及武义唐风温泉、清水湾温泉、小溪里温泉的项目负责人，武义县主要客源地组团旅行社，武义县有关部门，县内主要旅游企业以及多家新闻媒体记者，共90人参加论坛。

我国古代对温泉有过许多赞美诗，也有过许多故事，形成了温泉养生的概念，但在此之前对温泉养生尚未有过系统的理论研究。

举办以温泉养生理论研究、温泉旅游产品的开发经营为主题的论坛还是第一次。在论坛筹备期间，我们向高校和有关科研单位发出邀请时，大家的第一反应，都认为这是一个新课题，以前没有专门研究，也还没有专门从事温泉养生研究的专家。但又都认为这是一个很有意义的课题，被邀请的专家教授都做了认真的准备。

论坛上近20位有关专家、学者作了学术报告和发言。

本次论坛也是全国温泉开发企业的第一次聚会，大家从全国各地带来了宝贵的温泉开发经验，为大家组织好温泉开发提供了极其珍贵的经验。

首届中国温泉养生论坛在与会代表的共同努力下，初步构建了温泉养生的理论基石，达到了加强温泉养生理论研究，促进温泉开发经验交流，指导温泉度假区建设，扩大温泉旅游市场号召力的预期目标。

与此同时，武义温泉借这次论坛的举办扬名全国，大大提高了武义温泉在国内外的知名度和行业地位，为把武义建设成中国著名的温泉养生胜地奠定了理论基础，营造了舆论氛围。

但一次论坛只能解决当前碰到的一部分理论问题和实际问题，随着温泉养生旅游产业的发展，会有更多的问题等待我们去研究、去解决。与会代表一致认为，温泉养生论坛应该长期举办下去。

2007年武义县人民政府和浙江大学再次联合举办第二届中国温泉养生论坛。

那时我已经到县科技局任局长，武义县和浙江大学的领导都认为，要办好第二届中国温泉养生论坛，一定要接续第一届论坛的活动宗旨，并在第一届的基础上提高和深化。虽然我人已经调离了旅游局，但事可以跟人走，而且由县科技局

作者主持第二届中国温泉养生论坛（涂学文摄）

来牵头组织一个学术论坛也是可行的，就把承办任务交给了武义县科学技术局、浙江大学旅游研究所和浙江唐风温泉研究院。双方领导一致要求我继续担任秘书长。

第二届中国温泉养生论坛于2007年11月18—19日在唐风温泉度假村隆重举行。

科技部原副部长谢绍明、国家旅游局综合司司长刘晓军到会并致辞，中科院院士徐世浙等12位专家作了学术报告。包括西安华清池温泉、北京小汤山温泉、广东珠海御温泉、西藏拉萨日多温泉等全国20多个省市的60多家知名温泉企业负责人到会，与会的温泉企业负责人就如何推进温泉养生产业的健康发展开展了探讨交流。

第二届中国温泉养生论坛的成功举行，进一步推进了温泉养生学术研究和温泉开发经验交流，论坛规格大幅提高，学术氛围更加浓厚，推动了温泉旅游在全国范围持续升温，奠定了武义温泉在全国温泉旅游行业的引领地位。

第三届中国温泉养生论坛继续由我担任秘书长，于2009年11月18—19日在唐风温泉旅游度假村举行。

第三届中国温泉养生论坛后，建设“中国温泉名城，东方养生胜地”上升为县委、县政府的中心工作，中国温泉养生论坛也升格为“中国武义·国际养生旅游高峰论坛”，由武义县委、县政府直接承办。

2000

2005

第八章

决战温泉开发

——温泉开发总公司工作笔记

作者（右二）在温泉取水工程非标定制水泵下井现场（陈和平摄）

在温泉取水工程遗留问题得到解决并恢复施工之后，温泉水怎么利用、怎么去经营就被提到了重要议事日程。之前大家对这个问题的想法是：只要温泉水取出来了，就会有人来投资，然后把温泉度假区整体出让给开发商，由开发商来考虑温泉资源的利用问题。政府部门对温泉水怎么去利用、怎么经营没有什么想法。

可事实是，自温泉度假区成立之日起，就开始大张旗鼓招商，客商接待了一拨又一拨，我参加过洽谈的都有几十批。在和投资商的交流中我感觉到，没有一个投资商真正有温泉项目投资经验和经营理念。让他们讲项目开发思路，要么想的是带有温泉概念的房地产，要么想的就是建宾馆饭店，几乎没人能想到像日本、欧洲的温泉企业那样去做温泉沐浴疗养项目。

我自己虽然考察过日本、欧洲和国内的温泉沐浴疗养项目，但在武义可不可以像他们那样去做，心里也没有底。

怎么办呢？要想知道温泉沐浴疗养项目该怎么打造、怎么经营，得自己亲自实践过才有发言权。因而我就开始谋划由旅游部门来主导，尝试开发温泉沐浴疗养项目。

这是一个经营性项目，应该由公司来开发运营。我翻出移交给我的武义温泉旅游开发有限公司的印章和营业执照。

这家公司于 1998 年 11 月 11 日注册成立，快三年了还没有启动运营，仅有一枚印章和一本营业执照，人、财、物都是空的。公司注册地址在开发区管委会大楼，也没有一间具体的办公室，是一家名副其实的空壳公司。

但成立这家公司的初心和使命是温泉投资、开发、建设、经营、管理。现在温泉水眼看就可以取至地面了，它的初心使命应该可以去实施了。经组织同意，公司的法定代表人变更到我名下，就这样，我白手起家走上了开发温泉旅游项目的创业之路。

一 筹措温泉开发资金

温泉隧道一开通，就成了通往壶山以北区块城市建设的最主要通道，为了筹集温泉开发启动资金，更加集中精力，重点抓好溪里温泉开发，在我的要求下，县领导研究同意将温泉隧道移交给建设局管理。

2002 年 12 月 8 日，温泉隧道通过最终验收，县建设局向旅游局支付 650 万元工程建设投资款后，移交给了县建设局管理。这 650 万元，成了武义温泉开发的第一笔资金。

但这点钱，还远远满足不了温泉度假区的启动建设，就连温泉取水工程的建设资金都还有很大缺口。

在前期的调研中，我清楚地看到，温泉开发走得这么艰难，在很大程度上是由于资金不落实，这个问题必须千方百计解决好。但要在县财政拿不出钱来的条件下解决资金问题，确实需要组织者的担当、韧劲和智慧。

要不到钱，就想办法要政策。具体是请求县政府同意将度假区内之前划拨给溪里砩矿的 11 万平方米土地，由政府依法收回，并将该宗土地以免交出让金的优惠条件，出让给温泉旅游开发公司。公司取得该宗土地后可用于商业开发的部分转让给开发商，转让收益全部用于温泉开发。请求县政府同意由公司通过拍卖方式变现地上的附着物、旧设备、萤石碎屑等资产，拍卖收益全部用于温泉开发。这两个要求提出后，县里通过反复论证，认为是切实可行的，就于 2001 年 12 月 21 日以政府办公室抄告单的形式同意了这两个请求。通过这两个途径，筹集到近 200 万元的温泉开发资金。

向上级主管部门要资金。我多次跑到省旅游局，向纪根立局长汇报武义温泉作为浙江省规模最大的温泉资源，如果能够成功开发，一定能成为全省旅游产业发展的一个特色和亮点。纪局长带着项目调查组来武义进行实地考察后，了解到县领导已经把温泉开发作为头等大事来抓，而且看到了新组建的温泉开发工作班子真的有了大干一场，不把温泉开发成功决不罢休的态度、决心和具体行动。回去之后，省旅游局经研究决定把武义温泉开发作为全省旅游开发重点项目来支持，并承诺根据我们的工作进展情况，3 年内安排不少于 200 万元的专项资金，支持武义的温泉开发。我还跑到主管风景名胜区开发建设的省建设厅要来 50 万元的专项资金。

东拼西凑，最终筹集到了 1100 万元的温泉开发启动资金。

二 在废矿山建立指挥部

筹到启动资金后，我带上吕子连副局长、何益如科长、陈伟科员，以及驾驶员陈和平，于 2001 年 11 月 2 日下午，准备搬到已经废弃了近 30 年的原浙江东风萤石公司溪里硃矿的矿山工棚去现场办公。

我们到这个废弃矿山看到的景象，可谓满目疮痍。

几间工棚散落在山坡上，工棚周围长满了荆棘杂草。我们拨开杂草，走进一间一间工棚察看，有的屋顶已经坍塌，有的门窗破败不堪，屋内的家具都已烂得坍塌在地上，没有电也没有水，已经没法住人了。

然而，工地已经移交给了我们，而地面上的临时温泉取水工程设施包括变压器、配电柜、卷扬机、水泵、电线电缆和各类工具，都置放在露天半露天的荒山上，没有围栏，没人管护。这些设施如果被人盗窃破坏，这个风雨飘摇的温泉取水工程将雪上加霜。

我们五个人找到一个废石堆，坐下商量怎么着手接管这么个烂摊子。我让大家先说说想法，可许久也没人说话。吕子连副局长给每人发了一支烟，点燃后深吸一口，喃喃地说：“这个摊子交给我们了总不能让它再烂下去了……”然后环顾四周，没有再说下去，眉头紧锁，面露难色。

我再看看其他同志，好像个个都在等我说话。我就站起来拍了拍屁股上的土，对着吕副局长说：“吕副，我看要不这样，今天我们就在这山上住下来。一是看护好这些设备，二是连夜商量好接管这个摊子的方案。”

吕副局长点点头，一边表示同意，一边说：“那我们赶紧回家带一些床上用品和吃的东西吧。”

我看了看时间，已是下午 4 点，如果来回一折腾再回来天就黑了。

于是，我说：“时间不早了，大家就都不回家了，我们分头行动。请吕副局长带大家一起在这里整理出一间屋子，我和驾驶员赶回县城买一些床上用品和吃的回来。今天我们就在这里‘占山为王’了。”

说完，吕副局长带着何益如和陈伟，找到一间相对完好的原溪里砩矿的仓库，整理起来。

我和陈和平回到县城买了席子、被子等日用品，点了快餐盒饭，带上两瓶武义大曲，赶回溪里砩矿。

这时，已是夕阳西下，加之是深秋的傍晚，寒风瑟瑟，落叶萧萧。这个废弃多年的矿山显得格外凄冷。

当我们把买来的日用品搬上山，破仓库已被他们三人整理干净，只是窗户的玻璃和门都是破的，里面也是寒风瑟瑟。

还好我早注意到了这一点，买来了一些挡风的塑料布。大家动手用塑料布把破窗户和门都蒙上，再用一块塑料布铺在地上，摆上买来的快餐盒饭和两瓶武义大曲，点上蜡烛，大家席地而坐，工地上的第一顿晚餐开饭了。

还有点余温的盒饭就着浓烈的武义大曲，几口酒下肚，气氛就开始活跃起来。平时不怎么喝酒的我，也被吕副局长倒上了满满一杯。借着酒劲，我同大家讨论起了这个荒山上的温泉开发指挥部的建设设想，你一言我一语，发表着各自的想法。

大家一致同意要我当总指挥，吕副局长当常务副总指挥。将原溪里砩矿职工食堂改造成为指挥部。大家当场找来纸笔，由我画了一张功能布局图，房子虽小功能齐全，办公室、会客室、会议室、卫生间都有。

吕副局长一高兴，抓住机会举起酒杯，要为我的“英明决策”干杯。

饭吃完了，酒也喝没了，虽然还没过瘾，但大家都很开心，讨论起工作来也是干劲十足，都迫不及待地想明天就开始开发温泉。

我趁势推进说：“那我们连夜联系施工队，明天就开工。”

吕副局长拿起手机对着我说：“那我就打电话找施工队了？”

我肯定地说：“对，就要这样雷厉风行！”

吕副局长接连打了好几个电话，这些施工队都忙得很，后来他给一个叫王小青的年轻人打电话说，这是一个政治任务，连哄带骗要他放下手头的活，明天就到废矿山来帮我们改建温泉开发工程指挥部。

王小青答应了，大家拍手称快。

不知不觉已是深夜 11 点多，我催促大家早点休息，可大家还兴致正浓，又讨论起了明天的“开工仪式”。

吕副局长说：“虽然开工定得很仓促，现在半夜三更也请不到什么领导了，但温泉开发是武义的大事，要有仪式感。”

他要我夜里就不要睡在这里了，还是回县城准备好明天开工的事，早上帮他们买点早餐。

我知道他是不想让我和大家一起睡地铺，我本来打算以身作则自己带个头在这个山上睡一夜，但想想明天要开工，确实还有很多的事要办，就领了吕副局长的好意，同意回家。

临出门时，吕副局长认真地对我说：“记得明天多买一些鞭炮来放一下。”

我口头答应了，但心里想鞭炮就不必放了吧。

而当我深一脚浅一脚地走下山来，再回头看看夜色里满目疮痍的黑魆魆的废矿山时，改变了对放鞭炮的看法，决定还是满足吕副的要求。

回到家时已是深夜 12 点多了，可我还是要求陈和平早上 6 点就来接我，一起去农贸市场、建材市场和土产公司，置办开工需要的物品和几个在工地过夜的同事的早餐。

我们买好早餐，到局里带上办公室主任涂祎红等几个工作人员，一起去溪里砩矿参加开工仪式。

说是开工仪式，其实只是吕副局长主持，我说几句话，宣布温泉开发指挥部修建工程开工。然后点上鞭炮，启动挖掘机清理拟改建成工程指挥部的房屋四周的杂树荒草，几个泥水工上到屋顶去翻漏盖瓦。

鞭炮的轰鸣声在废矿山久久回响，震荡山谷，腾起的浓浓硝烟在残砖断瓦间缭绕。加上温泉开发指挥部人员和施工人员的欢呼声，荒芜多年的废矿山顿时有了一丝生机。

在开工仪式的讲话中我强调：“温泉开发全县人民期待已久，前期的探索走过许多弯路，也为我们积累了经验，现在温泉开发的历史使命交到了我们手上，我们一定要不负众望，只争朝夕，艰苦创业，以超常规的速度，迅速推进指挥部建设工程，力争在一个月内建成指挥部并正式入驻办公。”

根据这一目标，倒排时间表，把每项细分工程分解落实到每一天，并与施工队签订了提前完工有奖、推迟完工处罚的施工合同。

指挥部人员没有星期天，没有节假日，每天吃住在工地，细化责任分工，全力保障工程推进。

在这废矿山里施工，工程虽小，困难不少，施工道路、水、电、通信都要临时协调解决。为了尽快解决好这些问题，我找县委金中梁书记汇报了我们在废矿山建立温泉开发工程指挥部的情况，金书记说要到现场看看。

当天下午下班时，他就一个人来到了废矿山。看到我们温泉开发指挥部人员能搬到山上办公，真正到现场指挥的创业劲头，看到我们团结一心、全力以赴、斗志昂扬的精神状态，他坚定了对我们这支团队能战胜困难开发好温泉的信心。

他问我还有什么需要他的支持，我就趁机请求他帮助协调一下施工道路、水、电、通信的接入问题。金书记当即给几个主管局局长打了电话，并要我请县委办县府办通知各主管局领导，明天就到这里来开现场会，当场解决道路、水、电、通信的接入问题。有了县委书记的支持，这几个问题迅速得到了解决。

由于这个工程已几经转手，遗留问题很多，施工过程中还时不时地会碰到原业主和村民的阻挠。但指挥部人员精诚团结，心往一处想、劲往一处使，加上吕子连副局长和何益如科长都有丰富的群众工作经验，碰到问题兵来将挡、水来土掩，保障了工程施工的顺利进行。只用了25天，一座破败不堪的破食堂就被改造成了指挥部。

11月28日，我们买来了办公桌、会议桌、会客沙发等办公家具和一些花卉绿植，将指挥部装扮一新。上午9点18分，吕副局长又点燃了鞭炮，庆祝温泉开发指挥部胜利开张。

三 制订取水方案

武义最有商业开发价值的溪里温泉，就在这个废矿山上。由于原施工方建设的工程没有通过验收，又因长期拖欠电费，造成停工停电，地下170米中段水仓及排水设备已被水淹没半年多。

温泉开发指挥部成立后的第一件事，就是要制订重启温泉取水工程建设方案。但这样一个报废了的工程如何重启，是一个极为复杂的问题，需要研究清楚原来的施工方案，施工组织存在什么问题？还要预判被水淹没后可能会遭受到哪些破坏？有哪些风险？并据此提出切实可行的解决方案。

没有调查就没有发言权，我与吕副局长等指挥部成员一致认为，在编制重启温泉取水工程建设方案之前，必须先做认真细致的调查研究。

为了搞清这个工程形成这样一种局面的深层次原因，我先后走访了旅游局老领导、矿管局领导、地质勘探相关人员、工程设计相关人员、工程验收相关人员、原溪里砩矿相关技术人员、原施工单位相关人员，总共不下100人次。在广泛的走访座谈调查研究中，大家从各个不同角度，总结反思了之前为什么历经十来年都不能做成功的经验教训。我的工作笔记都记了两本。

我在认真分析、甄别、梳理这些信息的基础上，初步总结出五个基本问题：

一是建设资金一直没有保障，二是设计方案存在瑕疵，三是采用的技术路线不合理，四是施工队伍不够专业，五是管理不够到位。

为了统一思想认识，根据存在问题研究出有针对性的解决方案，我邀请了上述各个层面的走访对象中比较有见地、比较公正耿直、能提建设性意见的代表，与温泉开发指挥部的同志们一起，由吕副局长主持开了整整一天的讨论会。

讨论中，对之前的温泉取水工程存在的资金问题、管理问题，大家的看法是一致的。但讨论到设计方案、技术路线、施工队伍时，大家有很大的分歧，几度争论得面红耳赤。

我首先肯定了大家不计前嫌坐到一起，坦诚相见、开诚布公地为建设好这个工程建言献策的积极态度，然后逐条分析总结工程建设中的五个主要问题，并提出有针对性的解决方案：

关于资金问题。我认为大家把工程进展不顺利的根本原因，归结为县里没有安排足够的资金，这一认识是不对的。就像我们开发区，要开发的区块都是田野荒山，必须先投资建设道路、水电等基础设施，而这些基础设施建设的资金也不是县里安排的，而是开发区管委会找米下锅四处筹集起来的。如果等着县里给足了钱再去开发温泉，那要等到猴年马月了。所以，我们必须树立没有条件创造条件也要干成事的思想，找米下锅也要把温泉开发出来。

当我告诉大家，我们现在通过建好温泉隧道并移交运营权，通过向县里要政策盘活土地资源，通过向省旅游局争取旅游开发专项资金，向省建设厅争取风景名胜区建设专项资金，已经筹到 1000 多万元的温泉开发启动资金时，大家激动地热烈鼓掌。

听说资金有了初步着落，大家情绪更加高涨，会议气氛也更加活跃了起来。

关于设计方案存在瑕疵问题。我认为原因在于这项工程本来就是一个前无古人的工程，没有任何经验可以借鉴，任何方案都只是一种尝试、一种摸索，现在采用的“套筒取水”方案，也是前几种方案尝试失败后的择优选择。这样做看上去很笨，但实际上是最现实、最有效，也最可能成功。何况之前已经投入了大量的时间、人力、物力，打下了一定的基础，其他方案再好也都是马后炮了。所以，关于设计方案问题，现在就不再去争论了，而是要大家统一思想齐心协力来把这个方案完善好，实施好。

关于采用的技术路线不合理问题。我认为技术路线问题，一方面是因为在资金没有保障的情况下，因陋就简选择的一条路线；另一方面，这条技术路线采用的是国内现有地下取水技术，受水泵扬程不够的限制，只有通过两级提水的办法，把地下 330 米处的温泉提到地面。

这个技术方案的最大问题，是要在地下 170 米处建立一个泵房、机站和储水库。先用第一级水泵把温泉水提到地下储水库里，再用第二级水泵把储水库里的温泉水提到地面。这个方案中，不但地下工程造价昂贵，且需要每天 24 小时有人在地下值守，风险极大，建成后的运行成本也很高。初步测算一年的运行成本可能要超过 300 万元人民币。

之前会停电停工，也正是因为工程运行维护成本太高，拖欠了几百万元电费造成的。如果不能突破这样的技术难题，这个温泉取水工程哪怕是建成了，也没有商业利用价值。所以我们必须组织技术攻关，攻克这一技术难题，大幅度降低温泉取水工程的造价和运行成本。

关于施工队伍不专业问题。我认为施工队伍出现问题是因为当时把取水工程捆绑在萤石尾矿开采中，让这样的包工头来做肯定是不行的。好在现在已经通过法律途径，解除了取水工程与萤石尾矿开采的捆绑，我们可以组织更加专业的施工队伍来建设温泉取水工程。

关于管理不到位问题。我认为之前的管理不到位有主观因素，也有客观因素，我们可以总结借鉴。现在组织上把温泉取水工程的管理任务交到了我们手上，我们就必须尽心尽责把它管好。

在我讲话的过程中，同志们神情专注，不时会意地点头称赞。讲完之后我再征求大家意见，大家纷纷赞扬我们这个团队作风踏实，部署周到，温泉开发有了成功的希望。

于是我趁热打铁，提出了下一步工作的任务分工。

建设资金的筹集、设计方案的完善、取水设备技术的攻关三项工作由我主抓。施工队伍建设与工程的现场管理由吕副局长主抓，并且将他在旅游局里的日常工作，都调整给其他班子成员，让他专心致志地抓好温泉取水工程建设。

由旅游局总工程师傅文伟牵头，聘请原东风萤石公司总经理朱林齐、原县矿管局局长章永嘉、浙江第三地质大队高级工程师叶子正等几位专家组成技术咨询专家组，负责做好现在实施的温泉取水工程与之前实施的部分工程的技术衔接，以及与原溪里砩矿地下工程的技术衔接。

这个会议之后，温泉开发指挥部真正进入实战状态，温泉取水工程项目建设紧锣密鼓地展开。

这个项目是一个政府投资项目，需要走计划部门的立项程序，首先就要编制可行性报告、项目建议书，报批立项。

溪里温泉取供水工程的前因后果极其复杂，时间跨度已近30年，换了四五个业主，如果请个第三方服务机构来编制项目报告，我也要把这些前因后果整理好给他们，他们才能接受委托，而且第三方编制时间周期也长。

为了节约开支，我自己动手，编写完成温泉取供水工程可行性研究报告和项目建议书。经县计划委员会审查同意，县政府签字盖章，上报金华市计委审批。市计委金计投〔2001〕233号批复，原则同意《浙江省武义温泉旅游度假区取供水工程项目建议书》。

该项目主要建设日供水4000吨的温泉取供水工程，包括地下取水工程，温泉保温水塔、温泉保温供水系统、供水管理用房建设和配套道路建设及绿化等，项目总投资2997万元，项目法人为武义温泉旅游开发有限公司。

四 研制取水设备

之前的温泉取水工程碰到的种种问题中，最难解决的应该还是技术瓶颈。

如果只局限于国内当时的水泵技术，就只能通过两级提水的办法把地下330米处的温泉提到地面。这样也就必须在地下建泵房、机站和储水库，那工程的造价问题、运行成本问题、安全性问题都无法绕开。

只有找到或者研发出扬程超过 330 米的大出水量，而且耐高温的专用水泵，才能将这项工程从两级提水改为一级提水，也就是只用一台水泵将地下 330 米处的温泉一次性提到地面。只有实现了这样的技术突破，才能解决工程中的一系列卡脖子问题。

可当我提出要通过研发制造专用水泵来改造温泉取水工程时，多数领导、专家和同事都认为，在武义这么一个小县城，要技术没技术，要人才没人才，是不可能研制出这样的水泵的。

但面对这样一项拖了几十年的工程，如果不寻求这个技术突破，可能在我的手上还是要继续拖下去。权衡利弊，我决定冒着风险，迎难而上，去组织攻克这一技术难关。

我首先找到之前为我们提供水泵的上海第二水泵厂，以邀请他们来武义参加温泉取水工程后期建设方案论证的名义，将他们的总工程师和相关技术人员请到了武义。

他们的到来令我欣喜万分，不但自己去金华火车站迎接，而且他们在武义期间我恨不得 24 小时都陪着他们，同他们聊各种有关水泵的知识、原理和技术。

几天下来，我逐渐了解了国内之所以造不出高扬程、大水量、耐高温水泵的三个主要技术卡点。一是国内当时使用的水泵电机功率不够，而且不耐高温，在温泉提水这样的工作环境中极易损坏。二是国内当时使用的水泵泵体高扬程的都是小流量的，要非标定制高扬程大流量的水泵泵体，研发成本极高，时间周期也会很长。三是高扬程的水泵对水管的耐高压要求很高，国内也没有符合要求的水管。这三个问题都是我们要研制高扬程、大水量、耐高温水泵绕不过去的技术难关。

知道了这些困难之后，温泉开发指挥部的同志们个个都很沮丧，但我反而更来劲了。我觉得以前之所以认为难，是因为不知道难在哪里，现在知道了困难所在，反倒觉得有路可走了。

因为有过访问欧洲发达国家的经历，我认识到当时我国在许多领域与国际先进技术都存在很大的差距，我相信国际上一定会有更先进的产品。

为此，我请求上海第二水泵厂的技术人员帮我查询，国际水泵同行中哪家有符合或者接近我们要求的水泵。

作者（左一）与县长助理蓝跃军（左二）在现场研究温泉取水方案（陈和平摄）

一个星期之后，上海第二水泵厂的技术人员打来电话告诉我，他们帮我查到了丹麦的一家水泵厂的水泵符合我们对高扬程、大水量的技术需求，但他们生产的这种水泵抽的是冷水，用的电机不耐高温。我当即请求他们继续帮我查询能与丹麦的这种水泵相匹配的耐高温电机。几天后，他们又帮我查到了美国有家电机厂生产的耐高温电机，可以与丹麦的水泵相匹配。

工人在工地焊接温泉取水专用水泵保护装置（陶锡忠摄）

在国际市场上找到了技术来源，我兴奋不已。但如何将这两个远隔万里的产品采购进来、匹配起来，成为一台真正能一次性将温泉水抽出地面的水泵，我们又犯难了。

当时的温泉度假区根本没有国际采购的资质和经验，我去县外贸公司咨询，他们只告诉我要采购这样的水泵和电机有多难，而没有帮我想出解决这些难题的办法。

思来想去，觉得专业的事情还是要交给专业的人来做，我再次跑到上海第二水泵厂求助。通过几番讨论，他们提出这样一个办法：由我们委托上海第二水泵厂非标定制一台高扬程、大水量、耐高温水泵。根据我们的委托，通过国际采购，从丹麦买进水泵泵体，从美国买进耐高温电机，进行匹配组装成整机，调试成功后卖给我们。

技术路线是有了，但新的问题又来了。非标定制需要预付定金，匹配是否能成功他们也不敢打保票，而且报价是类似国产水泵价格的 5 倍多，一台水泵的价格高达 40 多万元人民币。这在当时几乎是一个天文数字，我也不敢作出决定。

我只得匆匆从上海赶回武义，找到金中梁书记作了专题汇报。金书记与几位县领导电话沟通后告诉我，这个技术难关要想闯过去，就要去闯去试，县里支持你们去定制这台水泵。

有了这把“尚方宝剑”，我们立即与上海第二水泵厂签订了定制合同。

水泵有着落了，但市场上买不到高扬程水泵所需要的耐高压水管怎么办？我让指挥部的同志们各显神通，想办法解决。讨论中，吕副局长想到了武义锅炉厂的锅炉钢管应该是耐高压的，看能不能够加工成水泵的水管。

我和吕副局长立即找到锅炉厂厂长李春红，商讨用锅炉水管改造成水泵水管问题。李厂长说他们采用的钢管规格太小，但他能搞到我们要的规格，并热情地表示，为了早日开发出温泉，他很乐意帮我们加工生产这批耐高压水管。

6 个月后，上海第二水泵厂传来消息，我们定制的高扬程、大水量、耐高温水泵组装调试成功，武义锅炉厂定制的耐高压水管也同时定制完成。为此，指挥部一班人欢呼雀跃庆祝了一番，并随即安排把水泵和水管都拉到工地，进行现场抽水试验。

在上海第二水泵厂工程技术人员的现场指导下，武义锅炉厂技术人员、温泉旅游开发公司技术人员用了 5 天时间，将这台专用水泵，安装到地下 330 米处，一次调试成功，将深藏于地下 330 多米深处的溪里温泉抽到了地面。

五 冒险勘察废矿井

在研制水泵的同时，以新水泵的技术指标为依据的温泉取水技术方案也在抓紧制订。对于这么一个特殊工程，怎么防范施工风险？怎么优化技术方案？光听汇报、看图纸是很难作出正确判断的，必须进入矿坑认真察看分析后才能作出决定。

而当时由于矿坑里已被不断自然涌流的温泉水和地下水淹没半年多时间，要下井察看，必须把矿坑里的水排干。为了尽快降低坑道水位，我们利用原溪里砩矿的两口竖井，安装了 4 台水泵日夜不停地大流量排水，用了接近一个月的时间，才将矿坑里的水降至地下 170 米以下。

水位降下去了，就要组织工程设计人员、施工人员下井察看。面对这么一个深不见底，又是被水长期淹没过的矿坑，怎么下去，下去之后会有什么风险，无法预估。有经验的矿工师傅说，矿井被水淹没过后，水位下降时会造成井崩。

为了尽可能降低风险，我们先启动采矿时留下的吊装工人上下井用的罐笼，开启吊车让空罐笼在矿井里空车运行了几十趟。运行中罐笼虽有卡顿，但勉强还能上下。我们请来几名老矿工帮我们查看了一番，让他们判断如果人坐下去是不是会有危险。他们认为问题不大，但也不敢肯定。在这样的情况下，相当于还是把决策的风险交回给了我。

改造前的温泉取水工程地下机房（武义县档案馆提供）

这个时候，确实已经到了不入虎穴焉得虎子的地步，必须以身作则，冒死也得下井去亲自察看。

为了减少下井时可能遇到不测的伤亡风险，我决定跟一名老矿工先下去看看。可在场的吕副局长和同事都说我没有下井经验，不同意我下去，而是纷纷争着要自己先下井。

经过一番争执，我决定由我和吕子连副局长，再带上一名最有经验的矿工师傅一起下去。矿工师傅们帮我们绑好安全带，戴好头盔，站到罐笼里，然后启动升降吊车，把我们慢慢地放下井去。

一同下井的矿工师傅，不断用手里的锤子轻轻敲击支撑井壁四周的枕木，检查是否有腐烂，是否有松动。

随着罐笼的下移，井口透进来的光线越来越弱，深井里越发阴森可怕。

第一次下井的我，时不时地头皮发麻。当我们下到地下 120 米深处时，罐笼在轨道上一卡，突然左右晃动起来，这一晃动牵动了几根腐烂松动的枕木噼里啪啦地掉落下来，砸到罐笼顶部。我惊叫："完了完了完了……"

矿工师傅立即拉响了紧急停车警报，罐笼停了下来，不再晃动，枕木也没有继续往下砸。我们回过神来仔细一检查，发现只是局部的枕木坍塌。但罐笼顶上已经堆了一堆破碎的烂枕木，还有几块烂枕木被卡在了罐笼与井壁之间，把罐笼卡在那里，上也上不来，下也下不去。

矿工师傅让我们站在罐笼里不要动，他想办法爬到罐笼顶上，费了九牛二虎之力，把卡住的枕木搬开，回到罐笼里，问我是不是还要继续下井。我和吕副局长商量了一下，觉得继续下井实在太危险了，还是想办法先撤回地面再说。

矿工师傅向开升降机的师傅发出了撤回地面的信号，罐笼慢慢地上升，在上升的过程中还有几块枕木碎块落下，幸好没有卡住罐笼。

回到地面的我，有死里逃生的感觉，对自己的冒险决定后怕不已。但我也庆幸这次冒险，发现了矿井里的隐患，决心必须在再次下井之前排除隐患。

惊魂未定的我，在井口召开了现场会，研究排除隐患的措施。我们请来的几名矿工师傅提出要排除隐患就要从井口开始，从上到下逐根排查枕木，发现腐烂松动的枕木每根都要换掉，这样就能避免枕木坍塌造成井崩的风险。

安全第一，为了确保下井作业安全，我们决定先全面修复支撑井壁的枕木。

这一决定说起来容易，做起来却很是费时费力，又用了一个多月时间，才把井壁上的枕木全部修复更换固定好。经过老矿工们的精心修缮，再次下井的时候，罐笼稳稳当当地下行，井壁上、坑道里都装上了照明灯光，为温泉取水工程恢复施工创造了条件。

原来的施工方案是基于国内水泵的技术水平而制订的。现在通过国际技术合作已经有希望实现一级提水了，那么工程的施工方案也必须适应这一技术进步作出相应的调整优化。

为了制订好新的施工方案，我和吕副局长多次组织县设计院的工程设计人员、温泉开发指挥部的工作人员和专家顾问，下井现场研究。以新水泵的性能为依据，制定了“将钢质大套筒从－330 米处的温泉泉脉突水口一直安装至地面，用人工方法在地下造就两个接近 100 层楼高的温泉取水井，然后将两台水泵安装进两个引流温泉水的套筒内，将温泉水一次性抽出地面”这样一套新的施工方案。

废矿井修复场景（陶锡忠摄）

新施工方案制定出来之后，我们邀请了中科院流体力学专家、我的同乡陈振诚研究员，以及浙江省建筑研究院、金华市设计院、县设计院的工程设计人员和温泉开发指挥部的专家顾问，进行了专题论证。

根据专题论证会上专家们提出的意见，设计单位很快将原来用钢筋混凝土将整个坑道填满的方案，改为中科院流体力学专家陈振诚研究员提出的，在利用地下水的动态平衡原理的基础上，再在套筒外浇筑一层钢筋混凝土保护层的方案。这个方案便于将套筒分成若干段施工，施工过程中焊接一段套筒就用钢筋混凝土将套筒固定好，以避免300多米高的套筒在施工过程中变形走样。同时将部分坑道留了下来，为日后对工程的维护修缮预留了通道。这个方案得到了领导专家的一致认可，也是这个温泉取水工程的最终方案。

六 井下作业突发停电

施工方案确定后，几经周折，我们先找到东风萤石公司矿井维修班班长周辉，请他到取水工程现场，向他介绍了温泉取水工程的施工方案，然后和他讨论如果请他来组建一支施工队伍需要配备哪些人员。

他认真查看了现场情况后，开出了人员清单，包括电工、升降机操作工、井壁枕木架设工、电焊工、模具工、钢筋工、泥工等专业工种。这些工种原来他的维修班里都有，但企业破产后他们都各自谋生去了，相互之间也失去了联系。

为了尽快找到他们，我到已经改制的东风萤石公司留守人员处找来了原公司职工花名册，上面有他们的籍贯和户籍地，然后让吕副局长带着周辉，到他们的户籍地去寻访。他们用了一个多星期时间，跑了上海、杭州、金华、宁波、义乌等10多个城市，基本找到了这些已经自谋职业的专业工人。

但他们已经有了新的工作，不愿意回来做这个短期的温泉取水工程。在与他们的接触中我们了解到，这个坑道当年就是他们从地表一点一点地挖下去、建起来的。他们对地下每一工段的地理地质情况、工程结构情况都了如指掌，清楚这种工程的难处，也知道这种工程的风险所在。我们越是了解他们，越想请他们来帮我们实施温泉取水工程。

为了说动他们，我们既打了经济牌，又打了感情牌。经济牌，承诺给他们高出同类工种一倍以上的报酬；感情牌，我们利用一个周末请他们班的同事都回到矿区来聚会。这些工人在企业解散后再也没有机会聚在一起过，这次回来老朋友见面格外激动，吃饭时气氛热烈。我和吕副局长逐一给他们敬了酒，向他们介绍了我们要把温泉开发出来，在这个废矿区建设一个温泉度假区的规划，并承诺老矿工们可以经常回来免费泡温泉，大家为此热烈鼓掌。

趁着大家的高兴劲，我话锋一转，谈了温泉取水工程目前已万事俱备只欠他们这些专业技术工人回来帮忙（我们事先已做好周辉等几个工人的思想工作，希望他们这个时候站出来表示愿意回来做温泉取水工程）。只见周辉举起酒杯说："工友们，我们当年打到温泉时就希望这股热水能造福武义人民，几十年过去了，现在终于可以梦想成真了。为了父老乡亲们能早日泡上温泉，我愿意回来参加温泉取水工程建设。"

没等周辉说完，吕副局长连忙从座位上站起来端着一满杯白酒跑到周辉身边说："我就等你这句话了，我单独敬你一杯酒，我先干为敬。"然后一仰脖子干了。

见这架势，平时不怎么喝酒的周辉也干了杯中酒。

吕副局长激动地拥抱着周辉连声说："谢谢！谢谢！一言为定，就这么定了！"

周辉表态了之后，几个老矿工激动地说：本以为几十年积累的井下作业本事，随着公司的破产都报废了，没想到在开发温泉中又有了用武之地。这时，大家都纷纷表示可以克服困难，回来参加温泉取水工程建设。

我让办公室主任涂祎红，当场办理了参加温泉取水工程抢修突击队的报名手续。

2002 年 5 月 20 日，度假区管委会与周辉等人签订《溪里温泉取水一期工程维修合同》。合同约定工程维修的主要内容是地下 170 米处被水淹没的抽水泵站设备的修复，重新将地下 330 米的温泉抽至地面；维修施工费用按 6.5 万元总包干；修理的设备、材料由发包方负责采购。

签订合同后，我们在井口召开了一个简短的动员会，我做了简单的动员，特别强调了百年大计安全第一。吕副局长布置了工作任务，提出了工程进度要求、质量要求和安全生产要求。会议一结束，大家个个摩拳擦掌，穿上工装，戴上安全帽下井作业了。

温泉取水工程开工建设后，我要求指挥部人员无论是工作日还是周末、节假日，都要 24 小时轮流值守在工地，做好后勤服务保障工作；每天的施工进展情况，都要有书面记录，每个工人下井时都要进行安全检查。

在指挥部的严格管理和突击队队员们的共同努力下，温泉取水工程有序展开。

有一天我刚从工地回到办公室，我的手机和办公室的电话同时急促地响了起来，一接听，说是工地里突然停电了，8 名工友还在井下没上来。

我的脑袋“嗡”的一下，整个人瘫倒在了椅子上。可潜意识告诉我，这个时候不能紧张，一定要沉着冷静。于是立即给县第一人民医院、县消防大队打了应急救援电话，立即启动应急救援预案。

在下楼上车的路上，我给在工地的吕副局长打电话，要求他千方百计搞清楚停电原因，搞清楚井下工人的状况。然后上车火速赶回工地。

在车上，我拨通了县委书记金中梁的电话，汇报了温泉取水工程突发停电事故。金书记要求我尽快回工地了解清楚事故原因和事故动态，千方百计确保井下工人的生命安全，随时和他保持电话联系，并表示他来指挥各有关部门组织应急救援。

回到工地，我跳下车，就扑到井口大声呼喊每个井下工人的名字，可是任凭我怎么呼喊，都听不到下面的回应。

吕副局长告诉我，停电是因为向温泉取水工程输送施工用电的线路上，有个其他单位的工地施工时挖断了电缆，要修好恢复供电可能需要几个小时。

地面的几个指挥部人员和工人，个个都急得像热锅上的蚂蚁。因为我们知道，地下坑道里由于有温泉水的原因，温度很高，平时是靠大流量的鼓风机将地上的新鲜空气送到作业面，工人们才勉强可以光着膀子干活。

一旦鼓风机停止运转，几分钟就会呼吸困难。如果几个小时才能恢复供电，恐怕工人们凶多吉少。

我急切地让大家快想想有什么办法能和井下工人取得联系。

只见开卷扬机的老师傅走到井架边，找到一根细小的钢丝绳使劲地摇晃了几下，然后停下来，让我们注意井架上连着钢丝绳的铃铛。

不一会铃铛里传来“当——当当——当”的信号声。

老师傅喜出望外，告诉大家，这是井下工人向我们传来的平安信号。

这让我松了一口气，但我可以想象井下停电后的恶劣环境，高温、潮湿、缺氧。工人们向我们报平安是报喜不报忧，只能说他们暂时还没有生命危险。

这时县消防大队消防车和县第一人民医院救护车，以及救援人员都已来到工地。大家紧急商讨了救援措施，决定先把随救护车带来的氧气筒和吸气面罩用手工吊送下去，先解决缺氧问题，然后再往下吊送水和食物。

正在我们组织施救的时候，金中梁书记带着好几个县领导、部门领导来到了工地。金书记告诉我们，他已让县供电局全力以赴抓紧抢修。

我向领导们报告了井下工人暂时还没有生命危险，但井下环境非常恶劣，工人们可能坚持不了多久。

金书记再次拿起手机给供电局领导打电话，要求他们务必争分夺秒，尽快恢复供电；接着又给卫生局局长打电话，要求再增派几辆救护车。没过多久，供电局领导给金书记打来电话，说电缆很快就可以修好了。金书记指挥工地现场人员各就各位，准备接收电源恢复供电。

随着电源指示灯亮起，我立即拨通井下的有线电话，让井下工人全部撤回地面。当井下工人乘罐笼升出地面，个个光着膀子大汗淋漓，气喘吁吁，大家一拥而上，把他们一个个扶下罐笼。金书记上前一一握手慰问，让他们乘救护车去医院检查观察。

把工人送上车后，金书记召开了现场会，对各部门迅速响应、有效救援，使这次停电事故化险为夷作了充分肯定，同时向大家再次敲响安全生产的警钟，要求各有关部门都要从各自职能出发，认真排查安全隐患。

县供电局领导当即提出，要避免类似事件再次发生，一条最有效的措施，就是由温泉旅游开发公司投资建设一套温泉取水工程供电专线，与现有的供电设施一起形成双回路供电，这就可以给工程建设提供双保险，从而大大提高安全系数。

对于这个建议，金书记要求我马上组织落实。

七 抵押房产夫妻翻脸

在现场我满口答应金书记千方百计组织落实，可心里想，要落实其实只要一方一计，那就是钱！

想尽办法筹来的1100万元温泉开发启动资金，到了这个时候已全派上了用场，这凭空又冒出一个双回路供电项目，增加的投资哪里去筹？

但这个责任压到了我的头上，如果拖着不落实，井下再发生断电事故，那我可是要吃不了兜着也走不了了。

工地里下井施工又不能停下来，每天工友们下井之前，我都赶到现场去千叮咛万嘱咐。工友下井了，我就提心吊胆，坐立不安。

天天跑完工地跑供电局，央求供电局领导赶快安排，帮我们建设供电专线。

供电局也根据要求在抓紧制订施工方案。但有一条原则，就是要我先结清取水工程几年前拖欠下来的95万元电费。

向领导反映，领导给我指了一条路，那就是向银行贷款。

但那时温泉旅游开发公司还没有形成任何可抵押的资产，没有抵押物，跑遍工、农、中、建四大银行，谁也不愿意贷。

最后还是求爷爷告奶奶，让县长和农村信用社这个地方金融机构打了个招呼，让他们想个变通的办法帮助解决。

农村信用社主任一来有领导的压力，二来他也为温泉开发碰到的困难着急，他们班子开会研究出两个措施。一个措施是设置一个虚拟抵押物，就是要我同意将我们还在征用中的土地使用权拿来抵押。但这只是一个形式，因为那时土地都还没有征好，更谈不上报批做证，所以说它只是个虚拟抵押物。第二个措施是要我以个人在县城刚刚买下的房子作抵押，写一个愿意承担连带责任的担保函。

如果和家人商量，怎么可能同意我用家产去为公家的贷款作抵押，妻子一定会和我闹翻。

但如果我不同意承担连带责任，贷款就放不下来，这可真是到了要我拿出“舍小家保大家”的担当精神的时候了。

经过一夜的思想斗争，第二天我还是瞒着妻子，把房产证交给了武义县农村信用合作联社，并写下了担保函，摁上了红手印，为温泉旅游开发公司贷下了95万元资金，还了前几任欠下的电费。供电局很快帮我们建好了温泉取水供电专线，一直提着的心这才放了下来。

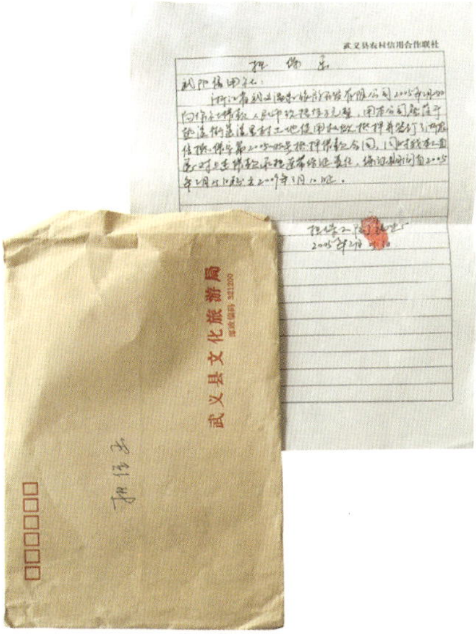

以个人房产为温泉取水工程贷款担保，到期后又延续担保的担保函（陶锡忠摄）

没承想，在我刚把自己家的房产证抵押给信用社不到一个月，有一天晚上，我在开发区时招商到开发区办企业的宣平老乡张晓红说要到我家玩。我正在外面接待一拨投资商。张晓红的女儿和我爱人朱红兰是同学，他们之间也很熟悉，我就告诉他我爱人在家，过一会儿我也回去。

等我回家时，张晓红已在我家坐了好一会儿，跟我爱人介绍了他开发的梅郎山房产项目，正在向我爱人推销他的别墅。红兰见我回家，兴高采烈地迎上来跟我说：“张总他们的梅郎山别墅就要开盘了，我们也去买一套来哦。”

我和张总打过招呼，转过头来跟红兰说：“开什么玩笑，张总开发的大别墅我们怎么买得起。”

“买得起，买得起。”张总热情地说：“我跟红兰介绍过了，只要你们拿自己的房产证办个贷款手续就行。”

一听房产证，我的脑袋嗡嗡作响，赶紧给张晓红使眼色，想让他不要再讲了。可张晓红没有察觉，继续推销着。

我跑过去坐到张晓红旁边，诚恳地跟他说：“谢谢张总，你的好意我们领了。我们现在孩子还小，不需要买那么大的房子。如果没有其他什么事情，你就抓紧去忙你的吧。”

“张总好心帮我们，你也不和我商量一下，怎么就回绝了呢？”红兰极不高兴地说。

“有什么好商量的呀，你有那么多钱吗？异想天开。”我想赶快绕过这个话题。

张总看我俩争执起来了，无趣地起身要走。我连忙说：“谢谢张总，下次再来噢。”

红兰想留张总再坐会儿，可张总见我不太欢迎，就匆匆走了。

红兰送他到门口，对他说：“张总，你别听锡忠瞎说。我们商量好了再来找你噢。”

送走张总，红兰冲着我没好气地说：“今天你怎么啦？你不是很看好房地产投资的吗？人家送上门来的好事，你就这么把人家赶走？”

我把红兰拖到沙发上坐下，安慰她说：“我现在没有精力去搞什么房地产投资，工作都忙成这样了你又不是看不到。我们以后再说，以后机会有的是，以后再说好不好？”

红兰看着我，疑惑地说：“你今天太反常了，挤眉弄眼的，搞什么鬼？是不是瞒着我干什么坏事了。”

我说：“没有没有。”说完自己到卧室里带儿子陶醉睡觉去了。

红兰自己坐了一会，突然到卧室里问我：“我们的房产证放哪去了？找出来看看。”

这下击中我的要害了。

我含糊其词。

红兰走到床前伸手来拉我：“快起来一起找找。”

我没有起来，而是劝红兰说：“别找了，这么半夜三更的，快睡觉吧。”

红兰没有理会我，自己翻箱倒柜地找了起来。

我在床上装睡，可怎么也睡不着。

红兰找了半天，找出了放房产证的那个铁盒子，扔到床上，责问道：“这是怎么回事，房产证我明明和结婚证、户口本都一起放在这个盒子里的，怎么房产证没了？是不是你拿走了？拿去干什么了？快说！拿去干什么了？”

问得咄咄逼人。看来是糊弄不过去了，我只好说：“是我拿去抵押贷款了。”

红兰愣了一会，然后一把把我拉了起来，更加怒不可遏地追问：“拿去抵押贷款了？你怎么响也不响拿去抵押贷款了？那你的钱呢？你的钱哪儿去了？钱哪儿去了？”

纸包不住火，我只得从实招了。

红兰听说自己家的房产证被我拿去为温泉公司抵押贷款了，她想拿房产证贷款买新房的希望破灭了，抬起穿着皮鞋的脚向我踢了过来，我急忙躲避可没躲开，一脚踢在我去大红岩考察旅游资源时摔伤刚刚愈合的伤口上，顿时鲜血直流，痛得我龇牙咧嘴。我怒不可遏地把失去理智的红兰推倒在床上，压到了床上的陶醉。

陶醉被惊醒了，看到这争吵的场面吓得哇哇直哭。

红兰看着我鲜血直流的伤口，也抱着陶醉痛哭起来。

我没有理会他们，找了块毛巾，包扎了一下伤口，自己一瘸一拐地到医院做了伤口处理。

包扎之后，我瘫坐在急诊室外的条凳上，心中一片迷茫。

看着急诊室里，一会儿哭哭啼啼送来一个车祸受伤的年轻人，没有被抢救过来死了；一会儿又哭哭啼啼送来一个脑卒中的老人，没有被抢救过来死了。一种人生无常的无奈一阵阵涌上心头，反思自己这么义无反顾地开发温泉值还是不值。

听着刚刚去世的老人的子女悲痛地哭诉着老人去世前什么也没有交代，伤心欲绝。

突然想起娘在弥留之际对我说的话，以及我向娘发的“我一定会把温泉开发好的，请娘放心”的铮铮誓言。

忍痛站起来，走回家，决心做好红兰的思想工作，让她也能支持我义无反顾地去开发温泉。

回到家，儿子陶醉哭着哭着已经又睡着了。红兰抱着他，还在流泪。

我坐到床沿上，耐心地和红兰说：“我们的房产证拿去押一下，不会有什么风险的，你放心。”

她“哼”的一声扭过头，分明是表示不信。

我继续耐心地说：“现在我们的温泉取水工程已经有了可行的施工方案，不久就能把温泉水取上来，温泉水取上来了，这个工程就很有价值了。那不只是我们房产证抵押的95万贷款的价值，而是几千万，甚至几个亿的价值，你还怕我们的房产证拿不回来吗？”

红兰没好气地说：“人家开发了几十年开发不出来的温泉，你就能开发得出来？不自量力。等你的温泉开发失败那天，我们这房子都要被银行拍卖，让你睡到大街上去。”然后自己睡下，屁股朝着我，用被子闷着头，伤心地抽泣。

看她不愿意听我说话了，我也关灯睡下。听着红兰的哭泣声，我久久没能入睡。

早上红兰没有起来弄早餐。我起来买回早餐，叫醒陶醉，让他抓紧吃。叫红兰也起来吃饭，叫了几次她都睡在那里一动不动。

我匆匆吃过早餐，把陶醉送到学校，赶去上班。这是一个周五，下午还要赶到浙江大学上课，中午回家我想再劝劝红兰。回家一看为她留的早餐她没有吃，就去上班了。中午她也没有回来烧饭。

看来她还在生很大的气。我自己去食堂吃了中饭。怕陶醉没人管，我只好等陶醉放学时把他接回家，给他买了牛奶饼干。我给他拿出一盒牛奶，插上管子，让他先吃。然后播放他喜欢听的鞠萍姐姐讲故事的录音带，对他说：“你先自己在家听故事，妈妈回来让她烧饭吃。我要去杭州听课了。如果有什么问题，你可以到楼下杨勇叔叔家，让他帮忙。”楼下的李杨勇是我的老同事，红兰的同学。

陶醉懂事地点了点头。我和他挥挥手，就赶往杭州去了。

红兰下班回家，也没有烧饭，就让陶醉喝牛奶吃饼干。陶醉让她喝牛奶，她也没喝。星期六、星期天也照样没有开火烧饭。

到了星期天的下午，陶醉看到妈妈睡在床上直颤抖，吓得哇哇哭。跑到楼下找到李杨勇。李杨勇赶到我家一看，红兰已经有点昏迷了。他二话没说，背起红兰到医院抢救。

到了医院，杨勇给我打电话，问我："你家红兰在家里昏过去了，你知道是怎么回事吗？"

"昏过去了？"我有点发蒙，告诉杨勇："这几天她跟我闹别扭。具体什么原因我也不太清楚。陶醉一直和她在一起，陶醉在你身边吗？我问问陶醉是怎么回事。"

杨勇把电话给了跟在身边的陶醉，陶醉对着电话直哭泣。

我对陶醉说："陶醉，不要怕，妈妈到医院了就没事了。你快和我说说这两天妈妈都做了什么？"

陶醉抽泣着说："爸爸，你不在家妈妈都没有吃饭，我也没有吃饭。"然后又哇哇地哭个不停。

杨勇拿过电话对我说："两三天没有吃饭，会不会是低血糖了？"

我说："很可能吧。快让医生处理一下，我马上赶回来。"

杨勇在医院里帮我照顾红兰和陶醉。我让司机加速往回赶。

到医院时，红兰还在，杨勇买了一碗面条，陶醉在吃。

见我回来，杨勇劈头盖脸地批评了我一通："你这人，家里的房产证拿去抵押也不和老婆说，该惩罚。"

我频频点头说："该惩罚，该惩罚。"

杨勇又转过头对红兰说："你傻啊，惩罚也该惩罚老公呀，怎么惩罚起自己来。几天不吃饭，弄得陶醉也没饭吃，多可怜。"

我这才发现陶醉已经狼吞虎咽地把面条吃完了。

红兰自始至终都没有说话。

回家后，我烧了一锅粥，叫红兰吃，她只象征性地喝了几口，又躺到床上去了。

早上起来，我买回早餐，让陶醉快吃，吃完去上学。

但红兰说："上什么学，今天不去了，我要带陶醉去看你的温泉取水工程。"

这个突如其来的要求，让我措手不及。

每次知道我要下井，红兰都担惊受怕得不行，对我千叮咛万嘱咐。

我问她：“怎么突然要去看我的温泉取水工程？”

“我要看看你的取水工程到底能不能做成。”说这话时冷冷的，态度很坚决，更让我难以拒绝。

我还是劝阻她：“那我带你到现场地面看看，井下就不下去了，噢！虽然我们已经采取了很多安全措施，但下井还是有风险的。”

“有风险，有风险。你拿房产证去抵押时为什么不想着有风险？有风险我们这个家就完了。还不如我们三个人一起被埋在下面。”一听这不吉利的话，我马上伸手去捂她的嘴。

再争执起来也没意思，我就依着她，带她和陶醉一起到了温泉取水工地。

路上，我给在工地现场的吕子连副局长打电话，说明了情况，让他交代工友们做些准备。

到了矿井口，我明明看出红兰紧张得要死，嘴唇都有些发紫，浑身哆嗦，可她还非得下去。吕副局长抱过陶醉，说他帮我带着，让我们下去一下马上就上来。

红兰非得带他下去，陶醉也不肯让吕副局长抱。

到了这个份上，我只得假装镇定，对大家说：“没事的，大家按规范操作就行。”我们走进罐笼，吕副局长也挤了进来，要陪我们下井。

大家站好了，开卷扬机的师傅稳稳地开动了卷扬机。我从红兰手里接过陶醉，抱在胸前。

当罐笼下降到见不到洞口的光亮时，红兰紧紧地抱住了我，一双手都在颤抖。

我抱着儿子，让红兰和陶醉都闭上眼睛不要看，心想，万一罐笼失控下坠，我立即将陶醉举到头上，万一坑道塌方，我把他捂在胸前。

胡思乱想中，罐笼接近−170米作业面，有了一些光亮。紧张的心情随之放松。罐笼停下来时，在下面施工的工友把我和红兰扶了出去。陶醉还是死死地抱着我不敢睁开眼。

我告诉陶醉：“快看看快看看，这就是温泉。”

陶醉这才睁开眼，看到两根大水管向储水池喷涌着巨大的温泉水流。

我向红兰介绍：“这就是从地底下330米处抽上来的温泉。现在是要先抽到这个中转的储水池里，再用两台水泵抽至地面。我们这个工程，现在−170米以下的引水管道都已经做好，接下去就是从这里再把引水管道接到地面上去。然后，用我们已经通过国际合作开发好的专用温泉水泵，从地面就将水泵放进引水管道中，就可以一次性把温泉水抽到地面。这样改造后的温泉取水成本，可以比现在下降90%。你说我们的方案可不可行？”

她没有回答我的问题，而是认真地察看工友们正在安装硕大的引水管道、结实的护管水泥柱。看着工友们专业熟练、一丝不苟地施工操作，她已不再愁容满面。

看到哗哗直流的温泉水，陶醉迫不及待地要去玩水。吕副局长在一边怂恿着陶醉说：“快让爸爸陪你泡温泉。”

陶醉缠着我，要我带他去泡温泉。我带他泡进了储水池，在温泉中，陶醉拍打着水花，手舞足蹈，嬉笑玩耍。红兰也卷起裤腿，把脚伸进温泉，拍打起水花。

作者与妻子朱红兰、儿子陶醉在温泉出水口留影（陈和平摄）

我叫红兰：“你用手摸一摸这温泉水滑不滑？”

她伸手摸了摸，细心感受了一会儿，欣喜地说：“真的滑滑的。”

我又说：“你用这个温泉水，拍拍脸，你的脸就会变得像杨贵妃一样的光滑了。”

她捧起温泉水泼向我：“就会吹牛，你摸到过杨贵妃的脸吗？”然后咯咯咯地笑了起来。

我趁机让陶醉和妈妈打起了水仗。

在这个 170 米深的地底下，洋溢着一家人久违的欢笑声。

从矿井里上来，我如获新生。

红兰不跟我生气了，也再没提房产证的事。

自从那次惊魂 1 小时的停电事故之后，工程建设中，得到了各部门的更多支持。取得了 95 万元的贷款，还清了供电局的旧债，实现了双回路供电，施工安全也更有保障了。

温泉取水工程快速顺利推进。

到 2002 年 9 月 8 日，温泉取水一期工程抢修完成，并开机运行，试抽水成功。日出水量达 4000 吨以上，水温 40℃以上，水质经省地勘局金华测试中心检测，符合使用标准。

2002 年 9 月 26 日，度假区管委会组织温泉取水修复工程检查验收。县委、县人大、县政府、县政协和文化旅游、度假区、国土资源等部门的领导和专家 20 多人参加验收，经检查后认为，溪里温泉取水修复工程组织到位，技术到位，人员、制度、责任到位，确保维修质量，确保施工安全，达到预期目标。

验收结束后，我们请金中梁书记到场举行了简短的温泉取水一期工程竣工仪

建成后的温泉取供水工程（陶锡忠摄）

式。金书记为温泉取水工程按上了电闸，哗哗的温泉水从管道口喷涌而出。我和金书记在管道口手捧温泉激动不已，相互泼水嬉戏。围观的人们也都跑过来泼水狂欢，热烈庆祝温泉开发梦想成真！

仪式上，金中梁书记要求我们趁热打铁，抓紧组织实施温泉取供水二期工程；加大宣传招商力度，扩大温泉水的使用量；降低运行成本，提高经济效益。

温泉取、供水二期工程，由 200 吨温泉保温池和地下 177 米至地面的套管安装两个子项目组成。取水设备采用上海第二水泵厂与美国、丹麦供应商合作研制成功的超高扬程、大流量、耐高温专用水泵，将二级提水改为一级提水，日运行成本从原来的 6000 多元降至 600 元以内，每年节约开支近 200 万元。

温泉取、供水二期工程由武义柳城建筑施工队中标，主要技术工人还是由“溪里温泉取水工程抢修突击队”的技术人员担任。有了一期工程的施工管理经验，二期工程进展顺利。

经过近两年日夜兼程的奋斗，到 2003 年 8 月，包括坑道修复、套筒安装固定、保护层浇筑、大流量高扬程耐高温水泵研制安装、抽水试验、储水库的建设、温泉供水管道的铺设、供水管理系统的建设等整个温泉取、供水工程全面顺利完工，可以向度假区里的各温泉使用项目源源不断地供应优质温泉水。

温泉取水工程顺利建成了，但我妻子红兰的别墅梦，却因我把房产证用来为

武義日報

WUYI RIBAO

中共武义县委机关报

红宝石·俏佳人

时尚丽人街

解放中街核心地带，独具时尚女人味

的专业商铺 12 万元起，旺铺主人就是你。

售房热线：0579-7673139 7623490

GPRS

十年耕耘 梦想成真

——写在温泉取供水一期工程竣工之际

温泉之源

温泉之梦

温泉之城

温泉之旅

武阳川

《武义日报》整版刊登温泉开发历程。

公家贷款做了抵押而无法实现了。

等温泉旅游开发公司的贷款到期还款之后，信用社才把房产证还给了我。我们家已错过了买别墅的好机会。这时梅郎山别墅区一幢别墅的建设用地价格，已经从当初的 20 多万元涨到了 200 多万元。

从此，我们家再也买不起建别墅的地，更买不起别墅了。

陶醉长大要结婚了，我只能到县城边的农村里买了一幢农民房住着，对我妻子儿子说，农村的环境更好，还美其名曰“归园田居”！

八 试水温泉旅游

温泉旅游开发公司创业的第一个经营性项目，是将废矿山上遗留下来的一座大会堂进行翻修改造，装修成一个温泉体验馆，取名为“小溪里温泉浴吧”。

因为这里属于熟溪街道溪里村的区域范围，于是借用这里的村名“溪里”让人们知道这个项目在哪里。被称为“浴吧”是因为这个项目的规模不大。

我们在大会堂的正门外加建了一组飞檐翘角的仿古裙楼建筑，用竹条扎成篱笆，围成庭院，使建筑风格接近于我国古代温泉和日本寺院温泉的形制。

翻修后的大会堂、新建的裙楼和围成的庭院，共计 600 多平方米的建筑范围内，布置了接待大厅、休息大厅、更衣室、男女洗浴区、男汤室内大泡池、室外露天泡池、女汤全玻璃幕墙的半露天泡池，还建造了三个用木板、青石板和晶莹剔透的萤石装饰的泡池，分别被命名为“水木清华”“石上清泉”“冰清玉洁”。

在大门口建了一个能停50多辆车的停车场，将溪里萤石矿选矿用的尾矿池，改造成了温泉废水净化池。

溪里温泉氟化钙的含量很高，温泉废水净化池用了一段时间之后沉淀了一层氟化钙，池里的水像九寨沟钙化池里的水那样呈现出迷人的色彩，再加上周边种植的红叶石楠、红枫、栾树等彩叶树和芦苇等湿地绿化植物，形成了“小溪里温泉浴吧”一道独特的风景。

整个改造工程只用了40多万元，到2002年9月，武义第一个温泉旅游休闲项目就打造出来了。

9月初，我们在温泉取水工程还没有建好之前，就利用为了保持温泉取水工程施工所需的地下水位而要抽出地面排放掉的温泉水开始了试营业。

试营业期间，我们首先邀请县领导来试泡。

看到大家终于真正泡上了开发了10多年的武义温泉，领导们个个都很开心。

金中梁书记特别激动，招呼大家坐到一起。金书记说：“我们这样开会研究温泉开发问题，是真正的现场办公，可谓赤诚相见。大家已经体验到了武义温泉的热度，温泉资源开发已经成功在望，现在大家可以摒弃对温泉是不是能成功开发的怀疑，更加统一思想，团结一致，支持旅游部门抓好温泉度假区的开发建设。”

领导们畅谈起了下一步温泉开发的思路：

首先，原来的温泉度假区规划是在温泉资源还没有开发成功的情况下编制的，塔山温泉、鱼形角温泉和这里的溪里温泉不知道哪个能先开发成功，目标不够明确。现在这个武义最大的温泉得到了成功开发，应该围绕溪里温泉的开发利用进行重新规划，度假区管委会要与时俱进，抓紧组织编制新的温泉度假区总体规划。

其次，武义的温泉是武义发展旅游的重要资源，温泉开发不是旅游局一家的事，是全县的大事，要求各有关部门统一思想，提高认识，履行好部门职责，支

温泉浴吧建成后，邀请温泉取水工程抢修突击队队长周辉等工人试泡（陶锡忠摄）

持帮助旅游部门做好温泉度假区的开发、建设、招商、运营等各项工作。

本次现场会之后，温泉开发在全县的受关注度大幅提高，各部门支持温泉开发的积极性也在提高。武义温泉能推动武义旅游产业发展，进而推动全县经济社会发展的共识逐步达成，度假区开发建设的外部环境得到改善。

小溪里温泉浴吧试运营期间，我邀请县内有实力的企业家都来试泡感受武义温泉，向他们推销温泉旅游开发项目。几位企业家泡过温泉之后，开始看好武义的温泉旅游开发，后来在县领导的动员支持下分别投资开发了武义清水湾沁温泉旅游度假村、武义牛头山国家森林公园和浙江唐风温泉旅游度假村，成为武义温泉旅游骨干企业，为武义的温泉旅游产业发展做出了重大贡献。

小溪里温泉浴吧经过一段时间的试运营，也暴露了类似安全设施不到位、供水排水系统的水流速度与水池大小不匹配等许多问题，我们都一一进行了整改，并认真总结整理出温泉供排水水管口径与水池容量的匹配参数，为后来武义温泉旅游开发项目的建设提供了借鉴。

通过试运营和整改提高，小溪里温泉浴吧于2002年国庆旅游黄金周正式对外开放，拉开了武义温泉旅游开发大业的帷幕。

小溪里温泉浴吧这个投石问路的温泉旅游开发项目的问世，让来这里体验过露天泡温泉的人们体会到了武义温泉资源的珍贵，知道了温泉旅游体验不是像以前温泉山庄那样，把温泉水接到卫生间里去作为洗澡的热水用就行了，而是要打造出一个温泉沐浴的美好环境，要有温泉沐浴的专业设施设备，要有温泉沐浴的礼仪和程式，要有配套的服务等一系列温泉旅游新理念。

小溪里温泉浴吧在武义温泉开发和招商引资上，也发挥了意想不到的效果。

没有小溪里温泉浴吧以前，开发商请来了，无论你有多会说，说破嘴，也没法描绘出温泉沐浴的美好体验。有了它之后，带他们去泡一泡，他们自己就切身体会到了泡温泉带来的身心愉悦感。

小溪里温泉浴吧在温泉旅游项目的开发建设方面起到了很好的示范效应，同时在武义温泉旅游市场的开发中也起到了不可替代的作用。

它接待了第一个来武义泡温泉的旅游团队，第一个与上海的旅行社签订了组团来武义泡温泉的合作协议，不计成本让利给旅行社，撬动了上海旅游的大市场。

与此同时，小溪里温泉浴吧不到一年时间就收回了40多万元的建设改造投资。

九 兴建清水湾温泉旅游度假村

小溪里温泉浴吧还只是一个让人们可以泡上温泉的体验项目，而我们要规划建设的是一个大型的温泉度假区，希望人们能在这里住下来，过上温泉度假生活。

根据我对国内外类似项目的考察，温泉度假区里一定要有酒店，而且这家酒店一定要有温泉特色。什么样的酒店才算是有温泉特色的酒店？

我们筹集到启动资金后，于2001年底开始谋划自己先投资建设一个温泉特色酒店项目，请金华市城市建设规划院编制了《武义温泉浴场建设详细规划》。因为度假区的总体规划修编还在谋划中，所以这个温泉浴场的规划编制过程中，我在国内外温泉度假区、温泉酒店考察时所学到的一点相关知识，发挥了很大的作用。

武义温泉浴场建设项目规划征地4.6万平方米，建筑面积1万平方米，包括室内温泉浴场、室外温泉大泡池、温泉大酒店、客房中心和18幢小别墅，总投资 4000 万元。整个项目实行一次性统一规划分期建设。

为了强化温泉理念，在项目立项时用了一个“温泉浴场工程”的暂用名。筹建过程中，我们对这个项目的名字进行了反复的讨论，最后还是根据金中梁书记的提议，定名为“武义清水湾温泉旅游度假村”。

2002 年元旦，我们利用假期时间编制了《武义温泉浴场工程建设可行性报告》，报县发展计划局审批立项。2002 年 1 月，县发展计划局批复同意新建武义温泉浴场一期工程，项目由温泉酒店、温泉接待中心、温泉浴场等组成，项目总投资 900 万元，项目法人为武义温泉旅游开发有限公司，项目被列入全民自筹投资计划管理。

2 月 21 日，县长召集县文旅局、财政局等单位的有关负责人，就温泉浴场工程建设有关事项进行协调。会上，我汇报了武义温泉浴场工程建设需要协调解决的相关问题。经讨论，形成如下会议纪要：要求按照“小步启动、完善规划、市场操作”的思路，边启动边招商，抓好溪里温泉的开发利用，并要求温泉浴场大泡池在 2002 年 8 月底前竣工，其他项目在 2002 年 12 月底前竣工。

一般一家酒店宾馆类的建设工程，建设周期最短也要两年左右，要在 10 个月内建成一家温泉酒店，这又是一个似乎不可能完成的任务。

那为什么这项工程要求在 10 个月内完成呢？应该说这既是领导的愿望，也是我自己对早日建起一家武义温泉酒店的心愿。真可谓“不用扬鞭自奋蹄”。

这个目标确立起来之后，我就把自己的工作作息从 8 小时工作制调整为 16 小时工作制，取消了节假日。

工作日上班时间，处理好自己身上担任的旅游局局长、文化局局长、度假区管委会负责人、温泉旅游开发公司董事长岗位上的日常事务；晚上和节假日时间用于武义清水湾温泉旅游度假村建设工程的谋划定位，规划设计，可行性研究，资金筹措，土地政策处理，工程建设安全管理、质量管理、进度管理等一个温泉特色酒店建设业主需要研究处理和决策的各种问题。

其间，我无论上班、下班，开会、出差，总是背着一个手提电脑，不知情的领导和同僚，还经常开玩笑说我背个手提电脑是显摆，因为那时可以配上手提电脑的局长还不多，能够用的更少。殊不知我背着手提电脑是为了便于在车上、飞机上、家里随时抽时间编写清水湾温泉旅游度假村建设项目的策划、可行性研究、项目规划、项目设计方案，及时处理项目的土地征用报批文件、项目预算、招投标、施工合同等各种文案。

因为这个项目是温泉度假区内新建的第一个项目，度假区管委会和旅游局都还没有配备与工程建设相关的专业管理人员，而我在开发区和经济开发总公司管理过类似建设工程，只有自己亲力亲为去一一落实。

为加快建设项目的设计进度，我学会了 CAD（电脑辅助设计）软件的应用，通过手提电脑随时与设计人员交流，提出优化修改意见。

特别是在温泉泡池和温泉沐浴接待设施的设计中，因为设计人员从来都没有接触过温泉项目，所以对于他们来说这是一个原始创新项目，他们要根据我对国内外温泉的考察学到的知识，结合清水湾温泉的实际来设计，还要由我来评判是否可行，怎么修改优化。设计师经常打趣说："我就是你的鼠标，你指到哪我画到哪。"

从设计委托出去开始，到设计完成定稿的 3 个月时间里，我几乎每天晚上都要和设计师沟通交流。为了加快推进设计进程，为了尽可能设计出科学合理的温泉沐浴服务流程，我们经常会讨论到后半夜。设计师们都说："陶局长的工作节奏，跟我们这些夜猫子很合拍。"

就这样，不到 100 天时间，武义清水湾温泉旅游度假村设计完成，确保了各项审批程序、招投标程序的顺利推进和各项工程建设筹备工作的顺利完成。

其间，为了加强项目现场管理，我们成立了项目建设指挥部，又由吕子连副局长任总指挥，负责建设工地现场的统一指挥与协调。

筹备阶段，我在做项目策划准备的同时，吕副局长就负责起了土地征收、政策处理、拆迁安置、施工道路和用水用电等基础设施建设工作。

在项目用地范围内，有一处产权属于熟溪街道的木材检查站，计划作为清水湾温泉旅游度假村建设项目的入口。我们把它列为第一个征收目标，我和吕副局长找到熟溪街道办事处主任陈阳英，向她说明来意后，陈主任表示："温泉开发

清水湾温泉度假村入口（陶锡忠摄）

是县里的大事，溪里温泉在我们街道，度假区有什么需要我们帮助解决的问题，一定全力支持。”

在陈阳英主任的主持下，我们商谈起了征收木材检查站问题。她极其爽快地说：“我们盼望温泉开发都盼了好多年了，现在真的要动工兴建了，我实在是太高兴了。这个木材检查站如果是我个人的，我都想送给你们，但这是国有资产，给你们用还是要办好手续。至于价格多少，你们去请第三方评估一下，评估出来是多少就多少好了。”

谈好政策，我还提了一个要求，想让陈主任把木材检查站的钥匙当场就交给我们。这让陈主任有点为难，但她想了想，还是让办公室主任找来钥匙，亲手交给了我，打趣说：“为了武义人早日泡到温泉，我就先斩后奏了。房子你们先拿去用，资产交易程序也抓紧办起来，下周开班子会我再向大家通报解释一下。度假区建到我们熟溪街道来，这点事大家一定都会同意的。”

我们谢过陈阳英主任，吕副局长带领项目指挥部人员接管了木材检查站，打扫一番就成了指挥部的临时办公场所了。我到资产评估公司请来专家，到现场做了评估。第三天就拿到了评估报告。

一个占地面积 500 多平方米、建筑面积近 300 平方米的木材检查站，因为已年久失修，好像只被评了 1500 元钱。我们与熟溪街道签好合同，办好过户手续，这里就成了武义温泉旅游开发有限公司第一笔固定资产了。它虽然破旧，但它是我们筹建清水湾度假村过程中一个能够遮风挡雨的落脚点。

清水湾项目用地选址在熟溪街道溪里村的上顶畈，首期征地 69 亩，有 1/3

是农田，其余是山地，涉及的农户多达50多户。

为了争取溪里村干部群众对征地工作的支持，我们在熟溪街道办事处的协助下，召开了一个由村党员干部和征地涉及的农户代表参加的征地工作动员会。会上，我向大家描绘了温泉度假区开发建设的美好前景：度假区建成后一定能给村里带来发展机遇，溪里村将会建设成为繁荣的温泉小镇。

会场上大家将信将疑。我又向大家介绍了我在开发区工作时，好几个村子土地征收时，村民都同他们一样将信将疑，担心土地被征收了，他们的生活得不到保障。可几年过去了，开发区轰轰烈烈地开发了起来，引进了许多企业，村里发生了翻天覆地的变化，办起了超市、菜市场，建起了商业街。村民的房子出租价格比县城还高，村民收入大幅增长。现在县里最富的村，就是开发区开发到的几个村。

这些经济开发给当地老百姓带来的好处，打动了多数村民。为了让大家更直观地看到这些村子的变化，我们还组织村里的党员干部和村民代表，到县内外开发区建设到的村去现场参观学习。

耳听为虚，眼见为实。参观回来后，村干部的思想更加统一了，征地工作的干劲也更大了，多数村民也都开始积极主动地配合我们的征地工作了。

但也有几个村民提出这样那样的要求，其中还有一户是县里有名的上访户。

为了做好这些村民的思想工作，吕副局长就带着指挥部工作人员住进了溪里村。利用晚上和早、中、晚三餐农民们在家吃饭的时间，逐一上门做工作，签订征地协议和地上附着物拆迁安置协议。

在征收红线范围内，要拆迁的房子不多，但其中有一片比较集中的坟地，有80多座坟墓需要拆迁安置。

在征地工作开始前的分析研判中，我们就意识到了迁坟工作可能是整个征地拆迁工作中的难点问题。

在农村要迁坟，有时候比拆迁房子还难，需要看风水、择日子，还要做好墓主后人的思想工作。

一个房子的主人可能是一个人或一家人，但一个墓主的后人动辄几十人甚至上百人，要选个对每个后人都有利无害的良辰吉日，真的很不容易。

但当地还有一个习俗，就是迁坟如果凑在冬至日或清明日，是不要择日子的。那这么多坟墓的动迁，就必须凑在冬至日或清明日。

可当我们获得县领导首肯，可以启动清水湾温泉旅游度假村筹建工作时，已经临近 2001 年的冬至日。如果等来年清明，那已是主体工程要正式开工建设的日子了。坟墓不先迁掉，土地的清表平基就没法进行，那肯定会影响正式开工建设。所以我要求吕副局长，一定要想办法赶在冬至日把所有坟墓都迁掉。

可我们一算时间，那天离冬至日只有 20 天时间了，15 天是坟墓动迁发布公告的最短时间要求，怎么办？我们立即召集旅游局干部开了个紧急会议，让大家停下手头工作，分头去落实办理坟墓动迁公告发布事宜。

通过紧急协商，赶在当天晚上，与熟溪街道办事处联合在县广播电台、电视台发布了坟墓动迁公告。

接下来的工作就是请求熟溪街道和溪里村领导支持配合，找到每个墓主的后人，动员他们在冬至日动迁坟墓。

吕副局长使出了他这个老乡镇党委书记的浑身解数，劝的劝，哄的哄，吵的吵，骂的骂，硬是把大家都动员了起来，在冬至日那天把 80 多座坟墓都动迁安置了出去。

在动迁中还发现了好几个无主坟，吕副局长请示我怎么办。我交代他死者为大，无主坟也要像有主坟一样按照当地习俗，在我们出钱修好的新的坟墓安置好。吕副局长带着几个干部，像其他坟墓的后人一样，在修好的无主坟新坟前点上香火蜡烛，虔诚祭拜。之后每年的清明节吕副局长也会带人去祭扫。

通过动员发动、参观学习，特别是吕副局长和项目建设指挥部人员耐心细致的工作，只用了 20 天时间，征地拆迁和青苗费补偿工作就顺利完成了。

2002 年 1 月 8 日，县委书记金中梁主持了武义清水湾温泉旅游度假村开工建设的奠基典礼。

为了赶工期，我们学深圳速度，动用了十几台挖土机、推土机等工程机械同时进场，24 小时停人不停机作业。指挥部人员也 24 小时两班倒在工地值班。在刚开工的前两个星期，我自己每天早上 7 点，赶在工地里的工人上班前，到工地

建成后的清水湾露天温泉（陶锡忠摄）

与指挥部人员和施工队队长一起主持召开一个晨会，让各班组汇报前一天的工作进展情况，碰到哪些问题，针对问题现场研究解决措施。

开工后不到一个月就是春节长假了，按惯例农民工回家过年，要过完元宵才回来。为了抢时间抓进度，我们要求工地里的施工队，只安排大年三十和初一休息两天。大年二十九中午，我们请工程指挥部人员以及家属一起吃了一个团圆饭，和大家商量，工程指挥部人员也要和施工队一样，年初二就回工地上班。我爱人第一个表示要支持我们的工作，其他家属也都赞同。我和吕副局长激动地向一个个家属敬酒，感谢他们的理解和支持。

吃完饭，我们请家属们到工地参观了建设中的清水湾温泉旅游度假村，和大家一起畅想建成后的度假村是个什么模样，表示要邀请大家共浴温泉，引来一片欢声笑语。大家兴高采烈地一起动手，在工地上拉上一幅“艰苦奋斗，只争朝夕”的大红标语，放上几个鞭炮就算过大年了。春节长假期间，工地里天天都像工作日一样干得热火朝天。

奋战 3 个月，建设工地的土地清表、地质勘探、平基、施工道路建设、施工用水用电、地下管网埋设、基础打桩等前期工程全面完成。

2002 年 4 月 12 日，温泉大酒店、温泉浴场接待中心两幢大楼的主体工程开工建设。

主体工程开工后，我坚持每天去工地一到两次，与工程指挥部人员、施工队

温泉度假区启动建设时的场景（陶锡忠摄）

负责人一起，随时研究解决施工中遇到的各种问题。把工程进度目标分解到每天，甚至每个班次。不断排查可能影响下一步施工进度的问题和矛盾。未雨绸缪，提前介入，把问题和矛盾解决在萌芽状态。各项施工任务合理安排，统筹兼顾，科学穿插进行，施工组织安全有序，工程进度快速推进。

到 2002 年 6 月 5 日，只用了 50 多天，温泉大酒店大楼和温泉浴场接待中心主体工程结顶。

项目建设的顺利开展，县领导对加快温泉度假区开发的信心进一步增强，开始谋划更大手笔的开发建设计划。

为了让温泉度假区管委会集中精力做好规划编制、环境基础设施建设、项目招商和全县的温泉旅游形象营销等行政管理事务，县政府计划再成立一家承担具体温泉旅游经营项目开发运营的国资公司——武义江南温泉度假发展有限公司，来接手清水湾温泉旅游度假村项目的后期建设和经营管理。

2002 年 6 月 26 日，县委书记金中梁召集县文旅局、温泉度假区管委会、建设局等部门，以及筹建中的武义江南温泉度假发展有限公司负责人，就清水湾温泉旅游度假村（以下简称清水湾度假村）后期建设运营问题进行协调，形成关于加快武义县温泉旅游资源开发工作的意见：

原度假区管委会下属武义温泉旅游开发有限公司予以保留，负责温泉水资源的开发、管理和经营，以及取水工程的债权债务处理。

由武义县投资托管公司和武义县城市建设发展公司，共同出资组建武义县江南温泉度假发展有限公司（以下简称江南温泉度假公司）。清水湾度假村一期工程，整体转让给这家公司。

现有度假区指派的工程指挥部人员继续协助做好工程建设有关服务工作，确保工程按计划顺利实施。

6 月 27 日，现场管理移交给江南温泉度假公司。6 月 30 日，签订了武义温泉浴场一期工程转让协议，协议约定转让价格为 604 余万元。

清水湾度假村项目由江南温泉度假公司接管后，度假区指派的工程建设指挥部成员继续履行工程建设管理职责，直到温泉大酒店大楼、温泉浴场接待中心大楼和室外温泉大泡池建设装修完工，于 2002 年 12 月 25 日建成试营业后才撤回。

清水湾度假村建成试营业后，度假区的温泉旅游接待能力大幅提高，温泉旅游的热潮开始在武义掀起。

江南温泉度假公司继续加大投资，建设了清水湾二期工程。到 2003 年 10 月 1 日，清水湾度假村按规划全面建成，正式对外营业。

清水湾度假村的建成和日渐升温的武义温泉旅游市场，彻底改变了度假区的招商形势，从当年投资商谁也看不上，一下子变成了人们争抢的香饽饽。

县领导顺势而为，谋划将清水湾度假村作为度假区的第一个对外招商项目出让给民营投资者经营。

2006 年 6 月 2 日，县长召集县旅游、财政、建设等部门单位负责人，就清水湾度假村出让相关工作进行协调。本县企业浙江隆达园艺

清水湾温泉度假村一期工程建成开业（陶锡忠摄）

建设中的温泉旅游度假区（卢峰摄）

家具制造有限公司，通过拍卖以 1.1 亿元竞得该度假村。之后，他们组建了浙江骏达联酒店有限公司，投资扩建清水湾景区。2013 年 12 月，清水湾景区被评定为国家 AAAA 级景区，成为武义县首个国家 AAAA 级景区。

正当温泉旅游开发建设项目如火如荼地展开，温泉旅游产业蓬勃兴起的时候，不少民营资本盯上了这片温泉旅游市场的蓝海。为了占据温泉开发的有利地段，他们对我主持编制的温泉度假区规划提出种种非议，指责我们把度假区的核心地块规划成了中心广场、矿山遗址公园、大型公共停车场、公共旅游接待设施和大面积的水体景观，是没有经济头脑。因为这些土地如果拿来出让，就可以为政府取得丰厚的出让收益，而规划成了公共服务设施建设用地，非但没有收益，还要花大把的钱去搞基础设施建设。他们的目的是制造舆论推动修编度假区规划。

由于在规划修编问题上意见不一致，我在万般无奈之下，向组织提出调动工作的请求。在我调离旅游局之后不久，原来规划用于中心服务区建设的地块出让给了投资商，建了一家五星级标准的酒店。可惜的是，这家酒店由于没有了公共服务设施配套等原因，已成了烂尾工程。公共服务区的缺失也严重影响了温泉度假区的发展。

2002

/

2005

第九章

让诗牵手远方

——文化局工作笔记

我调任旅游局局长时，文化局是与教育局合署办公的。县里的主要领导在谋划和组织旅游开发时，经常会碰到旅游开发与文物保护之间的矛盾，旅游部门与文化部门摩擦不断，协调两个部门的关系牵扯了不少精力，希望用改革的办法解决改革发展中碰到的问题。

在2002年的那一轮政府机构改革中，县主要领导动议要把文化与教育局里的文化局职能和旅游局合并，成立文化旅游局。合并之后我就是这两个局的负责人，原来两部门之间的矛盾就是内部矛盾，让文化旅游局局长自己去协调解决。我就肩负起了文化旅游局局长的责任，着手处理文化体制改革面临的难题。我协调处理文化与旅游的关系；精心组织全县文化资源的挖掘整理与保护；在加强保护的基础上，将深藏于武义大山深处、村落民居、宗庙祠堂、街头巷尾的人文古迹发掘出来，宣传开来，向人们展示武义人文历史的美，使其成为吸引游客的重要旅游资源。这期间我亲历了以下几项有意义的工作。

一 安置电影放映员

随着电视这一文化传播形式的普及，群众文化生活发生了很大改变。原来的乡镇电影放映队、电影公司、影剧院、电影院、婺剧团这些文化单位，都因受到了电视的冲击而变得经营惨淡。这些单位的250多号员工，原来都有事业单位身份，由县财政全额或者差额拨款，没有了经营收入之后，更是都要由财政供养。

为了适应形势变化，减轻财政负担，1998年，县里就启动了这些单位的文化体制改革。但由于改革要转换人员身份，安置员工的资金一时难以落实等原因，乡镇电影放映员和婺剧团演职人员一直到2002年也没有安置好。单位发不出工资，群众情绪很大，经常组织上访，成为县里的一大难题。

文化局与旅游局合并后，我把解决好乡镇电影放映队和婺剧团的机构改革和员工安置工作作为当务之急，自己亲自负责，集中精力，到这些面临安置的人员中去，倾听他们的意见和呼声，逐一研究解决办法。

对乡镇电影放映员的安置问题，我之前就有所了解，因为我的大姐夫就是坦洪乡的电影放映员。他是一个退伍军人，有较强的工作能力和较高的思想境界，在全县的乡镇电影放映员中也有一定影响力。

为了了解他们这个群体的思想动态，我让大姐夫把他的5个乡镇电影放映员朋友约到他们家，我也到大姐夫家和他们一起吃了个晚饭，认真听取他们对文化体制改革，特别是电影放映员安置工作的看法。

由于是在我大姐夫家，我又是一个刚接任的文化部门领导，交流的气氛比他们之前到县里上访时要好一些，但我还是先让他们发发牢骚。

他们的谈论反映了这样的事实：乡镇电影放映员是当年为了满足农村老百姓看电影的文化需求，也是为了做好党对农村的文化舆论宣传工作而建立起来的一支队伍。

每个电影放映员都是本乡的优秀青年，不说千挑万选，至少也是百里挑一挑出来的。他们在乡镇电影放映员岗位上兢兢业业，无论是盛夏酷暑还是寒冬腊月，每天风里来雨里去，肩挑手扛，带着电影放映器材为老百姓放电影。

为了配合党对农村的宣传工作，个个都学会了宣传幻灯片的制作，在电影放映时向群众宣传党的政策，是党和政府最贴近群众的宣传员，为当时各项方针政策在农村的宣传落实发挥了不可替代的作用。现在老百姓有电视看了，不看电影了，他们没活干了，就要他们下岗了，也没什么人去关心他们的出路，他们感到很失落。

我作为一个文化部门的负责人能去看望他们，还没有帮他们解决任何问题呢，他们就开始感恩戴德，不断向我敬酒。吃完晚饭沏上茶，我正式开始和他们座谈。

首先，我充分肯定了乡镇电影放映员在丰富农村群众文化生活、宣传党对农村的方针政策中确实发挥了重要作用。但我也和他们分析，随着改革开放的深入、经济建设的推进、人民生活水平的提高，农民群众的文化需求确实已经发生了很大改变，全村人聚在一起看电影已经成为历史，成为回不去的过去，我们这支队伍要改制已经是历史发展的必然，所以我们必须面对这一现实，接受历史的选择。

其次，我也充分肯定了乡镇电影放映员的才能，我和他们当中最年轻的放映员是同龄人，当年我也曾经很羡慕这个职业。但我希望他们不要在一棵树上吊死，既然历史淘汰了这个职业，我们就要勇敢地面对。大家这么优秀，改革开放中个人发展的机会层出不穷，我们要用发展的眼光去寻找自己的发展机会。

我列举了他们当中已经做起个体经营、当上老板的典型，鼓励他们走出放映员队伍，凭他们的才能一定会有更好的前景。

我的一番话，说得大家心里暖暖的，大家你一言我一语，列举了好多放映员已经发展成了种养专业户，开起了个体工厂，或者在民营企业里当上了高管的成功转型例子。也列举了一些放映员不肯出去找工作，等着政府安排工作的例子。

交谈中我发现，他们对全县的乡镇电影放映员的状况还是挺了解的。我就顺水推舟，让他们为我摸一摸全县放映员当前的就业情况。我想从关心帮助他们重新找到就业机会入手，打破放映员队伍改制的僵局。

我和他们商量把全县乡镇电影放映员分成三大片，让他们两个人负责一片进行调查，把每个放映员的就业情况都做一个登记。尤其是要摸清楚就业困难的人员情况。

一个星期后，我大姐夫带着这 5 位放映员来到我的办公室，汇总了全县 180 多位放映员的就业情况。他们当中有的当上了乡镇领导，有的到了乡镇工办、乡镇企业工作，有的已经开始自己创业，多数人都已经有了新的就业门路，但也还有 20 多人没有就业门路，或者对现有的工作不满意。

与此同时，我利用在开发区时建立的与区内企业家的关系，到开发区企业，以及旅游局主管的宾馆饭店去，一家一家推荐乡镇电影放映员这批人才。他们有较高的文化素质和较强的工作能力，而这些开发区的企业和旅游宾馆饭店多数是新办企业，正需要一些管理人才。好几家企业有试用这些放映员的意向。

我让大姐夫他们分头把这个就业信息反馈给那些就业还没着落的放映员，他们当中确实有几个人到开发区企业和旅游宾馆饭店去应聘并被录用了。通过为他们找工作，进一步缓和了关系。

我们抓住电影放映员情绪稳定下来的机会，积极争取县财政落实安置费。在县主要领导的关心支持下，县财政根据当时省内同等发达县市安置乡镇电影放映员的标准，安排了安置费。

我动员我的大姐夫和那五个乡镇电影放映员，带头签订了安置合同，领了安置费，其他放映员也在各乡镇的配合下，全都实现了妥善安置。

二 重组婺剧团

在解决县婺剧团演职人员的安置问题时，我们同样采取了先解决他们的就业出路的办法。

文化局与旅游局合并后，县婺剧团负责人、党支部书记陈尚清，就带着团里的几个主要演员找我诉苦来了。

说来也巧，陈尚清的妻子，原来也是婺剧团里的一名乐队成员，我在团县委筹建青少年宫，需要配备一名有音乐专长的工作人员。经人介绍，她被调到了团县委工作，所以我和陈尚清那时就已认识，大家相互了解，沟通起来也比较顺畅。

据陈尚清介绍，县婺剧团面临的情况是：原来婺剧团是比较好的单位，编制超额配置，供养的人员多。可现在婺剧演出市场很不景气，造成人浮于事，入不敷出。自从 1998 年县里启动对婺剧团的体制改革之后，改改停停，几次都因演职人员对改制方案不满意而没能改下去。

文化局与旅游局一合并，我的办公室里就挤满了上访的婺剧团演员，个个满腹牢骚。一个演小花脸的老演员，现编现唱了一段唱腔："苦哇……我是台下十年功，台上一分钟，我出场掌声雷动，我下岗无处安身……"唱得声泪俱下，我也听得一阵阵心酸，陪着他们流泪。

的确，县婺剧团原来是好单位，特别是这些名演员，以前在人们面前风光无限，可到现在工资发不出，生活没着落，也难怪他们有怨言。

等他们情绪稳定下来，我帮他们一起分析归纳，得出他们对之前改制方案不满意的原因主要有两条：一是改制所需的安置费要由婺剧团自己通过变卖资产筹集，而且资产变卖收入可能不足以支付安置费；二是改制后的人员就业没着落。

我设身处地地想，如果这两个问题得不到妥善解决，换作谁都不会同意改制的。因此我当场表态，我们会对原来的改制方案做进一步的完善，刚才提出的两大问题，一定要有解决方案再来同大家谈改制。

说这话时，我心里其实是发虚的，可大家听后觉得是有盼头了。这时已经过了下班时间，我安排在附近的小餐馆里请他们吃了一顿晚饭，然后回办公室继续研究改制问题。

经过下午的交流，要解决的问题清晰了很多，如果能把安置经费的筹集和改制后的演职人员再就业这两个主要问题解决好，其他问题就都可以迎刃而解了。

我们首先研究安置经费的筹集问题。根据县里的政策，婺剧团安置费要通过盘活资产来筹集。婺剧团有自己的办公楼和职工宿舍，都在城市拆迁改造区内，可以套用拆迁安置政策。可一计算，根据当时的安置标准，安置经费至少还有十来万的缺口。

我又问陈尚清："除了房子，婺剧团还有什么资产？"

陈尚清说："那就只剩下演戏的行头了。这些行头是婺剧团的饭碗，演员们很珍惜，但要拿到市场上去变卖，又可能没人会买。"

可我觉得这些行头是有价值的，一定要想办法让它变出钱来。

于是我说："其实差十来万安置费也不是什么大事了，到时候我来负责解决。"

我们继续来研究演职人员的再就业问题。为了解决好演职人员的再就业，我已经安排分管文化工作的邹伟平副局长，对金华市下属的几个县市的剧团改制情况做了一番了解，已经掌握到像义乌、永康这几个市场经济比较发达的县市都已经完成了改制。他们解决演职人员再就业问题的办法，就是以婺剧团原班人马为班底，成立一家民营演出公司，来解决再就业问题的。

这个办法陈尚清他们也想到过，但武义就是没有一个人能站出来牵头组建这家演出公司。

我问陈尚清：“为什么你自己不来牵头组建这家演出公司呢？”

陈尚清说：“自己经济实力不行，管理能力不强，当然还有其他原因，怕搞不好这么家演出公司。”

以我对他的了解，他的经济实力、管理能力应该都没有大的问题，从他的口气中我倒听出来了，那个他不愿意说的“当然还有其他原因”才是真正的原因。

既然他还不愿直接说出来，其中一定有苦衷，我也就没有追问，而是同他聊起了家常，聊起了他自己改制后的打算。

陈尚清演的是小生角色，他是团里最出色的演员，改制后其他县市的婺剧团都会抢着要他，这一点我也相信。但我从家庭的角度和他分析，要照顾到妻子和孩子还是在武义好。再说其他地方的婺剧团没有改制的也要面临改制。如果第二次面临改制，你一个外来的演员就没有现在这样受重视了。

听了这些，他觉得很有道理，就向我敞开心扉说出了没有下决心来牵头组建民营演出公司的原委。他说：“原来的改制方案中，我们演戏的行头要拿到市场上去拍卖掉，把卖出来的钱用于演职人员安置。团里为了置办这些演出必备的乐器、服装、布景，前前后后投入了上百万元。这些旧东西拿去拍卖可能也卖不了多少钱，但如果能给我们继续用，倒都还能凑合着用。如果把旧的行头卖给了他人，我们再去成立演出公司，重新花钱去置办这些行头，那至少也得五六十万元投资，这是我们承担不起的。”

听到这里，我打断他的话说：“这个不是问题呀，你牵头去把民营演出公司成立起来，把这些行头以优惠一点的价格卖给你们不就成了吗？”

陈尚清说：“我们提过这个要求，但领导怕不公开拍卖会有风险。”

这一点我也懂，国有资产的处置如果不走公开拍卖程序，就会有利益输送的嫌疑。

从情理上讲，把这些旧行头卖给改制单位员工组建的演出公司，哪怕是优惠一点也是合情合理的，但国有资产处置的规定又在那里明摆着，不公开拍卖就是违规操作。

怎么来解决这对矛盾呢？一时我也没辙。

为了弄清楚他说的那些行头到底是什么情况，我让陈尚清他们连夜带我去他们的仓库察看。仓库里有大大小小好几十只戏箱，装满了各种各样的演出服，有古装戏的龙袍凤霞，有现代戏的服装，更多的是“文化大革命”期间置办的革命样板戏的服装。这些服装多数都已陈旧褪色，有的甚至已经破烂，在我看来根本不值什么钱了，可陈尚清他们却还如数家珍般地向我一一介绍。

察看完仓库，走回到办公室的路上，我问陈尚清这些行头到底现在还值多少钱。他说只知道会计账本上记录的购置时的原值可能是100多万元，现在值多少他也说不上来。反正他们觉得这些东西是县婺剧团的家底，还是挺值钱的。

他们说挺值钱，我反而感到不好办了，因为当时县里对处置国有资产有一个杠杠，那就是如果资产价值在5万元以上就要公开拍卖。如果这些东西不值5万元那就好办了，我就可以动员陈尚清他们组建一家民营演出公司，把这些行头以协议价优惠转让给他们继续使用了。

我讲了这项政策后，陈尚清他们对不能套用低值国有资产处置的协议出让方式也觉得很可惜。但我还是不死心，回到办公室已经快12点了，我还是给评估公司的总经理打了一个电话，委托他们对县婺剧团的乐器、道具等演出行头做一个第三方评估。我希望评估价会低于5万元，可陈尚清他们认为不大可能。

为了让他们有信心来组建民营演出公司，我和他们说：“我们就先假设评估价会低于5万元，这些行头可以优惠出让给你们，你们可不可以来筹建这家演出公司。”

他们几个人商量了好一阵子后说：“如果真能以5万元左右的优惠价，出让给我们，还是可以去试试看的。”

听到这话，我心头燃起了希望。为了鼓励他们去组建民营演出公司，我再次夸口说：“评估价如果低于5万元最好，如果高于5万元，我也要想办法争取走低值国有资产处置程序，把这些行头优惠出让给你们。”

这下他们来劲了，在我的鼓动下，一个个摩拳擦掌谈论起了组建民营演出公司的话题。

他们一致推选陈尚清来当董事长，其他人有钱出钱，有力出力，大家都说凭着我们县婺剧团这些名演员出去搞商业演出，不可能混不到饭吃。

这时已是深夜两点多了，我让大家先回去休息，要陈尚清明天就着手把注册成立演出公司的事操办起来。我这一边，也立即着手解决安置费的筹集和演出行头的协议出让事宜。

几位名演员起身告别，一个个过来握着我的手，都说今天的上访让他们看到了婺剧团改制的希望，希望我能履行诺言，他们就等我的好消息了。

一星期后县资产评估公司拿出《武义婺剧团的有形资产评估价报告》，评估价为 61956 元人民币，这是一个令我尴尬的价格，比县里规定的可以协议出让的低值国有资产 5 万元的限额高出一点点。

怎么办呢？不能违规操作，又要兑现诺言，只得再去求爷爷告奶奶。

我先去县国资委沟通，向他们介绍了一通婺剧团改制的前因后果，希望他们能变通一下，同意把这些资产协议出让给演职人员组建的演出公司。可他们说你的心情可以理解，但如果违规操作，你我都要承担较大的风险。他们建议我去请示一下县纪委。

我又跑到县纪委，把婺剧团改制的前因后果汇报了一遍。县纪委的领导参加过演职人员上访的接待，婺剧团改制进行不下去也是他们感到很头痛的事情，因此他们愿意和我一起来想办法解决这个问题。

讨论中大家认为，国有资产交易超过 5 万元限额要通过公开拍卖程序进行，是针对一般情况所作的规定，婺剧团演出行头出让这个问题有其特殊性，针对这种特殊情况也可以做特殊处理。

对于怎么个特殊处理法，县纪委提出要求，就是要婺剧团召开全体演职人员会议，对演出行头处置办法作一个表决。如果多数演职人员同意协议出让给新组建的演出公司，就可以协议出让；如果表决通不过，那他们也没办法。

有了这样一个答复，大家纠结的问题就有路可走了。我当场通知陈尚清他们到我办公室，商量召开全体演职人员会议的事宜。

一见面，陈尚清他们首先向我汇报了这几天民营演出公司的筹建进展情况。在几个主要演员的共同努力下，筹建工作进展顺利，他们已经做好了工商登记前

武义县婺剧团经营有限公司董事长陈尚清在《英王徐策》中饰演徐策（陈尚清供图）

在武义县职业技术学校40周年成果展上的优秀学员汇报演出。杨霞云饰演白素贞，楼胜饰演许仙，陈丽俐饰演青儿（张燕华摄）

要做的各项前期准备工作。令人欣喜的是，团里的生、旦、净、末、丑各个主要角色都愿意出资入股，只等召开股东大会履行公司成立前的相关手续。

但让他们头痛的是，团里一些游手好闲的人也想参加新组建的演出公司，如果原班人马全部都到新公司里来，改制达不到精减人员的目的，新的公司同样生存不下去。这也是我事先想到的问题。

好在这几天我在跑政府各部门协调的同时，也对婺剧团富余人员的出路做了一些安排。向县里新组建的兰香艺校、温泉艺术团和文化局下属的文化市场执法大队、旅游局下属的温泉旅游开发公司，以及旅游宾馆饭店推荐了好几个婺剧团演职人员，这样也减轻了新组建的演出公司的人员压力。

对于极少数不称职演职员，新组建的公司有用人自主权，可以拒绝接收。

新组建的演出公司可以安置70%左右的人员，我们介绍的新就业单位可以接收20%左右的人员，这样就有90%左右的人员有了新的就业渠道。余下的人员中，有些也有自己的就业门路，真正就业没着落的只有极少数了。这样就为开好全体演职人员大会创造了条件。

事不宜迟，我要求他们第三天就召开全体演职人员大会，表决通过婺剧团演出行头协议出让方案，兑现安置经费。

在局分管领导的指导和陈尚清他们几个台柱子的共同努力下，全体演职人员大会如期召开，各项议程顺利完成。

全体演职人员大会之后，紧接着召开了新组建的武义县婺剧团经营有限公司股东大会，表决通过了公司成立必须履行的各项决议。我代表文化旅游局和陈尚清签订了《武义婺剧团资产处置移交协议》，武义婺剧团在市场经济体制下得到了重生，并使婺剧这一浙江省的地方戏曲在武义得到了发扬光大。县婺剧团改制时成立的武义职业技术学校下属兰香艺校培养的两名武义籍婺剧演员杨霞云和楼胜分别于 2015 年和 2021 年获得中国戏剧最高奖“梅花奖”。

三 抢救昆曲艺术

我任文化旅游局局长之初，在走访调研文化工作时，县文化馆馆长傅鸿飞就向我提出，要组织力量对武义昆曲进行抢救。

傅鸿飞馆长是当年武义昆剧团的乐队正吹，对昆曲情有独钟，一直为之四处奔波呼吁。当中国昆曲艺术入选为“非遗”后，他更是积极争取县里要重视昆曲艺术的抢救与保护。但当时的领导认为经济建设才是头等大事，对昆曲不以为意。文化部门也是被文化体制改革、下岗职工安置搞得焦头烂额，哪有心思去管什么早已关门了的武义昆曲。

但傅鸿飞馆长提出抢救武义昆曲的建议立即引起了我的重视，这倒不是说我对昆曲艺术有多少高深的认识，而是自己与武义昆曲的一些过往情缘，让我更加关注它的命运。

因为我的小姨妈是武义昆剧团的担纲小生，我一个表姐夫是团里的丑角，我七八岁刚开始记事时，就听过昆曲的婉转唱腔，看过昆剧的优雅表演。在农村劳动时还在村里的剧团跑过龙套。在乡镇当团委书记时，桃溪镇政府所在的陶村是武义昆曲的发源地，村团支部里的几个骨干都是昆曲爱好者，在镇团委举办的青年联欢会上曾专门排练表演过昆曲节目。正是这些过往情缘，加之旅游工作中也需要挖掘武义昆曲这一地方特色文化以丰富旅游内涵，都驱使我在旅游发展、温泉开发和文化体制改革的繁忙事务中，挤出时间和精力，来支持县文化馆着手开展对武义昆曲艺术的抢救工作。

可这时武义昆剧团已解散30多年，当时的班底人马已散落到各地，剧团里原有的剧本曲谱、服装道具也在“文化大革命”中被付之一炬。如何抢救？一时无从着手。为此，我召集分管副局长邹伟平、文化馆馆长傅鸿飞进行了专题研究，制定了成立领导小组集中一段时间对武义昆曲及其艺人进行排摸的方案。

2002年9月11日，我和邹伟平、傅鸿飞首先来到昆曲艺术群众基础最好的桃溪镇陶村，召开了由镇文化站负责人、村干部、昆曲老艺人和青年昆曲爱好者参加的座谈会。会上，我介绍了县文化旅游局将着手对武义昆曲艺术进行抢救，并希望陶村的昆曲老艺人和青年昆曲爱好者积极参与到抢救工作中来。

与会人员为沉寂了30多年的武义昆曲，终于有主管部门来牵头抢救深感欣喜，都热情地为抢救工作献计献策。参加会议的陶村青年昆曲爱好者们，心中始终藏着热爱昆曲的种子，一遇阳光雨露又开始萌发。他们主动牵头发动昆曲老艺人和昆曲爱好者，成立了“陶村昆曲延艺社”，利用业余时间组织排练表演。这个延艺社被我视为昆曲艺术在民间留下的火种，也是武义昆曲能够传承发展的希望所在。

由于当年的剧本曲谱被烧毁，许多唱腔都是通过老艺人的口口相传在传唱，把这些几近失传的昆曲艺术抢救起来、把他们的演唱录制下来是一条最主要的路径。可受邀参加座谈会的许多人已是八九十岁高龄，看着一个个风烛残年的老艺人，我油然而生一种紧迫感。于是我和邹伟平、傅鸿飞商量后当即决定，成立由我任组长，邹副局长、傅馆长任副组长的武义县昆曲抢救恢复领导小组，并在县文化馆设立领导小组办公室，由傅鸿飞兼任办公室主任。我们把还在县文化系统工作的原武义昆剧团演职人员都动员起来参与昆曲抢救。

在邹副局长、傅馆长的具体组织下，武义县昆曲抢救恢复领导小组办公室制定了《武义昆曲抢救方案》，准备报省文化厅立项，争取专项资金支持。

2003年11月，恰逢全国政协组织的一个昆曲艺术现状考察团来浙江考察，我看到新闻报道后，赶紧向省文化厅报送了《武义昆曲抢救方案》。

2004 年春，全国政协昆曲艺术现状考察团向中央报送了《关于加大昆曲抢救和保护力度的几点建议》，并在十届二次全国政协会议上作了书面发言。在这样的背景下，省文化厅设立了浙江省昆曲抢救专项资金，对省昆剧团和各地的昆曲抢救工作给予专项支持。

我们上报的《武义昆曲抢救方案》在省文化厅顺利立项，争取到 8 万元的专项资金。根据项目预算，主要用于武义县昆剧团老艺人的唱腔、表演影像录制，对抢救工作中搜集到的昆曲老剧本、曲谱的整理编印，对武义昆曲史料的整理编印，还要排练几个昆曲剧目进行展演。

抢救工作启动后，陶村的村干部认为这是昆曲延艺社争取上级支持的好机会，让村老年协会会长带了几个延艺社的骨干到县里来上访。

我在桃溪镇工作时，是陶村的驻村干部，领头来上访的是当时的村党支部书记。老领导要来，我没有让他们走上访程序，而是直接到汽车站把他们迎到局会议室，让办公室主任涂祎红好好接待他们。

我又把邹副局长、傅鸿飞馆长叫到我办公室，三个人一起商量怎么利用好省文化厅的昆曲抢救专项资金，支持陶村昆曲延艺社的发展。但邹副局长、傅馆长感到很为难，因为专项资金必须根据上报的方案使用，确保方案中的各项抢救工作内容都能完成，项目才能通过检查验收。

就 8 万元，要办这么多事，还要挤出钱来支持陶村昆曲延艺社，我也是左右为难。好在当时文化与旅游融为一体的体制给了我一点回旋余地，我向邹副局长、傅馆长提出，陶村昆曲延艺社的发展一定要作为这次昆曲抢救的重点加以考虑，否则我们即使把再多的武义昆曲表演影像、老剧本、老曲谱和史料整理出来，没有人去传唱，束之高阁也就没有实际意义。抢救昆曲不能光为了抢救而抢救，应该通过抢救真正让它在民间“活起来”。我希望通过对陶村昆曲延艺社的扶持，让它来唱响武义昆曲，唱给武义的老百姓听，唱给来武义的游客听，唱给年轻人听。

邹伟平、傅鸿飞也赞同我的想法，并商量提出了一个办法，那就是把《武义昆曲抢救方案》中的排练昆曲剧目和展演的任务交给陶村昆曲延艺社来承担，这样我们就可以在省文化厅的昆曲抢救专项资金中挤出钱来支持延艺社了。

有了这个办法后，我把陶村来的同志和邹副局长、傅馆长叫到一起进一步商讨具体操作方案。要让陶村昆曲延艺社来承担展演任务，最直接的困难就是他们的演出行头、道具、乐器都不齐全。我要求在从省里要来的专项资金中，尽最大可能挤出钱来把展演必不可少的演出行头、道具、乐器先帮延艺社办齐。展演需要落实的场地、邀请领导专家、组织观众、演员食宿、补贴等费用，由我负责通过转移支付的办法，落实到旅游景区去，让旅游部门负责承担。

这个解决办法陶勤方老书记和延艺社的骨干们也都觉得可行，然后大家一起把展演活动的细节也作了一一落实，各负其责开展起了武义昆曲抢救工作。

2004 年 8 月 11 日，我们在县文化馆召开了武义昆曲老艺人座谈会，邀请 40 多名散居各地的老艺人回来参加，他们有的带来了“文化大革命”中私藏下来的剧本，有的带来了曲谱，有的留下了表演录音、录像。

到 2004 年底，武义昆曲抢救各项工作基本完成，比较系统完整地整理出了武义昆曲的发展史。

武义昆曲发源于江苏昆山，清宣统年间兰溪药材商人将之传入陶村，创办了儒琴堂昆曲坐唱班。1934 年，“民生乐社”成立，开始排练昆曲剧目并正式演出。

1955 年，原宣平县政府以“民生乐社”为班底成立了宣平县昆剧团，并于 1956 年 10 月 11 日通过了省文化厅审批。1958 年 5 月，宣平县并入武义县，改名为武义昆剧团。1969 年 5 月由武义县革命委员会下令撤销。

武义昆曲被称为“草昆”，是昆曲从宫廷走向民间的典型代表。几十年的传承发展中，为适应地方口味，三代武义昆曲传人对传统昆曲进行了大胆革新。音乐上吸收了地方戏剧粗犷、通俗的特点，语言上在按“中州韵”念字的基础上，融入了“金华官话”。改进后的武义昆曲唱腔的拖腔短、节奏快，语言本土化。这些带有浓厚地方色彩的变化，使武义昆曲深受浙中南地区群众的喜爱，鼎盛时期各地昆剧表演爱好者纷纷慕名加盟，武义昆剧团名角云集，剧目多达 70 余个。

20 世纪 50 年代，武义昆剧团演奏员江济庭还应邀赴京作了汇报表演。武义昆曲对武义的戏曲文化也产生过深远影响，昆曲名段《思凡》，还被移植到婺剧《僧尼会》中，成为金华地方戏——婺剧的代表作之一。

为了对武义昆曲抢救工作做一个总结展示，也为了让沉寂30多年的地方艺术瑰宝重放异彩，丰富当地群众和游客的文化生活，县文化旅游局邀请部分原武义昆剧团演职人员与“陶村昆曲延艺社”合作，精心排练了《长生殿》《十五贯》等多部昆曲名作。

2004年12月26日晚，作为昆曲抢救的成果汇报，在俞源景区主景点——俞氏宗祠的古戏台上举行了首场演出，我作为武义昆曲抢救项目的负责人在首场演出中致辞。老中青三代昆曲传人同台演出，博得省文化厅领导、县领导、当地群众和游客的一致好评。《浙江日报》以《“武义昆曲”有望再现梅艳兰馨》进行了专题报道，其他多家媒体也报道了武义昆曲的抢救工作。

之后，“到武义旅游　看昆曲表演”，一度作为武义旅游的一个新亮点，成为武义旅游的一道独特风景线。

经过这次抢救，县文化旅游部门与原武义昆剧团的演职人员重新建立了联系，搜集整理出昆曲剧本与曲谱40余本，录制了11本昆曲折子戏等较为完整的影像，还编印了武义昆剧团纪念册等武义昆曲史料。

陶村昆曲延艺社也通过这次抢救获得了新生，成为受上级文化部门和县领导关注的群众文化团体，并在县内外的文艺活动中频频受邀，亮相演出。

2007年6月，武义昆曲被浙江省人民政府列入第二批浙江省非物质文化遗产名录。何苏生被认定为武义昆曲省级“非遗”传承人，何育美被认定为武义昆曲县级“非遗”传承人。陶村草昆成功入选第一批全国“一县一品”特色文化艺术典型案例。

四 创办温泉之歌艺术团

武义本来有好多文艺团体，但在文化体制改革中全部改制解散了。群众的文化生活，转向了电视、歌厅、舞厅和商业文艺演出。

没有了政府直接主导的文艺事业单位，很难组织好服务于党和政府政治生活的文艺活动。

这个改革中出现的新问题，我们还是用改革的办法来解决。我希望探索一种由文化主管部门主导、市场化运作的群众文化活动方式。

我请来县文化馆馆长傅鸿飞、副馆长王群，策划组建一个挂靠在文化馆的，民办非企业性质的，旨在服务于党和政府中心工作、服务于温泉旅游产业发展的武义温泉之歌艺术团。

要组建好这个艺术团体，还是要解决好人、财、物问题。在艺术团的人才问题上，我们采取了三条措施：

一是结合县婺剧团改革，与新成立的武义婺剧团经营有限公司订立了武义温泉之歌艺术团演出活动有偿服务条款，通过预约方式，邀请演出公司主要演职员兼职参加温泉之歌艺术团演出。

二是通过举办“开发杯”声乐大赛、“温泉仙子”评选等活动，选拔了一批武义本地业余文艺人才，以组织兴趣团体的方式把大家组织起来，参与温泉之歌艺术团演出。

三是聘请武义兰香艺术学校的老师担任温泉之歌艺术团的主创人员，利用兰香艺术学校学员担任歌舞演员。

这样就把全县各个层面的文艺人才资源有效地整合了起来，于2002年底完全通过市场化运作，用文艺有偿服务于经济的办法，建立了不占编制、不花财政经费的武义温泉之歌艺术团。

2003年元旦前夕，我们成功举办了首场演出。之后每年的新年团拜会等党委和政府的重要会议、重大活动中，温泉之歌艺术团都承办相关文艺演出任务。

创办温泉之歌艺术团还有一个初衷，是配合温泉旅游开发，举行面向游客的温泉沐浴实景主题演出。

2003年10月，县委、县政府举办了武义温泉养生文化旅游周，旅游周中文化活动的一个重头戏就是由温泉之歌艺术团承办“温泉之歌”实景文艺晚会。

温泉之歌艺术团首场演出（何建军摄）

这个晚会的场景，选择在刚建成的清水湾温泉度假村。我们在露天温泉大泡池中间的休闲岛上，搭建了一个大舞台，舞台的四周都是热气腾腾的温泉水。舞台的小背景是一道哗哗流淌的温泉水幕，大背景就是度假区的绵绵群山、温泉井架和温泉度假区的建设场景。

晚会的开场舞蹈，由武义兰香艺术学校的100多名师生和度假区建设工地上的工人同台表演，场面热烈壮观。用大型舞蹈的文艺形式，在温泉开发的实景中，展现轰轰烈烈的温泉旅游开发场景。

晚会上，改制后的武义县婺剧团经营有限公司献上了专门为这场晚会排练的婺剧小品《县官出游》，用地方戏演本地事，情景交融，喜剧情节高潮迭起。

结合温泉度假区实景排练的首届“开发杯”声乐大赛获奖曲目联唱，讴歌了武义经济建设、武义温泉旅游开发的重大成就。

首届“温泉仙子”时装秀为整台晚会压台，最后的“温泉仙子”泳装秀，邀请晚会来宾、演员、观众，一起在温泉中欢歌起舞泼水嬉戏，尽显温泉特色，把晚会推上高潮。

温泉之歌艺术团承办的这场温泉实景演出，最夺人眼球的，是游客可以与

“温泉仙子”共沐温泉，这成为武义温泉旅游的一大招牌。

配合旅游促销活动，温泉之歌艺术团还先后在俞源景区、郭洞景区举办了多场以古村落、古戏台为实景的古装戏曲专场演出，为游客送上具有浓厚地方特色的“文化大餐”。在清水湾温泉度假村、唐风温泉度假村和俞源、郭洞等旅游景区的实景演出，一度成为武义温泉旅游的一大看点。

武义温泉之歌艺术团就是文化与旅游融合发展的一个媒介，也成为武义文化工作与时俱进的一个新亮点，深受领导赞许、群众欢迎。

五 上榜中国历史文化名村

郭洞村，因“山环如郭，幽邃如洞”而得名，有千年历史、近700年氏族文化，较为完整地保存了明清时期村内的各类建筑。村里有古朴的民居、宗祠、戏台、庙宇、村门、城墙、桥亭等，几乎包括了宗法制度下纯农业血缘村落的基本建筑类型，较为完整地反映了宗法制度农业社会的原有面貌，对大城市的游客有较强的吸引力。

郭洞村是武义最早对外开放的景区，至2002年，已成为武义最热门的景区，每逢周末和节假日，都有数以千计的游客来郭洞旅游。

俞源村，是俞源乡人民政府所在地，村内保存有宋、元、明、清不同历史时期的36处古代建筑物组成的古建筑群，建筑形态多样，木雕、砖雕、石雕、壁画精美绝伦。

文化局和旅游局合并时，俞源村刚刚被国务院公布为第五批全国重点文物保护单位，俞源的旅游开发也势头正旺。

在2003年初，住建部和国家文物局共同组织评选“中国历史文化名村”时，我敏锐地意识到这是郭洞、俞源趁势而上，进一步扩大知名度，协调好古村落文化保护和旅游开发工作的大好机会，就牵头组织起了郭洞、俞源“中国历史文化名村”的申报工作。

要申报就要志在必得。几年旅游局局长当下来，我全国各地到处跑，特别注意去考察学习类似郭洞、俞源这样的古村落旅游区的开发建设，这些古村落的条件都与郭洞、俞源相近，如果不认真准备，很可能竞争不过人家。

想出去学习一下他人是怎么申报的，却无处可学。怎么办呢？解铃还须系铃人，这个活动是住建部和国家文物局发起的，“跑部进京”去住建部和国家文物局了解一下，可能对顺利申报会有帮助。

通过电话咨询，得知国家文物局分管领导，是在俞源申报全国重点文物保护单位时接触过的张柏副局长。

我请求省文化厅领导与张柏副局长打了招呼，就跑到北京找领导去了。

到国家文物局，张柏副局长热情接待了我，告诉我“中国历史文化名村”评选工作的主要精神，是想通过申报评选，对各地有较高历史文化价值与风貌特色的古村落，进行更好的发掘和保护。

对申报的村庄要求是：建筑遗产、文物古迹和传统文化比较集中，能较完整地反映某一历史时期的传统风貌、地方特色和民族风情，具有较高的历史、文化、艺术和科学价值，现存有清代以前建造或在中国革命历史中有重大影响的成片历史传统建筑群、纪念物、遗址等，基本风貌保持完好。

我向张柏副局长汇报了我们武义独特的文化与旅游合二为一的管理体制，以及郭洞村、俞源村的基本情况。

他对俞源村的情况比较了解，郭洞村的情况仅凭我这张笨嘴，介绍得还是不够清楚。他指导我回去要进一步整理好对郭洞的介绍，最好有一些能反映郭洞风貌的照片或视频的展示。

北京之行让我对组织好申报工作心里有了谱，回来后我一头扎进了申报的各项准备工作中去了。

俞源因为刚刚申报过国家重点文物保护单位，资料相对齐全，再申报中国历史文化名村基础较好，所以我就把重点放在了抓好郭洞的申报准备工作上。

根据国家文物局张柏副局长的指导，郭洞的介绍一定要把它所保存的历史文化信息特点和特色提炼出来。为此，我翻阅了旅游局和村里为郭洞的旅游开发挖掘整理出来的一大堆材料。这些材料内容很多很杂，都是面向游客介绍各个景点、各个建筑，并没有提炼出其中的文化精髓。

为了提炼郭洞的传统文化精髓，我利用自己在浙江大学读研究生的便利条件，邀请了为我们班授课的浙江大学哲学系董平教授、李明友教授等专家到郭洞，帮助我一起来提炼深藏于郭洞这个古村落的传统文化精髓。

我自己当导游，陪着他们重游了一遍郭洞，卖力地向他们介绍附着在郭洞的一山一水、一草一木、一幢幢建筑上的历史文化信息。几位资深教授边走、边听、边看，一路捕捉着这些文化信息，凭借他们深厚的文化功底，帮我提炼归纳着这个古村落的传统文化精髓。

走完游线，我迫不及待地向他们请教怎么准确地归纳提炼。董平教授慎重地说，他们也要好好地思考研究，等第二天再与我交流。

第二天早上我去陪他们吃早饭时，董平教授告诉我，他们几个昨天晚上对郭洞的传统文化精髓进行了认真的讨论研究，经过反复推敲，认为可以这样来提炼，随即他递给我一张纸。

上面写了一段话："从水口营建，溪流、道路布局上，可以归纳为风水文化；从利用族规管护龙山古树林，保护宗祠上，可以归纳为宗族文化；从凡豫堂等古民居的建筑思想上，可归纳为农耕文化。"

董教授的点拨让我豁然开朗。郭洞遗存的这些传统文化精髓，在我们的导游词里都有所提及，就是没有作出这样有条理的系统归纳，现在申报中国历史文化名村，就应该根据这三条文脉来整理。

董平教授还认真地对我说："今年我开的'中国传统文化'这门课的考题就是要让你们各个学员把你身边熟悉的中国传统文化整理成一篇论文，在这里我就提前给你布置作业了，你去把郭洞的这些传统文化精髓认真地整理出来，既可完成我的作业，又可当作中国历史文化名村的申报材料。"

这可让我高兴极了，一门研究生课程的论文和申报材料同时有了着落，真是一举两得的好事。

在董平教授的指导下，我在郭洞边组织旅游项目开发，边向村里有文化的老人请教郭洞的这些传统文化，对其中的风水文化、宗族文化、农耕文化进行了深入的挖掘整理，形成了《去郭洞解读中国传统文化》这样一篇论文。

其主要内容先用于申报中国历史文化名村，再作为研究生班“中国传统文化”课程的作业上交，两方面都获得了好评。

根据国家文物局张柏副局长的指导，申报材料中最好要有一个系统介绍郭洞的视频资料。

为了制作好这个视频，我跑到浙江电视台，想请他们帮助制作。台里的领导让我和他们的广告部门联系，一交谈，委托他们制作这样一个视频，他们的收费可能要 10 多万元。这对当时的武义文化旅游局来说，是承担不起的一大笔费用。

怎么办呢？为了省钱，也为了能把自己整理的郭洞传统文化精髓原汁原味地呈现出来，我就土法上马，自己将论文改编成视频拍摄脚本，自己扛着借来的摄像机一个景物一个景物地拍摄下来，再请县文化馆搞视频编辑的何建忠一起，边琢磨，边剪辑，边录制，自己当解说员。用了五六个晚上时间，我们制作成了一个介绍郭洞传统文化精髓的汇报视频《郭洞村遗存的传统文化》。

申报材料和视频资料准备好后，我们先向省文物局作了汇报和视频演示，省文物局领导很高兴地为我们签署了推荐意见。

然后，我随分管文化旅游工作的副县长，再次跑到北京，向国家文物局和住建部递交了郭洞和俞源两个村的中国历史文化名村申报资料，向国家文物局张柏副局长等主管申报工作的相关领导作了专题汇报，播放了视频资料《郭洞村遗存的传统文化》。

领导们对郭洞能保存这么完整的宗族文化、农耕文化都感到难能可贵，对我能这么认真地去整理挖掘这些传统文化资料更是大加赞赏。

领导们的肯定已给我们吃下了一颗定心丸，但最终是否能将郭洞和俞源命名为“中国历史文化名村”，还是要看专家评审结果。我们谢过领导，回来等评审结果。

功夫不负有心人，2003 年 10 月，在建设部和国家文物局公布的第一批 12 个中国历史文化名村中，武义县的郭洞和俞源两个村双双名列其中。

郭洞、俞源被命名为“首批中国历史文化名村”后，在旅游市场上名声大振，游客纷纷慕名而来。

大量游客的涌入带来了商机，村民们的商业经营意识被激活，不少村民要求开饭店、旅游商店，各项旅游接待设施需要加快建设，这对文物古迹保护造成很大威胁。

为了既有效保护好文物古迹，又发展好古村落旅游，我们委托华东林业规划设计院，先后组织编制了《中国历史文化名村——郭洞村保护规划》和《郭洞村入口整治规划》，分近期、中期、远期三期实施保护开发，划定了中国历史文化名村——郭洞的建设用地范围和规划控制区范围。根据郭洞的资源分布状况及道路交通、地理位置等特点，以及便于游览活动的组织开展，将郭洞分为服务区、历史文化游览区、开发建设新区三个功能区；制定了历史文化名村的保护原则，提出了保护内容、保护措施和实施意见。

入口整治、龙山森林公园建设、主要古建筑的抢救性修复、对现代建筑的外部风格改造、新停车场建设、新游客接待中心建设等项目，于2005年全面实施。

六 保护俞源古建筑

俞源村刚刚被公布为全国重点文物保护单位，又被命名为首批“中国历史文化名村”，保护和开发的任务更加艰巨。

俞源是一个大村落，又是县里重点开发的旅游区，整个村子都是全国重点保护的文物。2000多人在这里生产生活、烧火做饭，每年还有好几万人来这里旅游观光、烧香拜佛，火灾、老房子倒塌等安全隐患不断。

原来的文化部门为了申报全国重点文物保护单位，把整个村庄都划定为文物保护范围，已经有两年多时间不许村民兴建新房，不许村民对老房子进行拆建改造，也不许旅游部门建设旅游服务设施。村子里有许多年轻人要娶妻生子、成家立业，老百姓要生产要生活，旅游部门要开发建设，这与文化部门要严格保护全国重点文物之间产生了尖锐的矛盾。

俞源怎么保护、怎么发展，成为我这个文化旅游局局长最迫切需要解决的问题。

万一村里的老百姓或者游客用火用电不慎造成火灾，烧掉的就不仅仅是旧房子，而是国家重点保护的文物。

想到这些，我心里就一阵阵地发毛，深感责任重大。在文化与旅游局合并后的第一时间，我就带着分管文化工作的邹伟平副局长、县博物馆徐卫馆长、景区管理处朱连法主任，到俞源乡同乡领导交流沟通，深入村民当中调查研究。

在掌握基本情况后，我们召开了俞源村文物保护、村民生活和旅游开发协调发展工作专题会议，通过分析研究和争论，分解落实责任：明确村民生产生活可能对文物造成的损害由乡村负责，游客游览活动可能对文物造成的损害由景区管理处负责；采取应急性的临时管控措施，成立村消防队，建立日常消防宣传督查制度；由文化旅游局和县博物馆争取省文物局支持，组织编制《全国重点文物保护单位俞源村古建筑群保护规划》；建设俞源新村，迁出部分村民；成立由俞源乡政府、俞源村和景区管理处共同出资的俞源旅游开发公司组织旅游开发和运营。

在对俞源的调研和相关工作协调中，我感悟到俞源面对的种种问题的症结，很大程度上就是因为文化部门只说要保护文物，但具体要怎么保护，并没有给出一个科学合理的规划。

要解决好这些问题，规划必须先行。为此我和邹伟平副局长、徐卫馆长，到杭州找到浙江省文物考古研究所，邀请他们研究编制《全国重点文物保护单位俞源村古建筑群保护规划》。

项目专家组对俞源进行了调查之后，认为这个规划的编制涉及的问题非常复杂，需要与武义县的经济社会发展规划、土地利用规划、森林保护规划、旅游产业发展规划、村民的住房建设规划、道路水电改造规划等规划相协调相配合，要全面编制好这个规划，并完成审批程序，少说也要两年时间。

这对迫在眉睫需要解决的村民住宅建设、老房子的火灾隐患等问题来说，是个远水解不了近渴的事。

怎么来解决这些矛盾呢？我们要求专家们从俞源的实际出发，不能像编制其他与老百姓生产生活不太相关的文物保护规划一样，按部就班地一次性编制好、报批好完整的规划，再来实施保护和开发利用。对于俞源这个有 2000 多人生活在里面的文物来说，不可能因为还没有编制好规划而让老百姓的生产生活都停滞下来，而是只能分清轻重缓急，一边编制总体规划，确定保护的原则和界限后，就要针对急于解决的问题编制出专项规划并组织实施，让老百姓能在这里继续正常地生产生活，也让俞源的旅游业能抓住机会加快发展。专家们对此表示理解和支持，他们先帮助我们确定了俞源村的保护原则，初步划定了保护范围和建设控制地带后，就同意我们同步组织编制俞源新村建设规划。

为了尽快解决村民的住房建设问题，我又委托正在为我们设计温泉取水工程的武义县城乡建设设计院，编制了一个与俞源古建筑相协调的《俞源新村建设规划》，变堵为疏，让一部分世代居住在已是国家重点文物的老房子里的村民，搬到俞源新村居住，以缓解古建筑群内村民居住密集对文物造成破坏的隐患。

针对俞源古建筑群火灾隐患突出、环境脏乱差等问题，在保护规划通过论证并形成报批稿后，我们就组织本县建设、消防、文化旅游等部门专家，编制了《俞源村古建筑群抢救性文物保护核心区整治方案》，由县政府上报国家文物管理局立项后，开展了消防道路、消防水源、电线、村落环境的综合整治，建立了业余消防队伍，设立了俞源文保所。

通过整治方案的实施，俞源村古建筑群得到了及时有效保护，未发生对文物造成破坏的火灾和古建筑倒塌破损等事故。在组织实施核心区整治的同时，我们同浙江省文物考古研究所的专家两次到国家文物局汇报沟通保护规划的编制和保护工作开展情况。在国家文物局的重视支持下，《全国重点文物保护单位俞源村古建筑群保护规划》于 2005 年被正式批准施行。

七 挖掘明招文化

在对全县文化工作的调研中，多位老领导、老专家表示对武义明招文化没能得到很好的保护而惋惜。他们希望我这个文化旅游局局长能发挥体制优势，做好明招文化的保护与发掘这篇文章。

2003年春节假期，浙江大学研究生班的几个同学来武义玩，谈起了明招寺，他们很感兴趣，说要去看看。当时我觉得怪不好意思的，虽然文化局已经与旅游局合并好几个月了，但我忙于处理电影放映队和县婺剧团改制、温泉度假区建设等工作，只是在两局刚合并时作为新任领导走马观花式地到明招寺巡查了一下，一直都还没有对明招寺进行过认真研究。

同学提出要去，我只好临时通知县博物馆馆长徐卫陪我们一起去了。

车子开到明招寺所在的上陈村，路上堆了许多老百姓建房用的石块、砖头等建材，再开不过去了，我们只好下车步行。徐卫馆长一路走一路向我们介绍：明招寺又名惠安寺、智觉寺，位于明招山麓，始建于东晋年间。据县史记载，东晋"竹林七贤"之一阮籍的曾孙阮孚，赴任广州刺史时弃官于明招山隐居，晚年舍宅建惠安寺。到五代后唐时期，著名佛教建筑大师德谦禅师前来明招山开山聚徒。由此，明招寺成为当时影响全国的佛教圣地，至今已有1600多年历史。该寺至清乾隆年间奉敕改为智觉寺，为浙江省境内最早的佛教寺院之一。

明招寺现存的建筑，还有大殿、朱吕讲堂、东莱人愚祠、传薪亭等。

朱吕讲堂是南宋著名理学家朱熹和吕祖谦等大儒在此讲学的堂屋，与金华丽泽书院相呼应，后人为纪念朱熹和吕祖谦两位大贤而改称"朱吕讲堂"。

吕祖谦出身宰相世家，他的先祖是山东东莱人，祖父因避难转迁到金华。吕祖谦27岁中进士，官至直秘阁著作郎、国史编修。

吕祖谦的曾祖吕好问，迁葬明招山，父母也安息于明招山，他先后两次在明招山为父母守墓，其间在明招寺讲学。一时天下学者云集，明招寺成了当时全国有名的最高学府之一，所培养的人才，史称“明招学者”。吕祖谦逝世后，葬于明招山。在这座山上，有吕氏六代墓葬，还有吕祖谦妻室、继室及整个吕氏家族的 30 多座古墓，形成了著名的吕氏古墓群。明招文化起源于东晋，鼎盛于南宋，传承于当代，是生生不息的优秀传统文化。现在，吕祖谦及家族墓，已被公布为省级文物保护单位，阮孚墓、明招寺为县级文物保护单位。

来到明招山，我们先看了右边的智觉寺。寺院年久失修，除了当中的大殿相对完整外，其他建筑都已破败不堪，一对皈依佛门的老夫妻居住在寺院内，艰辛打理着寺院，延续着香火。然后再看左边的朱吕讲堂。朱吕讲堂的正门前是一片荒地，边上还有一些断壁残垣，原来应该是个院子。正门是个徽派建筑四合院常有的门房，两扇大门已经关不上了，十分破旧。紧挨着门房，有一个著名的亭子叫传薪亭。传薪亭和两边的厢房堆满了当地村民的稻草柴火。再往里走就是朱吕讲堂的正堂，也已经破旧不堪，看不出一点讲堂的文化气息。

朱吕讲堂的最后一进是东莱大愚祠。祠内原来是供奉吕祖谦的，可当时却由

明招寺原貌（陶锡忠摄）

当地村民筹资，在这里供奉了一尊观音塑像，观音像前还点着几支没有燃尽的香火和蜡烛。这里在烧香拜佛，边上就是稻草柴火，看到这场景我真为明招寺这个文物保护单位捏了一把冷汗。我跟徐馆长说：“我们这个明招寺啊，真是听听介绍很辉煌，看看现场很荒凉。如果长期这样下去，非出大事不可。”

徐馆长赶忙说：“我尽快想办法让他们把这些稻草柴火搬掉。”

我点点头，可心里想，要保护好明招文化遗存，不仅仅是把稻草搬掉这么简单，而是要系统谋划，全面地规划、建设、管理起来才行。这次明招山之行，给我敲响了要抓紧谋划明招文化保护的警钟，我随即拿出相机，拍了一组反映明招寺存在安全隐患的照片。新年上班后，我冲洗好照片，找了一个机会给金中梁书记看了这组照片。金书记看后也觉得触目惊心，他是个文化人，在武义多年，对明招文化早有深刻的认识。他当即指示我：“你们立即采取措施排除隐患，如果碰到什么阻力，我来协调解决。一定不能让朱吕讲堂、明招寺的任何建筑再遭到破坏。如果发生火灾，我拿你陶锡忠是问。”

金书记还说：“明招文化的保护工作我已有所考虑，县里会作为一项重要工程来安排的。你们文化旅游局先拟一个方案报到我这里来，由县委、县政府层面建立一个领导班子来抓好明招文化保护工程。在保护工程没有正式启动之前，你让博物馆的同志先做一些前期准备工作，采取一些应急措施确保文物的安全。你们还要加强与省文物局的沟通，争取得到省里的指导和支持。”

这事不汇报也就那样，一汇报又把第一责任套到了自己头上，但引起了大家的重视，我也心甘情愿。

从金书记办公室出来后，我就直接到了博物馆，召集班子成员一起研究排除明招寺安全隐患的工作。

但博物馆的几个领导对解决好村民占用明招寺的问题都感到很为难。他们说之前也不是他们不去管，为了不让村民进入明招寺，他们和村民已经吵了不知多少回，但总不能解决问题。博物馆对村民也没有管辖权，他们在里面放点东西没对文物造成什么破坏，也拿他们没办法。

谈到博物馆对村民没有管辖权，我想到了下陈村属于白洋街道管辖范围，要解决好这事，看来还得请白洋街道领导帮忙。

当时的白洋街道党工委书记由我的老领导章明政兼任，他曾当过县委宣传部部长，对明招文化一直很重视。联系到他后，章书记热情邀请我们到白洋街道详谈。我带着徐卫馆长到他办公室，说明来意后，他叫来联系下陈村工作片片长、党工委副书记郑法祥。向郑法祥副书记阐明了明招文化保护对白洋街道、对下陈村的重要意义，要求他专程去下陈村做好村党支部、村委会的工作，要教育村民树立文物保护意识，责令在明招寺内堆稻草的村民三天内搬走稻草，不然，街道办事处派人将稻草搬到外面烧掉。如果今后再有谁到明招寺去乱堆乱放杂物，谁家就不给批地基，也不能享受街道的优惠政策。

这些意见给了郑法祥后，他当天下午就去下陈村开了村“两委”会议。第二天明招寺朱吕讲堂内的稻草柴火就全部都被清理出去了。

博物馆的领导抓住时机，请来木工修好大门，装上门锁。再请住在明招寺内的朱明华居士夫妇作为兼职的明招寺文物安全管理员，给了每月几百元的补贴，要求他们配合做好每天的安全巡查，发现问题立即报告。明招寺这处文物，就这样临时性地管护了起来。

明招寺的安全隐患被排除后，我和博物馆领导去省文物局汇报了县主要领导非常重视明招山上的这一省级文物保护单位的保护工作，要成立领导小组，全面启动明招文化保护工程的情况。省文物局领导对武义县委、县政府这么重视文物保护工作大加赞赏，安排了几位专家和我们进行了交流，提出了要启动明招文化保护工程，必须挖掘整理好明招文化的历史遗存，委托有资质的规划编制单位编制好整体规划，报经省文物局批准后再组织实施。

我根据金书记的指示精神和省文物局领导、专家的意见，开始研究制订明招文化保护工程的实施方案。明招文化保护工程首先要认真厘清明招山 1000 多年的历史，理出它的历史文脉和文化精髓。但文化旅游局的领导和干部中没人有这方面的专长，也没有这么多的精力，谁能承担这个任务、做好这些工作呢？

我想到了在做调研时，多次向我提出要重视明招文化保护工作的旅游局老局长邬浩良同志。他从领导岗位上退下来之后，在孜孜不倦地研究武义的地方文化。我抱着试试看的想法，请他来局里一起探讨怎么做好明招文化的保护和挖掘工作。

当我向他汇报了县主要领导同意成立专门领导机构来启动明招文化保护工程，省文物局也积极支持我们抓紧启动时，邬局长非常激动。他站起来向我敬了一个礼，紧紧地握住我的手说："谢谢你，谢谢你！我们提的建议这么快就有着落了，明招文化有救了。"

他说这话的时候，眼里噙满泪花。

我被他的举动搞得措手不及，连忙安慰他坐下慢慢说，并提出想请他老将出马当我的参谋，帮助我们一起来搞明招文化保护工程。

他爽快地答应了我的要求，同时提出，他要来做这件事，还要同时请县政协原主席张育林同志和县博物馆的老馆长涂志刚同志也一同来参与。

张育林主席是我非常尊敬的老领导，当过多年的宣传部部长，是武义地方文化研究的权威人物；涂志刚老馆长工作兢兢业业，是全省文物管理工作战线上的一面旗帜，省、市文物部门领导都很信任他，县博物馆的同志也都很尊重他。由他们一起来做这项工作，确实是最合适的。

于是我和邬浩良老局长一起，先后到张育林老主席家和涂志刚老馆长家上门邀请。不出所料，他们都很乐意帮助我们一起来搞明招文化保护工程。

三位老领导的支持和加入，缓解了文化旅游局事务繁忙、人手紧张问题。

到了2003年9月，清水湾温泉度假村第一期工程完工了，我把主持工程指挥部工作的吕子连副局长和何益如科长撤了回来，让他们抽出一部分精力，一起来抓明招文化保护工程。

为了做好前期准备工作，我主持召开了一个筹备会议，邀请了张育林、邬浩良、涂志刚三位老领导，文化旅游局分管开发建设的吕子连副局长、分管文化工作的邹伟平副局长、办公室涂祎红主任、建设科何益如科长，白洋街道联系明招文化保护工程工作的郑法祥副书记，以及县博物馆的徐卫馆长、薛骁百副馆长等10多人参加会议。

会上研究确定了以下几项工作的目标任务、责任人和完成时限。

明招文化保护工程实施方案的制定，是一项综合性的工作，由我自己负责：明确目标定位，制定实施步骤，落实组织领导，提出切实可行的经费筹措办法；列出工程建设计划，并将工作分解落实到人。

由邬浩良老局长负责明招文化的挖掘整理工作，梳理明招山的历史文脉和文化精髓。

由邹伟平副局长负责搜集清理明招文化相关文物，尽可能多地搜集散落在民间和被文物贩子收走的文物。

由吕子连副局长负责启动明招文化保护工程的规划编制工作，编制好项目总体规划和第一期工程的建筑设计方案。

由白洋街道郑法祥副书记负责土地政策处理，落实好保护区红线范围内土地的规划控制、保护工程建设用地的转用和征用报批工作。

会后五个工作小组分头开展工作，每个星期由我主持召开一次工作推进交流会。由于分工明确，各自做的又都是各自擅长的事，各项工作都在同时迅速推进。

八 建立浙东学派历史文化保护区

转眼间到了2004年，明招文化保护工程作为一项重点工作，被排上了文化旅游局的重要议事日程。

2004年的“五一黄金周”，分管文化旅游工作的浙江省副省长钟山同志，对武义这个后发兴起的全省热点旅游区产生了浓厚的兴趣，想利用“五一黄金周”时间来武义，到现场考察感受一下这个新兴热点旅游区，是怎样在竞争激烈的浙江旅游市场中异军突起的。

我接到省政府办公厅的通知后，感到有些奇怪，分管文化旅游工作的副省长来武义，应该是由省旅游部门陪同，县委、县政府接待的呀，怎么直接通知我了呢？

我带着疑问给省旅游局纪根立局长打了电话，纪局长说他知道这事，是钟省长要以一个旅游者的身份下来，感受一下我们省基层旅游部门的工作，不让省旅游局前呼后拥地陪着。

我给县委书记报告了这一情况，金书记说：“我们要尊重领导的安排，你们负责做好接待工作，碰到什么问题及时向我报告就好了。”

5 月 4 日上午，我接到钟副省长，陪他考察了温泉度假区，参观了郭洞、俞源两个古村落景区。他看到了景区内车水马龙、人山人海，接待服务秩序良好，村里的老百姓与旅游管理部门人员、游客和谐共处。许多村民都在自家门口经营着小饭店、小买卖，钟副省长不时与他们交流，听他们说村里旅游开发给他们带来了不错的生意，他感到非常欣慰，还自己掏钱买了几样武义的土特产。

在参观考察过程中，钟山副省长一路都在听我介绍武义的温泉、人文古迹、风景名胜，不时提一些感兴趣的问题，没作什么指示，非常平易近人，缓解了我接待大领导的紧张情绪，我们谈得很投缘。

钟副省长对武义文化旅游的体制创新特别关注，详细了解了我们通过申报国家重点文物单位、中国历史文化名村，扩大了俞源、郭洞两个村知名度，带火了这两个村乡村旅游的具体做法和经验教训。

钟副省长还详细问了我武义还有什么文化资源可以挖掘开发。

我向钟副省长认真汇报了正在筹备的武义明招文化保护工程项目。

他听到武义的明招山上有浙东学派重要的文化遗存，提出：“陶局长，那明天能不能带我去明招山看看？”

我满口答应：“那太好了，明天一定请领导去看看。”

送钟副省长住下后，我连忙给金中梁书记打电话，汇报了钟副省长临时要去明招山的情况。

金书记认为，这是我们争取省里支持明招文化保护工程的最好机会，他决定第二天赶回武义，陪钟副省长一同考察明招山。

第二天一大早，金书记就从老家赶回武义，陪同钟副省长到明招山，对浙东学派这一重要的文化遗存进行了实地考察。

我向钟副省长介绍了筹备工作组初步整理的明招文化的历史文脉和文化精

2004 年 5 月 4 日，作者（左）、金中梁（右）陪同钟山副省长（中）考察明招文化

髓，以及我们对建立浙东学派历史文化保护区，加强保护挖掘和开发利用的初步设想。

钟副省长听后，对金书记说："武义的明招山确实保存着浙东学派最重要的文化遗存，它不仅是武义的重要文化资源，也是浙江省的重要文化资源，你们县里的文化旅游部门不等不靠，已经积极行动起来了，是很值得肯定的。接下来，你们要更加重视这个项目的建设，省里也会尽力支持。"

钟副省长对明招山的视察和对我们工作的肯定，大大提高了县里对这项工作的重视程度。送走钟副省长后，金书记要我抓紧修改完善《浙东学派历史文化保护区武义明招文化保护工程实施方案》。

没等黄金周结束，我就于 5 月 6 日通知明招文化保护工程筹备工作组的 10 名同志回局里开会，传达了钟副省长和县委金书记对明招文化保护工程的指示精神。

领导对这项工作的重视和对我们筹备工作的肯定，极大地提高了大家的工作热情。大家汇总了前期的工作成果，讨论修改完善了保护工程实施方案，形成送审稿报送县委办、县府办和县委书记、县长。

送审稿报送出后的第二个星期，金中梁书记就召集县长郭敏、开发区主任章明政等领导，由我和县博物馆徐卫馆长陪同，一起考察了明招文化保护工程项目。

大家在明招寺召开了现场办公会，县里原则上同意我们上报的明招文化保护工程实施方案。

6 月 3 日，县政府召开明招文化保护工程筹备会，正式成立以县长郭敏为组长，县政协主席钟明祥、副县长吕文革为副组长的武义明招文化保护工程领导小组。领导小组办公室设在县文化旅游局，由我担任办公室主任，吕子连、郑法祥、邬浩良担任办公室副主任。

6 月 25 日，郭县长主持召开了领导小组第一次会议。会上，我汇报了明招文化保护工程实施方案，领导小组各成员单位发表了意见。

郭县长向各成员单位一一确认了涉及各单位的相关工作，要求各单位主要领导负责及时解决好工程正式开工建设需要解决的土地征用、规划编制、道路建设、供水供电设施建设、资金筹措等相关问题，要求领导小组办公室认真做好开工建设前的各项准备工作，争取 8 月底前正式开工建设。

会议结束后，我把领导小组办公室成员留下来继续开会，根据郭县长的要求，把筹备工作任务分解成五大块，在上一年分工的基础上，对五个工作小组的工作作了进一步细化分工，落实了责任人，提出五项工作到 8 月 15 日前的阶段性工作目标要求。

这五项工作一年前就已经启动，经过一年的准备，到这个时候都已经有了很好的基础，各项工作负责人都信心满满地表了态。

会后，我把自己的主要精力集中到工程开工建设的筹备工作上，到明招山朱吕讲堂内整理出一间屋子，作为工程建设指挥部，同吕子连副局长、何益如科长以及几名博物馆的同志一起在这里现场办公。

每个星期一，都在这里召开一次领导小组办公室全体成员会议，由五个工作小组的负责人汇报交流一周工作进展情况，碰到什么困难和问题及时研究解决。以这样的形式，督促各项筹备工作顺利推进。

为了使这个历史文化保护区深厚的历史文化信息能够得到全面有效的保护和挖掘，向后人呈现一个尽可能接近历史原貌的朱吕讲堂与明招寺，我在《武义明招山浙东学术历史文化保护区总体规划》编制和第一期工程建设项目的建筑设计上花了许多心思。

我们委托华东林业规划设计院编制总体规划。在规划编制过程中，我们要求项目组负责人参加领导小组办公室每周的工作例会，共同挖掘研究朱吕讲堂与明招寺的历史建筑布局、建筑风貌，及时沟通研究规划中涉及的红线划定、功能分区、建设分期、建筑风格、交通组织、管网衔接、文物保护与旅游开发的协调性、项目规划与周边的协调性等问题。这就加快了规划编制进程，只用了一个月的时间就提交了规划送审稿。

规划送审稿形成后，我和吕子连副局长、徐卫馆长带着规划编制主创人员，到省文物局请文物保护专家进行了专业审核，根据审核意见进行修改完善规划。

这个规划的第一期工程，主要包括对朱吕讲堂进行全面修复，对明招文化的挖掘整理以及展览展示。

在省文物局专家的指导下，我们提出了工程建筑设计方案，其中涉及朱吕讲堂原有建筑的修复，要求做到修旧如旧，修复后开辟为展示明招文化和瞻仰明招学者的场所。

规划新建一处碑廊，用于陈列明招山上出土的碑记；建设配套的道路、停车场、拜坛、水体景观。

我们和设计单位在省文物局专家指导下达成一致意见，第一期工程的建筑设计也很快完成。要赶在8月底前正式开工建设，五个工作组为了完成各自的阶段性目标，都在夜以继日地抢时间抓紧工作。到8月初，五个方面的工作都已基本达到开工要求。我找郭敏县长作了开工准备情况的汇报，请求召开第二次领导小组会议，协调研究需要领导小组层面解决的几个问题。

郭县长从已被排满的工作日程中调出时间，于8月15日主持召开了第二次

建设中的明招山浙东学术历史文化保护区（陶锡忠、卢峰摄）

领导小组会议，由我向领导小组作了工程进展情况的汇报。会上，各成员单位也汇报了各自所负责工作的进展情况。大家态度积极、精神振奋，都在主动地为保护工程的顺利开工做好各项准备和保障工作。

郭县长听后很高兴。他首先充分肯定了文化旅游局未雨绸缪，在领导小组没有成立之前做了不少准备工作，为工程建设打下了良好基础；领导小组成立后，办公室积极履行职责，联系协调领导小组各部门，调动了各部门支持保护工程建设的积极性；发挥各个办公室成员的特长，相互协调、相互配合，夜以继日地高效工作，在短短两个多月时间里就做好了开工准备。

郭县长还特别表扬了张育林、邬浩良、涂志刚三位老领导，他们不计报酬，四处奔波，挑灯夜战，整理出 10 多万字的明招文化史料，为明招文化的保护和传承做出了贡献。郭县长还要求领导小组以及办公室的同志们向他们学习，更加高效地做好工程的建设管理工作。

对办公室提出的需领导小组研究解决的三个问题，领导小组成员当场统一了思想，作出决定：同意由县财政增拨 50 万元专款，把规划中一期工程需要建设的项目一次性建成；同意 8 月 18 日举行开工仪式，仪式结束后把相关部门和专家留下来组织审定设计方案。

8 月 17 日，通过招投标确定台州市古建筑工程队为建筑施工单位。8 月 18 日，举行了开工典礼。

工程开工后，我的工作重点又转到了确保工程建设质量、工程进度和安全生产上。我们首先把好用人关。为了确保工程质量，我们要求施工单位派出最强的木匠、石匠、泥水匠组成施工队进驻工地。为了选定好工匠，我和吕子连副局长跑到台州市古建筑工程队在建的几个工地的施工现场去选人。因为我在农村劳动时跟我的四叔做过几个月的木匠，对木匠的手艺有一定的鉴别能力，亲眼看过几个大师傅的工作场景和他们的作品后，亲点了五名手艺精湛、年富力强的木匠和三名泥水匠。

对在场的石匠的手艺，我们都看不上，要求施工队临时聘用在温泉隧道工程和清水湾度假村建设工程中用过的最好的石匠。就这样，我们精挑细选了工匠，组建了施工队。

浙东学派历史文化保护区建设现场（陶锡忠摄）

其次是确保建设资金及时到位。这项工程的建设资金，是通过向上级文物保护部门争取一点、县财政安排一点、开发区支持一点、文化旅游局自筹一点、各有关部门分担一点的办法多渠道筹集的。工程筹建工作一开始，我就努力协调着上下左右，催促各路资金分阶段分期及时到位。

再次是选好建筑材料。基础石材，选用了金华开采的一种绛红色的石材，与寺院的氛围相协调。雕像石材，选用的是汉白玉。制作浮雕的背景墙石材，选用的是采自安徽歙县的砚台石。墙体屋面，采用的是土法烧制的青砖青瓦。木材主料选用的是非洲菠萝格，辅料选用的是杉木。

最后是学习借鉴著名历史建筑的建筑工艺。我带着几个木匠、石匠、泥水匠专门到苏州，对拙政园的建筑工艺各个细节都进行了详细考察，决定主要施工技艺都参照拙政园的施工技艺来处理。

有了领导的重视，各部门的支持，人财物的保障，高标准、高品质施工技艺的借鉴，加上分管建设工作的吕子连副局长、何益如科长等都在之前的温泉隧道工程、温泉取水工程、清水湾度假村建设工程和其他景区开发建设工程管理中积累了丰富的工程管理经验，现在这项文保区建设工程进展顺利。

建成后的浙东学派历史文化保护区局部（陶锡忠摄）

吕祖谦与明招文化陈列展（陶锡忠摄）

在一年的建设工期内，以修旧如旧的方式完成修复门厅、传薪亭、东西厢房、朱吕讲堂、东莱大愚祠、吕祖谦墓等原有建筑；新建了停车场、放生池、拜坛、入口照壁、碑廊、玩珠亭；拓宽改造了道路、桥梁、游步道；完成了朱吕讲堂内部的园林营造和外部的绿化美化。

基于张育林、邬浩良、涂志刚三名顾问对明招文化的全面挖掘整理，在修复的朱吕讲堂和新建的碑廊内，设计布置了一个全面展示明招文化的《吕祖谦与明招文化》陈列展。通过这样的工程建设和文化展示，武义明招山浙东学术历史文化保护区一期工程，将沉寂了上百年，几乎已被人们所淡忘的明招文化重新唤醒，引发了一波浙东学术与明招文化的研究热潮。

在我的邀请下，我的研究生导师，浙江大学哲学系的董平教授、李明友教授，带领浙江大学浙东学术研究课题组成员，在工程即将完工时就率先来明招

修复后的朱吕讲堂（陶锡忠摄）

山，举行了一场“论道明招文化”学术研究活动。

董平教授建议我，把在明招山挖掘出来的明招文化思想整理成论文。我的研究论文《武义明招文化对浙江文化的影响》《浙东学术文化遗存保护的意义和作用》，分别发表于 2005 年 1 月的《浙江文化月刊》和 2005 年 7 月 14 日的《中国文化报》。

这两篇文章的发表，推动了浙江乃至全国的文史学术界进一步重视对浙东学术和武义明招文化的研究。

明招山浙东学术历史文化保护区一期工程建设，更加激发了文化学者对明招文化的研究热情。

浙江师范大学和武义县人民政府联合举办了“明招文化论坛”，10 多位学者在论坛上发表了研究成果。

时年89岁高龄的浙江省文史馆馆员、武义籍著名书法篆刻家叶一苇先生，得知我们正在建设明招山浙东学术历史文化保护工程，毅然返回武义，凭借着对中国传统文化的赤诚之心，翻阅了大量古籍文献，走访了许多部门，对明招文化进行了深入研究，撰写了《寻找明招文化》一书，作为浙江省文史馆文史丛书之一正式出版。

2005年11月18—20日，浙江省社会科学发展规划领导小组、浙江省社会科学界联合会、金华市政协、浙江师范大学、浙江古籍出版社、武义县人民政府联合主办了“吕祖谦暨浙东学术文化国际研讨会”，并举行了浙江省文化研究工程重大项目《吕祖谦全集》首发式。与会的学者专家参观了朱吕讲堂、碑廊，拜谒了吕祖谦墓。武义县委宣传部、县文化旅游局等部门领导参加了研讨会，并发表了论文。

武义县政协文史资料委员会编辑出版了《吕祖谦与浙东明招文化》一书。

为了让武义人世世代代继承弘扬明招文化，县委宣传部要求将《吕祖谦与浙东明招文化》一书相关内容作为武义地域文化精髓编入当地乡土教材。

武义县不仅从学术层面研究明招文化，还努力将明招文化融入当地社会发展的进程中。明招文化再一次在武义县家喻户晓，成为武义人引以为豪的地方文化金名片。新建的武义火车站站前大道被命名为“明招路”；明招路旁建起的当时武义第一高楼，被命名为“明招国际大酒店”；原来的白溪小学，更名为“明招小学”；原武义新兴印刷厂也更名为武义明招印业有限公司，并创办了“明招印业讲堂”，面向员工开展素质培训，面向社会传播明招文化。

武义不仅在旅游市场上举起了“明招文化”的大旗，更在民众心里打下“明招文化”的烙印，用明招文化构筑起了地方文化的坚强底座。明招文化研究热潮在武义县内外广泛兴起，明招文化的抢救保护与挖掘取得比预期更好的效果。

到2005年12月，武义明招山浙东学术历史文化保护区一期工程建设全面竣工，《吕祖谦与明招文化》陈列展正式展出。

12月14日，领导小组对建设工程组织了竣工验收。各项维修工程、新建工程和《吕祖谦与明招文化》陈列展，都顺利通过了验收；领导小组办公室的组织

2014 年 2 月 4 日，作者陪同复旦大学校长杨玉良院士考察明招文化

工作得到了充分肯定。工程建设告一段落。

12 月 18 日，武义县委召开常委会讨论了我的工作调动事项，同意我调任县科学技术局局长。

武义县文化局和旅游局在文化与旅游合并的体制下运行到 2005 年又分开了。我在履行文化局局长职责的三年多时间里，用有限的时间和精力，解决了文化体制改革中面临的几个难题；着力于群众文化活动方式的创新，创办了温泉之歌艺术团。致力于武义历史文化资源的挖掘、保护与开发，2003 年 11 月 21 日郭洞村、俞源村被公布为首批中国历史文化名村，2003 年 12 月 16 日武义图书馆、叶一苇艺术馆建成开放，2004 年 1 月 5 日延福寺大殿维修工程通过验收，2005 年 12 月 14 日武义明招山浙东学术历史文化保护区一期工程竣工。

明招文化的挖掘整理还引起了国内教育、古籍研究知名专家学者的重视，时任复旦大学校长的中国科学院杨玉良院士，于 2014 年春节期间来武义小住 7 天，研究武义历史人文。2 月 4 日农历大年初五，我陪同杨校长来到明招山，拜谒了吕祖谦墓，参观了《吕祖谦与明招文化》陈列展，对吕祖谦“重视史学、重视文献有征的求实精神”深表敬仰。2022 年春节期间，时任复旦大学中华古籍保护研究院院长的杨玉良院士再次来武义小住 10 天，深入研究明招文化遗存的文献和武义出土的国宝级文物徐谓礼文书，盛赞武义通过深度挖掘地方文化资源，展示地方人文景观，以地方文化丰富旅游内涵，真正做到了让诗牵手远方。

2005
/
2016

第十章

实施创新驱动战略

——科技局工作笔记

2005年底，我调到科技局局长岗位上。这一年，是中国科技发展极不平凡的一年，国家提出中国科技发展战略将实现大转变，不再是过去20年奉行跟踪、模仿的渐进式发展，而是要转变为自主创新、重点跨越的发展。

我上任科技局局长后，认真贯彻增强自主创新能力、建设创新型国家的指导方针，积极推进“科教兴省、人才强省”战略部署，编制《武义县“十一五”科技发展规划》，组织实施“科技兴县”战略。其间，我积极发挥农村科技特派员作用，帮助山区农民发展食用菌、有机茶、高山蔬菜、十里荷花等科技扶贫项目，让一大批山区农民走上了科技致富路；开展浙江大学支持武义创业创新行动；主动接轨大上海，组织武义企业与上海高校开展协同创新；建立“国家大院名校武义联合技术转移中心”；建设武义科技城；加快先进制造业基地建设，走新型工业化道路，帮助一大批武义企业走上了转型发展的新征程，为武义的创新发展注入了科技动力。

一 力推科技兴县

上任伊始，我通过反复研读国家最新发布的科技工作重要文件，以及省委提出的“八八战略”，深刻认识到，中国已进入了依靠科技进步和创新推动的历史新阶段。作为一个县的科技部门领导，必须贯彻落实好这些科技政策，担当起依靠科技进步和创新，推动全县经济社会发展的历史重任。

我也深知，增强自主创新能力、建设创新型国家是全党全社会的共同事业。在一个县里要增强自主创新能力、建设创新型城市也是全县的大事，凭科技部门一己之力是根本办不到的，必须争取县委、县政府的重视和各部门的支持配合。

这时新来的县委书记曾担任过地市科技局领导，一上任就要来科技局做专题调研。为迎接书记调研，我做了精心准备：对县里历年出台的科技相关政策进行了全面梳理，执笔起草了《关于大力推进科技进步，加快提高自主创新能力的若干意见（讨论稿）》；提出了筹备召开武义县科学技术大会的建议，并争取建设武义县科技创新服务中心，构建县域科技创新体系。

调研结束后，县委、县政府原则同意研究出台《关于大力推进科技进步，加快提高自主创新能力的若干意见》，同意适时召开武义县科学技术大会，同意建立武义县科技创新服务中心，机构编制在科技系统内部调整，需要增加的人员编制由县编委协调解决。由此，武义县科技工作实现了新转机。

借着这股东风，我们在征求各相关部门意见的基础上，修改完善了《关于大力推进科技进步，加快提高自主创新能力的若干意见》，提交县政府常务会议、县委常委会讨论通过并正式发文执行。

为了开好武义县科学技术大会，县委办公室召开了大会筹备会，各有关部门一把手参加了会议，会上，研究制定了武义县科学技术奖评定办法、武义县杰出创新人才评定办法；落实了会议文件的起草等各项会议筹备工作。

在各有关部门的大力支持和通力协作下，武义县科学技术大会于2006年12月20日胜利召开。县四套班子领导，乡镇、街道、县直属各单位主要负责人，科技型企业和规模以上企业负责人，科技工作者代表，有关部门中层以上干部共计680多人参加了大会。与武义县建立了科技合作关系的有关高校、科研院所的相关负责人也应邀参加了会议。这是武义县有史以来规模最大、规格最高的一次科技盛会。会上隆重表彰了武义县科学技术进步奖和武义县杰出技术创新人才。

县长作了科技工作报告，县委书记作了总结讲话，阐述了加快推进科技进步与自主创新的重大意义；明确了因地制宜、科学规划、找准定位、突出重点、突破难点，全面推进武义县自主创新跨越发展的目标任务；提出了加强领导，形成合力，推进武义县经济社会发展从依靠投入驱动转向依靠创新驱动的具体措施。

科学技术大会的召开，在全县上下营造了浓厚的自主创新氛围，形成了一轮科技创新的热潮，推动武义县经济社会发展逐步走向依靠创新驱动的轨道。

会后，我全力组织实施《中共武义县委武义县人民政府关于大力推进科技进步，加快提高自主创新能力的若干意见》和《武义县“十一五”科技发展规划》，全县科技工作出现了令人欣喜的新局面。

2006年，全县被列入省级以上科技项目40个，比上年增长160%；通过省级鉴定的项目 5 个，增长 67%；通过市级、县级评审、验收的项目 21 个，增长 60%；专利授权 222 件，增长 126.5%。社会各界对依靠创新驱动发展的信心进一步增强了。

为了确立科技工作在全县工作中的战略地位，我总结在开发区工作时，争取将“开放兴县”列入武义三大发展战略，在旅游局工作时争取将“旅游富县”列入武义四大发展战略，确立自己所在部门工作在全县工作中的地位的经验做法，开始研究怎么将“科技兴县”列入全县发展战略问题。

当我提出应当把“科技兴县”也作为武义的发展战略时，有人指出，发展战略不能越提越多。我就思考，那个时候“开放兴县”已经成为全民共识，而“科技兴县”还需要县委、县政府的强势推动，建议把当时的“生态立县、工业强县、开放兴县、旅游富县”战略调整为“生态立县、工业强县、旅游富县、科技兴县”战略。

对此，有人调侃我是屁股指挥脑袋，到了哪个岗位就要把那个岗位的工作提升到全县的发展战略。为了说服同僚、打动领导，我研究了当时发展最耀眼的广东和江苏省的多个经济发展明星县市，它们都已将科技兴县（市）作为当地的发展战略了。

当时县里正在研究制定“十二五”发展规划，时任县委书记带队到江苏、广州、深圳做了两次科技工作专题考察。这些经济发达地区介绍的经验，无一不是把“科技兴县（市）”作为发展战略的。终于，通过考察学习大家对“科技兴县”战略的思想认识统一了。

2011 年初，县委、县政府全会通过《中共武义县委关于制定武义县国民经济和社会发展第十二个五年规划建议》，正式将武义县的发展战略调整为“生态立县、工业强县、旅游富县、科技兴县”，确立了科技工作在全县工作大局中的重要地位。

二 振兴宣莲产业

宣莲是武义传统的名特优农产品，已有1300多年的种植历史，清嘉庆六年（1801年）被列为朝廷贡品，主要种植在柳城为中心的周边乡镇。但在粮食困难时期，宣莲的种植面积逐年减少，1979年，全县宣莲种植面积锐减到不足十亩，宣莲这一武义特产，陷入濒临灭绝的境况。

2003年，省里推广科技特派员制度，浙江省农业科学院（以下简称省农科院）派出植保所副研究员金梅松，任武义柳城畲族镇科技特派员。他将农科院正在选育试种的，经过航天诱变的莲子新品种，介绍到柳城畲族镇祝村试种。2005年，这些通过航天诱变的莲子新品种产量远远高于土种宣莲。

机缘巧合，科技局是县委、县政府安排结对柳城畲族镇的联系部门，结对的村就是宣莲专业村祝村，更有意思的是，当时柳城畲族镇的党委书记又是我的老同事、老邻居、老朋友李杨勇，镇长钟仙标也是老邻居，而分管副镇长蓝苏平是我姨妈的儿子。

2005年底，我调到科技局后，第一个走访的乡镇就是柳城畲族镇。李杨勇书记把镇长钟仙标、分管副镇长蓝苏平、科技特派员金梅松召集在一起。李书记直截了当地问我："你这个科技局局长打算怎么来支持我们柳城镇的工作？"

我也直截了当地回复："在旅游局的时候，我们就做了《武义南部生态旅游区总体规划》和《十里荷花旅游区规划》，但都还没有启动实施。我想用科技局的人才、技术资源结合自己的旅游专业特长，在科技局的联系村祝村，建立一个旨在推动宣莲产业转型升级的科技示范基地。"

李书记听后十分高兴："你帮我画的十里荷花旅游发展蓝图我们正准备实施，但还不知从哪着手。这下好了，有你这个旅游专家到联系村组织实施这个项目最好不过了。需要我们镇里怎么支持，你提条件，我全力支持。"

"那就请你书记大人现在就陪我到祝村去看看？"我提这个要求时，李书记面露难色。“今天上午有位县领导也要来柳城，可能马上就到。”但他接着又说：“这样好了，我先让副书记接待他，我们赶紧去祝村，现场研究一下这个十里荷花旅游项目怎么来启动，回头我再赶回来向领导汇报工作。”

说完，我和书记、镇长、副镇长以及特派员金梅松一行向祝村出发了。

祝村的党支部书记涂立斌和五六个村干部早早等在了村口。听李书记介绍，我是刚从旅游局局长岗位上调到科技局的新局长，第一次下乡就来到祝村，准备帮助村里开发十里荷花项目，大家都喜出望外，七嘴八舌热情地向我们介绍起他们村的旅游资源，并簇拥着我们去看了古街、祠堂、古建筑、河道、堰坝和宣平古县城的两个古塔。

最后，来到村委会会议室，李杨勇书记说：“陶局长在旅游局时，就非常看好我们柳城的生态旅游资源，特别是宣莲资源，帮助我们编制了《武义南部生态旅游区总体规划》和《十里荷花旅游区规划》。今天他又专程到这里来，和大家一起研究十里荷花旅游项目开发和宣莲产业振兴问题。我们先听听陶局长的意见好不好？”

在热烈的掌声中，我感受到了大家的殷切期望。梳理了一下思路，我向大家陈述对十里荷花项目开发的设想。我说：“我从旅游局编制十里荷花旅游规划开始，就一直在思考宣莲产业的振兴问题。现在我成了祝村的联系部门领导，注定要为宣莲产业的振兴而努力。所以，这段时间，我认真思考了如何利用观赏性极高的荷花资源，开发好十里荷花旅游项目。

首先，希望大家对宣莲的价值有一个新认识。宣莲作为我们祝村栽种了1000多年的传统特产，名气不小，但给我们带来的收益到目前为止并不大。因为大家种宣莲就为收几颗莲子，费工费力，每亩地的产出有限。就莲子而莲子，无论怎么折腾也只是一个农产品。但我当旅游局局长，看到的就不单单是莲子，而是看到了莲花的观赏价值，所以提出了要开发十里荷花观光旅游项目；我当文化局局长，看到的是它的文化价值，莲花一直是文人墨客讴歌的对象，有《爱莲说》《荷塘月色》，有‘接天莲叶无穷碧，映日荷花别样红’‘出淤泥而不染，濯清涟而不妖’等名篇、名句、名画、名曲。在我们农村也有‘村无莲则不雅’的说法。这种潜藏在莲子背后的观赏价值和文化价值，如果能把它挖掘开发好，宣莲价值就有可能成几倍、几十倍地提高。所以，我们一定要跳出莲子来重新认识宣莲，把传统农业开发成观光农业，实现农业和旅游业的相互促进，融合发展，从而大幅提升我们祝村宣莲产业的收益。

其次，还要解决好项目建设的管理体制，有效整合资源，依托技术创新，解决好十里荷花景色季节性太强等问题，要通过品种改良帮助莲农种出既高产又好看的莲田。”

我提出这些想法后，李书记组织大家展开了热烈的讨论。对于宣莲的观赏价值、文化价值村干部们觉得很惊讶，自己房前屋后、田边地角随处可见，天天习以为常、熟视无睹的莲花，居然还是这么有文化、有价值的东西，的确应该好好去挖掘开发。

关于体制问题，李书记当场表态，镇里马上成立一个旅游公司，而且指定蓝苏平副镇长牵头筹建。表兄弟联手开发十里荷花旅游项目成为一段佳话。

关于资源整合问题，李书记要求村“两委”认真做好村民的思想工作，牢牢抓住老旅游局局长、现任科技局局长联系祝村的最好机会，配合镇里，将十里荷花旅游开发所涉及的土地，该征的征，该租的租，都把它整合起来，由镇旅游开发公司统一开发建设。

关于技术问题，科技特派员金梅松自告奋勇来牵头落实，努力解决季节性太强问题，通过品种改良，帮助莲农种出既高产又好看的莲田。

会后，各项准备工作紧锣密鼓地开展了起来。那段时间，我常跑到柳城和李杨勇书记以及镇旅游公司、祝村的干部们一起，实地解决景区开发中碰到的各种问题。

工作中发现，十里荷花旅游区的开发建设与其他风景旅游区、度假区的开发建设有许多本质区别。旅游开发如何与村民们的农业生产相协调方面存在不少困难和问题。比如：农民平时是你家种宣莲我家种水稻的，而旅游开发要几百上千亩宣莲连片种植，以营造接天莲叶无穷碧的十里荷花景观；平时种宣莲为了预防连作病害，采取几年一轮作的办法，而旅游开发要在这片固定的区域内连年种植；等等。

怎么才能解决好这些矛盾呢？

他山之石可以攻玉。我联系了重庆大足荷花山庄，2006年春节一过，就陪着李杨勇书记和柳城镇有关领导、祝村及周边宣莲种植村的干部专程前去考察学习。

重庆大足荷花山庄，占地1520亩，始建于1997年，经过多年发展扩建，成了全国闻名的荷花主题生态旅游区。

参观了大足荷花山庄之后，我又组织镇领导和相关人员参加了在杭州举办的第二十届全国荷花展。镇村干部对开发建设好十里荷花景区信心更足了。

回来之后，为了帮助祝村启动十里荷花景区建设，我还选派了局里有农业专业特长的年轻干部潘祖华到祝村任农村工作指导员。

我同蓝苏平、金梅松、潘祖华四人组成了十里荷花景区建设工作组，进驻祝村与村干部们一起，集中精力组织实施十里荷花景区开发建设工作。

我们首先抓住春播前的有利时机，召开村民代表大会，动员全村支持十里荷花景区建设。动员会上，我作了个动员报告，向大家描绘了一幅美丽生动、红红火火的十里荷花旅游场景。我用俞源、郭洞等村通过发展乡村旅游、改变村庄面貌、提高村民收入的事实激发广大党员干部和村民支持旅游开发的热情。

为了让大家有更直观的感受，我邀请村干部和村民代表到俞源、郭洞两个村进行了实地考察。耳听为虚，眼见为实。大家看到这两个村旅游发展起来后，村里的交通改善了，村庄的卫生状况变好了，许多村民还通过办农家乐、卖旅游商品增加了收入，改善了生活。

参观学习回来，村干部们对开发旅游热情高涨。十里荷花景区建设工作组与在家的五名村干部一起，分成三个小组，利用晚上时间上门做村民的思想工作。不到一星期，就把规划区内的200多亩农田都流转租赁给了镇里的旅游公司，用于建设十里荷花景区。

为了赶时间，也为了节约开支，我在解决土地流转问题的同时，根据《十里荷花旅游区规划》，手绘了一张景区旅游线路图，又到现场和同志们一起对景区的入口、停车场、游客中心、荷文化主题农家乐、荷花物种园、十里荷花核心参观区、畲乡婚嫁民俗实景表演区、垂钓休闲区等功能区进行了定点定位，然后通过一条莲文化绿荫长廊，将各旅游节点串联起来。用这样一种简便易行的办法，让景区建设工作队可以立即组织项目的建设施工。

景区建设开始后，我和金梅松特派员，把工作重点转向解决十里荷花景色季节性太强，以及宣莲品种改良问题。

为了尽可能延长十里荷花观赏期，我支持金梅松组织开展“十里荷花四季开放技术系列研究”。从采集荷花种质资源建立荷花物种观光园，选育观光性与丰产性俱佳的宣平莲子主栽新品种，研究莲花冬季开放设施化栽培等三个技术方向开展科技攻关。

在采集荷花种质资源方面，县科技局设立科研专项资金，支持金梅松通过全国各水生植物研究院所，采集到 311 个荷花品种，引进到十里荷花景区，建立了占地 20 亩的荷花物种园，让来景区的游客在这里可以欣赏到几乎是来自全世界的各种荷花。

在选育宣平莲子主栽新品种方面，金梅松邀请我直接加入省农科院组织的、采用太空育种技术开展航天诱变莲子新品种选育的专家团队，作为旅游研究方面的专家，负责莲子品种应具备的观光性状研究。

为了科学地提出这种莲子应具备的特征，我走访了杭州西湖、河北白洋淀等几个在全国极具荷花观光盛名的景区，对当地的管理人员、游客、荷花主题摄影专家进行了访谈。从大家对莲花理想观光性状的追求和描述中，我概括出：植株较矮、花柄较长、开花要多、花型要大、花期要长、花朵色彩要鲜艳、最好有并蒂莲这七大优良特性。

根据这些特性要求，我和金梅松从省农科院植物保护与微生物研究所、武义县科技局、建德市里叶十里荷莲子开发中心等单位正在共同选育的太空 36 号系统，多点品种比较试验中，选择了表现最接近七大优良特性的“十里荷 1 号”，这一具有武义自主知识产权的莲子新品种，作为十里荷花景区主栽品种，在核心参观区得到大面积推广种植。

“十里荷1号”长势旺盛，6月上旬现蕾初花，6月下旬进入盛花期，7月上旬莲蓬成熟，7月中旬开摘上市。整个花期长达102天以上；成熟期早，植株较矮、抗风能力强，莲子饱满，亩产高达200斤，比传统品种产量翻了一番。

据测定，“十里荷1号”每亩花朵1万个以上，花朵粉红鲜艳，花柄高出植株20厘米～30厘米，莲花开放时能醒目地展现，而不被莲叶遮挡。盛花期，十里荷花核心参观区内每天都有几百万朵莲花，在接天莲叶之上竞相绽放。

在研究莲花冬季开放设施化栽培技术方面，我在白洋淀荷花物种园，看到了工作人员在塑料大棚里通过水加温技术，实现了籽莲的莲花能从早春3月初开放到12月，睡莲能在最寒冷的冬季开放的试验成果。

十里荷花景区建设中，我们就引进了白洋淀荷花物种园的莲花冬季开放设施化栽培技术，基本实现了“十里荷花四季开放”目标。

这三项技术的研究和实施推广，为景区开发提供了技术支撑。

自主选育的十里荷1号新品种（郑建华摄）

为了丰富游览观光内容，展示柳城畲族镇独特的畲乡风情，在核心区规划了一个畲乡民俗实景表演功能区。我利用担任过文化局局长的便利，邀请县文化馆的专业老师帮助柳城畲族镇文化馆，排演了一台畲乡婚嫁民俗表演节目。在十里荷花核心区“莱峰塔”周边的场地上，搭起了实景舞台，整理出可容纳数百人的观众区。

2006 年 6 月，参观区种植的“十里荷 1 号”长势喜人。小荷喜露尖尖角，朵朵莲花次第开放。

金梅松特派员从中国农业科学院、中国荷花研究中心等地采集到的 311 个荷花品种在荷花物种园栽培成功。千姿百态的观赏莲、睡莲也开始陆续开放。

经过半年开发建设，十里荷花景区基本建成，7 月 8 日举行了开园仪式。仪式上推出了一台以十里荷花为背景的畲族风情表演节目，由村民演绎畲家敬茶、敬酒、山歌对唱和婚嫁习俗等具有浓郁畲族风情的实景表演。纯朴村民真情演

建成后的荷花物种园（陶锡忠摄）

绎，荷香畲韵情景交融，敬茶、敬酒、分喜糖等环节中演员与观众互动交流，来宾游客个个看得如痴如醉，玩得心花怒放。

十里荷花景区的建成和对外开放，开启了千年宣莲传统特色产业发展的新纪元。

我们把莲农种莲、采莲、卖莲的全过程，作为一种独特的文化旅游资源，进行了文化挖掘、资源整合、技术创新，开发成了一个科技园、一台文艺节目、一条文化长廊、一个旅游景区。把这里的莲农从单纯的种莲为采莲、采莲为卖莲的单一农业生态，转变成了把种莲、采莲、卖莲、文化、科技与旅游融合发展的新业态。

通过县科技局参与组织，应用太空诱变选育的宣莲新品种“十里荷 1 号”在这里试种推广，籽莲增产显著，平均亩产提高了一倍以上。

十里荷花景区建成开放当年，就接待了 3 万多人次的游客，这些游客又为这里的莲子、莲花销售起到了极好的引流作用。一度已被市场冷落、曾经的清代皇家贡品——宣平莲子，伴随着十里荷花景区的旅游热潮，再度声名鹊起，成为人们来武义首选的地方特产和旅游纪念品。品牌效应也推高了宣平莲子的身价，市场收购价格已经从原来的不到 10 元一斤提高到了 50 多元一斤，大大提高了莲农的经济效益。到现在，宣平莲子的产业化生产，已迅速从原来的祝村一个专业村，扩大到周边 5 个乡镇的 30 多个村，实现了规模化种植，产品仍然供不应求。

理念的创新和技术的创新，让宣平莲子这一濒临灭绝的地方名优特产起死回生，重新走向欣欣向荣。

十里荷花项目的成功实施，引起了浙江省科学技术厅（以下简称省科技厅）、省农科院的高度重视。各级领导对十里荷花项目依靠技术创新振兴地方特色产业，开阔视野，跳出农业抓农业，实现农业与旅游产业、文化产业融合发展，提高综合经济效益的做法大加赞赏，赞扬该项目成了全省农业科技进步的一个典范。

为此，省科技厅确定，武义县为浙江省社会主义新农村建设科技示范县，柳城畲族镇为示范镇，祝村为示范村。还安排了 50 万元的社会主义新农村建设科技示范县专项经费，引导加大十里荷花科技园区的建设力度，完善基础设施，加强观赏荷花和子莲新品种的引进选育，推广宣莲高效栽培技术，进一步提高宣莲这一传统产业的综合效益。

浙江省农业科学院院地合作·莲子科技示范基地揭牌仪式上，省农科院副院长张明生（左一）、武义县副县长吴光辉（左二）为基地揭牌。（金梅松摄）

在十里荷花景区的示范带动下，柳城周边的西联、桃溪、坦洪等多个乡镇的农民也纷纷发展起了宣莲生产。在接近柳城的10多公里公路两旁的农田里，村民们自发种上了宣平莲子，每年莲花盛开的季节，连绵数十里的荷花长廊让人们坐在车上就可以尽情感受“接天莲叶无穷碧，映日荷花别样红”的壮美景色。十里荷花项目的实施，拉开了武义南部山区生态旅游产业发展的序幕。

武义县以十里荷花科技园建设为抓手，组织实施社会主义新农村建设科技示范县、示范镇、示范村工作取得的显著成效，被省科技厅作为全省的先进典型向科技部做了推荐。2008年10月21—26日，科技部在山东威海举办“科技促进新农村建设研究班”，我在班上向来自全国128个社会主义新农村建设科技示范县的学员做了经验交流。

2013年，十里荷花景观还入选了农业部“中国美丽田园”榜。

二 创建省级民营研究院

十里荷花科技园区的成功开发，激发了我通过科技创新推动地方特色产业发展的积极性，我开始寻求创立更高平台，为武义的地方特色产业提供技术支撑。

在省科技厅的指导支持下，我们在两年时间里，创建了四个省级民营研究院，依托行业龙头企业，开展专业技术研究，推进了武义温泉、茶叶、食用菌产业的创新发展。

武义创建的第一家省级民营研究院，是浙江唐风温泉研究院。

刚从旅游局调到科技局，我念念不忘的还是温泉开发事业。前几年组织温泉开发时，在温泉资源的勘探技术研究、温泉取水装备研究、温泉水质研究、温泉疗效研究等方面碰到过许多技术问题，总想通过科技创新为温泉产业发展提供一些动力。

我曾专程到省科技厅咨询，省内有哪些科研机构能帮助武义的温泉开发提供技术支撑，得到的答复是，温泉开发技术比较偏门，省内并没有与之相对应的研究机构。

我在感叹自己最熟悉的温泉开发找不到研究机构支持时，当年在搞青年“科技星火带头人”活动时认识的省科技厅政策法规处调研员王超英告诉我，为了鼓励企业成为技术创新主体，省科技厅重点支持企业举办民办非营利性研究机构，开展专项技术研究；可以动员温泉开发龙头企业申办一家省级温泉研究院，组织开展这方面的研究。

他的提示给我指明了方向。当天，我就到省科技厅和省民政厅主管民办非营利性研究机构的处室，了解清楚了开办这样的研究机构所要具备的条件和要办的手续。回到武义，我兴冲冲地与唐风温泉度假村投资人盛喜斌进行了交流，盛总敏锐地意识到，这是温泉开发的核心问题，当场表示要积极争取，并启动了筹建工作。盛喜斌负责资金场地问题，我负责提出这个机构的战略定位、人员组织、研究大纲的制定等。

我建议把我们要筹建的温泉研究机构，定名为“浙江唐风温泉研究院”，聘请中国科学院院士、浙江大学地球物理系教授徐世浙担任顾问，聘请浙江地质大队高级工程师叶子正、金华市中医院主任医师苏洪源、武义中医院院长程志源，以及唐风温泉度假村的专业技术人员担任研究员。

相关申报材料递交后，经省科技厅、省民政厅审查同意，浙江唐风温泉研究院2007年6月由省民政厅注册登记。

我在省科技厅主管领导的指导下，参与了浙江唐风温泉研究院研究大纲的编制。根据武义县温泉开发的技术需求，这个研究大纲确定了温泉资源研究、温泉养生研究、温泉文化研究三大研究主题，分别组织地质、医学、文化学者牵头组织研究。

县领导得知武义县获批成立浙江唐风温泉研究院，当即要求在当年举办的第二届中国武义温泉节上举行隆重的揭牌仪式，并由唐风温泉研究院来承办浙江大学与武义县人民政府联合举办的第二届中国温泉养生论坛。

在论坛专家报告会上，徐世浙院士做了《温泉的形成与探测》主旨演讲，还有来自浙江、上海、广东、天津、陕西、西藏等省区市的10多位专家和温泉企业主做了学术报告和经验交流。

这次论坛上交流的这些论文，都是唐风温泉研究院出题征文而获得的研究成果。通过这次论坛，与会院士、教授、专家都成了唐风温泉研究院的特聘专家，极大地提升了研究院的研究水平和协同创新能力，为唐风温泉研究院之后的项目研究积蓄了强有力的科研力量。

浙江唐风温泉研究院成立10多年来，为武义乃至整个浙江省的温泉资源的科学开发利用和保护做了有益探索。研究院还连续承办了两届中国温泉养生论坛、两届中国武义唐风温泉康养旅居产业发展论坛；围绕武义县建设“中国温泉名城，东方养生胜地”的战略布局，开展了系统研究，参与了中国矿业联合会组织的《医疗矿泉资源团体标准》编制工作，在国际国内发表了多篇学术论文。这些都为温泉开发提供了技术支撑，引领武义乃至全国温泉行业，从温泉体验旅

作者（左一）主持浙江唐风温泉研究院成立仪式（邹贤文摄）

游，到温泉康养旅居，再到温泉医养融合的转型发展。

2016 年 8 月 26 日，中共中央政治局审议通过了“健康中国 2030”规划纲要，国家中医药管理局和国家旅游局发起了在全国组织“国家中医药健康旅游示范项目”的申报建设工作。国家的这一政策导向，为武义温泉旅游产业向温泉医疗健康产业转型发展创造了千载难逢的机遇。

为此，我多次主动去浙江唐风温泉研究院，与盛喜斌董事长研究探讨唐风温泉的转型发展问题，动员他将研究重点聚焦到温泉产业转型发展的战略研究上来，建议在唐风温泉度假村的基础上，规划设计“浙江唐风温泉中医药康养旅居产业综合体建设项目”，积极申报“国家中医药健康旅游示范项目”。

温泉健康旅居综合体建设，要以优质充裕的温泉资源为前提。我一直支持唐风温泉研究院加强对温泉资源的研究勘探工作，于 2015 年将“浙江省武义地热资源控矿断裂构造新观点研究”列入县级研究课题，与省内外多家地质研究勘探机构开展科技合作，研究提出唐风温泉片区的地质构造中，除了已发现的与萤石共生的温泉外，应该还有其他地热构造。

在这一科研成果基础上，院长盛喜斌决定投资勘探开发新的温泉资源，与地质专家和勘探队共同选定勘探孔位，于 2020 年 11 月开钻施工，2020 年 12 月 18

浙江唐风温泉研究院依托单位唐风温泉康养综合体一期工程（卢峰摄）

日，钻进深度600米孔深后，进行了测井和初步抽水试验，涌水量为900立方米每天，孔口水温为34℃，已成为可利用的温泉井，但温度偏低。

为了提高勘探工作的成功率，探明更加优质的温泉资源，研究院邀请中国科学院地质研究所汪集旸院士团队到唐风温泉进行了深入研究。汪院士团队认为选定的勘探孔位再往深处打，会有较好的地热构造，决定继续往深部勘探。钻进深度达2000米孔深后，出现明显热显示。2021年12月24日再次进行了测井和抽水试验，涌水量为900立方米每天，孔口水温为55.4℃。2022年1月13日下午4时许，停止抽水试验后，套管口自然涌流出源源不断的温泉水，研究院随即取样分析。经权威研究机构测定，自涌的温泉水温度在50℃～52℃，水质为优质偏硅酸温泉。

探明这眼自涌温泉不但是浙江唐风温泉研究院十几年研究的重要成果，也是武义县乃至浙江省温泉研究开发的重要成果，为武义温泉康养名城建设做出了突出贡献。

武义创建的第二个省级民营研究院，是浙江更香有机茶研究院。

浙江更香有机茶研究院（陶锡忠、卢峰摄）

1996年我还在经济开发区工作时，就将茶产业的发展振兴作为武义经济发展的重点行业加以扶持。在这十多年的发展中，我一直和几位从事有机茶生产经营的企业家保持着密切联系。

我到科技局后，特别希望能通过有机茶产业的技术创新帮助茶农提高效益。当年在团县委工作时培养的“青年科技星火带头人”俞学文，创建了浙江更香有机茶业开发有限公司，建立了2万多亩的有机茶基地，已是国内最主要的有机茶出口企业之一，还将家乡的有机茶在北京卖得红红火火。

关于武义有机茶产业技术创新问题，我联系了俞学文，谈了我们科技局支持武义茶叶产业创新发展的思路。俞学文很感兴趣，盛情邀请我到北京与他共同探讨这个问题。

2007年盛夏时节，我前往北京，俞学文驾车到机场接我。在从机场到北京更香茶叶公司的路上，俞总聊起了这些年他经营有机茶的收获、感受以及碰到的问题。

所谓士别三日当刮目相看。这十年间，俞学文已经从一个涉世未深的茶农，成长为具有全国影响力的茶商，而且他对有机茶的理解，也从当初认为这是一个能挣钱的商机，发展到有机农业是事关人类健康安全的事业，是自己愿意为之奋斗终生的事业的高度了。他还荣膺了团中央等部委颁授的“中国杰出青年农民”称号。

这时的俞学文对有机茶在激情之余又有了更多理性思考，对我国有机茶发展的前景也有了许多忧虑。比如说，他的有机茶园由于不能使用化学农药，经常遭受病虫侵害；有机茶园不能使用化肥，产量不高；有机茶市场鱼目混珠；等等。

他希望我们科技部门能通过技术创新，帮助他们解决一些实际工作中遇到的问题。

在北京的三天时间里，我考察了俞学文位于马连道的更香茶楼和其他几家门店。让我震惊的是，更香茶叶品牌确实已在北京打得很响亮，他的更香茶楼已是北京数一数二的大茶楼，更香有机茶已经深受北京高端消费人群的喜爱。

武义生产的有机茶能得到北京高消费人群的认可，也让我更有信心去为有机茶的技术创新而奔波努力了。

在北京，我还同俞学文一起拜访了科技部农村科技司、政策法规司、农村中心及中科院的领导和相关专家，请求他们的指导和帮助。领导专家们听了我们的汇报，分析了有机茶产业发展的技术需求。他们建议俞学文，要以提高更香茶叶公司的自主创新能力为立足点，建立企业科研机构，设立科研课题，通过产学研合作整合科技人才资源，开展协同创新，逐步解决有机茶发展中的问题。专家们也希望更香茶叶公司能为全国的有机农业发展探索路子，作出示范。科技部政策法规司领导还主动和省科技厅沟通，希望省科技厅支持更香茶叶公司创建一家有机茶专业的民营研究院。

经省科技厅推荐，“浙江更香有机茶研究院”于 2007 年 8 月 1 日由省民政厅

浙江更香有机茶研究院成立仪式（邹贤文摄）

登记成立。

在科技部、省科技厅的关心支持下，浙江更香有机茶研究院与中国农业科学院茶叶研究所、中华全国供销合作总社杭州茶叶研究院、浙江大学农学院、省农科院等高校、科研院所合作，开展了一系列有机茶种植、加工、经营方面的技术研究，并联合申报了科技部以及省、市、县各级科技计划项目 20 多个，承担了国家农业科技成果转化项目“浙江名优绿茶全程安全生产关键技术集成与示范”、省科技厅与金华市政府联合设立的厅市会商项目“有机茶生态调控和精制质量控制关键技术研究与示范”、国家星火计划项目“有机茶病虫害控制和清洁化加工关键技术应用示范”等。

这些科研项目的实施，在我国有机茶领域的科技创新、成果转化、人才培养、科技服务等方面发挥了重要作用，为浙江更香有机茶业开发有限公司提供了有力的技术支撑，助推了企业的快速发展。公司被命名为“农业产业化国家重点龙头企业”，“更香”成为中国驰名商标、中国有机茶行业冠军品牌。俞学文连续三届当选为全国人大代表，2021 年入选全国十佳农民。

武义创建的第三家省级民营研究院，是浙江寿仙谷珍稀植物药研究院。

寿仙谷医药股份有限公司创始人李明焱，一直是武义县的科技创新典型人物。本书在乡镇团委、团县委、开发区章节多次提到我与李明焱合作推广食用菌栽培科技星火项目，开发食药用菌深加工产品的故事。

我调到科技局后，李明焱成了我树立推广的全县技术创新榜样，希望能在他的带动下，有更多的企业家重视技术创新，进而推动全县的科技进步。

我上任科技局局长后，第一家走访的企业就是寿仙谷医药股份有限公司。当时李明焱已经把发展的重点定位在了灵芝深加工产品、铁皮石斛深加工产品等以名贵中药材为原料的保健品开发上了。

李明焱多年从事食用菌、药用菌的技术研究和推广，积累了丰富的优良品种选育、繁殖和栽培管理经验。公司建立起了大规模的灵芝栽培基地，并利用灵芝生产的废菌棒等有机质，成功开发了适宜铁皮石斛大田种植的环保培养基质，有

作者（左一）主持浙江寿仙谷珍稀植物药研究院成立仪式（陈宪文摄）

效提高了铁皮石斛的产量和品质。在此基础上，李明焱开发了以灵芝、铁皮石斛等珍稀中药材为原料的保健品系列产品，注册了“寿仙谷”商标。

我俩在开发区时共同谋划的保健品产业发展的梦想，已经在李明焱的努力下蓄势待发，只欠东风。我觉得这个东风一定来自科技创新，应该利用在科技部门工作的有利条件，助推李明焱大展宏图。

为争取创建一家中药保健品领域的省级研究院，我和李明焱到省科技厅直接向厅长作了汇报。这时的李明焱，已是省科技系统大有名气的科技创新典型，他的企业要创建一家研究院，省科技厅自然是大力支持。

根据寿仙谷医药股份有限公司利用珍稀植物药开发滋补保健品的业务特点，大家讨论将研究院定名为“浙江寿仙谷珍稀植物药研究院”。

2008 年 9 月 25 日，浙江寿仙谷珍稀植物药研究院在浙江省民政厅登记注册。

省、市、县科技部门积极支持浙江寿仙谷珍稀植物药研究院。研究院与北京大学、浙江大学、浙江中医药大学、浙江省中药研究院、国家航天育种中心等高

寿仙谷药业珍稀植物药繁育基地（寿仙谷医药股份有限公司提供）

校科研院所建立产学研合作关系，引进高端技术人才，建立了由孙燕、李玉、黄璐琦 3 位院士领衔的院士专家工作站，组建了一支由 4 名院士、34 名高级职称人才、6 位全职博士、70 多名本科或中级以上工程技术人员组成的研发团队。

研究院制定了中长期科研规划，从良种选育、种苗培养、仿野生有机种植、中药炮制、有效成分提取、产品精加工生产六个方向开展技术攻关；承担并圆满完成了国家级科技星火计划项目"灵芝新品种选育、生态高效栽培及精深加工产业化研究"、浙江省重大科技攻关专项"灵芝孢子破壁新工艺研究与开发"、浙江省重点科研项目"精加工灵芝优良品种选育及栽培技术研究"、浙江省重大科技攻关项目"铁皮石斛药材及相关产品质量标准研究"等多个国家级、省级重大项目，10 多个武义县科技计划项目。

这些项目的实施，有力地推动了寿仙谷医药股份有限公司的创新发展。公司先后有 10 多项成果获国家、省、市、县科技进步奖，其中国家科技进步二等奖 1 项，浙江省科技进步二等奖 2 项、三等奖 1 项。研究开发的灵芝破壁孢子粉、铁皮枫斗颗粒、铁皮枫斗浸膏、红花瑞丽浸膏等产品，通过浙江省新产品鉴定。寿仙谷保健品畅销全国，公司也迅速成长为具有全国影响力的行业龙头企业。在寿仙谷医药股份有限公司的带动下，灵芝、铁皮石斛等珍稀植物药已成为武义的一大新兴产业，不断发展壮大。

武义创建的第四家省级民营研究院，是浙江骆驼九龙发酵茶研究院。

2007 年春茶采摘时节，我带着分管农业科技的副局长和农业科干部对全县各重点产茶乡镇和茶叶企业进行了一轮专题调研。在与茶农、乡镇农技员、科技特派员、茶叶企业老板的交流中我了解到，武义茶产业面临许多新的问题和发展瓶颈。例如，茶叶品类单一，大家一直只重视名优绿茶的开发，10 多万亩茶园产出的茶叶只加工成几百吨名优绿茶，其余都作为原料茶卖掉，而且许多茶园只采一次春茶，夏秋茶和粗老茶多数都没人采摘，浪费在茶园里。这一问题引起了我的关注。

专题调研结束后，我再一次回访了全县唯一从事砖茶生产的浙江武义骆驼九龙砖茶有限公司（以下简称骆驼九龙公司）董事长祝雅松，和他深入探讨武义茶叶资源的综合利用和茶叶制品多品类发展问题。

祝雅松也是我当年在团县委工作时培养的“青年科技星火带头人”之一。10 多年过去了，武义砖茶厂已通过转制，成立了由祝雅松控股的骆驼九龙公司。在他的努力下，公司取得了国家边销茶经营资质，在新疆、西藏、内蒙古等地区打开了市场。但边销茶价格不高，企业经济效益也上不去。祝雅松希望我们科技部门能支持开发技术含量更高、附加值更高的茶叶新产品。探讨中我们发现，当时武义乃至整个浙江的高档茶、名优茶全是绿茶，虽然价格高，但品牌繁多，竞争激烈。只有骆驼九龙公司生产的砖茶不是绿茶而是发酵茶，特色非常鲜明。

我建议祝雅松要开发高档茶而不要跟风去开发绿茶，应当发挥自己的特长和优势，在发酵茶领域寻求技术突破，创造新的商机。祝雅松非常赞同这个观点。

为了摸清发酵茶的发展趋势和市场行情，我们开展了全国范围的发酵茶考察，先后考察了云南普洱的普洱茶、福建武夷山的红茶、福建福鼎的白茶、湖南益阳的黑茶。通过对照分析，我们一致认为骆驼九龙公司的砖茶与湖南益阳的黑茶有更多的共性，之前也有过一些技术交流，在黑茶的基础上开展技术创新最容易出成果。为此，我们两人又一起前往湖南开展了一次专题考察。

我们先后走访了湖南省茶叶集团股份有限公司、湖南益阳茶厂有限公司、湖南白沙溪茶厂股份有限公司，考察了中国黑茶大市场，参观了中国黑茶博物馆。我们还一起参加了“中国·湖南（益阳）黑茶文化节暨安化黑茶博览会”。这是一个黑茶的盛会，云集了全国各地的黑茶生产企业、茶商和从事茶叶研究的专家，开展了广泛的黑茶文化展示和黑茶技术交流。通过参观学习以及与这些茶叶专家、企业家、茶商的交流，我们逐步了解到了中国博大精深的黑茶文化。

为了更加全面深入地了解黑茶文化和黑茶生产加工的科研情况，我们专程前往湖南农业大学园艺园林学院，拜访了中国茶叶学会副理事长、湖南省茶叶学会理事长、湖南农业大学教授施兆鹏，还拜访了国家植物功能成分利用工程技术研究中心主任、湖南农业大学教授刘仲华。

施兆鹏教授是我国黑茶科研的开山鼻祖，刘仲华是施教授的学生，在茶叶加工理论与技术、茶叶深加工与资源利用研究上取得了令人瞩目的成就，揭示了黑茶品质风味形成机理，创立了黑茶优质高效加工关键技术体系。两位大专家对我和祝雅松的到访非常重视，热情接待了我们，带我们参观了实验室，还安排了半天时间和我们进行了对接交流。

交流会上，施兆鹏教授向我们详细介绍了湖南安化黑茶的历史文化。刘仲华教授着重介绍了他的国家植物功能成分利用工程技术研究中心和茶学教育部重点实验室的最新科研成果。刘教授他们在研究中发现，黑茶的药理功效奇特，主要表现在可抑制和改善高血压、高血脂、高血糖。听了两位黑茶研究权威专家的介绍，我对引进黑茶生产技术，在武义实施产业化产生了浓厚兴趣。

改革开放以后，沿海地区，特别是我们苏浙沪一带经济快速发展，人民生活水平极大改善，饮食结构发生了很大变化，人们的日常食物中肉类食物的比重不断增加，所谓的“富贵病”，即高血压、高血脂、高血糖开始多发高发，亟待有黑茶这样能促进肉食消化的饮品来配合食物结构的改变。

引进两位教授的黑茶生产技术，在武义实施产业化，开发高档黑茶系列产品，会是一个很好的商机。

我建议祝雅松也可以考虑建立一家黑茶研究院，引进施兆鹏教授、刘仲华教授到武义开展黑茶研究的技术指导，为在武义开发高档黑茶系列产品提供技术支撑。施兆鹏教授、刘仲华教授也非常乐意将他们的黑茶研究成果拿到产茶大省浙江推广。

有了两位黑茶专家的支持，祝雅松对创建黑茶研究院信心倍增，迫不及待地要回来申报他的黑茶研究院。为了提高工作效率，我们从长沙飞到杭州，一落地就到省科技厅咨询了申办黑茶研究院的相关事宜。

在省科技厅和省民政厅的支持下，浙江骆驼九龙发酵茶研究院于 2010 年 1 月在浙江省民政厅登记设立。

研究院设立后，祝雅松再次到湖南农业大学邀请施兆鹏、刘仲华两位黑茶权威专家到武义指导研发工作。为了加强科研力量，公司还从湖南农业大学引进了一名专业从事黑茶发酵研究的博士担任专职研究员，邀请科技特派员唐小林担任兼职研究员，还与湖南农业大学、浙江大学、中国农业科学院茶叶研究所等高校院所的专家开展产学研合作，建立了专业黑茶研究团队，广泛开展黑茶相关技术和新产品的研究开发。

在施兆鹏教授、刘仲华教授的指导下，浙江骆驼九龙发酵茶研究院针对茶叶消费市场的发展变化，有计划地组织新产品开发，先后推出“红黑一品”“黑一品”“墨之缘”“金花茯茶”“荷韵黑茶”“荷韵茯茶”等 10 多款发酵茶系列产品。

浙江骆驼九龙茶叶有限公司（陶锡忠、卢峰摄）

骆驼九龙的“红黑一品”荣获 2013 年中国茶叶博览会黑茶评比“创新 · 金奖”，“精品茯茶”荣获 2009 年首届中国黑茶文化节金奖，“金花茯茶”荣获 2013 年中国茶叶博览会黑茶金奖。骆驼九龙品牌也荣膺“浙江省著名商标”“全国十大畅销边销茶品牌”“中国黑茶最具竞争力品牌”。

为了实现黑茶加工生产的全程质量控制和全程自动化，研究院组织实施了“黑茶生产全程自动化改造项目”，实现了黑茶生产从进料到压砖、发酵、包装的全程自动化生产，以及后发酵的智能化控制，确保了加工生产安全可靠。

浙江骆驼九龙发酵茶研究院的建立和新产品开发，极大地推动了公司产品转型升级，拓展了市场销售渠道。公司在上海、杭州、广州、苏州、宁波、金华等城市建立了销售网络，成功开发了内地消费市场。公司还充分挖掘黑茶文化，建立了骆驼九龙黑茶文化博物馆，开展了黑茶科普和黑茶文化传播，成为当地工业旅游的一大亮点，被评为国家 AAAA 级景区。

骆驼九龙公司发展迅速进入快车道，成为全国茶叶标准技术委员会委员单位，参与了多项黑茶行业标准的制定修订工作。研究院院长祝雅松被推选为中国茶叶流通协会边销茶专业委员会副秘书长，全国茶叶标准化技术委员会委员、茯茶工作组副组长，中国茶叶流通协会黑茶专业委员会副主任，国家级评茶技师、全国制茶大师。

2019 年，与浙江骆驼九龙发酵茶研究院长期合作的刘仲华教授被评为中国工程院院士，于当年 11 月在研究院设立了院士工作站，为武义发酵茶的技术研究和产业化提供了更强的技术支撑。

浙江更香有机茶研究院和浙江骆驼九龙发酵茶研究院的建立，有力地推动了武义茶产业的技术创新，吸引了来自全国各地的茶叶科研人才来武义开展技术交流和科技合作。

县科技部门抓住时机，加大了对茶叶研发项目的支持力度，帮助企业主动设计茶产业的重大科研项目，申报国家级和省、市、县科技计划项目。在发酵茶领域，除了骆驼九龙公司外，还先后支持更香茶业公司实施了更香红茶开发项目、支持乡雨茶叶公司实施了乡雨白茶开发项目、支持汤记茶叶公司实施了汤记乌龙茶开发项目、支持浙星茶叶公司实施了浙星红茶开发项目，实现了武义茶叶的品类结构从单一的绿茶到绿茶、黑茶、红茶、白茶多品类发展。

四 依托浙江大学创新创业

早在 1996 年，我任职开发区副主任时，就与浙江大学有了工作联系。

当时开发区引进的企业，多数是五金机械类企业，这些企业发展中的一大难题，就是技术人才短缺。

为了帮助企业解决技术难题，在浙江大学武义籍教授项占琴的推动下，浙江大学现代制造工程研究所与武义县经济技术开发区建立了科技合作关系。双方确定了联络人，武义的联络人是我，浙江大学的联络人，就是时任浙江大学现代制造工程研究所副所长的项占琴教授。

为了尽快促成浙江大学的专家教授来开发区企业开展技术服务，我于一个周末的晚上找到项教授的家中。

一见面，项教授就兴致勃勃地谈起浙江大学与武义县的科技合作工作。交谈中了解到：项教授是武义二中 1964 年考进浙江大学的高才生。他在读高中时成绩很好，但因家庭经济困难，曾多次想放弃学业，班主任黄寿高老师劝导他完成高中学业，并鼓励他参加高考，还为他交了高考报名费。项老师也不负所望，以优异成绩被浙江大学录取。家里筹不齐学费，又是黄寿高老师和家乡的亲友资助他上了大学。毕业后他就留校在机械系任教。他一直非常感恩他的高中班主任黄寿高老师，感恩武义的父老乡亲。

项教授说："学校里让我当双方合作的联络人，给我创造了回报家乡父老的好机会。我一定不辱使命，利用好浙江大学的科技资源为家乡的发展提供力所能及的服务。"

从那时起，我就与浙江大学、与项教授结下了不解之缘。企业一碰到技术问题，我就领着企业主去浙江大学，通过项教授，找到各个专业的专家帮助指导解决，每年都要跑上几十趟。到旅游局后，又和武义籍的陈纲教授开展了编制武义旅游规划的合作。2000 年，浙江省委、省政府指定浙江大学与武义结成了结对帮扶的对子，双方的合作进一步密切。

我到科技局后，更是把浙江大学作为武义最重要的技术依托。上任不久，我就去看望项占琴教授。那时，浙江大学已经成立了一个专门从事支持地方经济发展的工作部门——地方合作处。浙江大学与武义合作的具体工作部门，也从原来的现代制造工程研究所转到了地方合作处，但联络人还是项占琴教授。项教授向我介绍了这一工作机制上的变化，并热情地领我到地方合作处去对接。

地方合作处处长叫朱世强，是一个非常热情的年轻领导，知道我要去，早早就等在门口迎接。一见面他就告诉我，已经从项教授和校领导处了解到了许多浙江大学与武义，以及我与项教授之间的合作故事。他非常期待双方的合作能进一步推向深入。朱世强处长这么热情，我就大胆地表达了我的意愿和设想：为了更务实高效地开展双方合作，建议双方签署一个全面合作协议；浙江大学派出一定的技术力量在武义设立浙江大学武义合作服务中心，同时建议这个合作服务中心的主任由项占琴教授担任。

我的建议得到了朱处长的赞同，项教授也表态愿意来担任这个主任。于是，我们就讨论起了筹备签约仪式的事。朱世强处长向我们介绍，武义籍的一位美术师王卿芳向浙江大学捐赠了几座古建筑，已经在浙江大学紫金港校区复建成“南华园”，近期要举行落成典礼。学校计划邀请武义县领导参加落成典礼，是不是借此机会举行浙江大学与武义县全面合作协议的签约仪式。

大家都认为这样很有意义，也很高效。我和朱处长分别给各自领导打电话请示，双方领导都同意我们的想法，让我们赶紧准备浙江大学与武义县全面合作协议的签约仪式。

2006 年 5 月 20 日下午，浙江大学党委常务副书记陈子辰与武义县县长傅利常在紫金港南华园共同签署了全面合作协议。

由武义县乡贤王卿芳捐建的南华园也在当日开园，浙江大学副校长卜凡孝向傅利常颁发了捐建证书，并与已经调任金华市副市长的武义县委原书记金中梁一起为南华园开园揭幕。陈子辰与武义县委书记郭敏共同为浙江大学武义合作服务中心授牌。

参加浙江大学与武义县全面合作签约仪式的领导合影（王国龙摄）

根据协议，双方将在科技合作、人才培养、旅游资源开发、新农村建设、医疗领域及干部培训交流等方面开展合作。双方建立浙江大学武义合作服务中心，负责搜集各类合作需求信息，对合作实施过程进行跟踪、协调、联络和信息反馈。浙江大学将结合武义五金机械、文旅休闲、汽摩配等优势产业，有机茶、食用菌、名贵中药材等武义特产开发方面积极开展产品研发、关键技术攻关、技术服务，以提升武义区域优势产业的整体技术水平。“二甲基硅油合成反应器研发”等首批七个校县技术合作项目协议也在当日正式签订。

科技合作的活动可以搞得风风光光、轰轰烈烈，但要真正抓好项目落地，我们几个做具体工作的同志还真是花了一大番心血。那段时间，我几乎每个星期都要跑一趟浙江大学，带着武义不同行业的企业家，在地方合作处和项占琴教授的牵线安排下，跟不同学院的专家谈项目谈合作。

浙江大学是一所研究型大学，研究的多数都是“高大上”的技术，而武义的企业都是小企业，需要解决的也是一些实用技术问题。项目不大，资金投入也有限，让大教授们跑一趟武义，真不是那么好安排，起初谈的几个合作项目，都谈得很艰难。眼看一两个月过去了，也还没有几个像样的项目谈成，我和项教授都开始着急起来。

有一次，我在浙江大学跑了一天也没什么成效，就跑到项教授创办的浙江大学精益机电技术有限公司去了。项教授一边安慰我，一边带我参观他的公司，看到他公司里集聚了 50 多位机电技术专业的博士、硕士，开展的是面向企业的机电技术服务，我动起了引进项教授的公司到武义去的脑筋。

我说："项老师，我们武义和浙江大学的科技合作是你牵的线，现在想谈成几个可以在武义落地的项目这么难，要突破这一难题是不是解铃还得你这个系铃人？"

项教授说："那你说这个铃该怎么解？"

我说："我在打你们公司的主意，你们公司拥有这么多的高层次人才，如果能搬到武义或者到武义设一个分支机构，面向武义企业开展技术服务，我们武义和浙江大学的科技合作不就更加深化了吗？"

项教授说："我们公司搬到武义去是不现实的，我们现在考虑投资的一个新项目倒是可以看看能不能把工厂办到武义去。"

项教授的提议让我如获至宝，追问具体是个什么项目，如果去武义要求我们创造什么条件。详细了解后才知道，这是项教授组织浙江大学机电专业、化工专业的几位专家最新研发成功的一个"工业用快干标识纳米涂料"生产项目。规模不大，厂房可以先租赁解决，但要取得安全生产许可和化工生产许可。

当时我就拍着胸脯表态，武义一定为这个项目的落地创造条件。

当天我就拖着项教授回到武义，请来县经贸局、环保局、工商局、安监局等部门的领导，对这个项目进行了初步的可行性论证。几个部门的领导刚参加过浙江大学与武义县人民政府全面合作协议的签约仪式，对浙江大学来武义的投资项目自然是大力支持。经贸局还推荐了一名刚退休的国企领导，来具体筹办浙江大学精益机电技术有限公司投资的武义精益科技有限公司。

在武义精益科技有限公司的筹建过程中，项教授以帮助公司设计工艺流程等名义，邀请浙江大学机电学院、化工学院的专家教授分批到武义来。每拨专家来武义之前，项教授都让我把专业对口的武义企业的技术需求整理好，带这些专家到企业对接。

我们把专家带到武义企业去，原本不抱希望的合作项目，也在交流中擦出了火花。通过这样的苦心经营，终于谈成了好几个武义企业与浙江大学的科技合作项目。

2007 年底，武义精益科技有限公司筹备就绪，并于 12 月 14 日举行了开业典礼。浙江大学党委副书记和武义县人民政府县长为公司开业揭牌。

开业典礼之后，双方领导召开了浙江大学与武义全面合作推进会。会议听取了我对协议签订以来的双方合作情况汇报。

其中，浙江双峰锅炉有限公司与浙江大学合作的“水煤浆锅炉”项目通过省级高新技术产品认定，成为武义县首个省级高新技术产品。

武义田歌实业有限公司与浙江大学合作的“鸭蛋精深加工关键技术及产品研制”项目已投产。

武义博阳实业有限公司与浙江大学合作的“二甲基硅油合成反应器研发”项目也已顺利完成，经试用，生产效率比原工艺提高 30% 以上。

浙江恒友机电有限公司与浙江大学合作的“串激电机可靠性研究”项目取得重要进展，电动工具电机寿命从项目实施前的不到 100 个小时，提高到现在的 300 小时以上，大大提高了武义县电动工具产品的市场竞争力。

……

双方领导对合作工作的推进表示满意，要求武义县科技局和浙江大学地方合作处，对 2000 年以来浙江大学与武义县建立结对扶贫以来的合作工作做一个系统总结，并提出进一步深化合作的要求和初步方案。

推进会后，我和朱世强处长讨论，决定以举办一个“从结对帮扶到创业创新成果展”的形式来总结回顾浙江大学与武义结对扶贫以来，特别是 2006 年双方签署全面合作协议以来的工作成果，并策划开展新一轮“浙江大学支持武义创业创新行动”。

浙江大学与武义的全面合作是科学发展观的生动实践。为了向广大党员干部生动展示浙江大学践行科学发展观的案例，学校决定举办“浙江大学与武义从结

从结对帮扶到创业创新成果展（陶锡忠摄）

对帮扶到创业创新成果展”，并举行“浙江大学支持武义创业创新行动”启动仪式。

为了筹备好这一活动，我提前五天来到浙江大学，和地方合作处的同志们夜以继日地起草活动方案，讨论确定《浙江大学支持武义创业创新行动》备忘录各项条款，布置了展板与实物相结合的“从结对帮扶到创业创新成果展”，在浙江大学紫金港校区隆重展出。

成果展重点展出在省委、省政府组织的“百乡扶贫攻坚计划”中，浙江大学与武义县结对，以科教扶贫为抓手，带动武义农业产业结构调整，使武义的效益农业得到快速发展，农民的人均收入从2000年的1400元上升到2007年的4000元，走出了从结对扶贫到支持创新创业，促进可持续发展的扶贫新路。

2008年5月26日，浙江大学支持武义创业创新行动启动仪式举行，省委主要领导和省委办公厅、省科技厅、省农办、省教育厅、浙江大学和武义县主要领导参加了启动仪式，参观了成果展。4家武义企业接受了“示范基地”的授牌，13位浙江大学教授接受了武义县颁发的“专家咨询委员会委员”聘书。双方签署了《浙江大学支持武义创业创新行动》备忘录。

双方制定了全面实施“建立一个工作会商机制”“引进一批创业创新人才”“实施一批科技合作项目”“建立一批创业创新示范基地”和组织百家企业访浙江大学、浙江大学专家百场讲座进武义的“四一双百”行动为主要内容的《浙江大学支持武义创业创新行动五年发展纲要》，为武义经济发展安装了浙江大学“科技引擎”。

启动仪式后，武义县科技局和浙江大学地方合作处，根据这个纲要的规划和武义企业的技术需求，将专家咨询委员会13名咨询委员，分成机械制造、医药化工、现代农业、温泉旅游4个专家组，分行业深入武义，与企业家、企业技术人员一起，组织实施了一大批科研项目，仅2009年一年，就实施了10项，其中有2项被列入国家级科技计划项目，5项被列入省级科技计划项目。

机械制造领域专家组作为全省第一个工业团队科技特派员入驻武义。为武义机械制造业的技术创新与产业升级提供咨询和技术支持。一年中，就有浙江武精机器制造有限公司的“单缸液压圆锥破碎机研发”和金华福多纳机械有限公司的“汽车底盘模块化设计”两个项目被列入浙江省重大科技专项。

在现代农业领域专家的悉心指导下，武义县申报的“食用菌产业化技术集成及推广应用”项目，被成功列入国家级科技富民强县专项行动计划；浙江更香有机茶业开发有限公司的“有机茶精制加工质量控制关键技术研究与示范”项目被列入浙江省厅市会商项目；武义中茗科技有限公司的“细胞破碎技术在大宗茶加工中的技术研究及应用示范”被列入浙江省重点科技项目；武义海兴菇业有限公司的“三维利用——生态食用菌产业链关键技术研究”被列入省级科研项目。

2008年7月，浙江大学党委书记张曦（右一）、党务副书记陈子辰（右二）视察武义田歌实业校企合作项目（陶锡忠摄）

温泉旅游领域专家组，为双方合作举办好中国温泉养生论坛做了大量学术指导工作，为武义县打造

“温泉名城，养生胜地”提供了强有力的科技支撑。专家组与浙江大学人文学院的9位教授组成的课题组，承担了“武义历史文化遗存保护与利用的研究”项目，经过一年的研究，形成了《武义历史文化遗存保护与利用研究报告》，出版发行了《叶法善与武义温泉文化》一书。专家组组长周玲强，被聘为武义生态养生研究院院长。

医药化工领域专家组，与浙江田歌实业有限公司合作的“鸭蛋卵磷脂和蛋白制品加工技术中试及示范”，被列入科技部农业科技成果转化项目；与浙江寿仙谷医药股份有限公司联合实施的“铁皮石斛新品种选育、快繁及产业化项目”，获2009年度浙江省科学技术奖。浙江大学附属医院的30多位专家和武义县第一人民医院开展了远程医疗合作，浙江大学医学院还组织6家附属医院的13位家专家到武义新宅镇开展了义诊，并为武义医务人员开展了业务培训。

在人才培养领域的合作也取得了突破性进展。2009年县委组织部、科技局、经贸局等有关部门与浙江大学地方合作处密切配合，成功举办了首期浙江大学武义创新经营管理高级研修班，60家企业的负责人和8个乡镇街道的领导参加了研修班的学习，全体学员都完成全部课程，顺利结业。

在双方共同推动下，“浙江大学支持武义创业创新行动”从结对扶贫、科技合作，发展到全方位合作，直到如今，每年都有新主题新成效。双方的合作已经成为全省高校与地方合作的典范。

五 探索科技特派员工作的武义模式

我的农民情结一直催促着我重视农业科技推广，到科技局工作后，我又有了一次服务农业科技推广的机会。

这时的农业科技推广除了“星火计划”外，又有了一个新的载体，叫作“科技特派员制度”。科技特派员制度源于福建省南平市，是习近平总书记在福建工作时亲自倡导建立的一项制度。

中央及省级媒体联合采访报道特派员武义模式（潘祖华摄）

我作为科技局局长、县科技特派员工作领导小组办公室主任，是具体抓好全县科技特派员工作的责任人。我一上任就研究起了科技特派员制度，认真琢磨这项制度与武义实际如何有机结合，以最大限度地发挥特派员在武义农村的产业振兴和农民致富中的积极作用。

为了认准、吃透特派员制度的精神实质，我首先到每个乡镇看望了一遍派驻武义的特派员，与他们座谈交流，详细了解他们的工作状态和思想状况。然后我到省科技厅农村处，让处领导推荐了几个科技特派员派出单位和实施县市，我又进行了一轮学习交流。从中了解到特派员工作的基本要求，也发现存在许多有待改进和完善的一些问题。

为了解决这些问题，我在征得多数特派员派出单位和特派员同意的基础上，大胆探索建立科技特派员工作的武义新模式。这个新模式有以下五个创新点：

第一，建立科技特派员武义工作站。科技局腾出办公场地，购置电脑、桌椅等办公设施，于 2006 年 9 月 5 日，正式挂牌成立了科技特派员武义工作站，制定了工作站工作制度。

科技特派员武义工作站的建立，密切了特派员与县科技局的联系，也密切了特派员与特派员之间的相互联系和交流，改变了过去特派员从单位直奔乡镇的状况，现在每次来武义都要先到工作站打卡，有利于科技局更好地服务与管理。

第二，县科技局与县广播电台联合创办“特派员科技大讲坛”，由每位特派员为全县农民兄弟授课。

第三，建立特派员值周制度。原来一个特派员只服务于一个乡镇，现在可以大显身手服务全县，同时也改变了原来各个特派员单打独斗的工作方式，依托全县特派员团队的力量和资源，协同解决农民朋友碰到的技术难题。

第四，支持特派员带技术、带资金入股，与当地农民共同创业创新。我们支持蔡为明、金梅松、周立平、王伟、杨开等特派员与武义农民合资创办了多家农业科技型企业或农民专业合作社，特派员通过技术入股、资金入股，与当地农民结成利益共同体，通过实施创业创新项目带领农民致富。

第五，与特派员派出单位一起探索团队科技特派员和法人科技特派员制度。我们争取引进了杭州茶叶研究院的茶叶团队特派员进驻武义，帮助武义的茶产业转型升级；争取引进了省农科院作为法人科技特派员，支持武义实施农业产业整

2012 年 11 月，省科技厅农村科技处处长叶翠萍（前排右三）、省农科院副院长张明生（前排左三）来武义调研法人科技特派员工作（潘祖华摄）

体转型升级。

几年下来，入驻武义的特派员，对工作站制度从原来的不习惯变为把工作站当成自己在武义的落脚点、在武义的家。特派员们都为科技局能为他们提供这样一个可以服务全县的工作平台点赞。特派员之间也因抱团作战变成了亲密战友，不少特派员把自己在入驻乡镇推广的科技致富项目，主动推广到全县其他乡镇，迅速在武义全县发展起了香菇工厂化栽培和宣莲、高山蔬菜、山茶油、山稻、板栗、瓜蒌子等 10 多个特派员科技致富项目，帮助近万户农民走上了科技致富之路。

特派员水建国（右）推广高山蔬菜（潘祖华摄）

特派员范根法（右一）指导农民板栗高位嫁接技术（潘祖华摄）

科技特派员在山稻基地合影（潘祖华摄）

武义县科技特派员工作中的创新实践，得到各级领导的高度评价，先后4次得到省委、省政府表彰。我还代表浙江省在科技部举办的“科技促进新农村建设研究班”和“科技人员服务基层创新创业与科技创新体系建设研讨班”上，交流了经验。

2011年9月21日，在全省农业科技大会上，蔡洪县长作为全省唯一一个县（市、区）代表，介绍了武义县依靠科技特派员推进农村科技进步的经验。特派员金梅松、蔡为明、唐小林先后受到科技部表彰。

2008年8月，为了推动科技特派员工作长效发展，中央科技特派员调研组把浙江省作为一个典型进行深入调研，浙江省则以武义县作为典型推荐给了调研组。

为此，我对特派员工作的主要成效、基本做法、特色工作进行了系统总结，并根据自己在组织实施科技特派员工作中的切身体会和对深化特派员工作的思考，提出了进一步深化发展的构想与建议。

2008年8月27日，中央科技特派员调研组进驻武义，召开了特派员座谈会，考察了特派员科技示范基地，现场了解科技特派员武义工作站和特派员科技大讲堂的运行情况。

调研组负责人将武义县的这些做法，称为“特派员工作的武义模式”，给予了充分肯定，对武义县与特派员派出单位合作探索团队和法人科技特派员制度给予鼓励，并建议总结推广。

中央科技特派员调研组在对福建、浙江、宁夏等地调研后形成了《一个突破性的制度创新——中国农村科技特派员制度研究报告》，系统总结了包括武义县在内的科技特派员制度的创新实践。

浙江省在总结武义经验的基础上，与科技部会商，于2008年开始试行法人和团队特派员制度，安排省农科院作为全省第一批法人科技特派员结对武义。

2009年3月3日上午，省农科院在武义县举行了法人特派员入驻武义启动仪式。启动仪式后，省农科院和武义县委、县政府积极探索法人科技特派员工作制度，经过双方领导的多次互访磋商，全面启动了法人科技特派员工作。

六 承接省农科院技术服务

法人特派员工作启动后，一大批省农科院专家集中在武义开展科技帮扶工作。实践中，我体会到，仅凭科技局一个职能部门的力量，确实难以全面服务好法人特派员工作。

为此，我几次到省农科院向院领导汇报，希望能建立一个由双方领导定期协商推进的领导体制、工作机制和保障机制，以此来确保省农科院法人特派员工作在武义取得更好实效。

时任省农科院党委书记管竹伟召集分管副院长、科研处处长等领导，入驻武义的特派员代表蔡为明、金梅松等专家一起听取了我的汇报，大家都认为确实需要建立起这样的体制机制，要我和科研处研究提出具体方案，由管竹伟书记到武义与县领导沟通确认。

2010 年 4 月 14 日，省农科院党委书记管竹伟一行到武义，对法人特派员入驻武义一年来的工作进行了深入调研。

我陪同管书记走访了特派员入驻乡镇，考察了法人特派员、团队特派员、个人特派员实施的项目，与特派员、乡镇村领导、相关基地负责人进行了座谈交流。通过现场调查，管书记更加支持我的想法，主动向县领导提出，要在武义召开一个省农科院法人科技特派员工作协商会。

时任县委常委、常务副县长扬霄雁参加了协商会。会上，我代表特派员工作领导小组办公室，汇报了法人特派员入驻武义一年来的工作开展情况，提出了省农科院和武义县全面合作协议书和行动方案的讨论稿。双方领导基本认同我们提出的方案，要求我们抓紧修改完善，并商定下个月邀请县主要领导到省农科院正式签署协议书。

2010 年 5 月 28 日，武义县与省农科院全面合作签约仪式暨科技特派员工作推进会在省农科院召开。省农科院党委书记管竹伟、院长陈剑平，省科技厅农村

2010 年 5 月，省农科院与武义县签署全面合作协议

科技处处长叶翠萍，武义县县长蔡洪等领导和合作双方相关部门负责人参加会议。

蔡洪县长对省农科院派驻武义的个人特派员、团队特派员、法人特派员为武义经济社会发展所做的贡献表示感谢。他说，科技特派员队伍，已成为武义县社会主义新农村建设中一支不可或缺的重要力量，是农民增收致富的领路人，是推进现代农业发展的新动力。

管竹伟书记表示，今后将进一步创新法人和团队特派员制度运行模式和工作机制，整合全院科技资源，加强与武义县相关职能部门合作，把法人特派员、团队特派员和个人特派员工作推上一个新台阶，努力为武义的“三农”发展多做贡献。

会上，省农科院的院 领导和县政府领导，就如何深化实施法人科技特派员制度，建立产学研合作长效机制，推动院县全面合作，进行了探讨和交流。

会上，我代表合作双方汇报了科技特派员工作开展情况。省农科院科研处副处长陈国定推介了省农科院的科技成果。特派员代表金梅松、蔡为明等作了典型发言。

陈剑平院长和蔡洪县长分别代表省农科院和武义县签署了《浙江省农业科学院与武义县人民政府全面合作协议》。叶翠萍处长希望双方以此次签约为契机，积极探索实践法人和团队科技特派员工作新机制，建立促进武义农村科技进步和现代农业发展的强大科技支撑体系。

这个全面合作协议的签署与实施，推进了武义县与省农科院的合作机制不断完善。在第一个五年合作期结束后，双方对合作取得的成效都非常满意，已于2015年、2020年再次签署了第二轮、第三轮合作协议。

作者在省农科院百年院庆活动上发言（金梅松摄）

在第一个五年合作期内，武义县政府每年安排100万元专项资金用于支持省农科院特派员在武义实施的院县合作项目。5年间，累计签约实施院县合作项目32项；共同承担市级以上科技项目79项，其中国家级5项、省级59项；争取到上级补助经费1153万元，获得国家授权专利8项，其中发明专利2项；获省科学技术进步奖二等奖2项、三等奖2项；选育出经省级审定的新品种4个；还组织了省农科院百名博士走进武义系列科技帮扶活动。

在省农科院的大力支持下，武义农业经济取得快速发展，农业现代化发展水平多年位列金华市首位。在2019年10月23日召开的全国科技特派员制度推行20周年总结会议上，浙江省作典型发言，介绍了省农科院法人科技特派员的工作成效。

七 兴办省级食用菌创新中心

正当武义县与省农科院的科技合作搞得红红火火的时候，我在乡镇当团委书记时的武义团县委书记汤勇，从浙江林学院党委副书记任上，调到省农科院任党委书记。这在双方已有的合作关系基础上又增添了一份浓浓的情缘。

在共青团工作期间，我就是汤勇书记选树起来的农村“青年星火带头人”工作先进典型，时隔20年，我们再次走在了一起，共同组织实施科技特派员制度。

得知汤勇调到省农科院当书记，我第一时间去看望了他，向他汇报了武义与省农科院全面合作，实施法人科技特派员制度的来龙去脉和目前开展的主要工作，希望汤书记更加重视和支持法人科技特派员工作。

汤书记听后高兴地说：“科技特派员工作是服务农村、农业、农民的最有效抓手。省农科院作为法人科技特派员，结对服务的又是我自己的家乡，这既是我抓好农科院、服务‘三农’工作的职责，又为我更好报效家乡人民创造了条件，是件两全其美的好事，我一定尽全力支持。”

然后他让我谈谈具体要他怎么重视、怎么支持。

我和汤书记分析，法人科技特派员工作要抓实，抓落地，抓出成效，我们武义必须选准能让省农科院的人才和技术优势真正得以发力的产业，省农科院则应该选准对应的专家团队。两者如果结合好，再设计好项目，搭建好平台，从一个行业领域先做出示范，然后推而广之，一定会结出丰硕的合作成果。

汤书记说：“那这个行业领域怎么选，你先提个意见，然后我根据你们的要求来物色人选，组建团队。”

我罗列了武义比较有特色的茶叶、宣莲、食用菌、高山蔬菜等几个农业产业，最后我俩不约而同地认准了食用菌行业。

这个行业，一来我俩在共青团工作时就是“青年星火带头人”项目实施的重点领域，双方都比较了解，培养出了李明焱这样一个有全国影响力的青年星火带头人；二来武义食用菌行业一直以来都由科技部门主管，这在全省也是一个特例，选择这个行业可以简化部门间的协调；三来武义的食用菌行业发展碰上了严重的瓶颈制约，那时食用菌生产的机械化水平很低，干活又累又脏，年轻人都不愿意干这一行，产业规模严重萎缩。如果不能在生产技术和生产组织方式上有所创新突破，这个行业在武义将会失去区域竞争优势。

汤书记向我介绍，在食用菌领域，省农科院技术力量雄厚，他们的食用菌研究室主任蔡为明，就是浙江省食用菌领域的首席专家。让蔡为明带领他的团队，到武义去实施省农科院法人特派员项目一定能大显身手。汤书记说，蔡为明的思想工作和任职程序由他负责落实，他的团队到武义后的工作平台由我负责搭建。

回到武义，我向局领导班子通报了与汤勇书记商讨的法人特派员项目在武义的落地方案，统一了借助法人特派员力量重振武义食用菌行业的思想。

然后，我到科技局下属事业单位——武义县食用菌技术推广站，召开专题会议，要求他们牢牢抓住省农科院派专家团队来武义实施法人特派员项目的机会，让曾经在武义风光一时的食用菌技术推广站重新振作起来。

推广站的施礼、潘祖华、徐向进几个技术人员，在武义食用菌行业的发展与推广中发挥过重要作用，积累了丰富的经验，又都年富力强，正是干一番事业的时候。前几年食用菌行业不景气对他们是一个不小的打击，现在有了这么一个打翻身仗的机会，他们个个都跃跃欲试。

我借鉴在开发区和旅游局的工作经验，提示他们食用菌行业要振兴，必须建立起一个自己的基地，搭建起发展的平台。

而那时，推广站除了在科技局有两间办公室之外，什么都没有。没有资金，没有设备，人手也只有四个，怎么能建立起基地？他们感到很为难。我鼓励他们，去找一块适合搞食用菌的土地，租也行，买也行，然后我来帮助他们一起策划项目，规划建设一个能为菇农提供全程服务，集聚菇农共同创业致富的食用菌产业区域创新服务中心。

有了一个小目标后，施礼站长带着推

作者（右二）与时任县委书记陈伟（右一）陪同浙江省农业科学院党委书记汤勇参观院县合作成果展（潘祖华摄）

广站的几个技术人员全县各地找土地。三天后就向我汇报，他们分别在新宅镇、柳城镇、桃溪镇、王宅镇和壶山街道，找到好多块可以用于发展食用菌生产的土地，并立即带我去一一做了考察。

经过实地考察，反复比较各地的地理人文环境，我建议，选择壶山街道上端头村，一块茶园改造后还闲置在那里的山地，作为基地建设用地。为了争取街道办事处和村里的支持，我带推广站的同志与壶山街道主要领导做了协调交流。街道领导非常欢迎，并要求分管领导、驻村干部做好村民思想工作，协助我们办理好土地流转。在街道办事处和村领导的支持下，村里很快就以略低于市场价的租金标准与我们签订了为期 30 年的土地租赁合同。

土地政策落实后，我们请设计单位编制了《浙江省武义食用菌产业区域创新服务中心总体规划》。我又牵头组织分管农业的副局长、县食用菌技术推广站技术骨干，起草了《武义县人民政府与浙江省农业科学院联合建立“浙江省食用菌产业科技创新区域服务中心”筹建方案》。

这个方案，确立了服务中心的建设体制和运行机制：中心建设的投资主体为

浙江省武义食用菌产业区域创新服务中心总体规划（总平面图）

武义创新食用菌公司，公司注册资金 50 万元，出资单位为武义县食用菌技术推广站、浙江长三角园艺科技有限公司和省农科院蔡为明专家团队，其中蔡为明专家团队里的专家以个人名义出资 5 万元，占 10% 的股份。

中心的运营管理由武义创新食用菌公司负责，实行企业化管理。建设和生产投资，通过出资人投资和争取政府扶持资金解决。运行经费，通过经营活动和有偿服务筹集。

机会总是给有准备的人。在筹建服务中心时，武义县申报的“食用菌产业转型升级关键技术集成与示范”项目，被科技部正式列入国家科技富民强县专项行动计划，并获得 550 万元项目资金支持，正好解决了中心建设的启动资金问题。

2010 年 7 月，武义创新食用菌公司注册成立后，立即根据总体规划启动服务中心建设。项目占地 120 亩，总投资 1300 万元。

为确保项目建设的快速推进，我们成立了工程建设指挥部，由我担任总指挥，由副局长何国兴、食用菌推广站站长施礼担任副总指挥，在荒山野岭上又一次开始了我们的创业创新历程。

这个创新服务中心的建筑内容不算复杂，主要由菌包自动化生产车间、灭菌车间、无菌接种室和大面积的智能化栽培大棚组成。但里面的生产设备、工艺流程，许多都是自主研发的原始创新项目，甚至在国内外都是首创。这些工作仅凭武义的科研力量是无法实现的。我们之所以敢编制出这样的规划，设计出这样的项目，并付诸实施，其信心，就来自省农科院作为法人特派员结对武义这样的强大技术支撑。

在我们紧锣密鼓筹建创新服务中心的同时，汤勇书记已经统一好院领导思想，做好了蔡为明研究员的思想工作，争取到了省委组织部的支持，办理好蔡为明到武义任县长助理的手续，亲自送他及其食用菌创新团队入驻武义。

蔡为明作为浙江省食用菌行业的首席专家，我们原来也熟悉。武义在食用菌产业发展中碰到什么技术难题，都请他来帮助解决。他与科技局干部、食用菌技术人员，以及武义的菇农都建立了深厚友谊，大家都亲切地叫他蔡老师。

蔡老师对武义食用菌产业的发展情况了如指掌，现在作为县长助理，工作开展起来就更是轻车熟路、得心应手了。他到武义任职的第一天，我就陪他到正在建设的创新服务中心工地，了解了项目进展情况。我向蔡老师介绍，工程建设方面我们很有信心顺利推进，但对如何科学合理地配置生产设备、设计工艺流程心里不是很踏实，希望得到他的专业指导。

在那时，整个浙江省都还没有像我们这样规划设计的食用菌自动化生产车间，但蔡老师知道，在上海郊区有个工厂化生产食用菌的产业园区，那里的自动化水平是国内最高的。他建议我们去考察学习。

说走就走，第二个星期，我们就跟蔡老师到上海市农业科学院食用菌研究所和上海最大的食用菌工厂参观学习。那里的全自动化生产设备和无菌车间，对我们有很好的学习借鉴意义，但他们生产的食用菌品种，主要是金针菇和蟹味菇，与我们要重点发展的香菇和黑木耳的自动化生产设备还是有很大的区别。

怎么办？没有现成的设备就自主设计开发。在蔡老师的指导下，我们组织了县食用菌推广站、武义创新食用菌公司的技术人员，还邀请了浙江省农机研究院、金华市农机推广站的农业机械专家，以及设备供应方的技术人员组成研发团队，用了 3 个月的时间，设计开发了第一条香菇菌包全自动生产线。

这条生产线突破了多项关键技术，获得 4 项国家发明专利。设备研发成功的同时，创新服务中心一期工程建设也同步完成。

2011 年 6 月 1 日上午，由省农科院与武义县共同创建的浙江省武义食用菌产业区域创新服务中心正式建成并投入运营。

2011 年 6 月，武义食用菌产业区域创新服务中心揭牌仪式（陶锡忠摄）

省科技厅副厅长邱飞章和武义县委书记江跃进为创新服务中心揭牌，省农科院、省科技厅、省农业农村厅、金华市科技局、武义县相关领导，浙江省食用菌创新团队专家，武义县食用菌企业负责人，种植大户等参加揭牌仪式，县长蔡洪主持仪式。

创新服务中心的建成投运，为省农科院法人特派员提供了一个技术创新平台，成为浙江省食用菌创新团队在武义实施成果转化和产业化的一个孵化器，进而建设成为集聚菇农共同创业、共同致富的武义食用菌产业共同富裕产业园。这标志着省农科院与武义县法人特派员工作向实体化、产业化发展迈出了重要一步，对法人特派员制度的长效发展进行了有益探索。

基地建成后，根据国家科技富民强县专项行动计划“浙江省武义县食用菌产业转型升级关键技术集成与示范”项目设定的研究方向，开展技术攻关和示范推广。

2013 年 1 月 2 日，省科技厅对武义县承担实施的国家科技富民强县专项行动计划项目进行考核验收。省人大农业与农村委员会主任为组长的验收专家组，观

2011 年 11 月，中国工程院院士、中国菌物学会理事长李玉（左二）在食用菌基地考察指导

2011 年 4 月，国家食用菌产业技术体系首席科学家张金霞研究员（右二）在基地考察指导

2012 年 4 月，科技部农村司副司长郭志伟（左三）视察创新服务中心建设（潘祖华 摄）

2012 年 3 月，金华市副市长谢春涛（左一）考察食用菌基地

看了项目实施情况专题片，听取了县长张新宇的工作总结汇报，项目合作单位省农科院蔡为明研究员的技术总结汇报，查阅了相关资料，经讨论一致通过了验收。

项目实施期间，省农科院专家团队与武义技术人员以及食用菌产业龙头企业的协同创新，实现了菌棒的工厂化自动化生产，并在全县复制建设了 20 条菌棒自动化生产线，培育了 100 个食用菌科技示范户，推进了食用菌生产从草棚走进 GMP 车间的升级发展。全县食用菌年生产规模扩大到 6590 万袋，年总产值达 3.45 亿元，比项目实施前新增规模 3090 万袋、新增菇农收入 8492 万元、新增税收 695 万元。获得国家科技进步奖二等奖 1 项、省科学技术奖二等奖 1 项，通过省部级认定新品种 3 个，获授权专利 3 项。

2011 年 11 月，省科技厅寿剑刚副厅长（前排左二）视察创新服务中心建设（潘祖华摄）

2021 年 2 月，深圳大族新能源公司董事长唐泳（中）察看菌光互补香菇生长情况（周海涌摄）

浙江省食用菌产业区域创新服务中心建立 10 年来，实现了菌棒的工厂化自动化生产，选育了适合夏季高温季节栽培的“浙香 6 号”优质香菇新品种，建成了全国首创的“菌光互补”光伏发电站，实现了夏季高温时节的反季节栽培，建立了智能控制、立体高效的香菇周年栽培模式，在光伏电站下的菇棚里搭起立体栽培菇架，在实验条件下一年可养菇 4 轮，一亩地年产 100 吨鲜香菇、100 万元销售收入。实现了食用菌产业高质量发展与菇农共同富裕的“双百共富”目标。

八 追思功勋特派员

在我任职科技局局长期间，通过制度建设、平台搭建、项目实施，让每个派驻武义的科技特派员都能充分施展才干，武义的山川大地上结满了科技扶贫的硕果。

金梅松特派员引进推广“十里荷 1 号”宣莲新品种，建立十里荷花科技示范基地，使武义宣莲这一传统地方特产从濒临灭绝中再度兴旺发达。

蔡为明特派员入股创办武义创新食用菌有限公司，在武义育新种、推新法、创新业，建立起了菌光互补、自动化生产、智能化调控的食用菌工厂化生产众创空间，实现了亩产百吨菇、百万产值的“双百共富”香菇产业高质量发展示范基地。

唐小林特派员在武义茶叶龙头企业建立连续化、自动化生产线，促进武义茶产业从劳动密集型向技术密集型转型的产业升级。

刘本同特派员从云南西双版纳引进“山稻”种子，在浙江百灵谷科技有限公司的 3000 多亩幼林油茶基地上套种成功，在武义全县推广山稻种植面积约 10000 亩，并通过举办全省林下经济油粮间作新技术培训班，将油茶林套种山稻技术推广至全省。

省农科院蔬菜所向新宅镇派出的郑云林、水建国、李国景等科技特派员，咬定一个目标，进行高山蔬菜产业化配套技术开发，引进新品种，解决连作病虫害问题；大面积推广高山蔬菜，全镇高山蔬菜种植面积高峰时达 1.7 万亩，年产值 3400 多万元。

还有任明刚在履坦镇推广的蔬菜育苗新技术、胡谷浪在王宅推广的水果设施化栽培新技术、张尚法在白姆乡推广的双季茭白栽培新技术，等等。这些科技特派员共为武义农民引进新品种、新技术 160 多项，创建了食用菌、宣莲、蔬菜等规模化科技示范基地 20 多个。

其中，我最难忘怀的是与全国优秀科技特派员、浙江省功勋科技特派员金梅松一起走过的科技扶贫之路。

金梅松是科技特派员的先进典型，媒体上宣传最多的是他在十里荷花科技示范基地建设中所做的工作，其实这只是他在武义16年科技特派员工作众多成果中的一个。我与他在共同探索精准科技扶贫之路中有过争执，有过妥协，逐步走向志趣相投。

我还没有到科技局工作之前，就与金梅松打上了交道。那是2005年的盛夏时节，我和浙江旅游学院王昆欣院长领衔的武义南部旅游区规划编制专家团队，到柳城畲族镇做规划调研。镇党委书记李杨勇建议我们听听科技特派员金梅松的意见，请他也来参加了座谈会。会上，与会代表个个都谈了柳城镇发展旅游业有什么资源、什么优势，唯独金梅松说了武义南部山区发展旅游业存在交通不便、基础设施落后、老百姓发展旅游的意识不强等一堆问题。

我的第一感觉是：这个特派员真有点“特”，不会迎合领导，有点桀骜不驯，有点玩世不恭，但我就是喜欢他的直性子，他的直言不讳。

在镇食堂吃中饭时，我特意坐到他身边，见我有意与他套近乎，他礼貌地向我道歉说：“陶局长，不好意思，刚才在会上我瞎说的，我不是旅游专家，我是搞农业的。但我觉得你们如果真想把武义南部旅游区搞好，这些问题还是要认真面对的。”

我说：“你是一个冷眼旁观者，问题提得切中要害。我们做旅游规划，本来就不仅要发掘好这里的资源优势，更重要的是要发现存在的问题，提出解决好这些问题的建议，这样对今后的旅游开发才更有指导意义。”

得到我的肯定，金老师打开了话匣，从他一个杭州城里人来到这个山区的感受，谈到这里的自然风光、人文景观，再谈到他帮这里的农民引进的莲子新品种。

说到宣莲，我和金老师探讨：“其实成片的莲花也是一道非常好的风光，可惜我们种的宣莲花柄不长，花和莲叶一般高，甚至有的花还在叶下，观赏性不强。”

金老师打断我的话说："那是你们这里的宣莲土种，我刚引进的新品种有些花柄很长，花朵也很漂亮。"

"是吗？"我将信将疑地问。

"就是这样，不信我带你去看。"金老师放下手中的饭碗，站起来就要走。

我被金老师的热情所打动，也放下饭碗站了起来。他见我饭没吃完，又说："不好意思，不好意思，你先吃好饭。"

饭后，我和王昆欣院长一起上车，由金老师带到祝村的莲田边。

一开车门，盛夏中午的热浪袭来，令人窒息。可金老师却似乎没有热的感觉，他头顶烈日，径直往莲田走去。我从车上找来两把伞，一把交给王院长，另一把我追上金老师递给他，但金老师没接我的伞："我们农民是不怕太阳的，你用你用。"

我只得撑起伞，紧赶慢赶追着他利索的脚步，为他遮一下大太阳。

来到一丘莲田边，他停下脚步自豪地向我们介绍："这是我引进的经过太空诱变的'太空莲'。你们看，它的莲花是不是都高过了莲叶？而且去年实测的莲子产量比当地的土种高了一倍多。"

这"太空莲"确实跟我们当地的莲子长得不一样。婷婷袅袅的莲苞、莲花、莲蓬都出露在莲叶之上，千娇百媚，迎风摇曳，引人注目。

"太漂亮了！如果大面积连片种植起来，肯定是一道难得一见的风光。"我由衷地赞叹道。

王昆欣院长也是一边啧啧称奇："太美了！太美了！"一边举着相机不停地拍照。

正是因为这次金老师带着我们烈日之下考察"太空莲"，才有了在武义南部旅游规划中，将"十里荷花"作为首个旅游开发项目的灵感。

金梅松的特立独行给我留下了深刻的印象，我们当时就交换了名片。我调到科技局后，第一个走访的科技特派员就是金老师。

我到柳城镇他住的房间里看他时，他打开电脑看着提纲跟我聊，显然是做了一番准备，不像往常那样嘻嘻哈哈，而是一副严肃认真的样子。

他非常郑重地跟我说："你刚到科技局就来看我，我很高兴！我在这里做特派员快两年了，领导们也会来看我，那都是慰问。没有人像你这样到我的陋室里坐下来和我谈。我也不想和他们多讲。我们特派员的工作本来就是做给农民看的，而不是做给领导看的。"

我打断他说："不对不对，我认为特派员的工作既要做给农民看，也要做给领导看。只有领导看到你们的工作成效了，科技特派员的工作才会得到更多的支持和帮助，你们的工作才能更有成效。"

"那是你们领导的事，反正我是做给农民看的。"金老师的犟劲又上来了。

我绕开话题，让他提提做好特派员工作的意见。他说："你想听假话还是听真话？"

我说："当然是想听真话。"

金老师说："凭我之前和你的几次接触，也觉得你不是个虚情假意的人，那我就和你说说真话。我觉得做特派员有风光的一面，也有挺无聊的一面。你说，像我这样一个省农科院的植保专家，到柳城来当特派员，整天只能对着这个山区小镇的农民做一些技术辅导，我自己都觉得有点大材小用。"

"那你说我们应该怎么来改进特派员工作？"我顺势引导。

"照我说，我至少是可以为你们武义全县的农民服务的。"金梅松心直口快，"我们柳城镇的农民，也很需要省市县派到武义其他乡镇的不同专业特派员的技术服务。"

正是金老师的这一席话，才有了我对科技特派员工作武义模式的摸索，才有了科技特派员武义工作站，才有了特派员科技大讲堂，才有了不同乡镇科技特派员之间的互动交流。

通过这次与金梅松两个多小时推心置腹地交流，我们建立起了信任。有关科技特派员工作，我总是第一时间先和金老师交换一下意见，每次金老师也都会直言不讳地提出建设性意见，让我的工作决策和部署更加切合实际，更加富有成效。

为了增进友谊，2006 年暑假，乘其女儿放假之际，我邀请他的爱人和女儿一起来武义看望金老师。我接待了他们一家，自己当导游，带着他一家子游览了武义的主要景区，泡了温泉。金老师不止一次地对爱人、女儿讲：“陶局长是我在武义的亲人，是我们家在武义的亲戚。”

金梅松在主持特派员科技大讲堂节目（潘祖华摄）

此后，我们的关系更加密切了。金老师处处维护着我，为武义科技工作的全局着想，自己带头模范遵守特派员工作站的各项制度，十多年间，每次轮到他值周，他总是周日就到武义，有空就和我当面聊聊这一周他想做些什么，局里有什么事要他帮忙。我没空或是出差在外，他也要和我电话或微信联系。每次值周，他都认真准备好在武义人民广播电台的特派员科技大讲堂节目讲稿，发给我让我提意见。金老师不但用好自己值周的节目时间，其他特派员如果有时间冲突来不了武义录制节目，他也会主动为我补台，代其他特派员做讲座。

每当大雪、台风、暴雨、严重干旱等灾害性天气来临，他总是第一个逆行来到武义，心急火燎地和我商量怎么帮助农民朋友预防灾害发生，然后通过特派员科技大讲堂、特派员微信群以及他的朋友圈和他所在的各个农民专业合作社微信群，以专家身份发出灾害预警。

金老师在多年的实践中，摸索出许多行之有效的自然灾害预防措施。通过他的预警和现场指导，许多科技示范基地和专业户免遭灾害发生。他们由衷地感谢金老师，感谢这位植物保护专家、这位农作物的守护神。

2008 年初的那场抗击冰冻雪灾工作中，灾前灾后他连续 20 多天在武义，分别与食用菌、蔬菜、茶叶、果树、毛竹等领域的科技特派员联手，冒着冰雪严寒，深入山区农产品生产基地现场，一个行业一个行业地集中指导农民朋友防灾抗灾和灾后自救。武义电视台、武义人民广播电台打破每周一期的特派员科技大讲堂节目惯例，每天播出由金老师和各专业特派员联合录制的“抗击冰冻雪灾特派员科技大讲堂”特别节目。

在这场与冰冻雪灾的抗争中，金老师在冰天雪地的恶劣环境里不分昼夜高强度工作，积劳成疾，心脏出了问题做了手术。住院期间我去看望他，还与省农科院领导谈了是不是调整一下金老师的工作，让他轻松点。这事被金老师知道后，他还把我痛骂了一通。

我向他解释：“金老师你不要误会，不是我不想你在武义当特派员，而是我不忍心让你累坏了身体。”

金老师叹了口气，真切地说：“唉，这么多年在武义，我就像栽在武义这方土地里的禾苗，已经扎下根了，现在你就是想赶我走我也走不动了。如果你让我回农科院去，坐在办公室里我真不知道做些什么好了。当科技特派员时间越长，越觉得我们农技人员就是要这样把根扎在农田里，把论文写在大地上。”

我执拗不过金老师，怕他不高兴，也就不敢再提调整工作了。

术后刚出院，金老师又风风火火地来到了武义。这之后每当碰到金老师，我都会提醒他要注意身体，不要再做“拼命三郎”了。可他总是轻描淡写地说是小问题，不必大惊小怪，仍然忘我地投身到帮助山区农民创业创新的科技扶贫工作中。

看到柳城镇的农民种了许多板栗，导致板栗滞销，他就自掏腰包，投资入股板栗专业户谢陈德牵头创办的武义宣平板栗专业合作社。他积极争取县科技局立项，组织板栗保鲜贮运技术研究，引进冷藏保鲜、真空保鲜、充氮保鲜等板栗保鲜技术，通过冷链物流打开销售市场。在板栗收购季节，合作社流动资金困难，他把 100 多万元家庭积蓄都投到了板栗专业合作社用于板栗收购。对柳城及其周边多个山区乡镇生产的板栗做到应收尽收，大大提高了板栗种植户的效益。武义宣平板栗专业合作社多次被评为浙江省示范性农民专业合作社和省级扶贫专业合作社。

为了提高宣莲种植户的经济效益，他曾采来新鲜的莲蓬、莲花，约我一起到杭州西湖边向游客兜售，我们发现莲蓬、莲花很受游客欢迎，从而开发了鲜莲蓬、莲花销售的新业态，提升了莲农的经济效益。

柳城镇高山深山村落里的农民增收困难，金老师几次主动约我爬到海拔1000多米的新塘村猕猴桃基地，商讨引进红心猕猴桃新品种，进行基地改造。

在对高山深山区农民的走访中，我们了解到，由于禁止捕猎野生动物而出现了野猪泛滥成灾的局面，农民辛苦种的番薯、玉米、黄豆等农作物经常被野猪糟蹋。

我不经意地问了一句："金老师，你看有没有什么作物是野猪不爱吃，而又适合在这些高山深山区种植的呢？"

金老师说："这我也一下答不上来，我马上调研一下。"

第二天一大早，金老师就兴冲冲地跑到我办公室，告诉我说："你交代的任务有目标了。"

"什么任务？什么目标？"我一时摸不着头脑。

金老师告诉我："昨天在新塘村，你问我有没有什么作物是野猪不爱吃，而又适合山区种植的，我从安徽的一个科技特派员处了解到，他们在皖南山区推广种植的一种叫瓜蒌子的经济作物，应该符合你提的要求。"

我这才恍然大悟，原来我随口问的一个问题，金老师已经连夜找到了答案。"那你认真调研一下，这个瓜蒌子是不是适合我们这里推广。"

金老师从他的背包里，拿出一个U盘插进我的电脑里，向我展示了他整理的瓜蒌子项目建议书做成的演示文稿，简要地介绍了瓜蒌子适合生长的气候环境条件、栽培季节、栽培管理要点、主要病虫害以及市场前景等。

金老师介绍得眉飞色舞，但我发现他的双眼有深深的黑眼圈，像个熊猫眼。我既感激又怜惜，责怪金老师："昨天爬了那么多山，还连夜做了演示文稿，你真不要命了？"

金老师却得意地说："我找到了这个项目很兴奋，所以就连夜做出来了。现在已经快到瓜蒌子的种植季节了，如果要推广就要赶紧了。"

我说："瓜蒌子以前在武义种得不多，要推广可能还要到安徽的主产地去，全面了解学习种植管理技术以及市场推广经验。"

金梅松和他的彩色稻观光农业基地（潘祖华摄）

金梅松在冰冻雪灾时的板栗基地电视直播救灾措施（潘祖华摄）

金梅松在乌湫村现场讲授瓜蒌子栽培管理技术（潘祖华摄）

金老师又一次自告奋勇要求自己先去学习。我交代他过完周末再去安徽，可谁知他从我办公室出去就直接去了火车站，直奔安徽大别山去了。到了那里，他找到当地的科技特派员和瓜蒌子种植专业户，详细了解了瓜蒌子种植的技术要点，买来了种子和技术辅导资料，回到柳城镇后，一个村一个村地调查摸底、宣传发动。

凭着他多年来在柳城推广的新品种新技术让许多农民增收致富的示范效应，以及他与当地农民建立起来的感情基础，农民们都说："金老师让我们种的东西，大家都可以放心去种。"没几天时间，全镇就有100多户要求种植瓜蒌子。金老师选择在新塘村开发了一块十几亩的示范基地，整好地，搭好棚架，通知全镇报名种植瓜蒌子的农民，到新塘村现场学习瓜蒌子栽培技术。金老师待在那里，接待一批又一批的农民，现场指导他们整地、育苗、移栽、管理，直到采收、加工、销售。

在金老师和当地政府的支持下，几年间，瓜蒌子就在柳城及其周边山区乡镇大面积种植发展起来，栽培面积最高峰时有3000多亩，亩均效益超过1万元，这又让一批高山深山农民走上了科技致富路。

在宣莲、板栗、红心猕猴桃、瓜蒌子、高山蔬菜等科技扶贫项目陆续收获的时候，也迎来了金老师的60岁生日。这时我已退居二线，在为金老师庆生时，建议他可以功成名就、光荣退休。

可金老师却感慨良多，说："我真的像种在武义土地上的庄稼一样走不动了。我到村里去告别，农民们拉着我不让我走，我也舍不得离开。村里、镇里的领导向省农科院要求让我留下来再做几年特派员，院里和我商量能不能接受返聘再做几年，你说我怎么办？"

我说："我理解你已经与特派员工作难舍难分，我也想你继续留下来，只是觉得你的身体状况可能需要更多的休养和调理，到了这个年龄，真的不能太劳累了。"

金老师说："我会注意的，你放心。"

之后，金老师接受了返聘，继续在柳城镇当科技特派员。他每次来武义还是会给我打个电话，发个微信，通报一下他推广的宣莲酿酒项目，在宣莲中选育"多发并蒂莲的观赏莲花"品种选育进展，以及他推广的农作物新品种的生长状况和农民收成情况。

2018年10月下旬的一天，我接待了特派员蔡为明。一见面，蔡老师就心情沉重地对我说："陶局长，你知道了吗？金老师生病了。"

"什么病啊？严重吗？"我急切地问。

"挺严重的，好像是心脏又出了问题，在危重病房抢救呢。"蔡老师说。

"抢救？那我得去看看他。"

可蔡老师说："现在进不去，据说已有所好转，可能快转到普通病房了，到时候我们一起去看他吧。"

我说："那你回去及时了解情况，告诉我什么时候可以去探望了，我就赶到杭州来。”

蔡老师回杭后，我总是心神不宁，第二天一大早就给他打电话，蔡老师说：“昨天院领导去看过他，已经能说话了。什么时候方便去探望了，我会第一时间通知你。”

之后的几天，我一直左等右等，等来的却是金老师没抢救过来去世了的噩耗。我当即泪如泉涌，痛心得不能自已……

11 月 2 日一大早，我就约了金老师帮助开发莲子酒的武义熟溪酒厂厂长傅建茂，驱车赶到杭州殡仪馆。殡仪馆门口，有黑压压的一大群人，许多人我都认识，都是武义人。他们有的是柳城的莲农，有的是板栗专业合作社的社员，有的是猕猴桃、瓜蒌子、高山蔬菜的种植户。他们有的扛着挽联，有的手捧刚从地里摘来的瓜果蔬菜，来敬奉这位帮他们脱贫致富献出了生命的科技特派员。

我一下车，大家都围拢过来。我问：“你们怎么也来啦？”

板栗合作社的谢陈德哽咽着说：“前两天我给金老师打电话，没打通。以前是过一会就会打回来的，只要我有事找他，无论风里雨里，都会赶到我家里……”说着说着泣不成声、老泪纵横说不下去了。

我扶着谢陈德，招呼大家说：“走，金老师来不了了，我们看他去。”

一大群人跟着我走向金梅松特派员的灵堂。在那里张罗的是省农科院办公室和科研处的领导，还有老书记管竹伟。管书记迎上来握着我的手说：“陶局长，我估计今天你一定会来的，但我没想到你会带这么多农民来。”

我告诉管书记：“这些人不是我带来的，是他们自发赶来的。他们都是金老师的‘家里人’，非得带些瓜果蔬菜来敬奉他。”

管书记郑重地从一个个农民手中接过宣莲、板栗、猕猴桃、瓜蒌子……一一摆上金老师的祭台，对我们说：“我替金老师谢谢你们，谢谢你们为他带来这么多科技扶贫的成果，这是一个科技特派员、一个农业技术人员的最高荣耀！”说这话时，管书记的眼泪抑制不住地流着。

农民们看到自己带来的瓜果蔬菜真的由省农科院的领导郑重地摆上了金老师的祭台，心里得到了些许安慰。我呆望着金老师的遗像喃喃地说：“金老师，你不是说你已经像长在武义土地上的庄稼一样走不开了的吗？怎么突然就走了呢？”

看我发呆的样子，身边的宣莲专业户涂立斌安慰我说：“金老师不长在我们的田里，而是长在我们的心里，他在我们心里永远都不会走。”

“是的，金老师在我们心里，永远都不会走！”武义的这些农民异口同声地说。

这是纯朴农民悼念功勋特派员的纯朴悼词！

九 接轨上海高校技术转移

我到科技局之初，从工作的延续性和自己的熟悉程度考虑，确定了先易后难的工作方略。

从自己最熟悉的旅游业、农业的科技进步和产业转型升级入手，武义县最具特色的温泉旅游业、宣莲产业、茶叶产业、食用菌产业的科技进步和产业转型升级，都取得了不错的成效。

但是，武义经济社会发展中最迫切的任务，还是加快工业经济发展。如何依靠科技进步，推动工业经济加快发展，是县委、县政府交给科技部门最重要的任务。

由于我在开发区主管经济发展的副主任岗位上工作过，武义的许多企业也是自己和同事们一家一家从永康等地引进或从武义的创业农民中培育起来的。

到科技局，对全县企业的科技进步状况作了专题调研后，我更加清楚地认识到，企业规模小、行业分散、技术落后是武义企业的基本特征。

要在这样的基础上，去实现依靠科技进步创新发展，推动全县工业经济的转型升级，实在是件大难事。所以在我的工作布局中，这也是被排在稍后，准备花更大精力去攻关的工作。

经过半年与企业的接触与磨合，到了2006年6月，我集中时间对全县的电动工具、装备制造、金属压延、文教用品等主导产业和龙头骨干企业进行全面的走访调研，并从多家企业了解到，它们的技术支撑有一部分是来自上海的“礼拜天科学家”。

在走访武义机床制造有限公司时，刚好碰到正在这里开发“斜床身数控机床”的上海理工大学徐增豪教授。在与他的交流中了解到，上海市教委非常重视和支持他们这样的专家教授深入企业去开展产学研合作。

一同去走访的局办公室主任陈美胜向我介绍，2004 年县委、县政府还与上海市教委共同举办过“上海高校—武义企业合作交流会”。这一信息引起我高度关注，认为这是县委、县政府为武义企业融入长三角，寻求上海高校技术支撑而启动的重要工作。我们科技职能部门必须尽职尽责把这项工作抓起来，力争抓出成效，而不能只是搞搞活动，做做形式。

交流中还了解到，上海市教委有一个组织上海高校与地方开展科技合作的服务机构——科技发展中心，这个中心的负责人叫陆建国。听到这个名字让我眼前一亮，因为我在旅游局，向上海市教育系统推销武义温泉时，也是一个叫陆建国的领导接待过我，而且正是在他的帮助下，上海市各高校组织了大批离退休老师和工会会员，到武义温泉度假区开展了疗休养活动，为武义温泉打开上海市场立下了汗马功劳。

我问徐增豪教授，这个陆建国主任是不是在上海市教委工会系统工作过。徐教授说，好像是的。为了确定两个陆建国是不是同一个人，我当场翻出电话打过去，电话那头传来的爽朗笑声，让我喜出望外，此陆建国正是彼陆建国。两个老朋友几年之后，又在科技系统工作岗位上碰到了一起，双方都激动不已。陆主任热情邀请我尽早安排去上海叙旧，共同谋划开创上海高校与武义企业科技合作的新局面。

第二天，我就在徐增豪教授的陪同下，来到了位于上海市静安区宝山路 251 号甲的上海市教委科技发展中心。陆建国主任热情地跑到门口迎接，一见面就给了我一个大大的拥抱。陆主任是个大高个，粗壮的大手握得我的手酸痛酸痛的。

两人异口同声地说：“缘分，缘分！”

然后又是一阵爽朗笑声。

陆主任把我请到他的办公室，介绍了他们这个机构的主要职能。

听完陆主任的介绍，我觉得上海市教委科技发展中心正是武义企业对接上海高校科技、人才资源的最好桥梁与纽带。

因此，我强烈要求陆主任，把武义县列为上海高校技术转移重点城市。陆主任满口答应："好呀好呀！"

可坐在一旁的副主任张勇华却面露难色。他说："陆主任，我们确定10个上海高校技术转移重点城市，原则上是要选择地级城市的，武义是个县级城市，而且，现在这10个城市名单已基本确定。要把武义确定为技术转移重点城市可能要慎重考虑。"

听张副主任这么一提醒，陆主任用他的大手猛拍了一下前额，向我摊开双手摇摇头说："可惜可惜，你们武义是个县。"他接着安慰我说："不要紧不要紧，我们是老朋友了，武义不管列不列入重点城市我们都会支持的。"

短短几句话，让我的心情像坐过山车一样起伏。

可我还是很不甘心，转过身问张勇华副主任："哎，张主任，上海高校技术转移重点城市要选择地级城市，这个规定是哪个层面定的呢？"

张主任说："那是我们科技发展中心和各有关高校技术转移工作部门的同志们共同研究确定的。"

张主任这么说，我就觉得有争取余地。

我非常诚恳地对两位领导说："陆主任、张主任，今天我跑到这里来，是满怀希望你们能把武义作为技术转移重点城市的。虽然你们规定这个重点城市要地级市，但这个规定也是你们自己定的，有它的合理性，但也有它的局限性。我建议不妨拓展一下思路，把武义这个县级城市作为一个特例，也列入你们的技术转移重点城市之一，说不定还会有更好的效果呢。"

陆主任看看我，又看看张主任，沉思了一下对着张主任说："陶局长这么执着，我们还是再研究研究吧。"

张主任点点头，然后对着我和陆主任说："陶局长、陆主任，你们看这样好不好？今年暑假期间，我们要组织上海的17所理工类大学，到预选的技术转移重点城市进行对接，如果你们武义确实很想成为这10个重点城市之一的话，我们可以先去对接一下，看看效果。如果效果好，再来统一思想，支持武义作为技术转移重点城市怎么样？”

陆主任高兴地说：“张主任这个办法好。陶局长，我们不妨试试？”

我喜出望外，立即站起身来和两位领导握手，激动地连连说：“谢谢！谢谢！谢谢两位领导的理解与支持！我马上回去准备迎接你们的到来。”

因为来武义对接，是这样临时冒出来的一个活动，陆主任让张主任重新调整了暑期活动安排，确保能够成行。

接着，我和张主任就张罗起了上海高校来武义对接的筹备工作。张主任很细心地交代了我筹备工作需要注意的事项，重点是要我整理好武义企业的技术需求，尽可能在对接活动中能促成几个科技合作项目签约。为使回武义后征集企业技术需求更有针对性，我还向张主任要来了上海各高校的好几千项科技成果清单。

回来之后，我先对这些科技成果作了一番研究，这么多的高校、这么多的专业门类、这么多的专家教授、这么多的技术成果，到底哪些能与武义企业的技术需求对接得上，能在武义实现成果转化？

我召开了局班子会议，统一思想，把争取武义成为上海高校技术转移重点城市作为当前一个时期全局重中之重的工作来抓。

我与刚从办公室主任提拔为副局长的陈美胜一起，用了两天两夜时间，在上海各高校的好几千项科技成果中，筛选出100项与武义的工业门类相对应的成果，作为预选的科技对接项目，编印成册。

随后，我们召开了由全县5个主要工业园区所在乡镇的乡镇长科技助理、工办主任、科技特派员和全局工作人员参加的企业技术需求征集工作会议，专题研究部署与上海高校对接的技术需求征集工作。我们把参加会议的30多人分成5个工作组，每组由一名局领导带队，用一个星期的时间，分别深入各个工业园区，与企业家和企业技术人员们座谈，把我们筛选出的《上海高校科技成果汇编》发给各企业，然后指导企业填好专门设计的《武义县企业技术需求调查表》。

大家走访了近 300 家企业，其中填报了技术需求或希望上海高校专家去企业指导的有 180 多家。收回整理好《武义县企业技术需求调查表》后，我们让上海市教委科技发展中心发给相关高校，进行双向选择对接。这样的精心组织、周密准备，为武义企业攀上海高校的“高亲”打下了基础。

2006 年 8 月，我和陈美胜受上海市教委邀请，参加了在上海召开的“江、浙、沪产学研合作专家座谈会”。会上安排我做了一个发言，我介绍了武义县欲与上海高校开展科技合作所做的准备工作，并热情邀请上海高校的专家教授来武义。

上海市教委科技处和科技发展中心，于 9 月份由陆建国主任亲自带队，组织 17 所理工类高校的科技处负责人和技术转移专家来到武义，进行了产学研合作对接。我们将筛选出的 180 家填报了技术需求的企业进行专业配对，分配到对应

2009 年 5 月，上海市教委副主任王奇（右五）、武义县县长蔡洪（右四）视察上海高校在武义实施的技术转移项目（陈美胜摄）

的学校和专家。

各专家组在县科技局工作人员和企业所在乡镇的乡镇长科技助理陪同下，到企业进行了技术对接。专家们深入车间工位，对要解决的问题进行技术评估。如果是本校的技术力量可以解决的，就由这所学校组织专家立项攻关，如果是本校的技术力量难以解决的，就带回上海市教委科技发展中心，转交给其他专业对口的学校和专家再去重新对接，或者组织几所学校的专家开展协同攻关。

经过两天的对接，有15家武义企业与上海有关高校达成了合作意向。

在此基础上，科技局又根据企业提出的新的技术需求，于10月中旬，邀请了在机械及电镀技术方面具有较强优势的上海应用技术学院副院长瞿志豪带领的9名专家教授，来武义相关企业达成3个科技合作意向项目。

10月22日，上海市教委科技发展中心又组织了华东理工大学、华东师范大学、上海理工大学、同济大学、东华大学、上海应用技术学院6所高校的专家、教授，到武义召开科技合作洽谈会，并考察了部分武义企业，又达成6个科技合作项目。

通过这样密集的交流互动，上海市教委科技发展中心的领导对武义科技局务实高效的工作作风十分赞赏，对在这么短的时间内就有20多家武义企业和上海高校通过项目实施建立起了科技合作关系，感到非常满意。

在陆建国主任和张勇华副主任的支持推动下，2006年底，上海市教委科技发展中心破例将武义县列为上海高校技术成果转移10个重点城市之一，并邀请我参加了上海高校技术成果转移重点城市科技局局长、经贸局局长座谈会，共同交流研究产学研合作工作，并安排我在会上作了典型发言。

在陆建国主任的工作报告中，也重点介绍了上海高校与武义企业的科技合作成效，盛赞武义县领导对科技合作工作的重视，介绍了武义县科技部门扎实组织好与上海高校科技对接的工作经验。他希望各地都要像武义这样，想方设法、因地制宜地服务好上海高校与当地企业的科技对接工作。

此后，上海市教委科技发展中心每年都要组织17所上海理工类大学的科技合作专家，到武义开展一到两次科技对接活动。

2006年下半年开始，我几乎每个月都要跑两次上海，带着一拨又一拨的武义企业，与上海高校对接合作项目。几年下来，武义企业与上海高校的科技合作搞得火热。

到2008年底，全县已有100多家企业与上海高校建立了合作关系，正式签约实施的项目达23项，合作项目总金额达到5050万元。一批武义企业依托上海高校的技术支撑，走上了技术升级、转型发展的道路。其中，武义县科技局与同济大学知识产权学院合作开展的企业知识产权实务研究，将研究成果编辑成《中小企业知识产权手册》一书，由时任科技部部长万钢作序，于2008年3月出版发行。

上海市教委科技发展中心与武义县科技局的合作成效，也得到了双方领导的充分肯定。为了进一步推动双方合作的深化与常态化，2009年春节前夕，我和陈美胜副局长去上海市教委科技发展中心走访时，和陆建国主任商量，建议双方建立一个“上海高校武义技术转移中心”，来具体组织实施双方的科技合作工作。

陆主任表示可以考虑，并让我提个方案。我和陈美胜就在陆主任的办公室里，草拟了“上海高校武义技术转移中心”建设方案，然后分头向各自领导请示汇报。上海市教委领导和武义县委、县政府领导一致同意我们提出的方案，并同意择期举行上海高校武义技术转移中心成立仪式。

作者在上海国际工科会高校展区介绍武义企业与上海高校科技合作成果（陈美胜摄）

作者（左一）与上海市教委副主任王奇（右二）、浙江省科技厅党组成员李凤英（左二）、上海市教委科技发展中心主任陆建国（右一）在上海高校武义技术转移中心成立仪式上合影（陈美胜摄）

为了争取省科技厅的支持，我还专程去向省科技厅厅长作了专题汇报，邀请他参加这个仪式。省科技厅充分肯定了我们与上海市教委科技发展中心前期合作所取得的成效，认为这是浙江融入长三角、接轨大上海的具体举措，省科技厅将从引进省外科技资源、推动浙江科技进步的高度，为上海高校与武义企业的科技合作项目助力。

2009 年 3 月 9 日，经过双方的精心准备，上海高校武义技术转移中心成立仪式在上海大厦隆重举行。

上海市教委副主任王奇，省科技厅党组成员李凤英，上海 17 所理工类高校分管科技合作的副校长和科技处处长、承担武义合作项目的专家代表，武义县委书记江跃进、县长蔡洪等领导，县有关部门、乡镇街道领导，以及企业家代表 120 多人参加了成立仪式。

上海高校武义技术转移中心成立后，上海市教委科技发展中心派出上海理工大学徐增豪教授作为中心联络员，负责上海各高校与武义合作项目的对接协调和推进工作。

徐增豪教授在武义已有多个科技合作项目，县科技局为他配备了助理，安排了办公室，配置了电脑等办公设施，并由县科技局工业科配合做好日常工作。

中心成立后，双方的合作关系更加密切高效。每年武义县委、县政府都要在上海召开一次恳谈会，上海市教委要在武义举行一次推进会，上海市教委王奇副主任先后两次来武义参加了推进会。

王奇副主任视察了双方实施的科技合作项目后赞叹：“武义是10个上海高校技术转移重点城市中成效最显著的一个。”

王奇副主任让上海市教委科技发展中心和武义县科技局，认真总结上海高校服务地方经济创新发展的典型经验，带着陆建国主任一起专程去北京向科技部、教育部领导作了专题汇报。

十 科技合作成全国试点

武义县与上海高校开展产学研合作所取得的成效上报科技部和教育部后，引起了两部委的重视，科技部农村科技司司长杜占元，省科技厅厅长蒋泰维、副厅长邱飞章先后来武义，深入浙江寿仙谷医药股份有限公司、浙江武精机器有限公司等产学研合作项目重点实施企业，了解了武义企业与高校院所开展产、学、研合作的成效。

他们一致认为，武义作为一个浙江省欠发达地区，通过寻求与上海高校、浙江大学、省农科院等高校院所的科技合作，帮助许多企业通过实施科技成果转化，实现了产业转型升级，走上了创新发展之路，是欠发达地区加快发展、创新发展的有效途径。

他们建议武义县委、县政府和科技局乘势而上，进一步加强对企业与高校科研院所的产学研合作工作的领导，建立健全常态化工作机制，更好地服务于专家教授来武义企业开展科技合作工作。

县领导要求我们，认真贯彻好上级科技部门的指示，抓紧提出服务产学研合作常态化工作机制的具体方案。

为了尽快编制好这个方案，我和陈美胜副局长又跑到浙江大学、省农科院和上海市教委科技发展中心，与他们探讨常态化工作机制的建设模式，在上海市教委科技发展中心的推荐下，我们还到了产学研合作成效突出的江苏省常熟市进行考察学习。

通过与几所重点合作高校院所的沟通，借鉴常熟的做法，我们提出了《建立“国家大院名校武义联合技术转移中心”方案》。

之后，我用了一个星期时间，日夜兼程，再次跑到上海市教委、浙江大学、省农科院等主要共建单位进行了一轮讨论修改，与各方达成建立国家大院名校武义联合技术转移中心的共识。我们腾出科技大楼的一个楼层，改建成为国家大院名校武义联合技术转移中心，并筹备举行中心揭牌仪式，召开中心建设恳谈会。与上海市教委科技发展中心共同策划在中心揭牌当天，举行上海高校专家武义技术服务月活动启动仪式。

同时，我们还到科技部、教育部，上海市教委，省科技厅汇报争取支持，邀

参加国家大院名校武义联合技术转移中心揭牌仪式的领导合影（潘祖华摄）

请相关领导前来参加上述活动。

县委、县政府领导高度重视，落实了三项活动所需经费。

我利用出差时在飞机上、火车上、宾馆里的时间起草了近 2 万字的活动议程、主持词、领导讲话稿，以及自己长达 46 页的主题汇报 PPT。

科技部、教育部，上海市教委，省科技厅都非常支持通过建立国家大院名校武义联合技术转移中心，进一步推进产学研合作，在全省全国做出样本。各项筹备工作一路顺风，到 7 月初，三项活动筹备就绪。

2009 年 7 月 7 日上午 8：30，上海高校专家武义技术服务月活动启动仪式在武义唐风温泉度假村隆重举行。科技部政策法规司李普副司长、教育部科技发展中心李建聪副主任、上海市教委王奇副主任、省科技厅蒋泰维厅长、上海 17 所高校的校领导和技术转移部门负责人、有关专家教授，武义县委书记江跃进、县长蔡洪，武义企业家代表等 150 多人参加了启动仪式。

上午 10：00，国家大院名校武义联合技术转移中心举行了揭牌仪式，科技部政策法规司李普副司长和省科技厅蒋泰维厅长为中心揭牌。

上午 10：30，国家大院名校武义联合技术转移中心建设恳谈会举行，教育部科技发展中心李建聪副主任在仪式上致辞。他希望武义，作为全国高校科技成果向企业转移、转化与产业化的一个试点，总结经验，作出示范。

国家大院名校武义联合技术转移中心揭牌仪式（潘祖华摄）

我代表参与中心共建的高校科研院所和武义县对中心的建设发展规划、主要目标任务、保障落实措施等作了主题汇报。浙江大学、同济大学、上海理工大学、武汉理工大学、南京航空航天大学、浙江工业大学、浙江省农科院作为共建方代表发了言。参会的科技部、上海市教委、浙江省科技厅领导对中心的建设和运营作了指导。武义县委书记江跃进做了总结讲话。

国家大院名校武义联合技术转移中心挂牌成立后的第一项工作，就是扎实推进上海高校专家武义技术服务月活动。陆建国主任、张勇华副主任留在武义坐镇指挥服务月活动。

先后组织了 3 批共 148 人次的专家教授，与武义的 72 家企业进行了对接，开展了技术咨询，提供了技术指导，当场解决了一些生产、管理、营销中的实际问题。向武义企业推介了 188 项科技成果。

县科技局在征集到的 130 项技术需求中，通过筛选整理，向上海各高校发布技术需求 59 项，有 11 个项目签订合作意向，有 40 项实现了有效对接；有 4 个难题得到解决，有 23 个难题由上海高校专家带回学校做进一步研究，有 10 个难题有待深入洽谈，还有一些难题被上海高校领导认为有重大科研价值。其中武义万达干燥设备有限公司提出的“瓜子色选机开发”项目被列为上海第二工业大学的重点科研选题；武义华东印刷机械有限公司提出的“扑克自动理牌机开发项目”被列为上海理工大学的重点科研选题。

一批原有合作项目，在服务月活动的推动下取得了实质性进展。上海理工大学与福多纳机械有限公司合作的“汽车底盘模块化设计”项目，在 7 月份被列为浙江省 2009 年度重大科技专项；上海应用技术学院与浙江创业钢带有限公司合作的“电镀无排放技术”项目，7 月份主体设备安装完成；上海理工大学与武义机床制造有限公司合作的“数控机床研发中心”项目，7 月份被列入浙江省科技厅重点支持的引进大院名校共建创新载体项目。

通过开展上海高校专家武义技术服务月活动，武义县又有一大批企业与上海高校建立了长期合作、相互沟通的渠道，开创了校地合作的新模式。上海高校已成为武义县域科技创新十分重要的科技支撑力量。

入驻国家大院名校武义联合技术转移中心的各高校院所工作站站长合影（陈美胜摄）

为了更好发挥国家大院名校武义联合技术转移中心作用，县长蔡洪牵头进行了专题调研，调研成果《建立“国家大院名校武义联合技术转移中心”——一种引进大院名校共建创新载体的新模式》在2009年第8期的《今日科技》杂志上公开发表。

县科技局在县委、县政府的重视和各有关部门、乡镇街道的支持下，充分利用国家大院名校武义联合技术转移中心这一合作平台，加强企业技术难题的征集和项目对接，每年都集中一段时间，深入企业广泛征集技术难题和技术需求项目。

2010年征集技术需求125项，一年内，先后组织了在上海高校技术市场举行的武义企业技术需求发布会、上海理工大学科技创新信息发布会、上海第二工业大学科技信息发布会，在杭州举行的武义县与省农科院全面合作签约仪式，在金华举行的工科会和在武义举行的上海理工大学技术转移武义专场对接会等6场科技合作活动，有50多家企业与高校院所专家举行了科技合作项目对接与洽谈，新启动实施科技合作项目10项。其中：

上海理工大学机械工程学院车辆工程系张振东教授，与浙江星煜机电科技股份有限公司总经理冯政杰，签订了开发汽车电控喷油系统合作协议，联合研制汽车发动机电控喷油器。项目签约后，注册成立浙江冯仕特电喷技术有限公司，投入3000多万元，引进国际先进设备、建设生产线。上海理工大学张振东教授成立研究生工作室进驻企业。经过两年多时间的校企合力攻关，到2012年浙江冯仕特电喷技术有限公司开始批量生产电控喷油器，实现了替代进口。

2012年5月，县委书记陈伟（左一）陪同金华市副市长谢春涛（左二）参观国家大院名校武义联合技术转移中心成果展（潘祖华摄）

参加上海高校武义技术转移中心建设推进会的领导合影（陶锡忠摄）

上海交大帮助浙江汉力士公司，成功申报了浙江省厅市会商重大科技项目，并被列入国家发改委重点扶持项目。

浙江大学帮助浙江寿仙谷医药股份有限公司，成功申报了国家重点农业科技成果转化项目。

浙江大学与浙江鑫顺光伏科技公司，共同组建了企业研发中心。

浙江大学与武义县政府联合举办了武义低碳经济发展论坛，为新能源产业的发展提供理论指导和技术支撑。

到2011年，国家大院名校武义联合技术转移中心对武义科技进步的推动作用进一步显现，体现武义科技进步水平的主要指标在全省的排名比上一年大幅前移：浙江省统计局公布的《浙江省县市区科技进步统计监测报告》显示，武义县科技进步水平综合评价在全省的排名，从第72名上升到第47名，高新技术产业增加值占工业增加值的比重，从第 80 名上升到第 31 名。武义县荣获“金华市党政领导科技进步目标责任制考核优秀县（市）”称号，获评“浙江省创新样本城市”，被浙江省委、省政府评为浙江省科技特派员工作先进单位。

如今，国家大院名校武义联合技术转移中心，经过三次扩建，已从最初的一个开放式办公大厅转到了在武义科技城建立的独栋办公楼。中心内的省农科院技术转移工作站，已经发展成为省农科院武义产业化研究分院。中心内的上海第二工业大学技术转移工作站，也已投资 2000 万元，建立了上海第二工业大学武义产业化研究分院。上海第二工业大学张展教授的工业设计团队，分别与王力门业和绿洲五金两家企业建立了长期工业设计服务关系。

这些高校科研院所在武义建立的产业化基地，使国家大院名校武义联合技术转移中心在武义落地生根，持续推进武义的创新发展。

十一 研制汽车底盘机器人焊接工作站

2007 年，武义县被上海市教委确定为上海高校技术转移重点城市之后，县政府与上海理工大学签订了全面合作协议。

为了抓好合作项目落实，我和上海理工大学科技处处长倪争技、技术转移工作站站长徐增豪，先后组织了上海理工大学的 4 批专家团队来武义，与 30 多家企业进行了对接洽谈。我就像是一个媒婆，说破嘴跑断腿，好不容易才签订了 3 项合作协议，效率不是很高。

为了提高武义企业与上海理工大学的合作热情，我和徐增豪教授商量，一定要树立典型，重点支持一两家企业，真正通过科技合作提高效益，让它们尝到科技合作的甜头，挣到更多的钱，才会有更多的企业愿意开展科技合作。

我从武义企业与上海理工大学技术专长的匹配性，和企业家的科技合作意愿出发，向徐增豪教授推荐了生产汽车底盘部件的金华福多纳机械有限公司（以下简称福多纳公司）。

这家企业的老板邓汉平，曾经是我的同事，后来下海创办了企业。我们比较了解彼此，他也经常和我探讨企业发展战略。我在开发区工作时，把他引进开发区，创办了福多纳公司。我调到科技局后，不断向他灌输企业发展要依靠科技创新的理念。

邓汉平也很支持我的工作，愿意尝试与高校开展科技合作，在我的牵线下，从上海理工大学引进了“汽车底盘模块化设计”项目。该项目已被列入浙江省重大科技项目，公司与上海理工大学的专家教授也已经建立了良好的合作关系。

为了找出福多纳公司的技术需求与上海理工大学技术特长的契合点，根据邓汉平提出的合作意向，我陪同徐增豪教授带来的专家团队多次到公司深入车间工位，反复研究从哪些方面帮助福多纳公司改进技术、改进工艺，从而提高产品质量，降低生产成本，提高产品的用户满意度和市场竞争力。

为了更好地把握汽车底盘生产的技术发展趋势，我和徐增豪教授还与邓汉平一起，到上海理工大学、上海同济大学汽车仿真技术研究所、上汽集团、浙江大学动力机械及车辆工程研究所等汽车技术研究机构学习咨询。

我们一起邀请浙江大学动力机械及车辆工程研究所所长、浙江省汽车工程学会理事长俞小莉教授到福多纳公司现场，和邓汉平以及上海理工大学专家团队共同会商，提出要从改进工艺入手，向当时国际上最先进的汽车底盘生产企业看齐，采用机器人焊接。

在会商讨论的基础上，设立了“福多纳汽车底盘焊接机器人工作站的引进和应用”研究项目，作为上海高校武义技术转移中心实施的第一批重大合作项目，在该中心成立仪式上正式签约。

项目签约后，上海理工大学领导在全校专家教授中，筛选出有丰富焊接机器人应用研究经验的潘恒沧工程师作为项目主持人，带领专家团队和福多纳公司工程技术人员组成项目组，全面开展了设计研究。

邓汉平本人也把建设好汽车底盘焊接机器人工作站作为企业发展的头等大事，全身心地投入其中，和潘恒沧工程师一起考察洽谈了多个焊接机器人供应商，最后，选择引进北京安川首钢机器人有限公司的多功能工业用机器人，来建立“福多纳汽车底盘焊接机器人工作站”。

福多纳公司董事长邓汉平（右）与上海理工大学科技处处长倪争技（左）签约（陶锡忠摄）

焊接机器人选定后，要让它根据汽车底盘焊接的要求动起来，就需要编制好应用程序。要把几十个小工件焊在一起，就得先把工件装夹固定好。这些都是实现汽车底盘机器人焊接必须解决好的细节问题。

没有教科书，也没有成熟的图纸，全靠邓汉平和潘恒沦工程师，带着上海理工大学的专家、研究生，以及福多纳公司的工程师一点一点地设计、试验、改进、摸索出来。

在整个研究过程中，项目组每个周末都要邀请我和邓汉平、徐增豪教授，以及利用周末时间从上海赶来的其他专家参加项目推进讨论会，研究解决项目实施中碰到的技术难题。对一些项目组成员无法解决的专业问题，再由我和徐增豪教授寻找其他技术资源来协助解决。

项目实施期间，上海理工大学党委副书记何建中亲自带领专家组来武义指导研发工作，上海理工大学能源与动力工程学院原院长林宗虎院士、浙江大学俞小莉教授先后到现场做了指导。上海理工大学光电信息与计算机工程学院院长庄松林院士团队为项目的程序设计提出了优化方案。

项目牵头人徐增豪教授利用周末时间，带着一批又一批相关专业的专家教授来武义 10 多趟；项目主持人潘恒沦工程师在项目实施过程中，长驻武义工作了 6 个多月。就这样，用了半年多时间，首套“福多纳汽车底盘焊接机器人工作站”成功设计开发。

邓汉平（左三）与上海理工大学福多纳机器人焊接技术开发团队成员合影（谢安平摄）

项目实施期间，武义县委书记江跃进、县长蔡洪、常务副县长扬霄雁，先后到上海理工大学协调促进项目合作，并于 2009 年 11 月 5 日召开了上海理工大学与武义县全面合作推进会。我代表合作双方汇报了三年多来的合作成效。双方领导一致认为，要以“福多纳汽车底盘焊接机器人工作站”项目为典型，引导上海理工大学的专家教授将更多的科技成果带到武义的企业去实施转化和产业化。

“福多纳汽车底盘焊接机器人工作站”的成功开发，是国家大院名校武义联合技术转移中心、海高校武义技术转移中心成立以来的第一个重要科技成果。为了宣传这个科技合作的成功典型，引导更多武义企业加强与高校科研院所的科技合作，我牵头策划了一个隆重的成果交接仪式，邀请上海市教委科技发展中心领导、上海理工大学领导来武义与县委、县政府领导一起共同举行交接仪式。

2009 年 12 月 2 日，福多纳公司内彩旗飘扬、欢声雷动，“福多纳汽车底盘焊接机器人工作站”交接仪式隆重举行。首套焊接机器人工作站在汽车底盘焊接车间正式投入使用，这标志着武义县的汽车底盘焊接技术跨入了全国先进行列。陆建国主任、陈斌副校长、江跃进书记分别在仪式上致辞。

2012年7月5日，“焊接机器人工作站应用技术研制”项目正式通过了专家组验收。

2014年10月，福多纳公司董事长邓汉平（左一）、总经理徐晶（右一）与省科技厅副厅长邱飞章（左二）探讨机器人技术的应用（陈美胜摄）

这个焊接机器人工作站的成功开发，成为福多纳公司实现转型升级、跨越发展的强劲动力。焊接机器人焊出的汽车底盘，产品质量实现了飞跃，产品的可靠性、一致性、美观度大幅提高。一时间，福多纳汽车底盘成了国产车辆优质的汽车底盘。

福多纳公司在县委、县政府和县科技局的大力支持下，紧紧抓住科技创新带来的发展机遇，加大投入、加快发展步伐。在首套焊接机器人工作站开发成功后，公司迅速投入巨资组织后续开发，实现了焊接机器人工作站的成批量引进。

县政府为该项目的产业化供应了建设用地，扩建了厂房。福多纳公司升格为浙江福多纳汽车部件有限公司，还在四川成都投资新建了四川福多纳汽车部件有限公司。两年之中，福多纳汽车底盘焊接机器人工作站从1个增加到230多个，所有产品都实现了机器人焊接。公司生产的汽车底盘被吉利汽车、比亚迪汽车、力帆汽车等多家整车厂选用，公司被确定为优质供应商，还有多款产品被上汽集团采用。企业规模迅速扩大，销售收入从2008年的8000万元迅速提高到2014年的4亿多元。

福多纳汽车底盘焊接机器人工作站发出的闪耀弧光，照亮了武义企业通过产学研合作，走向创新发展、转型发展的光明前程。在2011年初召开的全县工业经济大会上，邓汉平作为企业科技创新代表，介绍了福多纳公司通过科技合作、技术创新，实现跨越发展的经验。

2012年7月16日，武义县委、县政府还与浙江大学共同举办了“武义汽车

福多纳汽车底盘焊接机器人（陶锡忠摄）

部件产业发展论坛”。全县40余家汽车部件生产企业负责人参加论坛。

会后，我们组织与会专家和企业家现场观摩了福多纳公司。在福多纳的典型示范、领导的重视推动和政策支持下，机器人应用技术在武义得到快速推广，加快了武义县机械行业的转型升级步伐。

十二 为扑克牌产业发展提供技术支撑

武义县是全国乃至全世界最大的扑克牌产业基地，有扑克牌及相关生产经营企业60多家，年生产扑克牌25亿副，销量占全国市场份额的60%以上。我在多个工作岗位上与这个产业有过交集。

1999年，为了推进国有企业改制，县委、县政府抽调机关干部组成几个工作组，进驻到改制难度较大的企业。我被抽调担任了武义印刷包装有限公司改制工作组组长。

工作组入驻后，经过几天的调研，我了解到，武义印刷包装有限公司主体规模不是很大，但由于它与武义印刷装潢厂联合成立了浙江联合印刷有限公司，成功开发了畅销全国的扑克牌产品，关联企业快速发展壮大。如果把关联企业捆在一起，就成了全县职工人数最多的企业，而且产权关系复杂。

针对这一实际情况，我与公司董事长来群明交换意见，一致认为，要坚持发展是硬道理的改革思路，通过向浙江联合印刷有限公司其他股东原值转让股权的办法，让浙江联合印刷有限公司及其下属企业，先改革成为民营企业，继续加快发展。通过股权转让收回投资，筹集资金安置国营武义印刷包装有限公司员工。

在县领导和开发区的支持下，浙江联合印刷有限公司享受到了价格优惠的土地，到开发区扩建了工厂。龙头企业迁入开发区之后，其下属企业和武义印刷包装有限公司改制后的员工创办的印刷包装企业、扑克牌企业，也纷纷入驻开发区。

到 2000 年，开发区就集聚了 20 多家以生产扑克牌为主的印刷包装企业。这些新办企业都需要大量技术人员和熟练工，改制下岗职工的就业问题也迎刃而解，公司改制工作顺利完成。我也在帮助这些企业创业过程中与大家结下了深厚友谊。

2001 年，我调到文化旅游局工作后，又成了包括扑克牌企业在内的印刷包装行业的主管领导。为了促进扑克牌行业健康发展，县文化旅游局牵头成立了武义县印刷行业协会，以建设“中国扑克生产基地”为抓手，着力提高扑克牌产业的市场影响力和区域竞争力。通过政府主管部门和行业协会的共同努力，2004 年武义县荣获“中国扑克生产基地”称号。

2006 年，我到科技局工作后，又以科技局局长的视野对武义扑克牌产业进

武义印刷包装行业龙头企业张氏包装有限公司新厂区（陶锡忠、卢峰摄）

行了专题调研。“在哪个山头唱哪个歌。”我认为必须依靠科技进步提升扑克产业的核心竞争力。

为此，我到了当时设备最先进的浙江钓鱼扑克有限公司、浙江浪花扑克有限公司等几家龙头企业，考察了他们的生产车间和各道生产工序。我发现，他们所说的先进设备，主要是指扑克牌印刷用上了德国海德堡四色胶印机，而其他生产环节的机器设备，还都是武义华东印刷机器公司等几家本土企业自己开发生产的半自动设备，与海德宝四色胶印机的全自动快速高效印刷技术并不匹配。

为了跟上海德堡四色胶印机的节奏，企业只得采用人海战术来做后道的切牌、理牌、模切、装盒等工序，人工成本高，产品质量难以保证。

看着人声嘈杂、工人手忙脚乱的扑克牌生产车间，直觉告诉我，一定要提高自动化水平，把人工成本降下来。这些企业的老板也想把人工成本降下来，但一时无从着手。

解铃还须系铃人。第二天我就找到了这些扑克牌设备的主要供应商——武义华东印刷机械公司。公司的老板高华瑞一直很低调，也很少和领导接触，看到科技局局长到来，他还颇为意外。经过短暂的寒暄，可能他觉得我没有什么官腔，对扑克产业也比较了解，就向我如数家珍般地介绍了他开发的一款又一款扑克牌生产专用机器。

在参观过程中，我就向他提出，这么多道工序、这么多台机器，现在都是一道工序做完再做下一道，物料搬来搬去费时费力，如果能整合到一条流水线上去多好。

高华瑞说：“客户也提过这样的设想，我也认真研究过，但要实现起来太难了，因为海德堡胶印机是全世界最先进的印刷机器，有很高的精度、很快的速度、很好的稳定性，我们的这些扑克牌生产专用机械与它都配不上，没办法在同一条生产线上去组织自动化生产。”

我说：“那你有没有想过采用一种新的技术路线来实现扑克牌的自动化生产呢？”

高华瑞迟疑了一下，说：“我们是有一个全新的构想，但涉及一些技术保护问题，一直都还没有对外人说。领导这么关心，那我就向你做个汇报，也想请你帮我把把脉，论证一下它的可行性。”

接着，他向我介绍了想将布匹印花的柔性印刷技术用于扑克牌自动化生产的构想，以及实践中碰到的一些技术问题和知识产权问题。

为此，我带着高总专程去了一趟杭州，对扑克牌的自动化生产进行了技术查新，又到浙江大学找来项占琴教授等几位与印刷机械相关的专家，与高总一起进行了座谈交流，还邀请项教授到武义进行了现场考察指导。

通过技术查新、专家指导，以及对国内外同行的技术动态研究，高华瑞提出了一个完全颠覆当时扑克牌生产模式的大胆构想。

那就是设计出一种集纸张预处理、正反面印刷、上浆、压光、分切、扑克牌收集于一体、光机电一体化的扑克牌自动生产线。他非常激动地告诉我，如果这套设备能够研发成功，每小时就能生产 1 万副以上扑克牌，而且人工成本可减少 90%。听他这么一介绍，我也觉得非常振奋。这正是武义县扑克牌行业的技术转型方向。

2007 年，华东印刷机械公司的“柔版印刷扑克牌生产线研发”项目被列入武义县重点科研项目，启动了生产线的整体设计和样机开发。

到 2007 年底，第一条生产线样机已经基本调试成功，可以投入试生产，但在自动纠偏、程序控制、在线检测等环节还需要加以改进和完善。我又请浙江大学、上海理工大学、杭州电子科技大学的专家，几次到现场与高总的技术团队一起研究解决方案，进行了升级改造。

再次调试后，第一条生产线顺利投产，达到了每小时 1 万副的设计产能，可以进行推广应用。我们为他组织了浙江省科技成果评审。

意想不到的是，企业申报的发明专利却几次被驳回，眼看可以推广的创新设备却得不到专利保护，如果推向市场将很快被他人模仿。

怎么办？高华瑞让我帮他想办法，我也是心急如焚，带着他到省科技厅知识产权局咨询。在我的一再要求下，浙江省知识产权局帮我电话预约了国家知识产权局的审查员，让我们到国家知识产权局去答辩。

为了准备好答辩材料，我们回到武义，与专利代理公司的专家一起整理了答

高华瑞在调试扑克牌自动生产线

辩词。为了让审查员有更直观的感受，我还自己动手，拍摄了柔版印刷扑克牌生产线与原有扑克牌生产车间生产场景的对比视频。

审查员听了我们的汇报、看了视频之后，从表情上可以看出，他们对这个项目还是有了新的认识。我大着胆子向审查员提问："这个项目对于我们武义，乃至全国的扑克牌行业都具有特殊重要的意义，你们能不能突破常规，到武义现场调研后再做审查决定？"

精诚所至，金石为开。我们从北京回来后的第二个星期，国家知识产权局的审查员就专程来武义，进行了现场考察。他们去几家扑克牌生产企业做了调查，进一步确认了柔版印刷扑克牌生产线是高华瑞的技术团队自主设计研制开发的，具有原始创新的特征。不久，柔版印刷扑克牌生产线获得了国家发明专利。

这个项目还被评为2011年度武义县科学技术奖一等奖，在全县科学技术大会和全县工业大会上得到了隆重表彰。

趁热打铁，我们组织印刷行业协会会员到装有生产线样机的蓝蜻蜓扑克牌厂现场观摩，进行宣传推广。看到扑克牌能实现全自动生产，而且设备运行稳定，工作效率高，大大节约了场地、人工和电、煤及纸张等原材料，扑克牌企业的老板们纷纷要求订购。两年时间里，武义华东印刷机械公司生产了60多套这样的生产线，40多家企业采购生产线进行了技术改造。武义扑克牌行业实现了一次全行业的技术升级。

2012年初，为了进一步提升扑克牌生产全过程的自动化水平，我又到正在研究开发扑克牌自动配牌机、自动装盒机等包装设备的浙江武义浩伟印刷设备制造有限公司（以下简称浩伟公司）做了专题调研。

企业创始人傅会武，原来是扑克牌厂的机修工，对这个行业的机械设备非常了解。武义华东印刷机械公司的柔版印刷扑克牌生产线的成功开发，给了傅会武一个极大的激励和启发，他认为这种生产线推广应用后，整个扑克牌行业将对印后包装设备产生巨大的需求。看好了这个商机，傅会武辞掉机修工工作，带着自己的表弟张国阳等几个年轻人开始创业，致力于扑克牌印后包装设备的研究开发。

见到有这么一帮年轻人在为武义扑克牌行业的技术改造而努力，我由衷地感到高兴。这是武义扑克牌行业长远发展的重要技术支撑，也是浙江省委、省政府提出的“机器换人”口号最具体的探索者、实践者和执行者，非常值得科技部门去扶持。

为了帮助浩伟公司提升企业形象，在武义科技城启动建设时，我们就设计了针对浩伟公司这样的技术服务型企业入驻科技城的条件，将其引进到科技城进一步孵化。

浩伟公司入驻科技城孵化区后，正赶上浙江省“机器换人”的风口，一夜之间成为武义支撑“机器换人”的明星企业。公司研制的扑克牌自动装盒机获得了4项国家专利，一个小时能自动包装扑克牌5000余副，工作效率比原包装方案提高了10多倍。

2014年7月31日，省科技厅厅长周国辉在深入武义企业调研时，我请周厅长考察了浩伟公司。周厅长看后和我说：“陶局长，你支持浩伟这样的创新企业，瞄准本地主导产业的自动化设备开发，为它们的转型升级提供精准的技术服务，这是我们地方科技部门推动地方经济依靠科技进步和创新发展的最有力抓手，为省委、省政府力推的‘机器换人’工作提供了可供学习推广的经验。我要把你们的经验带回去，向省领导汇报，希望在党委、政府层面来重视和支持‘机器换人’的科技服务工作。”

周厅长回去后一个星期，浙江省委主要领导就于2014年8月6日来武义专题视察“机器换人”工作推进情况，详细察看了浩伟公司自主开发的扑克牌自动配牌机、自动装盒机的运行情况。当了解到用上这些自动化机器的扑克牌厂用工成本比原来减少了90%时，他希望各地都要像武义一样，重视培育像浩伟公司这样服务于当地支柱产业发展的技术服务型企业。

不久，浩伟公司的扑克牌自动配牌机、自动装盒机，就被收录进浙江省第一批“机器换人”先进适用装备推广目录，在省内外得到广泛推广应用。

华东印刷机械公司、浩伟公司，还有后来培育起来的武义博德机械公司等企业研发的扑克牌生产专用设备，极大地提升了武义扑克牌行业的技术创新水平和区域竞争优势，有力支撑了这个行业的持续健康发展。

十二 助推装备制造产业技术升级

2008年，“浙江大学支持武义创业创新行动”启动。2009年，国家大院名校武义联合技术转移中心成立时，浙江大学武义技术转移工作站率先入驻。

我和担任技术转移工作站站长的项占琴教授，对浙江大学的技术资源如何更好地为武义企业的技术创新服务进行了深入研判。项教授从机械领域专家角度，结合武义以五金机械为地方主导产业的特点，提出要以推动武义机械产业转型升级为重点，这和我的想法不谋而合。

之后，我带着项教授对全县机械产业的龙头企业进行了一轮考察，认为武义的矿山机械、锅炉、机床等几个装备制造细分领域，更加适合与浙江大学专家对接。这些企业中，浙江武精机器有限公司（以下简称武精机器公司）从提出的技术需求和企业家的合作精神看，最有希望促成校企科技合作项目落地实施。

于是，我们确定将武精机器公司作为浙江大学在武义开展科技合作的突破口，邀请浙江大学现代制造工程研究所副所长潘晓弘为组长的机械制造专家组，进驻武精机器公司。

通过与公司董事长朱申明的沟通交流，专家组达成了帮助武精机器公司解决客户反馈问题，提升产品品质的合作意向。2009年，专家组指导武精机器公司向省科技厅申报的“单缸液压圆锥破碎机研发”项目，被列入浙江省重大科技专项。项目成功设计开发了单缸液压圆锥破碎机，成为公司主打产品，打开了浙江大学机械制造专家组与武义企业科技合作的新局面。

武精机器公司董事长朱申明（右一）向林宗虎院士（右二）介绍科技合作项目

为了以点带面促成更多的合作项目，浙江大学技术转移工作站还于2009年12月在武义召开了浙江大学专家组武义机械制造产业发展恳谈会。为了提高项目对接成功率，会前，我们根据征集到的企业技术需求，与浙江大学专业对口的专家教授预先进行了网上对接，达成初步意向。会上，专家和对应的企业家进行了面对面交流。会后，企业家分头邀请有进一步深化合作意向的浙江大学专家到企业进行项目考察，讨论设立合作研究课题。

2011年7月28日，武义县委、县政府与浙江大学又共同举办了武义机械行业转型升级专家论坛。论坛中，中国工程院院士、浙江大学机械系主任谭建荣教授作了《提升设计能力、促进转型升级》的专题报告，浙江省机械工业联合会副会长李大柯解读了机械行业的发展前景、面临的困难和问题。此次专家论坛，为武义县加快机械行业转型升级步伐提供了诸多启示，起到了极大的推动作用。

浙江大学与武义县共同举办武义机械行业转型升级专家论坛（潘祖华摄）

2011 年 7 月，浙江大学教授、中科院院士谭建荣（左一）在武义叶盛新型材料公司指导（陈美胜摄）

浙江大学技术转移工作站通过组织上述活动，进一步密切了与武义企业的交流与合作，促成了 10 多项科技合作项目的签约实施。其中对武义机械行业转型升级影响较大的有“复摆式颚式破碎机的减振与轻量化设计”“PYYB1235 单缸液压圆锥式破碎机”“刚性转子在线动平衡系统软硬件开发”“新一代防扎防爆安全轮胎的关键技术研究及产业化”“新型高效旋回破碎机关键技术研发及产业化”“水煤浆锅炉”“CCD 曲面寻迹定位数控换向器铣槽机”“电机转子动平衡数控去重设备”“工业用快干标识纳米涂料”等 9 个项目。

浙江大学机械制造专家组，在重点支持武义机械行业的技术创新和转型升级活动中实施的这一系列科技合作项目，有效推动了武义机械制造，特别是重型装备制造领域的技术进步和产业升级。

其中，浙江大学机械制造专家组重点支持的武精机器公司，组织实施了一系列校企合作项目，企业的研发能力和技术创新水平显著提高，提升了产品的技术含量和市场竞争力，企业健康快速发展。几个主要科技合作项目实施后的 2018 年，公司实现销售收入 3.3 亿元，上缴税金 2650 万元，利润 1700 万元，分别比 2017 年增长了 34%、37% 和 20%。

十四 服务电动工具产业技术创新

我在开发区工作时，从永康引进的第一拨企业多数是生产电动工具的，当时我就希望在武义重点打造电动工具产业集聚区。在县领导的支持和县电动工具行业协会会员企业的共同努力下，电动工具产业不断在武义集聚，20 多年来一直快速稳健地发展，真正成为武义的主导产业。

我到科技局局长岗位后，对这个产业的技术创新自然倍加关注。上任不久我就到浙江恒友机电有限公司（以下简称恒友机电）等 5 家电动工具协会会长、副会长单位进行了一轮专题调研。几位会长对我一到科技局就想到和他们一起探讨电动工具产业的创新发展表示由衷高兴。

但他们也坦言，武义的电动工具企业数量很多但规模都不大，企业的技术人才队伍配备普遍不强。就是作为行业龙头企业的恒友机电公司，要想在技术上有所突破也很困难。

我多次与几位会长促膝长谈，告诉他们一定要引导企业走创新发展之路，努力打造武义电动工具行业的区域创新优势。对于行业技术人才短缺问题，我建议通过科技合作、柔性引进的办法来解决，并希望他们作为会长单位能起个表率作用。

为此，我专程到浙江大学请项占琴教授到恒友机电进行了专题考察，项教授多年前就在开发区的撮合下与这家企业开展过项目合作，有一定的合作基础。大家一见面就对恒友机电的主打产品电锤的性能问题展开了讨论。当时恒友机电的电锤与国际名牌产品在使用寿命上有较大的差距，与项教授讨论后，大家一致认为，要提高电锤的使用寿命，关键问题是要提高电锤中的核心部件——串激电机的可靠性。

问题找到了，我建议双方开展合作研究。项教授邀请恒友机电的工程技术人员到浙江大学与对口专家进行了技术交流，正式达成了科技合作协定：由恒友机电出资 30 万元，委托浙江大学现代制造工程研究所开展“串激电机可靠性研究”。这也是武义电动工具行业与高校科研院所合作的第一个技术攻关项目。经过恒友机电技术人员与浙江大学专家长达两年的合作研究，项目取得重要技术突破，电机寿命从项目实施前的不到 100 小时，提高到 300 小时以上，大大提高了电锤的使用寿命。

恒友机电与浙江大学科技合作的成功案例激发了全县电动工具企业的技术创新热情，开发区内的意达电器、永辉工具等电动工具企业也与浙江大学等高校院所建立了科技合作关系，解决了一批技术难题，由此提升了全县电动工具产品的品质和市场竞争力。

县委、县政府趁热打铁，支持县电动工具行业协会争取举办中国（武义）电动工具设计大赛，来进一步提升全县电动工具行业的技术创新水平。

在县领导和县电动工具行业协会的努力下，从2014年开始，武义县人民政府、中国电器工业协会电动工具分会、浙江大学共同举办中国（武义）电动工具设计大赛，县科技局作为大赛的政府责任部门承担了大赛的组织工作。

中国（武义）电动工具设计大赛连续举办了5届，2020年因新冠肺炎疫情等原因暂停。5年间，累计征集参赛作品4105件。通过设计、制作、展示及需求对接等措施，促进了武义县电动工具产业的产学研用有机结合，进一步提升了产业整体创新能力，推动了武义县电动工具产业转型升级。

在组织电动工具行业的技术创新活动中，企业技术人员极大提升了创新理念、创新能力，开始对电动工具关键技术进行探索，通过自主创新实现了一些技术突破。

其中，曾任恒友机电公司工程师的应时立，在电机优化设计方面的研究取得重点突破，申报了多个发明专利，形成了自主知识产权。在如何实施专利技术的转化和产业化问题上，他多次找我，详细介绍了他的发明技术（主要是无刷电机）在电动工具行业的应用前景，表示他可以根据电动工具生产厂家的需求，量身定制电机方案，生产出更高效、更低耗、更环保、更智能化的电动工具产品，希望能得到我们科技部门的帮助和支持。

我认为应时立的这个专利技术构想，应该是电动工具产业转型升级的重要方向，为此我有针对性地找到几位创新意识较强的企业家，向他们介绍应时立的发明技术。对于无刷电机的优势，电动工具企业的老板都有所了解，但大家都觉得在行业里应用有难度，单凭一家企业的技术力量难以实现。为了在无刷电机的应用上能为武义电动工具企业创造技术领先优势，海王电器、永辉工具等几个企业共同出资500万元，于2014年支持应时立注册成立浙江绿动电机科技有限公司（以下简称绿动电机公司）。

这时，武义科技城正在招商，我们就把应时立作为本土技术创新人才，将绿动电机公司引进科技城实施无刷电机的生产、推广和应用。在绿动电机公司的推动下，武义电动工具行业在全国率先开始了从有刷电机向无刷电机的产业升级。

最先响应无刷电机应用的是浙江博来工具有限公司，这家公司是一家生产建筑装修用墙壁打磨机的专业工厂，是武义电动工具行业里的后起之秀。创始人傅月华从为电动工具整机厂生产配套电机起家，对电机的技术创新有更深刻的理解。当我向她介绍绿动电机公司生产的无刷电机时，她认为，电机是电动工具的心脏，电机的性能决定了电动工具的品质，无刷电机的应用肯定是电动工具的发展方向。她的公司愿意配合开发应用无刷电机新技术的墙壁打磨机等新产品，并向科技局申报了县级科技计划项目，实施定向开发。在博来工具和绿动电机两家企业技术人员的紧密配合下，武义第一款应用无刷电机技术设计制造的电动工具产品成功研发，并通过省级新产品鉴定。

2014 年 7 月，省科技厅厅长周国辉在考察武义科技城时，对我们注重对电动工具这样的地方主导产业，进行长期跟踪和技术服务，并取得成效的做法加以肯定和总结，并希望我们科技城能探索建立为电动工具产业提供技术创新服务的机构，组织好行业技术创新和科技服务工作。在周厅长的指导下，我们与县电动工具行业协会的几家会长单位商量，提出了在科技城建立武义电动工具产业技术创新服务综合体的设想。

在周厅长来武义科技城考察回去不久，省科技厅就组织开展了全省行业技术创新专题调研，在总结各地科技部门服务行业技术创新经验的基础上，提出在全省各地建设一批产业创新公共服务平台的方案。2017 年 9 月 28 日，浙江省人民政府印发了《浙江省产业创新服务综合体建设行动计划》的通知。

武义县电动工具行业协会和县科技部门在县委、县政府的重视支持下抓住机会，成功申报了“浙江省武义电动工具产业创新服务综合体”项目，在科技城高新技术研发总部建成了一个聚焦传统电动工具产业转型升级，集聚创意设计、技术研发、创业孵化、检验检测、成果转化等创新资源要素，解决电动工具行业技术创新、产品创新、服务创新和业态创新瓶颈问题，为全县电动工具相关企业搭

浙江省武义县电动工具产业创新服务综合体（陶锡忠摄）

建了全产业链技术创新公共服务的创新服务平台。

2020年1月，新冠肺炎疫情肆虐，县委、县政府组织动员退出领导岗位的老领导进驻各行业协会指导抗疫，恢复生产。我主动要求入驻电动工具行业协会。

2020年5月29日，县委组织部指导电动工具行业协会建立党建联盟，我又被指派为党建联盟指导员，再次与电动工具企业家们一起共克时艰，继续为武义电动工具行业的创新发展发挥余热。

其间，我走访了全县各大电动工具企业，了解到当时大家面临的一个共性问题是，由于疫情防控，一些非本地产的电动工具配件采购困难，严重影响了电动工具企业的复工复产，成为行业发展的一大痛点。在这样的特殊情况下，我与企业家们探讨，应当探索建立电动工具产业园，打造更加完整的电动工具产业链的设想。

博来工具有限公司的傅月华董事长，几年前就有建立产业园集聚上下游企业抱团发展、打造电动工具产业链的设想。为此，我指导该公司提出了一个建立“博来电动工具智能制造产业园”的建设方案，陪同傅月华分别向时任县长帅朝晖、常务副县长李杨勇等领导作了专题汇报。领导们对武义电动工具的产业链安全极为重视，希望博来工具有限公司牵头从智能制造、数字化管理入手，在进一步做大做强企业的基础上，长远规划，分期实施，稳步推进电动工具产业园建设，政府将在土地供应、基础设施配套和产业整合等方面加以支持。

博来电动工具产业园建设的第一个项目——新建年产400万台智能打磨机生

作者（右）与县委组织部副部长严华（中）、县市场监管局负责人卢一民（左）召开武义县电动工具产业党建联盟第一次会议

产线，2021 年由县政府报经省发改委批准立项，于 2022 年 5 月动工兴建。

从开发区引进第一家永康电动工具企业开始，20 多年来，我一路见证武义电动工具产业的集聚发展和转型升级。2008 年，武义被中国电器工业协会评定为“中国电动工具制造业基地”。到 2020 年，全县电动工具产业年销售收入已达 110 亿元，占全县工业销售收入的 21%，武义生产的电动工具产品占全国同类产品的市场份额达到 23% 以上。

十五 争取中科院在武义设分支机构

2016 年 4 月初的一个晚上，县长张新宇从北京给我打来一个电话，通知我这个周末生态环境部环境规划院研究员王金南，将带一个高级专家考察组和一个中国科学院大气物理研究所的项目合作工作组，来武义开展建立环境观测站的项目考察。张县长要我负责安排好专家组和工作组的考察工作，让他们全面了解武义的自然生态环境与人文环境，以增强在武义建设观测站的信心。

王金南是武义人，堪称我们武义农家学子发愤图强的一个传奇。高中时他在一个叫宝山中学的乡办半工半读高中就读，在一场学科竞赛中被武义二中录选。武义二中是宣平县并入武义之前的县级中学，师资力量较强，这为王金南的学习创造了更好的条件。高考时王金南以优异成绩考入了清华大学，成了我们宣平一带农村孩子励志的典范。他的名字早就耳熟能详，但我与他相识还是在 2007 年我们开发区去北京招商时的一次武义老乡聚会上。那时，他已是环境保护部环境规划院的研究员。在之后的交往中，我逐渐了解到王金南非但学术成就丰硕，对家乡的发展也非常关心，我到科技局后一直希望他能为武义引进一些科技资源。

我打通王金南的电话后，得知他这次在北京与张新宇县长交流后，希望为家乡发展出点力的愿望可以付诸实施了。具体想法是，先请几位资深专家到他的老家柳城畲族镇上黄村考察认证，争取在那里建一个中科院大气物理研究所的观测站，而后由大气物理研究所的王自发研究员，带领一个工作组对观测站的选址、建站基础设施以及周边自然人文环境进行一次全面考察。

2016 年 4 月 8 日，我随县委常委、副县长黄勇，以及柳城镇党委书记王跃伟，陪同王金南和郝吉明、蒋士成、段宁、朱利中四位中国工程院院士一行，考察了柳城畲族镇上黄村。院士、专家们详细了解了上黄村的生态环境和历史文化，认为上黄村这样的古村落能被完整地保留下来非常珍贵。这里的海拔高度和周边大面积的山林，使城市和工业区对大气产生的影响得到了有效阻隔，是大气观测站的理想选址地。

下午，我们又陪同王自发研究员带领的工作组，登上海拔 1100 多米的上黄村大毛尖顶，对拟建站地址的地表状况、通往建站地址的道路走向等进行了初步勘察。王自发研究员在大毛尖顶感慨地对我们说：“真没想到，在经济发达的浙江，竟然还有这么原生态的环境，为我们在东部沿海建立大气观测站留下了一片净土。感谢武义人民对生态环境的守护，这个站的选址在技术上应该是可行的。”

第二天上午，我又随常务副县长李杨勇，陪同王金南和郝吉明、蒋士成、段宁、朱利中四位院士考察了武义先创新能源公司。这是一家环保能源设备研发制

2016 年 4 月，朱利中院士（前排左二）、郝吉明院士（前排左四）、蒋士成院士（前排左五）、段宁院士（前排右四）、王金南研究员（前排左三）、王自发研究员（后排左二）考察中国科学院大气所武义上黄观测站建设项目留影

造企业。公司开发推广的水煤浆燃烧技术，其烟气排放检测指数，已低于天然气锅炉的排放标准。院士、专家一行听取有关水煤浆锅炉在节能环保方面的情况介绍后，对武义县重视支持环保能源设备研发方面所取得的成绩给予充分肯定。

为了能与中科院建立更紧密的科技合作关系，下午我又邀请王自发研究员一行考察了武义科技城和浙江博来工具有限公司、浙江武精机器有限公司等国家高新技术企业。

晚上，我与王自发研究员促膝长谈，谈到了大气观测站的工程建设管理，构想了在武义科技城建立中国科学院大气所的大气观测数据超算中心，利用博来工具有限公司投资研发的无人机，开展城市空气污染调查，帮助武精机器公司等高能耗企业实施节能减排技术等，交流得非常融洽，双方都有相见恨晚的感觉。

我告诉他，根据当地的干部管理政策我可能不久就要退出领导岗位，这些科技合作构想可能需要下任科技局领导与他们一起实施。王自发研究员觉得挺惋惜，要求我不管在不在领导岗位，都要支持他在武义开展的工作。我也郑重地向他承诺，会尽自己所能推进中国科学院大气所与武义的科技合作。

2016 年 7 月，我从科技局局长的岗位上退下来时，引进中国科学院大气所在武义建立观测站，以及我与王自发研究员共同构想的合作项目尚未正式落地。我一方面与下任局长做了详细移交，一方面根据王自发研究员的要求，继续为他与柳城畲族镇、科技城以及相关企业牵线搭桥。

根据中国科学院大气所的工作安排，与武义的第一个科技合作项目是利用博来航天无人机，为中国科学院大气所对北京周边城市的大气污染源实施实时监测。为此，我陪同浙江博来航天有限公司董事长傅月华到中国科学院大气所与王自发研究员进行了项目洽谈，达成合作意向。

2016 年 12 月，我又陪同王自发研究员到设在深圳的博来航天无人机研发中心与公司总经理朱卡签订了合作合同。

2017 年 8 月 10 日，已是中国工程院院士的王金南，为了推进中国科学院与武义的科技合作，电话邀请我和博来航天有限公司董事长傅月华到北京，与中国科学院大气物理研究所、环境部卫星环境应用中心等科研机构，进一步洽谈利用博来航天无人机开展大气污染源监测排查的项目合作，促成了大气所与博来航天双方开展了三年多的合作。中科院大气所成为博来航天公司的最大客户，博来航天有限公司也为大气所的科研工作提供了优质的第三方技术服务。

2018 年 5 月，作者（左一）与环境部卫星环境应用中心王桥主任（左二）、王金南院士（左三）、博来航天有限公司董事长傅月华（右二）、中科院大气所潘小乐研究员（右一）洽谈项目合影

在大气观测站的筹建过程中，王金南院士和王自发研究员，多次邀请我到北京商谈建站规划和项目建设管理相关事宜，并邀请我出任观测站站长，负责观测站筹建工作。我也向县有关部门作了汇报请示。根据退出现职领导干部不允许兼职的相关规定，我谢绝了出任观测站站长的邀请，但我依然热情地为大气所在武义筹建观测站尽心尽力，做好联络协调工作。

在大气所和武义县委、县政府的共同努力下，2017 年 7 月 24 日，《中国科学院上黄边界层顶生态环境前沿观测站建筑设计方案》通过评审。2017 年 8 月 8 日，双方签订了武义上黄大气环境观测站项目合作协议。2019 年 11 月 15 日，观测站奠基仪式举行。

2022 年 11 月 2 日，观测站揭牌仪式举行，曾庆存院士、王金南院士、省生态环境厅厅长，县委书记、县长等领导参加仪式。台站的建成标志着武义有了中国科学院的分支机构，也标志着大气所与武义县的科技合作迈开了里程碑式的一步，为推动大气所和武义县开展更高层次的合作交流，以及科技成果的转移转化和产业化打下了基础。在武义科技城建立大气观测数据超算中心，帮助武义高能耗企业实施节能减排技术等科技合作项目也在继续推进之中。

建成后的上黄观测站

十六 组建地震救援队

2008年5月12日的四川汶川大地震，把我这个肩负有防震减灾政府职能的科技局局长震得寝食难安，经常会在梦中梦见武义发生山崩地裂的大地震场景，而自己作为防震减灾政府职能部门负责人，面对灾难束手无策，在绝望中被惊醒。每当这样醒来，我就会反思自己对防震减灾工作的忽视，久久不能入睡。

说实话，对于科技局还兼有防震减灾职责的部门职能设置，自己只是在刚上任科技局局长之初了解了一下。同事们都告诉我，这个职能只是挂在科技局名下，其实平时并没什么具体工作任务，而且我们浙江一带地质条件好，从来都不会发生大地震。这让我逐渐放松了防震减灾工作。

“5.12”汶川大地震虽然发生在千里之外的四川，但它给人民生命财产造成的巨大损失令我警醒，对防震减灾工作不能掉以轻心，我要求自己集中一段时间好好抓一抓相关工作，但这项工作之前确实没人去认真抓过，没有工作基础，我也觉得无从着手。

5月下旬，全国上下还在众志成城抗震救灾，我就跑到省地震局向领导请教。省地震局副局长傅建武从繁忙的抗震救灾工作中抽出时间接待了我，向我系统介绍了县科技局做好防震减灾工作的具体任务和工作要求。同时告诉我，从构造板块理论来讲，浙江不在地震断裂带里，全省范围内发生大地震的概率是非常小的，但也有地质相对活跃的局部地区。武义地处山区，又有温泉出露，在防震减灾工作上应当更加重视。

我自己研究过温泉的成因，对傅建武副局长的提醒有更为深切的理解，做好防震减灾工作的心情就更为急切。回来后，我立即向局班子成员传达了省地震局的要求，组织力量着手编制了《武义县防震减灾工作计划》上报县政府。当时，县领导也都还紧绷着防震减灾这根弦。我们在防震减灾工作计划中提出，要建立县防震减灾工作领导小组、编制地震应急预案、筹建地震观测台、筹建县地震局、筹建地震救援队等，相关工作都在县领导的重视支持下很快逐一得到落实。

2011 年，省地震局规划在金华一带新建一个省级地震监测台站。为了争取这个台站能建在武义，我们邀请傅建武副局长和监测台站建设规划设计人员来武义县考察选址。我带着他们在武义源口水库和石硖水库附近进行了一天的野外勘察。根据选址原则，拟将台站建在白姆乡横山村村庄后山一块远离公路、建站施工条件又比较便利的山地上。

台站建设规模不大，仅需要 100 多平方米土地，但麻雀虽小五脏俱全，所有工程建设所需手续都要办齐才能开建。好在横山村是大红岩景区所在地，我在旅游局组织开发大红岩时，与这里的干部群众建立了良好关系。景区建成后，为当地老百姓带来增收致富机会，因此这里的干部群众对我挺有好感。现在我们科技局要在这里建地震监测台，也是为了更好地保一方平安。建设项目得到了当地干部群众的大力支持，很快解决好了土地征用和水电路基础设施配套问题，于 2011 年底动工兴建。

省级地震监测台站项目的建设，使武义县与省地震局的联系进一步密切。在 2012 年的全省地震工作年会上，省地震局领导希望我们武义县能率先成立地震局。会后我向张新宇县长作了专题汇报，建议以一套班子、两块牌子的方式，在武义县科技局增挂武义县地震局牌子。经县委、县政府领导研究，原则同意我们提出的方案。

2012 年 5 月 11 日，“全国防灾减灾日”前夕，武义县地震局在武义县科技局挂牌设立了。省地震局副局长傅建武、武义县县长张新宇等领导参加了挂牌仪式。武义县在金华市各县（市、区）中第一个正式设立了地震局。

2013 年 5 月，作者（左一）与副县长李杨勇（中）、地震台管理员陈月明（右）合影（朱红兰摄）

地震局设立后，由我兼任地震局局长。我身上的防震减灾使命进一步明确。在收到地震局局长任命文件的那一刻，我首先祈祷武义永远不会有地震，但在防震减灾工作的安排上，却是如临大敌般地摆开了阵势。

为了加强防震减灾知识宣传普及工作，我们先后在邵宅小学、江山社区、柳城畲族镇祝村创建了三个防震减灾科普教育基地，邀请省防震减灾科普宣传专家进校园、进社区、进农村，开展生动形象的防震减灾科普宣传，并通过电视广播举办防震减灾专题节目，举办了全县防震减灾知识大奖赛，将防震减灾手册和防震减灾知识送到千家万户。

为了做好地震监测预报，我们协调地震监测台站项目建设过程中的工程施工、设备采购、安装调试各相关单位同步开展工作，用了不到半年时间监测站就全面建成投入使用。

为了做好震灾防御，我们编制了《武义县地震应急预案》，并开展了联合演练。

为了建立应急救援队伍，我主动找到武义的几个民间救援队进行考察洽谈，在与县民防局协商一致的前提下，在原有武义民防救援队的基础上建立武义地震救援队。我还统一局领导班子成员和全局干部员工思想，将科技局可用于出租的两间沿街营业房，无偿提供给地震救援队作为办公场所和队员集结地，协调县民政局为地震救援队配备了冲锋舟、防护服等救援设备。

我们还有计划、有针对性地组织救援队队员参加国家和省地震部门组织的救援培训，组织队员在武义的学校、厂矿、农村等不同场景不同地形开展地震救援演练，吸引了不少志愿者参加地震救援队，队员人数从 20 人增加到 100 多人。每当县里遭受台风、暴雨、山洪、火灾等灾害时，地震救援队总是冲锋在最前面，义务承担起了各种应急救援任务，深受领导和老百姓的好评。

2015 年大年三十，县委书记张新宇专程看望了武义地震救援队。张书记握着队长杨平的手说：“你们帮助他人，快乐自己，救民于水火、助民于危难，用实际行动维护了人民群众的生命财产安全和社会稳定，是一支拉得出、用得上、打得赢的队伍，县委、县政府和全县人民感谢你们。”

地震局的成立和一系列防震减灾措施的落实，特别是地震救援队的建立，让我这个地震局局长一直悬着的心稍微安稳了些。但每每听到各地有关地震的报道时还是很揪心，我总是祈祷着地震永远不要发生！

我在科技局局长岗位上俯首勤耕 10 多年，亲历了武义宣莲、茶叶、食用菌等传统农业产业与装备制造、电动工具、汽车配件、扑克牌等工业主导产业的技术创新和产业升级，与许多行业龙头企业一道跑高校、科研院所寻求技术支持和科技合作，见证了这些企业通过技术创新实现跨越发展。

我也目睹过这些企业的艰难与坎坷，一些技术创新项目因风险管控不好而昙花一现，没能为企业带来长期效益和可持续发展。像汉力士船用推进器、鑫顺光伏、科泰安不爆轮胎等新兴产业项目，曾经辉煌一时，但因企业运作过程中资金链断裂等而夭折，我和企业家们都为此付出过艰辛努力，对此我深感惋惜。让我们都能以“鼓励创新，宽容失败”的科学精神，善待在技术创新征途中绊倒的企业家们，他们的创新项目虽然遭受了挫折，但他们的创新创造精神同样值得我们尊重。

10 多年的科技工作，可以记录的还有很多很多，组织和领导也给出了很高的评价。在我任科技局局长期间，武义县的科技特派员工作和党政领导科技进步目标责任制考核，曾 7 次受到浙江省委、省政府的表彰。在全省农业科技大会上，武义作为唯一的县（市、区）代表做了大会交流。武义县还被评为浙江省创新样本城市。我个人也曾被评为全国民营科技工作先进个人，先后两次在全国科技特派员相关会议上作了典型发言。

武义县荣获“浙江省创新样本城市”称号（陶锡忠摄）

在 2015 年“最美浙江人”评选中，省委宣传部、省科技厅授予我“首届最美浙江人之最美科技人”殊荣。谨以“最美浙江人·最美科技人”颁奖仪式上的颁奖词作为本章的结束语：

“最美浙江人·最美科技人”颁奖词

武义县科技局　陶锡忠

他是基层的“店小二”，

躬耕的“老黄牛”，

比肩联袂“研之能”与“产之需”。

他是忘我的“小保姆”，

可敬的“智多星”，

纵横奔波在田间地头与科研院所。

运筹帷幄，决胜千里，

疾进的路上科技为先，

创业的途中服务为本。

他，

用荣誉注解了“梦想”，

用行动书写了“最美”。

首届浙江省最美浙江人之最美科技人颁奖仪式，右二为作者（陶欣勇摄）

2012

2015

第十一章

建设科技新城

——科技园工作笔记

2010 年 10 月 18 日，国务院下发了《关于加快培育和发展战略性新兴产业的决定》，我作为县科技局局长，培育和发展战略性新兴产业责任在肩。

一 筹建科技园

2011 年 8 月，县长蔡洪（右一）、常务副县长扬霄雁（左二）考察科技园选址（陈美胜摄）

2007 年 12 月，我随省科技厅组织的浙江省科技创新与知识产权保护考察团前往美国和加拿大进行了为期 10 天的考察学习。在美国重点考察了“硅巷”。“硅巷”位于纽约曼哈顿，是一个无边界的高科技园区，拥有众多高科技企业群，也是纽约经济增长的主要引擎。从这里我们看到了集聚科技资源、带动城市创新发展的国际榜样。

从美国回来后，我开始有意识地了解国内科技园建设动态，发现国内许多发达城市也已掀起了科技园、科技城建设的热潮。杭州市启动了青山湖科技城建设，一些县级城市也开始启动科技园建设。县领导在多个场合要求科技部门进一步解放思想，开拓创新，向发达地区学习，重视创新平台建设。这些更让我感到使命紧迫，促使我谋划起了科技园建设方案。

我带着局班子成员到科技园建设起步较早的长兴县考察。那时，长兴县的科技局局长朱锁芳是我在中共浙江省委党校团干班学习时的同班同学。平时经常和他交流工作心得。他多次谈及，建设科技园是他抓好全县科技工作、提高区域创新能力的最有效抓手。朱锁芳带着我们参观了正在建设的科技园。那时的长兴科技园，一期工程已基本建成，园内已成功孵化了一批科技企业。最令我感兴趣的，是他们瞄准县里确定的新兴产业发展方向建立科技企业孵化区的做法，我觉得非常值得我们学习借鉴。

从长兴回来后，我向分管科技工作的常务副县长扬霄雁作了专题汇报，扬副县长认为我们要多走多看几个地方，更加全面地了解发达地区科技园建设的经验。为此，县政府组织了一个由扬副县长带队、几个与科技园建设相关部门的负责人参加的科技园考察团，先后到常熟市大学科技园、乐清县科技园进行了考察学习。考察结束后，我们于 2010 年 11 月初向县委、县政府提交了《武义科技园建设考察调研报告》和《武义县科技园建设建议方案》，引起了县主要领导的重视。

2010 年 11 月 22—23 日，县委书记江跃进率领县四套班子领导和发改、科技等部门领导，赴浙江省嘉兴市，江苏省常熟市、昆山市考察学习。这些地区在构建科技创新创业平台，推动区域经济发展向创新驱动、人才引领转变的成功经验，引起了县领导的高度关注。通过与当地党政领导和科技创新平台负责人的座谈交流，考察团成员对科技创新创业平台建设有了深刻认识。

在参观学习总结会上，江跃进书记指出：此次学习考察，是带有目的性和实用性的学习，是干什么学什么的学习，主要目的是推进武义的科技创新。武义要实现创新驱动、转型发展，创新创业平台的建设已是迫在眉睫。江书记强调，目前武义的经济社会发展正处在重要的转折关头，只有坚定不移、义无反顾地走自主创新、科技创业的发展道路，才能在转折中赢得主动，求得新生、再造优势。他要求参加学习考察的部门认真学习总结南湖区、常熟市、昆山市科技创新创业中的好做法、好经验，促进县域经济又好又快发展。

考察回来后，县委、县政府把科技园建设列入了重要议事日程，要求科技部门牵头认真做好项目选址等前期准备工作。不久县主要领导人事调整。新一任县委书记陈伟、县长张新宇刚上任，就一起到科技局进行专题调研。接到通知后，我提前向书记、县长递交了《武义科技园项目可行性研究报告》。

2011 年 12 月 6 日，陈伟书记、张新宇县长，在察看了国家大院名校武义联合技术转移中心的科技合作成果展、听取了全县科技工作汇报，翻阅了《武义科

作者勘察废弃水泥厂（傅晓华摄）

技园项目可行性研究报告》后，对科技局前几年通过建立国家大院名校武义联合技术转移中心，引进10多家高校科研院所在中心设立技术转移工作站，并已经取得一大批科技合作成果大加赞赏，对全县科技工作表示满意，对武义科技园建设项目极为重视。两位领导交换意见后，当场宣布，要把武义科技园建设项目列入2012年度武义县重点建设工程前期准备项目。

调研结束时，陈伟书记向我交代："锡忠啊，武义科技园建设项目是你提议的。接下去你要进一步负起项目责任人的责任，认真做好项目选址、组织好发展战略研究、规划设计、项目实施主体落实、土地政策处理和建设资金筹措等前期准备工作，力争尽快开工建设。工作中碰到什么大的困难和问题，可以直接向我汇报，我来帮你协调解决。"

书记这么重视，我就趁热打铁汇报了武义科技园建设项目选址上碰到的几套选址方案议而不决的问题。陈书记听后很干脆地说："这几个地块我也还不熟悉，但我相信选哪里都会各有利弊。现在武义科技园项目是你陶锡忠负责，你自己想好了要哪块地，你跟我说，我和县长来协调各方关系。"我当场表示，希望把武义科技园建在原来用于建设武义三阳建材有限公司，但没有建成的武义三江口那块地。

2012年4月23日，陈伟书记召集开发区、科技局、土管局、建设局等部门领导，到那块已荒废了十来年的武义三阳建材有限公司地块现场办公，进一步明确了武义科技园建设的选址意向。

初步了解，这块地是县政府于2001年出让给中国海螺集团建水泥厂的。由于种种原因，项目建到一半停工了，之后又转手给了义乌一位叫杨成德的老板，项目实施也不顺利。前两年，这块地又由开发区收回准备开发房地产，但由于几经转手，存在许多遗留问题，房地产开发项目也迟迟没能启动。面对这么复杂的地块，科技局多数班子成员都因为政策处理难度太大而望而却步。

2012 年 4 月，作者（右二）与县委书记陈伟（左二）、县长张新宇（左一）现场确定科技城选址（陈美胜摄）

但从另一个角度考虑我又觉得它很有优势。这块地处于武义三江口，环境优越，土地资产总体已由开发区控制，建设用地指标问题也已基本解决。如果能协调好部门关系和前几手投资者的关系，就可以用于科技园建设了。

我做好局班子成员的思想工作后，自己来负责解决土地问题。

在陈伟书记和张新宇县长的协调下，开发区同意将这块地用于科技园建设，但与这块地相关的遗留问题也要由科技局负责处理。

为了摸清这块地的底细，我去开发区查询了这块地前几手的交易资料，并在开发区财务负责人的帮助下，去义乌找到杨成德先生。交流中了解到，他没有和开发区办理资产交接，是因为在他与中国海螺集团交接的时候，他以土地已经改变用途为由，要求海螺集团将地上建筑物以零资产的价值交给他处理。但海螺集团的领导怕有利益输送的嫌疑，还没给他办理交接手续，所以一直拖了这么多年。

我说这事一直拖着肯定不是个办法，现在这块地又回到了政府手上，不如我们直接与海螺集团交涉一下，看能不能理顺关系，把事情了结了，然后大家各自朝前发展。杨成德先生也想抓紧了结，好从开发区拿回土地尾款。他就帮我联系了海螺集团负责处理这个项目的负责人，说明了情况，约了时间让我去和这位负责人协商。

我让县府办给我开了封介绍信，说明了这块地由县政府收回用于建设科技园等相关情况，然后找到位于安徽省芜湖市的中国海螺集团总部。项目负责人接待了我，交流中我告诉他，地上建筑物现在可以直接交给我们政府部门来处置，而不是交给私人老板，这就卸下了他们怕被说成利益输送、国有资产流失的思想包袱。对方同意办理资产交接，这块闲置了十年之久的土地交到了我们手中。

二 研究科技园发展战略

为了谋划好武义科技园的建设方案，在县领导的重视支持下，我参加了由省科技厅邱飞章副厅长为团长的浙江省科技园建设与先进制造业发展考察团，于2012年3月23日至4月1日对英国、瑞士进行了为期10天的考察访问，重点访问了英国牛津大学、剑桥大学和瑞士的Polytype集团公司。

在牛津大学，我们访问了从事科技园和高科技孵化器国际合作与发展管理的牛津大学ISIS科技创新有限公司，系统了解了要建设好科技园，前期必须做好战略定位研究；要编制好总体规划等，根据战略定位制定相应的招商策略和招商政策；要有的放矢地引进、集聚项目和人才，进行孵化和产业化。

在剑桥大学，我们访问了剑桥大学制造研究所（IFM）。这家研究所的一项重要工作，就是为剑桥大学的教师和研究人员在剑桥大学科技园创业提供产品生产技术的研发、流程规划的研究以及设计孵化单元。

剑桥大学制造研究所所长迈克·格雷戈里教授对我们正在筹建的武义科技园很感兴趣，交流中他表示，如果武义科技园有产品生产技术的研发、流程规划研究等方面的需求，他们很乐意提供专业的服务。

在瑞士Polytype集团公司参观时，我们了解到这家公司是一家国际性的自动化包装设备制造公司，在欧洲、美洲、亚洲都设有分部。它们的成功经验，对武义的印刷包装设备制造行业很有借鉴意义。

英国、瑞士之行让我见识了国际一流科技园的建设管理模式，对谋划好武义科技园建设信心倍增。

考察回来之后，我在邱厅长的帮助下，找到省内专业从事科技园规划研究的杭州盛世长城（科技园）投资管理有限公司，委托他们做战略定位研究。

在战略定位研究过程中，我把自己考察学习的心得，结合武义实际对科技园建设的思考，与项目组进行了充分沟通。项目组专家认为，我对武义科技园建设，已经有了一个比较成熟的设想，就在我的设想基础上，整理形成了《武义科技园战略定位研究报告》初稿。

2012 年 8 月 29 日，郭忠明副县长和我专程赴杭州，邀请省科技厅副厅长邱飞章以及浙江大学工业技术研究院、浙江工业大学大学科技园、杭州西湖科技园、浙江大学网新集团等单位的 20 余位领导、专家参加了武义科技园项目战略定位研究讨论会。项目组研究总监汇报了研究方案的主要内容。与会领导和专家针对武义科技园的发展模式、发展思路等进行了深入的交流探讨，专家们专业、深刻的论述为武义科技园建设提供了宝贵意见。

邱飞章副厅长对武义县委、县政府重视科技园建设给予了高度肯定，并强调要突出地方特色、整合资源、集聚要素，充分听取与会专家的意见建议；在进一

2012 年 8 月，在杭州邀请领导、专家研究武义科技园项目战略定位（陈美胜摄）

武义科技新城效果图

步完善战略定位研究的基础上，制定出符合武义科学发展的科技园项目总体规划，确保科技园项目的顺利实施。

讨论会后，项目组根据领导和专家意见，进行了修改完善，于2012年11月6日提交县政府组织的专家评审。县长张新宇主持了评审会，与会专家领导听取了报告编制单位的汇报，经质询讨论后，一致同意通过评审。

武义科技园选址位于武义江、永康江、小白溪三江汇流区域，以创新资源集聚为基本功能，以产业聚集和培育为综合功能，以高新技术企业孵化为核心功能。一期占地面积21万平方米，预算总投资16.88亿元，规划建设公共服务区、新兴产业孵化区、高新技术企业研发总部、微电子产业园四个功能区。

县长张新宇在评审会总结讲话中强调："建设武义科技园，是县委、县政府立足产业发展实际，着眼未来发展趋势，加快经济转型升级、实现赶超发展作出的一项战略部署。在项目实施过程中，要体现超前意识和后发优势，注重科技引领，加大人才培育，强化服务保障，努力把武义科技园打造成生态环境良好、科技氛围浓厚的园区，打造成创新思想涌流、创新成果丰硕的阵地，打造成引领未来趋势、实现特色发展的平台。下一步，项目将真正进入实施阶段，要建立专门班子，制定专门政策，各部门密切配合，研究解决办法，确保武义科技园建设项目顺利实施。"

评审会后，县委、县政府成立了由县长张新宇任组长、副县长郭忠明和我为副组长、相关部门负责人为成员的武义县科技园建设领导小组，正式启动科技园建设。2013 年 2 月 25 日，县长张新宇主持召开了武义科技园建设领导小组第一次会议。会议研究确定了科技园片区控制性详规和城市设计，科技园一期各功能区块的地块规划红线，科技园区内原三阳建材有限公司地块遗留问题的处理、新征土地的征收和政策处理、外围配套建设等工作，以及科技园入园项目招选办法、扶持政策优惠办法和科技园项目管理体制等，并要求各领导小组成员单位在科技园建设主体还没有正式成立之前，根据部门职能分工协调配合做好前期准备工作。

二 废弃水泥厂改建科技城

武义科技园建设筹备工作进入关键时期，省科技厅调来了新任厅长周国辉。他之前在舟山市任市长时，武义县的县委书记陈伟是舟山市下属的岱山县县长。

原状

安装施工用电

平基

基础设施建设

2014年7月，作者（左）与县委书记钟关华（右）陪同省科技厅厅长周国辉（中）视察科技园建设工地（汤登春摄）

2014年10月，作者（中）向省科技厅副厅长邱飞章（左）汇报科技园规划（邹贤文摄）

2014年5月，作者（右一）向省科技厅副厅长曹新安（右二）汇报科技园规划（陈帅摄）

在研究科技园建设筹备工作时，陈书记提出："你们新来的厅长，在舟山抓科技合作和创新平台建设非常有成效，我们要建好科技园还要请周厅长多指导。"

为此，陈书记带我到省科技厅，向周厅长专题汇报了武义科技园建设项目。得知武义科技园是金华市范围内建设的第一个科技园时，周厅长对陈书记说："你这个决定很英明，你们武义在金华率先投资建设科技园，表明了你们依靠创新驱动发展的坚定决心。但要建好科技园并不容易，希望你们县委、县政府能切实帮助县科技局创造好科技园建设必备的人、才、物等要素条件。"

陈书记当场表态："只要科技部门提出可操作的要求，一定千方百计给予支持。"

尔后，周厅长风趣地对我说，"陶局长，你把书记请到厅里来，是不是就想让他表这个态？"

"对对对。"我忙不迭地说，

"但更重要的还是想请厅长对我们的科技园建设多加指导。"

周厅长向我们介绍了省里正在建设的青山湖科技城的投资体制、管理体制和运行机制，建议我们研究借鉴。临别时，我们热情邀请周厅长来武义科技园现场指导。

周厅长答应：等你们的科技园动工兴建之后一定到现场看看。

在周厅长的指导下，县委、县政府研究决定，由县国资办出资6000万元，注册成立武义科技园发展有限公司，作为投资业主，负责科技园的投资建设和经营管理。

2013年11月，作者（左二）与县委书记钟关华（右一）陪同金华市委书记徐家爱（右二）、组织部部长姚志文（左一）视察（张建成摄）

公司领导班子建设问题，陈书记让我与县委组织部对接，由县委组织部和科技局在全县机关优秀年轻干部中物色考察，提出建议人选，经县委常委会集体讨论通过后，抽调到科技园公司专职从事科技园建设管理工作。

我们对县机关各有关部门的年轻干部进行了几轮筛选后，聚焦到团县委副书记陈帅、县开发区管委会副主任傅晓华、县招商局副局长邹贤文三个人身上。这三名干部，在单位都是顶梁柱，我们想抽调他们，单位领导都有些不乐意。为此我向陈伟书记作了专题汇报。陈书记说："人选问题只要你们看准了，明确提出来，

2013年10月，作者（左二）向县委书记钟关华（右二）汇报科技城建设情况（张建成摄）

由县委来做决定，各部门都必须服从。”

2013年5月7日，县委书记陈伟再次带着县政府分管领导和有关部门领导来科技局调研，重点听取了我对科技园建设项目筹备工作的汇报。几位县领导现场研究决定：同意成立武义科技园发展有限公司，提议由我兼任董事长、县国资委主任兼任监事长；同意抽调团县委副书记陈帅、开发区副主任傅晓华、招商局副局长邹贤文任公司副总经理，抽调刚退出领导岗位的县科协主席汤登春任办公室主任；从开发区、科技局等部门抽调了五名工作人员，组成武义科技园发展有限公司创业团队，专职从事科技园建设管理工作。

2013年5月8日，公司召开第一次董事会，选举产生了董事会、监事会，正式启动运营。董事会结束后，我对公司运营班子成员进行了分工，由陈帅负责招商引资、招才引智，由傅晓华负责规划建设管理，由邹贤文负责政策研究和内部管理。接着我就带着公司全体干部员工来到科技园建设用地现场，站在水泥厂的废墟上召开了全体员工会议。

我在会上做了简单动员，强调武义科技园发展有限公司是一个创业团队，公司领导班子成员和员工，都是组织上认真挑选出来的优秀干部。从今天开始，大家就要团结一心，勤奋工作，不辜负组织和领导的期望，用我们的双手在这片荒芜了十几年的土地上，建设起一个科技新城。

最后我问：“大家有没有信心？”同志们异口同声整齐而响亮地回答：“有信心！有信心！”铿锵的声音，在水泥厂半拉子工程的建筑间回荡，面对破败的场景和振奋的人心，一股创业的冲动在我的周身涌流。

为了切实抓好项目建设管理，我借鉴抓开发区建设和温泉度假区建设经验，把武义科技园发展有限公司搬到工地现场办公。

我们就在水泥厂半拉子工程的建筑物中选了一幢相对完整、才建了两层就废弃了的水泥厂办公楼，用了一个月的时间进行了简单整修，就当成了公司办公楼，既是工程建设指挥部，也是施工队的工棚。2013年6月23日，公司搬进科技园工地现场办公。这里离县政府有好几公里，当时水、电、路都还没有通，我们就临时从附近的村里接了水电，请来一个门卫帮助我们烧饭做菜。没有饭桌，

建设中的科技城生活街区（陶锡忠摄）

凳子也不够，大家就站着吃，虽不能说是筚路蓝缕，也是风餐露宿。

工程建设之初，进入工地的路是一条用挖掘机挖出的临时施工道路，雨天一路泥泞，晴天一路风尘。脚上穿着雨鞋，头上戴着安全帽，是公司每名干部员工的标配。被请到科技园考察的客人的车子时不时会陷入泥坑里，干部员工就会上前“嘿哟、嘿哟”地帮他们把车推上来。

大家亲手布置起一个个办公室、会议室。门卫生病请假了，大家动手你洗菜、他切菜、我烧菜地做饭吃。

公司副总经理陈帅，还是个大姑娘，在家里是爹妈的掌上明珠，在工地上却变成了“女汉子”。帮客人拉车子肩上拉肿了，卸车搬桌子手上起泡了，她一点不吭声，缠上纱布继续干。

在大家的努力下，公司办公室建起来了，会议室建起来了，食堂建起来了，水接通了，电接通了，网线接通了，泥路铺上了石子，又铺上了柏油路面。

工地里勘探队来了，测绘队来了，推土平基队来了，筑路队来了，地下管线队来了，创新大楼建设工程队来了，孵化楼建设工程队来了，微电子产业园建设

在科技园建设工地里召开班子成员及其家属团拜会（汤登春摄）

工程队来了。一个个工程在热闹的礼炮声、轰鸣的工程车中开工了。

公司成立一个月，科技园推土平基、园区基础设施、创新大楼、孵化楼等建设项目全面开工。工地里上百台工程机器的轰鸣声此起彼伏，振聋发聩，几百名各路施工大军穿梭忙碌。为了确保工程施工的安全有序，在专业分工的基础上，每位公司领导联系一个项目建设工程队，每天早上赶到工程队去参加他们的晨会，下班前回办公室开碰头会，每个周末开一个工程施工进度与施工安全形势分析会，及时解决各项工程施工中碰到的问题，排除施工中可能产生的安全隐患。

几个月下来，公司里原本细皮嫩肉的美女帅哥，个个都变得脸黑手粗。看着一座座山头被推平，一条条道路在延伸，一座座大楼拔地而起，大家撸起袖子加油干，干得特别欢。工棚上拉出的“艰苦创业，只争朝夕”八个鲜红大字，一直温暖着大家，激励着大家奋勇前行。

在公司成立一周年之际，时任省科技厅厅长周国辉，在时任金华市委常委、武义县委书记钟关华的陪同下，考察了科技园建设工地，参观了园区规划展览和园区引进的人才项目展示。在科技园工棚里的临时会议室召开了座谈会，详细了

科技园建设者们（陶锡忠摄）

解了科技园功能布局、园区政策、招才引智、项目建设情况。

钟关华书记向周厅长详细介绍了武义县创新驱动发展战略实施情况，重点介绍了武义科技园的战略定位和建设进展。

钟书记说，2013 年，武义县在全金华市率先启动了科技园建设，计划经过 5 到 10 年努力，将科技园建设成为武义县科技进步的新引擎、创新驱动的示范区、转型升级的助推器、招才引智的大平台，聚集各类创新资源，为武义县经济转型升级提供强有力的科技支撑。通过一年努力，我们妥善处理了武义三阳建材有限

建成后的高新技术企业研发总部（陶锡忠、卢峰摄）

公司遗留问题，落实了科技园建设用地；研究出台了《武义县人民政府关于加快武义科技园建设的实施意见》《武义科技园入园项目招选办法》；编制完成了战略定位研究报告、科技园片区城市设计、控制性详规以及创新大楼等各具体建设项目的规划设计方案，初步形成了科技新城建设的规划体系。科技创新大楼、园区基础设施、新兴产业孵化区 3 个建设项目被列入县重点项目，并按计划推进。我们边筹建边招商，一年中就有 9 家新兴产业企业在科技园注册登记，有 20 家电商洽谈入驻，建立了武义首个电子商务孵化园。科技园建设项目的实施，凝聚了创新共识，集聚了创新力量。

周国辉厅长对武义县实施创新驱动发展方面的工作给予充分肯定。他说：近年来，武义县委、县政府紧紧围绕打好“科技创新”牌，全面实施创新驱动发展战略，通过创新平台建设提升了区域创新能力，推进了高新技术产业发展。

周厅长对武义县委、县政府在组织实施创新驱动发展战略上提出了新希望。

周厅长强调：要加快武义科技园建设，夯实武义科技发展基础；要坚持产业生态化、产业高新化发展，通过“互联网 +”、机器换人、智能制造等方式改进传统工业；要把握好科技园招商门槛，坚持高标准、高起点、高技术建设公共创新平台；要通过建立“技术市场”“产业创新服务综合体”等技术创新服务载体，推进武义创新驱动发展再上新台阶。

钟关华书记表示：周厅长一行对武义创新驱动发展工作的肯定，既是我们工作的动力，更是对我们工作的有力鞭策；县委、县政府将以此作为提高武义县科技工作水平的新起点，认真组织实施创新驱动发展战略，加大科技投入，加快科技园建设，振奋精神、群策群力，努力推动武义经济转型发展、创新发展。

第二天一大早，周厅长约我到武义壶山公园散步，关切地问我工作生活中有什么实际困难。面对如此平易近人、体恤下情的领导，我坦诚地表达了自己对武义科技新城建设的深层次思考，希望周厅长为我们争取将武义科技园提升为武义科技城，建立科技城管委会，作为一个独立的政府机构专业从事科技城的建设管理。

在周厅长的关心协调下，2014 年底，县委常委会经研究，同意增设一个局级单位——武义科技城管委会，接替武义科技园发展有限公司的管理服务职能，配备专职领导班子全力抓好科技城的建设运营。

在省科技厅的支持，县委、县政府的大力推动下，武义科技城各功能区建设快速推进。

四 水泥仓筒变身创新大楼

武义科技园建设用地上最引人注目的，就是中国海螺集团在这里投资建设时留下的四个巨型水泥仓筒。

这四个巨型水泥圆桶承载了武义人的欣喜、期盼、郁闷和失望。

当年，引进中国海螺集团来武义投资，是武义招商引资的最大项目，大家都梦想着它能为武义带来巨大财富。看着这四个巨型水泥圆桶一天天建起来，大家以为梦想马上可以变成现实。但由于市场变化等原因，水泥圆桶刚结顶，整个投

水泥仓筒原貌（陶锡忠摄）

资项目就被叫停。这四个光秃秃的水泥圆桶，站在那里任凭风吹、日晒、雨淋。每当看到它，我心里总会涌上莫名的惆怅。

当科技园建设选址在这里之后，我就反复琢磨着，怎么来对待这四个巨型水泥圆桶。许多来科技园指导的人都说，要把它们炸掉推平，但我总觉得不能这么粗暴地处理，因为它们承载着一段武义的发展史。

我在各地参观学习城市建设、科技园建设经验时，也看到过一些利用老房子改造的创意大楼。特别是到英国考察科技园时，我在曼彻斯特看到了恩格斯家的纺织厂改造成的创意空间，这给了我将这四个巨型水泥圆桶改造为武义创新大楼的灵感和信心。

在编制武义科技园建设规划时，我建议将这四个巨型水泥圆桶改造为武义创新大楼，规划设计单位采纳了我的意见，把它作为科技园的标志建筑，设计成了创新大楼。

但在几次评审会上，创新大楼是改建还是新建，大家一直争论不休。

张新宇县长认为：用四个水泥圆桶改建创新大楼的方案符合当时省里正在大力推行的“三改一拆”行动精神，而且改建的创新大楼更具有独特的风格，又留下了城市建设的发展痕迹。张县长统一了有关部门思想后，拍板定下了改建方案。

项目审批下来之后，要去实施改造，首先碰到的问题，就是找不到这四个水

武义创新大楼次入口透视图（规划效果图）

泥圆桶的建设施工技术资料。

为了找到这份资料，我又去义乌找了杨成德先生。可他说，这个项目投资失败后，他已经搬了好几次家，当时的技术资料早就弄丢了。但他说当时的施工方应该会有。

我们辗转找到施工队，施工队却说这个工程烂尾烂在这里，工程款没结清，当时的管理人员都被开除了，也没留下任何技术资料。

这可把我急坏了，找不到技术资料，好不容易争取下来的改造方案就要泡汤。夜里我躺在床上都辗转反侧睡不着，思来想去，我还是想到了中国海螺集团，作为投资方又是上市公司，他们应该不会把这份资料轻易给丢了。

于是，我找到了相关负责人。这位负责人告诉我说，资料应该是有，但根据集团对技术资料的管理制度，我们可能很难拿到这份资料。在电话里我急切地要求他帮我想想办法，在我的苦苦央求下，他告诉我，只有找到他们的总工程师，才有可能帮到我们。

几经周折，我联系上了这位总工程师。可这时已是2013年的春节前夕，中国海螺集团已经放假了。我非常急切地想早日拿到这份技术资料，想请他回公司

研究改造方案（汤登春摄）

一趟，我赶过去拿。他说大年二十九那天是他总值班，如果我赶过去的话可以帮我办。

二话没说，我就带着副局长何国兴，驱车 500 多公里在大年二十九那天，赶到安徽芜湖中国海螺集团，找到总工程师，要来了四个巨型水泥圆桶建设施工的全套技术资料。

等我们回到武义，已是大年三十，家里什么年货也没准备，妻子也在闹情绪了，但因为拿到了技术资料我还是兴奋不已。

技术资料到手后，我们委托核工业部金华工程勘察院，对创新大楼建设工程的岩土进行了勘察；委托省建设工程质量检验站对该工程的筒体及基础混凝土抗压强度、基础构件、筒体钢筋等质量情况进行了现场察看取样，并出具了《原武义三阳建材有限公司遗留的水泥仓筒质量检测报告》；委托浙江当代建筑设计研究院、杭州绿城都会建筑设计有限公司，在原有建筑施工图基础上进行了创新大楼施工图设计。2013 年 9 月底，工程完成招投标，由浙江三恒建设工程有限公

建设中的创新大楼（陶锡忠摄）

司中标承建，于 10 月 8 日正式开工建设。

可一开工，就又碰到了一个大难题，就是这些巨型水泥圆桶每个高 40 米、直径 15 米，当时设计用途是个散装水泥仓库，所以它的四周是个全封闭的钢筋水泥筒体，40 米的建筑高度，只有离地面 5 米处有一个隔层。

而根据创新大楼的设计，是要把这四个水泥圆桶隔成 10 层楼的写字楼，还要打开门洞开出窗户。改造的难度也很大。

中标的浙江三恒建设工程有限公司又没有类似工程的施工经验，开始给出的施工方案是，自己用土办法在封闭的钢筋水泥筒体上开门凿洞。但由于这个钢筋水泥筒体的结构十分坚固，它的墙体最厚处达 1.2 米厚，购置了几套开凿工具一试用就都损坏了。

面对这样的问题，我心急如焚，天天蹲在工地和施工人员一起想办法，几套方案尝试失败后，我把承建方老板、设计团队负责人和省建设工程质量检验站的领导召集在一起开会研究解决办法。会上，我要求承建方整改施工方案，提出不

破拆窗户

能靠自己土法上马，而是要把专业的事情交给专业的人来做，希望大家帮忙找家专业破拆公司来帮我们开门凿洞。

承建方因为担心找专业公司来破拆会增加施工成本，刚开始不同意。但我和他们算了一笔账，就是我们这个工程的结算价格是和工期挂钩的，对工期拖延有一个处罚条款，执行起来承建方的损失也很大。而且施工队土法上马开凿，即使能够凿出来，安全生产的风险也很大。我也表态，对因请专业公司破拆增加的成本，在合理的区间内由我们委托方负责解决。这样承建方才同意了请专业公司破拆的意见。

省建设工程质量检验站的领导当场帮我们联系上一支正在杭州执行破拆任务的专业破拆工程队，让他们抽调人员前来帮助破拆。

专业破拆工程队的师傅们，在水泥圆桶内从下往上搭起40米高的满堂脚手架，解决了机器安装和工人上下问题，利用静力切割神锯等专用破拆工具顺利切割出了 57 扇门、252 扇窗户、72 扇百叶窗，解决了项目建设施工中的大难题。工程开始顺利推进。

根据改造设计方案，在每个圆桶加建了 4 根承重的柱子，每隔 4 米浇筑一层楼板，改成了一座 10 层高的创新大楼。然后在创新大楼的西南边加建了一排裙楼，作为接待大厅、会议大厅和展示大厅，在东北边加建了电梯间和安全疏散楼梯。

为了留住原水泥厂的历史记忆，在外墙处理上采用了清水混凝土的外墙风格，不加任何装饰。

一座象征着国家中长期科技发展规划提出的我国科技工作四个指导方针：“自主创新，重点跨越，支撑发展，引领未来”的四圆连体创新大楼，以其独一无二、清新脱俗的崭新风格，矗立在武义科技园的中心，成为武义科技园的地标建筑。创新大楼荣获浙江省工程建设领域的最高质量奖项——钱江杯优质工程奖。

建成后的创新大楼（陶锡忠摄）

五 招清华学子创建微电子产业园

在一任局长任职期满时，我对自己的工作做了回顾总结：五年来，县科技局对武义农业产业的科技服务和传统制造业的技术改造、产业升级所做的努力尚可自慰，但在新兴产业的引进和培育方面没有取得大的突破。虽然武义的产业基础和区域条件客观上并不利于新兴产业的集聚发展，但科技部门没有找到适合的项目，我心里也感到深深的内疚和自责。当组织上要我连任科技局局长时，我就暗暗发誓，一定要在新兴产业的引进和培育上有所建树。

2011 年，县长蔡洪所作的政府工作报告中，明确提出要重点引进和培育新兴产业，着力构筑现代工业体系。县里要求科技局和招商局，在引进和培育新兴产业方面一定要有所作为。

会后，我找到招商局局长张淑华，与她商量如何引进新兴产业项目。在张局长向我介绍招商项目时，一个来自广州科学城的项目引起了我的注意。

这是安凯（广州）微电子公司的创始人拟在武义投资的项目。据张局长介绍，这个项目已经谈了多年，但由于面向他们招商的城市很多，而且一些地方开出的条件也比武义好，投资方还在选择之中。我抱着试试看的心态，向张局长要来了项目资料，进行了一番研究。

这个项目的出资人，是安凯（广州）微电子公司的创始人。这家公司是国内首家用于移动多媒体终端芯片的集成电路设计商，也是国际上最早倡导应用处理器芯片的企业之一。公司的应用处理器芯片，已获国内外市场的普遍认同，市场份额不断扩大。公司推出的高、中、低不同档次需求的全系列应用处理器芯片产品，结束了相关细分市场无国产芯片的历史。安凯芯片，广泛应用于平板电脑、上网本、电子书、移动电视、智能手机、教育电子、汽车电子、网络媒体播放器等多媒体终端，以及安防监控等产品。

公司创始人胡胜发，先后获清华大学工学博士和美国科罗拉多大学社会学博

作者（右一）与胡胜发（中）研究建设方案（汤登春摄）

士学位；在清华大学期间任全国学联副主席和研究生会主席；曾获国务院侨务办公室颁发的百名华侨华人专业人士“杰出创业奖”，被中共广州市委、市政府授予“广州十大优秀归国留学人员”称号。在对项目信息做了初步研究之后，我意识到，这可能就是我们要找的那个人。因此我和张局长商量，一定要千方百计将这个项目招引到武义来。

在我和张局长的建议下，2012 年 10 月 14 日，由县长张新宇带队，副县长郭忠明、科技局、招商局等部门领导组成的招商团，专程到广州科学城安凯（广州）微电子公司进行了项目洽谈。

为了增强胡胜发先生对武义的投资信心，我找来还在策划中的武义科技园仅有的一张地块红线图，自己动手在图上划分了几个功能区块，涂上不同的色块，又从素材库里找了一些科技感较强的建筑图片，配置在不同的功能区里，临时编造了一张武义科技园平面布局图。在这张图上，我还为安凯微电子公司量身定制了一个微电子产业园功能区块。再配上几张实景照片和地形图，制作了一个名为

《浙江省武义科技园招商推荐》的PPT，向胡博士介绍了武义县将规划建设一个高层次人才、高新技术产业集聚发展的武义科技园，并在科技园中重点打造一个微电子产业集聚发展的园中园。

胡博士听了我们的介绍之后，谈了他的想法，他说：“武义县对我的项目这么重视，非常感谢，之前也已经谈过几轮，但总觉得把我的项目安排在工业区很不协调，所以一直都没有定下来。今天听了陶局长的介绍，似乎有了一点感觉。接下来我们会更加认真地研究武义的投资项目。”

洽谈会结束后，张新宇县长要求我加快推进科技园项目的规划建设，努力为类似安凯微电子公司这样的高科技项目到武义发展创造条件。

离开安凯微电子公司时，我和胡博士以及他的投资部门负责人互留了电话，表示要加强联系，努力推进武义投资项目的落实。

从广州回来之后，我一边抓紧筹建科技园，一边隔三岔五地和胡博士电话联系，增进相互了解，科技园筹建中的每一点进展都第一时间向他通报。

一来二去，两人相互都觉得挺投缘的，他对武义科技园建设也很关心，又有在美国硅谷和广州科学城的创业经历，对武义科技园应该怎么规划建设也有许多建设性的想法。我就以请他当科技园发展战略研究顾问为由邀请他来武义指导。

2012年12月，胡博士来武义住了两天，由我全程接待。我向他汇报了武义科技园项目的战略研究报告，他对我们的战略研究总体上是肯定的，但也提了很有价值的修改完善意见。利用这个机会，我和他重点研究探讨了他的投资项目怎么在武义落地的问题。

为了让胡博士更多地了解武义，增进对武义的好感，也为了使项目洽谈更加轻松愉快，我以旅游局老局长的身份，陪同他参观了郭洞、俞源、寿仙谷等旅游景点，陪他泡了温泉。

双方的交流真可谓是坦诚相见。在温泉池中，胡博士反复跟我聊的一个话题就是：“我为什么要来武义投资？对我的项目来说，在武义发展到底有什么优势？我一直说服不了我自己，所以项目也就这么谈着，一直落不了地。”

说实话，对他的微电子技术项目来讲，武义这个稍显偏远的山区小县，在人才技术、交通、城市基础设施等影响投资决策的几个要素上都没有什么优势。

但我在与胡博士的交流中，听他讲了他们的芯片主要应用场景是智能家居领域，而且预测今后几年可能在智能门锁上的应用会有爆发式增长。

这个信息我觉得极有价值，因为武义、永康一带是全国乃至全世界最大的门业产业集聚地，智能门的开发正处于起步阶段。有三家门锁生产企业已经转产智能门锁，而且发展势头强劲。它们采用的都是美国进口的芯片，还不知道胡博士他们就能设计开发智能门锁芯片，这是典型的信息不对称造成的上下游不衔接。于是，我就抓住这一点对胡博士展开招商攻势。

我说："胡博士，你应该重视武义、永康这样的城市在向智能制造转型过程中，对你们的芯片等微电子产品的强劲需求所带来的市场机会。以贴近应用市场布局的理由，来对在武义建设微电子产业园项目进行可行性分析，可能就能说服你自己了。"

胡博士一拍前额，大声说："对呀！对呀！我怎么就没想到这一层呢。我们之前开发的芯片，有不少就是对应用市场研究得不透，把握得不准，产品和市场需求不对路，走过不少弯路，交了不少学费。如果我们在武义、永康这边有自己的机构，就能更好地把握客户需求，及时跟进市场需求设计我们的芯片产品了。"

我进一步推进说："胡博士你看，在武义、永康的门业产业转型升级为智能门、电动工具产业从有刷电机转型到无刷电机智能控制的过程中，需要大量的智能门锁企业、无刷电机企业与之相配套。如果我们在武义科技园有了自己的微电子产业园，我们作为智能门锁芯片、无刷电机芯片的开发商，就很有希望把这些企业集聚到我们的产业园里来，实现上下游的联动发展，这样我们的微电子产业园不就成了吗？"

"有道理！有道理！我们就这么干。"胡博士兴奋不已，连连称道。我们不约而同地伸出手击了一个掌，异口同声地说："就这么干！"

就这样，我们在温泉池中轻松愉快地谈出了项目思路，然后约定双方都要朝着这个方向共同努力。

2013 年春节，胡胜发博士安排回永康过年，大年初一就来到了武义，我带他看了武义科技园地块环境，又看了我们规划设计的科技园建设模型。了解到我们在短短三四个月时间里，完成了发展战略研究，编制了建设规划，完成了城市设计、一期工程的修建性详细规划和土地政策处理等一系列前期准备工作，他对我们的工作效率大为称赞，增强了投资信心。

胡博士告诉我，他在广州也已经召开过股东会，用我的贴近应用市场布局理念统一了大家的思想，项目有希望顺利推进。

在我的办公室，我给县委书记陈伟打通了电话，胡博士在电话里向陈书记拜了年，向他汇报了来我们科技园投资的项目思路。

陈书记在电话那头非常激动地说："谢谢胡博士，谢谢胡博士！这是给武义人民最好的新年礼物。春节过后我亲自到你的安凯（广州）微电子公司去和你洽谈，争取能够正式签约。"他又让胡博士把电话交还给我，交代说："锡忠啊，这个项目真是来之不易，我首先要感谢你的执着和智慧。其次我希望你趁势而上，做好项目跟踪服务，帮我盯好项目。第三，请你和县委办协调安排好时间，年后我们一起去一趟广州，到胡博士公司去把项目投资合同签了。"

放下电话，我和胡博士约好，争取3月中旬促成陈伟书记到安凯（广州）微电子公司洽谈签约。

在春节过后的全县工业经济大会上，陈伟书记在报告中就宣布，3月份是武义县领导招商选资推进月，第一个活动就是由他带队到广州招商。

2014年7月，省科技厅厅长周国辉（右）听胡胜发（左）介绍新产品研发情况（张建成摄）

2013年3月13日下午，由县委书记陈伟带队，副县长郭忠明以及县委办、科技局、招商局等十几个部门领导参加的招商团出发赴广州招商。

为了增强胡博士来武

2013 年 3 月，胡胜发博士（前排左）与副县长郭忠明（前排右）在签约仪式上（傅晓华摄）

义投资的信心，我向陈书记建议，最好带几个与安凯微电子的芯片业务有关联的企业家一起去。陈书记非常赞同我的想法，让我物色人选。我推荐了浙江顶康科技有限公司董事长潘岩君、浙江佳卫锁业有限公司董事长程飞也参加招商团。

陈书记带领的招商团来到安凯微电子公司，胡胜发董事长热情接待了我们。在安排我们参观公司产品展示厅和生产现场后，双方举行了项目洽谈，并签订了土地出让意向书。安凯微电子公司到武义科技园投资建设微电子产业园的招商项目基本敲定。顶康科技公司、佳卫锁业公司与安凯微电子公司也达成了在武义共同打造应用处理器芯片，及其智能门锁、智能健身器材等终端产品集聚发展的微电子产业园建设合作意向。

从开始接触到签约落定四年时间里，这个项目是在两任县委书记、县长、分管副县长以及科技局、招商局等相关部门的长期共同努力下促成的。在一个没有微电子产业发展基础的山区小县，引进这样一个微电子产业园实属不易。

这个产业园能在武义真正建起来、发展好，后续的服务工作仍然任重道远。我和科技局、科技园以及后来在科技园基础上组建的科技城管委会，都为之倾注

凯宇微电子芯片智能测试车间（陶锡忠摄）

了大量心血。

2013 年 6 月，浙江凯宇电子科技有限公司在武义注册成立。

由于项目要入驻的科技园，在项目签约时还只是一个规划图纸中的“空中楼阁”，直到 2013 年 5 月才正式开工建设，凯宇电子公司就在科技园建设工地的工棚里，装修了它的芯片测试车间，开始了它的芯片测试业务，边生产边启动项目筹建。

凯宇微电子产业园于 2013 年 12 月 10 日开工建设，到 2019 年基本建成，举行了隆重的开园仪式。我作为退出领导岗位的项目见证人，还被邀请参加了开园仪式，并和领导专家一起按亮了开业启动球。

到 2021 年初，浙江凯宇微电子产业园已全面建成，完成建设投资 8200 万元，建成研发大楼和标准厂房 3.2 万平方米，已引进集聚微电子上下游企业

建成后的凯宇微电子产业园（朱晶明摄）

20家。

在浙江凯宇电子科技有限公司的示范带动下，微电子技术在武义迅速推广，引领带动了武义门业、电动工具和智能家居等行业向智能化方向转型发展。

六 与大族激光共创农光互补新业态

科技园集聚创新要素，服务地方经济转型的初心和使命，一直鞭策着我要尽快引进一些新兴产业项目，通过产业融合推动传统产业高质量发展。

我们与省农科院共建的食用菌产业区域创新服务中心，是一个旨在推动食用菌产业高质量发展的平台。这个中心设立的一个重要研究课题是实现香菇的周年栽培，在自然条件下香菇不能生长的夏季高温时节，也能栽培出优质香菇，以解决夏季市场上鲜香菇供应短缺问题。

这项研究遇到的一个难题是，在夏季高温时节食用菌设施化栽培的菇棚降温。香菇生长的适宜温度是 22℃—26℃，而在夏季烈日的炙烤下，菇棚内的温度可以高达 60℃以上，单靠空调降温，能耗极高，在实验室条件下夏季是可以种出香菇，但没有商品开发价值。如果不能突破菇棚降温的高能耗问题，香菇周年栽培技术就不能实现产业化。主持这一研究课题的蔡为明老师让我帮他想想办法。我搜肠刮肚在自己的朋友圈筛选，谁能帮上这个忙。

2014 年春节前夕，一个来自深圳大族激光科技产业股份有限公司下属的大族新能源公司的总经理吴波的电话，仿佛是一场及时雨，催生了一个产业融合项目：利用大族新能源技术，将食用菌设施化栽培大棚上方的太阳能转化为电能，从而降低菇棚降温能耗，大幅提高土地利用率，实现“菌光互补”，推动食用菌产业高质量发展。

吴波总经理，是我多年前在深圳筹备同乡会时认识的朋友。他是金华东阳人，在深圳也以老乡相称。电话中，他向我介绍了他们公司新拓展的一项业务——利用产业园区的厂房屋顶建设太阳能发电站。他了解到我在抓科技园建设，想来考察一下，能不能在武义科技园建一个太阳能电站。

在我的邀请下，大年初二，吴总就从东阳老家来到武义，我带他参观了建设中的科技园，向他介绍了我们在建筑设计中确实考虑到了要在屋顶加建太阳能发电站，但当时多数建筑都还在建设之中，科技城的太阳能发电站项目暂时还不能实施。

吴总让我推荐其他园区或企业。我立即想到了食用菌产业园，向吴总介绍：“我们与省农科院在武义建了个食用菌产业区域创新服务中心，如果能在食用菌的大棚顶上装上太阳能电池板，不是也能建太阳能电站吗？”

吴总先是一脸疑惑，说：“据我所知，我们业内好像从来没有在大棚顶上建太阳能电站的。”

我说：“没有见过，我们可以去研究呀，或许还能创造出太阳能电站建设的一种新模式呢。”

吴总被我说动了心，起身说：“你们的食用菌产业园在哪里？要么我们现在去看看？”

我说：“好呀。”

从科技园到食用菌产业园，要经过县城的闹市区，大年初二的大街上熙熙攘攘，一派繁华祥和的节日景象，只有我们的车在匆匆行驶。

到了建在上端头村的食用菌产业园，连片100多亩的塑料大棚在冬日的晴空下，折射出格外耀眼的光芒，传递着无穷的能量。

看到这一幕，向光而行的吴波激动地说：“这么好的光能不利用起来太可惜了。”

“那就看你的了。”我顺势说。

吴总思索了一会，对我说：“可惜你们的大棚是种庄稼的，也需要阳光呀？”

我向吴总解释：“菌类作物的生长不需要光合作用，只需要很微弱的光就能满足它的生长需求，所以这些大棚上的阳光你尽管用来发电，食用菌生产与你们的太阳能发电两者可以融合发展。”

吴总说：“又长知识了。”

“那我们就合计合计，怎么来建这个光伏电站哦？”我迫不及待地说。

吴波边思考边对我说：“你的思路是很好，但这是一个全新的建站模式，要研究解决许多技术问题，需要回深圳组织技术人员充分论证后再答复你。”

为了能妥善解决菇棚顶上的太阳热能转化问题，我缠着吴波，千方百计说服他与我们一起来探索建设这个“农光互补”的光伏电站。

所谓“农光互补”就是在同一块土地上，地面用于农业生产，在农作物的上方装上太阳能电池板利用光能发电。这在一般农业项目是不可能实现两全其美的，因为万物生长靠太阳。但食用菌是一个特例，它喜阴，在生长过程中对光照的要求极低，正好可以实现食用菌生长与光伏发电的互补，所以我们把这个“农光互补”项目具体称作“菌光互补”。

在我的软磨硬泡下，吴总在公司董事长唐泳的支持下，在武义科技城注册成立了武义大族新能源公司，派出项目经理邢志远来具体实施食用菌产业园的“菌光互补”项目。

然而好事多磨，项目刚启动，大族激光公司人事变动，吴波调离了大族新能源公司总经理岗位。新来的总经理和财务部部长对武义的“菌光互补”项目重新做了投资绩效评估，发现它的投入产出低于他们直接在地面上建的光伏发电站，叫停了武义项目的实施。

这下可急坏了我。得到这个消息的第二天，我就火急火燎地赶往深圳，找到大簇新能源公司董事长唐泳和他商讨：在食用菌大棚上建设光伏发电站，是一项极有意义的技术创新，它可能成为解决光伏发电站建设土地利用困难问题的一个突破口。不能简单地像普通地面光伏电站一样来评价它的绩效，而是要考虑这种光伏发电站，吸收转化了大棚上的阳光产生的热能之后，不但发出了电，还可以大大降低给大棚降温所需要的能耗，而且太阳能发电站的支架和菇棚支架可共享，土地还可以二次利用，可谓一举多得。

与我交谈之后，唐泳董事长对武义的“菌光互补”项目有了新的理解，找来投资部、财务部、法务部负责人让我和他们对接交流。

我向他们详细介绍：武义项目单位造价偏高的原因在于，“菌光互补”项目，在考虑光伏发电站建造成本的同时，还要考虑电站下面的土地空间利用要符合食用菌生产的要求。所以，“菌光互补”的支架高度要达到5米，高度高了对支架的材质要求又高了，因此它的单位造价自然也就高了。但它的意义在于这个“菌光互补”的光伏发电站项目，是对光伏发电站建设如何集约用地的一个全新探索，在提高土地利用效率方面有重要的社会意义，是太阳能利用的一个技术创新，能为大簇新能源公司以及其他光伏企业的太阳能发电项目拓展极大的土地利用空间。

他们听后认为理由成立，但还是觉得这个高出的造价不应该都由他们买单。

为了争取这个项目能够执行下去，我在与蔡为明老师和武义创新食用菌公司其他投资人电话沟通后，作出了三方面的让步：一是土地租赁成本双方共同承担；二是部分菇棚空间高度可以从原来的5米降到3米；三是由我们负责帮助武义大簇新能源公司协调解决项目施工和电网接入等问题。

有了这三个附加条件，唐泳董事长同意，重新进行项目评估后再视情况考虑是否重启。

这次深圳之行，用我自己揽下许多投资人的麻烦事，换来了将项目从被撤销中挽救回来的机会。

为了增强唐泳董事长对武义项目的投资信心，我又四处找领导帮忙促进项目的落地。2015 年初，副县长李扬勇要去深圳召开武义同乡会，我请求他帮忙去走访了大簇新能源公司，并代表县政府邀请唐泳董事长来武义再做一次实地考察评估。

2015 年 6 月 9 日，唐泳董事长安排了来武义的行程。为了抓住机会促成项目落地，我向金华市委常委、武义县委书记钟关华作了专题汇报，钟书记非常重视，真是从百忙之中抽出时间，全程陪同唐泳董事长的项目考察。

考察交流过程中，我得知唐泳董事长的老家在湖南衡阳，与时任金华市委书记徐家爱是老乡。于是我们又用起了屡试不爽的亲情招商这一招，由钟书记打电话向徐书记汇报了来自深圳大族激光的这个招商项目。徐书记热情邀请唐泳董事长到金华一叙同乡之情。我随钟书记陪同唐总到金华市委向徐书记汇报了“菌光互补”项目的招商进展情况。“菌光互补”产业融合的创新思维引起了徐书记的极大兴趣，当即要求武义县委、县政府一定要创造一切条件，促成项目落地，并希望唐总从布局长三角的战略高度，在武义先做“菌光互补”项目的试探性投资。徐书记表示，“菌光互补”项目落地后，金华市委、市政府会整合整个金华大市的优质资源支持唐总在金华发展新能源产业，并安排金义都市区领导划出一块优质土地资源，对接唐总洽谈在金义都市区建立大族新能源产业园。

在徐家爱书记、钟关华书记的重视支持下，精诚所至，金石为开，唐泳董事长决定重启武义项目的投资。

就这样一波三折，武义科技城终于从深圳引进了大族激光这样一个在全国具有标杆意义的技术创新型企业的分支机构，并在浙江省食用菌产业区域创新服务中心基地上投资 2600 多万元建成了“菌光互补”光伏发电站。将菇棚上方的太阳能转换成了电能，输入国家电网，与我们协同创新，解决了夏季高温季节的菇棚降温问题，突破了香菇夏季高温栽培高能耗、高成本的核心技术难题，实现了夏季高温季节的优质香菇工厂化周年生产。

2020 年，我国正式提出 2030 年前碳达峰、2060 年前碳中和的战略目标，引发了新一轮光伏发电项目的投资热潮。虽然此时我已退出领导岗位，但努力推动武义的高质量发展我心依旧。

在这个碳达峰、碳中和的风口上，我又到科技城与武义大族新能源公司总经理邢志远一起探讨抓住机会，加快推广我们五年前开发成功的“菌光互补”技术。邢经理与我交流后，认为这是大族新能源公司加快发展的好机会，当场就给唐泳董事长打电话，汇报了我提的建议。唐泳董事长正在上海出差，就连夜从上海赶到武义，在我家彻夜长谈了在食用菌行业大力推广“菌光互补”技术的战略设想。

基于我即将退休，项目的实施需要争取现任相关部门领导乃至县主要领导的大力支持。我自告奋勇，陪同唐泳董事长找书记、县长作了专题汇报。

在帅朝晖县长的重视和县发改、农业、投资促进等部门领导的支持下，2021 年 6 月 4 日，唐泳董事长与王跃伟局长签署了菌光互补高效农业示范项目投资合

与深圳大族新能源公司合作开发的武义菌光互补产业园（陶锡忠、卢峰摄）

作协议书。双方约定，共同总结推广 2016 年在武义建成的“菌光互补”项目经验，通过项目实施，对新宅、桃溪等乡镇的传统食用菌基地实施“菌光互补”技术改造，建立 3000 亩立体栽培、智能化管理、一二三产结合的“菌光互补”食用菌综合产业园。

项目签约后，如何推进落地成了压在我肩头一份沉甸甸的责任，我时时催促唐总抓紧落实资金启动项目建设。唐总先后邀请了多个投资机构来武义开展项目考察。每拨投资商到来，都由我介绍“菌光互补”项目的来龙去脉，投资商们认为项目前景良好，但又都在犹豫。

直到 2021 年 11 月 16 日，唐总邀请深圳市农光科技有限公司董事长余懿鹏到武义考察了上端头“菌光互补”示范基地，听取了新宅镇“菌光互补”食用菌产业园项目介绍后，敏锐地意识到这是农产品生产与光伏发电最巧妙的互补形式，当即拍板与武义大族新能源公司以及武义企业家傅德波共同出资组建浙江大族鼎禾科技有限公司，启动项目建设。经过一个月的紧张筹备，2021 年 12 月 16 日，产业园举行了奠基仪式，项目投资人余懿鹏、唐泳、傅德波与新宅镇党委书记为产业园奠基。

2022 年 4 月 18 日，到任不久的县委副书记陈夙约我到她办公室坐坐。陈副书记曾任省科技厅高新处处长，是我的老领导，刚来武义工作，她希望我向她提提工作建议。交谈中我重点介绍了“菌光互补”项目，引起了她的高度重视。

“菌光互补”产业园奠基仪式（吴万捷摄）

在陈副书记的安排下，县委书记帅朝晖于 4 月 22 日上午，利用周末时间，约我和唐泳、余懿鹏到他办公室，听取了武义新宅菌光互补产业园项目汇报。帅书记认为这是一个既能带动武义县山区农民共同富裕，又能推动食用菌产业高质量发展，而且生态环境效益特别显著的好项目，当即决定安排一次专题调研，以便更好地调动相关部门的积极性，集中力量加快项目推进。

4月26日上午，帅书记带领陈夙副书记等县领导，以及相关部门领导到新宅镇实地调研，要求县发改局、自然资源局、农业局、供电局等相关部门积极做好项目审批、政策扶持、电网接入等服务工作；要求新宅镇党委、政府进一步统一全镇干部群众思想认识，做好土地流转、基础设施配套等项目前期工作，确保项目顺利实施。

2022年4月26日，县委书记帅朝辉（左）向唐泳（右）了解产业园带动菇农创业情况

武义上端头的“菌光互补”项目，实现了太阳能光伏技术与食用菌工厂化栽培技术的有机融合，建立了企业与菇农协同发展共同富裕的运行机制，成为浙江高质量发展建设共同富裕示范区的一个典型案例，引起了上级领导和媒体的广泛关注。《人民日报》、新华社、央视网、搜狐网、新浪财经等媒体广为报道。全国有100多个县市的领导和企业家前来参观学习。同为浙江省食用菌重点产区的庆元县、常山县多次组织相关部门前来洽谈引进“菌光互补”项目。浙江大族鼎禾科技有限公司

和浙江移和农业发展有限公司投资人傅德波牵头与庆元县、常山县达成投资意向。

2022 年 6 月 6 日，常山县邀请傅德波前去洽谈“菌光互补”项目。傅德波觉得这个项目是我策划、引进、孵化的，最清楚项目的核心价值，非得让我陪同他一起去洽谈。到了常山，见到县委书记潘晓辉，发现原来是老熟人。他之前在绍兴市担任科技局局长时，我们就有过工作上的交流，时隔八年再次相见格外亲切。这也使得双方的项目洽谈氛围更加融洽。潘书记亲自主持，常山县相关领导、相关部门领导到会，听取了我对“菌光互补”项目建设条件和经济、社会、生态效益的介绍。潘书记认为，这个项目非常切合常山食用菌产业的转型升级和高质量发展，要求县有关部门在调查研究基础上迅速推进。

6 月 7 日，常山县农业局局长、芳村镇党委书记等一行七人来武义上端头“菌光互补”基地实地调研。6 月 15 日，常山县人民政府与浙江移和农业发展有限公司签署了常山农光未蓝共富产业园投资协议书。该产业园规划用地总面积 8000 亩，第一期实施 1500 亩。2022 年 9 月 6 日，常山农光未蓝共富产业园项目由浙江省发改委等七部门列入省级农村产业融合发展示范园。2022 年 12 月，产业园第一个地块的 80 亩“菌光互补”大棚建成投用。2023 年 5 月 1 日，浙江鼎禾科技有限公司投资建设的庆元数字化“菌光互补”基地第一个地块的 69 亩“菌光互补”大棚建成投用。

2023 年 3 月 17 日，武义科技城引进的深圳大族集团“香菇生产全过程自动化研发与产业化”项目签约落地。

武义科技城引进深圳大族激光创办的武义大族新能源公司，在武义上端头食用菌基地用了五年多时间研发、试验、示范，终于孵化出可复制、可推广的农光互补新业态。浙江大族鼎禾科技有限公司投资建设的武义县新宅镇“菌光互补”产业园、庆元县数字化“菌光互补”基地、浙江移和农业发展有限公司投资建设的常山农光未蓝共富产业园、松阳县农光未蓝共富产业园等项目，实现了“菌光互补”新业态的大面积复制推广。“菌光互补”新业态既可推进食用菌产业的高质量发展，又可助力全国碳达峰、碳中和目标的早日实现。

为此，我对引进大族激光在武义共创“菌光互补”新业态做了系统总结，向武义籍环境保护专家，中国工程院院士、生态环境部环境规划院院长王金南作了专题汇报，希望能在国家层面总结推广。王院士认为“菌光互补”的创意不错，但要在全国推广需要有更翔实的研究数据支撑，并安排生态环境部环境规划院在浙江设立的浙柳碳中和研究所刘兰忠所长对“菌光互补”新业态开展深入研究，提出推广建议。

七 打造科技企业孵化器

建设武义科技园的一个重要目标是，要把它打造成为一个引进孵化新兴产业的大平台，所以我们把新兴产业孵化区作为科技园核心功能区，列入首批项目启动建设。

新兴产业孵化区内设计了 8 栋孵化楼，有适用于智能制造项目孵化的多层建筑；有适合装备制造项目孵化、配有行车吊运装备的大厂房；也有适用于科技服务、文化创意产业孵化的多层写字楼。孵化区建筑总面积 5.3 万平方米，3、5、7 号楼于 2013 年开工建设，2014 年投入使用，到 2018 年 8 栋孵化楼全部建成投入使用，其中 1、2 号楼工程也被评为“钱江杯”优质工程奖。

时任省科技厅副厅长曹新安在来武义视察科技园建设时向我们提出：你们在抓工程建设的同时，还要十分重视科技园的政策研究、制度建设和招商引资工作。

2013 年 11 月，在科技部组织海峡科技论坛时，省科技厅由曹新安副厅长带一个海峡科技论坛暨台湾科技园考察团参加，曹厅长为我争取了一个名额，带我赴台湾出席了海峡科技论坛。

会后，我们重点考察学习了台湾新竹科学园和台湾南部科学园的建设管理经验，在与台湾同行的交流中进一步认识到，决定科技园建设成败的除了科技园的选址、规划设计、工程建设之外，更重要的还是招才引智、招商引资。

2014 年 7 月，省科技厅厅长周国辉（左二）考察科技园科技企业孵化器自动化包装装备开发项目（张建成摄）

为了提高武义科技园的吸引力，我们借鉴国内外科技创新平台建设的成功经验，结合武义实际，制定出台了《关于加快武义科技园建设的若干意见》《武义科技园入园项目招选办法》，为加快推进科技园建设和人才引进、项目引进、企业引进提供政策保障。走出去、请进来相结合，密集开展一系列招商选资和招才引智活动。

科技园的第一波招商，是电子商务孵化园招商。在科技园没有建成之前，我们就租用了科技园用地边上刚建好的武义三联超市配送中心的闲置厂房和宿舍，设立了电子商务孵化园。我和分管招商的副总经理陈帅到江苏的常熟市、福建的石狮市和浙江的义乌市等电子商务发达地区，学习电子商务孵化园建设运营经验。我们邀请在全国各地开网店、开超市的武义商人回归家乡，网上创业，两个月时间里，就引进了 30 多家电子商务企业入驻电子商务孵化园。

为了更好地带动全县电子商务产业的发展，我们还推动县政府与阿里巴巴旗下的淘宝天下传媒中心签订了全面战略合作协议。我们组织淘宝天下传媒中心专家团队，来武义开展专题调研，编制发展规划；邀请阿里巴巴首席市场执行官王

新兴产业孵化园鸟瞰图（效果图）

帅先生，参加电商孵化园开园仪式，并在淘宝天下传媒中心与武义县政府共同举办的电商论坛上发表主旨演讲。

在电子商务孵化园的示范带动下，桐琴工业园区、华东工业材料城、武义农产品批发市场也都相继开辟了电子商务发展平台，各街道、乡镇也纷纷办起了电商园，一批武义企业在电子商务中崭露头角。

浙江顶康科技有限公司制造的跑步机、武义拓朴塑业有限公司生产的旋转拖把、寿仙谷医药股份有限公司的铁皮石斛、绿洲五金的晾衣架、田歌实业的红心鸭蛋等多个武义品牌产品实现了单品排名第一的网上销售业绩。在阿里巴巴研究院发布的全国百佳排名中，武义跃居全国电商百佳县第六位。

为了尽快引进一批高层次人才，让新兴产业项目入驻武义科技园，我们先后赴北京、上海、广州、杭州等地开展专题招商。

在武义科技园发展有限公司成立后的一年中，我们先后邀请来科技园考察的中外客商达300多人次，其中，硕士以上学历的人才120多人次，外商、国外留学人员50多人次；科技园招商项目库征集入库项目60个，其中有30个正式提交了项目申报书，15个项目编制了可行性研究报告，并通过了入园初审；有9家企业在武义科技园注册登记。

与美籍华人胡胜发博士、美籍华人方锡田博士和杭州市化工研究所姚献平所长、省农科院王伟博士等高层次人才签订了入园创业协议。经过后续的跟踪服务，胡胜发博士控股的安凯（广州）微电子公司投资的凯宇微电子产业园已全面建成；卢建杭博士投资入股的浙江埃泰克环境科技有限公司已于2019年入户科技创新大楼；王伟博士领衔的省农科院检验检测专家团队，已在科技园创办了武义中正食品检测有限公司；姚献平所长的“朝发”生发水项目，也已落户武义县实现了产业化；方锡田博士的汽车尾气检测项目的招商，经历了几次波折。

2014年底，科技园土地平整、基础设施、创新大楼、孵化园区四个建设项目已基本建成可以投入使用。我牵头筹建科技园的使命也已基本完成。

根据科技园的良好发展势头，县里决定要升格为科技城，建立一个新的局级

建成后的科技企业孵化器（陶锡忠、卢峰摄）

单位武义科技城管委会，专业从事科技城的运营管理。县领导征求我的意见，是留在科技城任专职管委会主任，还是继续当科技局局长。我考虑到自己年事已高，近两年既要完成科技局局长的工作任务，又要兼职操办这么一个重大工程，常常是风雨无阻，日夜兼程，身体严重透支，长此以往，怕是力不从心。

而科技城作为武义城市发展新的增长极，应当由更加年富力强的领导来主政。领导也很体谅关心我的身体状况，同意我辞去科技园发展有限公司董事长职务，但要求我继续扶助新上任的科技城管委会主任徐曙，做好科技城的建设管理工作。

八 追尾

徐曙是我在开发区工作时，从浙江万鹏集团团委书记岗位上选调来的，担任过开发区经济发展局副局长、局长，县政府办公室副主任，熟悉招商引资、经济发展工作。他上任后，非常尊重科技城的发展定位，坚持一张蓝图画到底，各项建设工程顺利推进，在引进人才、引进技术上，也尽力和我做到无缝对接。

2015 年 5 月 16 日，为了尽快促成在谈的方锡田博士项目的签约落地，在徐曙主任的要求下，我利用周末时间再次和他一起去方锡田博士设在杭州海创园的公司招商。

当我们的汽车行驶在诸暨新岭隧道入口时，坐在副驾驶位置上的我突然发现前面一大串车东倒西歪，惊呼："不好！""咣当"一声，我们的车也撞了上去。

顿时，保险带勒得我的肚皮贴到了后背，我右手死死地拽着把手，两个膝盖顶向了车架，整个身体还猛地往前冲。头撞向了挡风玻璃，撞得眼冒金星，满目迷糊。

还没等我反应过来，后面又一辆车撞到了我们的车尾。再一次把我重重地推搡了一下。我们这才意识到，这是遭遇到了连环追尾事故。

我问徐主任和驾驶员："你们没事吗？"

驾驶员双手紧拽着方向盘说：“我还好。”

“啊哟，我的颈部震到了。”徐主任捂着颈部说。

“啊！颈部伤到？那你千万别动。”说完，我推开车门，想下车去看一下徐主任，可我的腿却怎么也挪不动了，“坏了，好像我的腿不对了。”

听说我的腿坏了，驾驶员下车要来救我，徐主任也下了车。在他们俩的帮助下我的腿挪了出来，但当我想站起来时，两个膝盖直发软，已经不听使唤，跌坐回到车上。

当他们再来扶我的时候，我不敢下地了，让徐曙拨打了120求救。接通电话后，对方告诉我们，他们已经知道新岭隧道发生了连环追尾事故，已经在组织抢救，让我们等一下。不一会，好几辆警车、救护车先后赶到，把追尾车上的伤员一个个抬上救护车，送到就近医院诊治。医生给我做了检查后，认为没有生命危险，主要是肩部和膝盖受伤，建议我去杭州或者回金华找骨科医生治疗。

我和徐主任商量后，认为还是回金华方便，就要求把我们送回金华中心医院，给我的肩部和膝盖进行了核磁共振检查。经影像科和骨科医生会诊，我的两个膝盖的半月板都已被撞裂，而且右肩的肩胛骨也有裂痕，但这个裂痕医生诊断分析说，可能是陈旧伤，问我是什么时候受过这么重的伤。我想来想去，想不起自己什么时候受过肩胛骨裂开这么重的伤。

医生进一步追问，那你有没有听你父母说过，你小时候出过什么事故，受过什么伤？这一问让我想起了小时候帮人拉手推车时不慎被手推车车轮从肩头碾过的事故。

医生推断，我肩胛骨上的陈旧伤应该就是那时留下的，肩上的疼痛也就是撞车时拉着手把的手用力过猛影响到了这个陈旧伤造成的，可以先观察不做处理。

两个膝盖的疼痛和肿胀，医生推断是半月板撕裂错位后刺激周围组织造成的。医生告诉我，半月板是人体上的一个特殊组织，没有神经，也没有血管。急性肿胀期也不能做手术处理，建议我观察一段时间，等消肿后再去复查，然后再决定下一步的处理方案。观察期间可以住院，也可以居家休养。

方便起见，我要求居家观察，让医生开了一些消肿止痛药回家。

一个多星期后，肿胀有所消退，疼痛也有所缓解。我从来没有离开工作岗位这么长时间，在家里坐立不安，对工作牵肠挂肚，不顾家人反对，拄着拐杖去局里上班了。

两个月后回医院复查，医生说，可以考虑把半月板取掉，可我不甘心。通过浙江大学领导联系了浙医二院的专家进行了会诊，专家认为我不愿意手术治疗的话，可以通过康复训练，练强肌肉组织，发挥代偿作用，膝盖功能可以得到一定的改善和恢复。

于是，我在医生指导下开始边上班，边做康复。几个月下来，不用拐杖也可以走路了，但上下楼梯还是很艰难。到企业车间、农业科技示范基地去，走多了膝盖就会肿胀，要做抽取积液处理。

行动已经跟不上工作节奏，我向组织提出了提前退休的要求，但县委常委会研究时，钟关华书记认为，县科技局与高校院所的产学研合作和科技城的招才引智工作需要做好衔接，要我克服困难继续坚持工作一段时间。直到 2016 年 8 月，才让我退出领导岗位。

令人感慨的是，我的足迹似乎是在被手推车轮的碾压中起步，又在招商引智的车祸中定格。

如今，虽然我的腿瘸了，但一座科技新城在县领导的重视关心支持和后续几任科技城领导的共同努力下，在一片废弃水泥厂的旧址上拔地而起，武义科技城的公共服务区、新兴产业孵化区、高新技术企业研发总部、微电子产业园四个功能区都已建成。

到 2020 年底，科技城已完成总投资 9.6 亿元，建成建筑总面积 24.3 万平方米。科技城内已拥有国家大院名校武义联合技术转移中心、浙江省电动工具产业创新服务综合体、武义科技大市场、上海第二工业大学装备制造产业研究院等十几个科技创新服务平台；引进创新型企业 39 家，引进省千人计划专家 2 名，国家千人计划专家 6 名。武义科技城集聚创新要素，提供科技服务的功能逐步显现。

创新之路山重水复，科技城的管理部门从 2015 年初由科技局移交出去，到

2021 年 11 月 30 日，县委决定将武义县科技城管理委员会更名为武义县科技城发展中心，作为科技局所属事业单位管理。其负责人先后换了五任。

现任科技局党组书记陈海林、局长汤琳球，几次邀请我回科技城，为科技局干部以及科技城发展中心的同志们上上课，谈谈科技城建设的初心和创业史。

2022 年 1 月 19 日上午，县科技局组织全体机关干部、科技城发展中心员工以及全局退休干部，召开了一个科技城建设工作交流会。会上，我着重就科技城建设的初心使命、各功能区的功能定位、人才项目引进计划作了交流。陈海林书记表示：科技局新一任班子成员和干部员工一定会接好接力棒，与时俱进加大招才引智、招商引资工作力度，集聚更多的创新资源，更好发挥科技城在全县创新驱动发展中的支撑引领作用。

致敬为武义科技进步做出重要贡献的院士、专家

中国农学会常务副会长、中国农民大学校长方悴农（右）（陶醉摄）

杨玉良院士（右二）与李明焱（左二）、盛喜斌（左一）交流探讨数字技术在武义温泉康养产业中的应用（陆剑英摄）

徐世浙院士（左一）在第二届中国温泉养生论坛上交流武义萤石温泉的成矿机理（涂学文摄）

中国工程院院士刘仲华（右二）与湖南农业大学施作鹏教授（右一）、骆驼九龙公司董事长祝雅松（左一）交流发酵茶制作工艺（胡秀珍摄）

省农科院院长陈剑平院士（右二）与省农科院党委书记汤勇（左一）、武义县委书记陈伟（左二）研究深化院县合作工作（潘祖华摄）

林宗虎院士（右）考察武精机器公司（陈建亮摄）

赵忠贤院士（左）交流践行“绿水青山就是金山银山”理念（马思提摄）

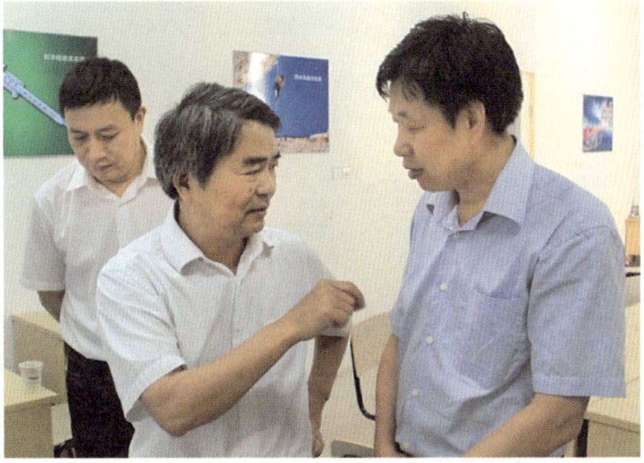

谭建荣院士（左二）考察、交流武义装备制造产业转型升级（潘祖华摄）

中国工程院院士蒋士成（中）来武义考察（陈建亮摄）

武义籍中国工程院院士王金南（左）（朱卡摄）

李玉院士（中）参加武义县食药用菌产业发展座谈会（潘祖华摄）

谭建荣院士（左二）在叶盛新材型公司研究超薄钢板冷轧机优化设计（陈美胜摄）

上海理工大学教授徐增豪（左一）在福多纳公司研究机器人焊接技术在汽车底盘生产中的应用（谢安平摄）

浙江省农业科学院研究员蔡为明（中）离任武义县县长助理时与浙江省农业科学院党委书记汤勇（右二），武义县县长张新宇（左二）、县人大主任徐华良（右一）、县长助理李国景（左一）合影（潘祖华摄）

后记

六十载栉风沐雨，一甲子春华秋实。

在即将退休之际，我回头翻阅在十几个工作岗位上做的笔记，往事历历，感慨万千。

1978 年，党的十一届三中全会召开，拉开了中国改革开放的帷幕。年方 17 的我，汇入了农村改革的洪流，投身于兴修水利、推广杂交水稻、发展农村商品经济的热潮；在乡镇干部聘任制改革中，我有幸进入乡政府工作；在推行领导干部竞选制改革中，我当选为团县委副书记；在推进城市经济体制改革中，我调到了开发区工作；在发展第三产业改革中，我担任了旅游局局长；在依靠创新驱动改革中，我又调任了科技局局长。履职的脚步踩着时代的节点，一路前行。

我不揣浅陋，想以履职笔记的形式写一本书。为一路携手走过的领导、同事、亲友留下一份共同的记忆，也让读者们更加真实地了解基层公务员的工作日常。

在一次乡贤会活动中，我与陶振扬、陈建华、沈志权三名博学乡贤谈起这一想法，他们了解我的工作经历，认为记录下来挺有意义，一起指导我构思出了写作提纲。

初稿形成后，我邀请陶振扬、陈建华、沈志权、胡朝东、汤汤、吴喆华、鲍江鸿、陶宣忠、朱方笑、鄢子和、汤登春、王文政、邹伟平、朱连法、潘国文、吴建春、余建华等武义才俊对书稿的修改开展了专题座谈和个别讨论。大家对书稿的谋篇布局、语言文字等方面给予了有益指导。我儿子陶醉，是书稿的第一个读者。他说，从书稿中看到了父亲这一代人毕生在拓荒、在创业的时代印迹，就为我起了个书名:《拓迹》。

吸纳各方意见后，我写成第二稿。打印出 50 份纸质文稿，请自己工作过的各个岗位上的同事，相关的企业家，所记事项的亲历者、参与者、了解者以及亲朋好友进行审读、核实、指正。大家对我能记录下当年一起奋斗的场景都很感动，字斟句酌地提出修改意见，还原、印证了所记事项的细节。

再次修改后的第三稿作为送审稿。分别呈送浙江省科技厅、浙江省文化和旅游厅、中国共产主义青年团浙江省委员会等上级主管部门当时的领导；浙江大学、浙江省农业科学院、上海市教育委员会等文中涉及较多的合作单位的领导专家；多位武义县委、县政府以及有关部门老领导进行审阅把关。大家进一步核实了书稿中涉及的重要活动；对书稿的思想立意、政策把握作了精准指导；对某些问题的提法、某些人物的定位和一些措辞作了批评指正。省科技厅原厅长、浙江省政协副主席周国辉，省农科院原党委书记、省人大常委会农业农村工委副主任汤勇两位老领导，对《拓迹》一书赞誉有加，欣然为我赐序。

书稿所记，都是在组织和领导的正确决策下开展的工作，我只是履行本该履行好的职责，带领同事们把这些事情具体落实好实施好，并作为亲历者记录了下来。

《拓迹》基本定稿时，武义县作家协会主席鄢子和、金华市原作家协会常务副主席王基高先后在媒体上刊发了多篇读后感。《钱江晚报》小时新闻专栏，全文刊登了王基高老师写的《呈现时代最精彩的记忆——读陶锡忠〈拓迹〉有感》一文，引发网友共鸣，纷纷在朋友圈刷屏留言。字里行间流露着对踏实干事基层公务员的赞许。一夜之间点击阅读量超 10 万，登上了热门推荐。人民网、新浪客户端、新浪新闻等媒体纷纷转发。全网点击阅读量已超 120 万。

武义县委书记帅朝晖、副书记陈夙看了这些文章之后，要求武义融媒体中心组织系列宣传，在武义发布推出特别报道《三牛干部陶锡忠》，再度引发网友点赞刷屏。武义县档案馆将《拓迹》一书的写作，列为 2022 年度全县档案编研重点项目加以支持，组织人员对书中所记事项、所用图片与档案馆所存档案作了核对。

定稿后，我请上海设计之都推进中心理事长、创意中国设计联盟副主席张展教授做了装帧设计，请金华市捋玖文化传媒有限公司董事长王欣文做了排版设计。周国辉副主席把我的书稿推荐给了浙江人民出版社。出版社对书稿进行了认真审读、编校。

为确保书稿所涉事项的真实性和表述的准确性等，武义县相关部门又组织了一系列对书稿的审核工作。在县领导的重视支持下，县委办公室和县委宣传部指导我列出了从岗位职能出发主动谋划工作、积极争取相关部门和领导的重视支持，实施后对当地具有一定影响的 41 个事项，随后组织了共有 50 余人参加的对这些事项的核实工作。参与核实的人员包括：时任武义县委、县政府主要领导、分管领导；作者所在单位班子成员、办公室主任；相关事项的亲历者和服务对象代表等知情人士，等等。做到每个事项不少于 3 名共同亲历者和知情人核实，确认无误并亲笔签署审核意见。同时，作者工作过的武义团县委，武义县开发区管委会、文化广电旅游体育局、科技局都在听取时任县领导、时任单位领导、相关事项亲历者意见的基础上出具了审核意见。武义县委宣传部还组织召开了由县委办、县府办、县政协办、县委党史研究室、县志办、县档案馆负责人，我任职过的单位负责人，书稿内容涉及的相关人员代表参加的《拓迹》书稿评审会。县政协主席李杨勇出席会议并讲话。经与会人员认真审核讨论后，形成《〈拓迹〉书稿评审会会议纪要》。

值此书稿付印之际，我衷心感谢这个伟大的时代，为我们搭建了一个可以恣意挥洒的舞台；感谢组织和领导的信任，一直把我安排在时代发展的热点、地方发展的焦点岗位上，鼓励我放开手脚干事业；感谢各个岗位上的同事们与我齐心协力，踔厉奋发，携手共进；感谢各个岗位上前任领导的夯基垒土、后任领导的接续推进；感谢一次次为本书审阅、修改、指导、核实的领导、专家与朋友；感谢浙江人民出版社编辑团队精益求精的指导；感谢网友们对该书出版的关注与期待；还要感谢我的父母妻儿，有了他们的理解与支持，我才能在工作时全力以赴，写作时心无旁骛。

工作、生活、写作过程中给予我支持帮助的人还有很多很多，我感激不尽，铭记于心！

在写作过程中虽然听取了 150 多人的意见，进行了反复修改，但由于自己缺乏写作经验，书中难免有疏漏与不当之处，恳请大家批评指教。